AF304079

**Svea Lundberg**, geboren 1989 im Schwabenländle, entdeckte während ihres Studiums der Germanistik, Skandinavistik und Kulturtheorie ihre Leidenschaft für nordische Länder und vielfältige literarische Genres. Heute schreibt sie unter dem Pseudonym Julia Fränkle im Fantasy-Bereich und als Svea Lundberg in den Genres Romance (LGBTQ*), New Adult, Erotik und Romantic Thrill. In über 30 Romanen, veröffentlicht in Verlagen und im Self-Publishing, sind der Autorin durchdachte Charakterentwicklung, gefühlvolle Beziehungen und gründlich recherchierte Hintergrundthemen besonders wichtig. Sie lebt mit Mann und Hund in der Nähe von Karlsruhe, wo sie beim Yoga, Gassirunden und auf dem Pferderücken neue Ideen sammelt.

Svea Lundberg

# Crossing Love

Erstausgabe April 2024

Copyright © 2024 dp Verlag, ein Imprint der
dp DIGITAL PUBLISHERS GmbH
Made in Stuttgart with ♥
Alle Rechte vorbehalten

*Crossing Love*

ISBN 978-3-98778-986-1
E-Book-ISBN 978-3-98778-833-8

Covergestaltung: Fenja Wächter
Umschlaggestaltung: ARTC.ore Design
Unter Verwendung von Abbildungen von
Shutterstock.com: © tinivuel, © Elena Pimukova,
© 4 PM production
Lektorat: Katrin Gönnewig
Satz: dp DIGITAL PUBLISHERS GmbH
Druck und Bindung: Books on Demand GmbH, Norderstedt

# Vorwort mit Content Notes

Liebe*r Leser*in,
dieser Roman beinhaltet neben einer gefühlvollen und prickelnden MM-Lovestory auch folgende Themen, auf die ich dich hinweisen möchte, damit du entscheiden kannst, ob es für dich die passende Zeit ist, diese Geschichte zu lesen:
Verlust durch Tod geliebter Personen innerhalb der Familie (im Roman in rückblickenden Erzählungen thematisiert, aber nicht Teil der Haupthandlung)
toxische Männlichkeit, v. a. Bild eines ›starken Mannes‹
Ich wünsche dir viele schöne Lesestunden mit Alex und Colin!

Alles Liebe
deine Svea

# Kapitel 1 – Colin

Ich wusste, ich hätte meine Süße stehen lassen sollen!

Dem ersten Reflex folgend zuckten die Finger meiner rechten Hand um die Bremse. Den Blick durch die Schutzbrille starr auf das Polizeiauto am Straßenrand geheftet, entschied ich binnen einer Sekunde, dass ich *nicht* anhalten würde. Meine KTM 350 SX-F hatte noch keine Straßenzulassung. Fehlende Scheinwerfer, Rücklicht, Spiegel und Blinker sowie eine nicht straßengerechte Auspuffanlage – wenn die Bullen mich rauszogen, war ich gefickt.

Holy Shit, warum hatte ich mich nicht zusammenreißen und mit der ersten Fahrt warten können, bis ich alle notwendigen Zu- und Umbauten an meinem neuen Schätzchen vorgenommen hatte? Und warum stand die Polizei ausgerechnet heute an dieser Landstraße? Hier kontrollierten sie sonst nie.

Fluchend bremste ich weiter herab, schindete Zeit. Die Kontrollstelle war knapp zweihundert Meter entfernt. Einer der beiden Polizisten gab mir bereits mit Handzeichen zu verstehen, ich solle in die Parkbucht rausfahren.

Das konnte er so was von knicken!

Hastig flog mein Blick nach rechts. Der etwa einen Meter breite Straßengraben trennte die Fahrbahn von den Maisfeldern, die für knapp zwei Kilometer die weitgehend schnurgerade Landstraße säumten.

*Das zu tun, wäre vollkommen bescheuert, Colin!*

Aber Shit, Mann – wozu saß ich auf einer Motocross-Maschine?

Mein Herz donnerte heftig gegen meine Rippen. Nur noch rund fünfzig Meter bis zu dem Polizeiauto am Straßenrand. Einfach auf der Landstraße drum herumzufahren, würde nichts bringen. Die beiden Polizisten würden sofort ihre Kollegen verständigen und spätestens am Kreisverkehr am Ortseingang würde mich eine weitere Streife abfangen. Notfalls durch eine Straßensperre.

Ich hatte nur diese eine Option.

Ein hastig prüfender Blick – kein Gegenverkehr. Binnen Sekunden spannte sich mein gesamter Körper an, ein wenig so, als wäre ich bei einem Motocross-Rennen. Und irgendwie war ich das ja nun auch. Nur, dass es als Siegestrophäe eben eine Fahndung geben würde, die hoffentlich ins Leere lief, weil meine KTM nicht mal ein Nummernschild trug.

Der Polizist gestikulierte energischer.

Keine zwanzig Meter mehr von der Kontrollstelle entfernt scherte ich auf die Gegenfahrbahn aus, um einen besseren Sprungwinkel zu haben. Die gebeugten Knie presste ich gegen die Tankverkleidung. Ich umfasste die Lenkergriffe fester, die Ellbogen nach außen – ideale Angriffsposition. All meine Konzentration galt dem Bike und dem Graben vor mir. Ich gab Gas. Der Motor brüllte auf. Jesus, wie ich das Geräusch liebte, das Vibrieren unter mir. Die wenigen Meter quer über die Fahrbahn reichten meiner Süßen, um Speed aufzunehmen. Wenn ich mit diesem Bike in den kommenden Monaten nicht so einige Holeshots holen würde, dann wusste ich auch nicht.

Links von mir meinte ich, Schreie zu vernehmen, aber vielleicht bildete ich mir die Rufe der Polizisten auch nur ein. Sie waren mein Publikum am Rande der Piste. Mein Fokus jedoch lag auf dem Straßengraben und dem Acker dahinter. Immer den Landepunkt fixieren!

In der Luft wurde ich für einen Moment eins mit meinem Bike. Ich machte mich leicht, hielt den Gasgriff offen und landete sicher auf dem Hinterrad, das Vorderrad nah am Boden. Die Reifen griffen sofort auf dem trockenen Acker. Mein Sichtfeld verengte sich auf einen der schmalen freien Streifen Feld zwischen den hoch aufragenden Maisstauden. Gerade breit genug, um mit einer Motocross-Maschine zwischen den Staudenreihen hindurchzujagen – wenn auch sicherlich nicht dafür gedacht. Scheiß drauf! Dieser wilde Ritt war es mir allemal wert, um den Bullen zu entkommen. Mehr noch, es gab mir einen verdammten Kick.

Ich kam jedoch nicht dazu, eine Faust in Siegerpose emporzureißen, schon peitschten die ersten Maisblätter um meine Ellbogen und Schultern. Ein dumpfes Platschen, als einer der Maiskolben abgerissen wurde und gegen meine Motorradjacke knallte. Na hoffentlich geriet keines der Teile in die Speichen. Spontan dankte ich mir selbst dafür, trotz Sommerhitze nahezu meine volle Montur zu tragen. In der Hinsicht war ich immer vernünftig. Was man in Bezug auf den Umstand, dass ich meine neue Maschine partout für eine illegale Willkommensfahrt hatte ausführen müssen, nicht behaupten konnte.

Ich warf über die Schulter einen Blick zurück, sah überall nur Mais und längst keine Landstraße und damit auch keine Polizisten mehr.

*Du hast mehr Glück als Verstand, Colin.*

Aber holy Shit, ich hatte ja keine Ahnung gehabt, wie viel Spaß es machte, mit einer Motocross-Maschine durch ein Maisfeld zu brettern ...

Mit einem Lachen in der Kehle, das sicherlich ein wenig hysterisch geklungen hätte, wäre da nicht das Motorengeräusch gewesen, gab ich erneut Gas.

~~~

Entgegen meinem üblichen Naturell war ich dann doch so vernünftig gewesen, nicht mit meiner KTM, sondern mit dem Bus zum Motorsportverein zu fahren. Oder genauer: bis zur Haltestelle, die dem Vereinsgelände am nächsten lag. Knapp zehn Minuten Fußmarsch, dann erstreckte sich die Trainingsstrecke in all ihrer Pracht vor mir.

Einen Moment blieb ich stehen, konnte mich kaum an der Strecke und an den Cross-Maschinen in Aktion sattsehen. Gerade trainierten einige der Junioren. Ich konnte es kaum erwarten, wieder selbst über die Whoops zu brettern, die Fliehkräfte in den Kurven zu spüren, über den Table zu fliegen und den Drachenrücken zu bezwingen ...
~~~

Morgen beim Training zum letzten Mal auf meiner alten Maschine. Die stand in einer der Garagen hier auf dem Gelände und würde bald von ihrem zukünftigen Besitzer abgeholt werden. Ich hatte nur noch einen Spottpreis für sie bekommen, aber besser als nichts. In den kommenden Tagen würde ich jede freie Minute in meine *neue Süße* stecken.

Mit vorfreudigem Kribbeln im Bauch wandte ich mich ab und eilte den Kiesweg entlang auf das Hauptgebäude des Vereins zu. Wie meistens, wenn am Donnerstagnachmittag die Junioren trainierten, waren die Parkplätze voll, weil die Eltern ihren Sprösslingen beim Training zusahen.

Ein vager Stich durchfuhr mich. Was hätte ich dafür gegeben, meinen Vater nur ein einziges Mal an der Strecke stehend zu wissen ...

Nicht meinen *Vater* – meinen Erzeuger. Entschieden straffte ich die Schultern.

Einige Autos parkten auch auf dem schmalen Rasenstreifen neben dem Kiesweg. Der Verein hatte einfach zu wenig Stellplätze für Besucher. Bei Veranstaltungen wurde deswegen immer eine der Wiesen um das Gelände herum als Parkplatz abgesperrt. Was mich daran erinnerte, dass ich gleich mal fragen könnte, ob sie fürs nächste Rennwochenende, das der Verein austrug, wieder jemanden für den Getränkeausschank brauchen könn–

»Shit, Vorsicht!« Ich schaffte es gerade noch, nicht in die Autotür hineinzulaufen, die aufgestoßen wurde. Mit einem Griff um den Türrahmen fing ich mein Stolpern ab, wand mich um die Tür herum, das Smartphone entglitt mir. Klappernd landete es auf dem Kies.

»Haben Sie keine –?« Oh, wow! Beim Blick ins Wagen-
innere blieb mir der Vorwurf im Hals stecken.

Vom Fahrersitz aus starrte ein Kerl zu mir hoch – und
was für einer! Ein paar Jahre älter als ich, etwa um die
dreißig, wobei das aufgrund der dunklen Sonnenbrille,
die er trug, schwer abzuschätzen war. Gemeinsam mit
der markanten Wangen- und Kieferpartie verlieh ihm
die getönte Brille ein dezent machohaftes Aussehen
und kontrastierte wunderbar mit den hellbraunen
Haaren, die lässig nach hinten gestrichen waren. Die
geschwungenen, von einem Dreitagebart umrahmten
Lippen formten lautlose Überraschung. Mein Blick jedoch rutschte von ihnen fort und tiefer, hin zu dem
beigefarbenen Shirt, das gerade so eng anlag, um die
dezenten Muskelstränge darunter anzudeuten.

Spontan kam ich mir gegen diesen Kerl wie ein Lauch
vor, aber hey, ich war definitiv kein B-Ware-Gemüse,
und er wiederum war heiß. So ein bisschen Bad Boy.

»Tut mir leid, ich hab Sie nicht gesehen.«

Grinsend über meine eigenen bescheuerten Gedanken, entschied ich kurzerhand, die Entschuldigung an-
zunehmen. Auf Angriff schaltete ich dennoch. »Ich Sie
auch noch nie, aber das lässt sich sicher ändern.«

Prompt zog mein Gegenüber die Brauen nach oben –
irritiert, aber nicht ablehnend. Ich bildete mir sogar
ein, sein Blick schweifte interessiert über die Tattoos,
die an meinen Armen und am Hals aus dem Saum meines Shirts blitzten. Daher wagte ich es und lehnte mich
seitlich leicht gegen die offen stehende Autotür, grinste
herausfordernd zu dem Kerl hinab. Ich hätte ja zu gern

mal direkt in seine Augen geschaut, doch die Sonnenbrille behielt er auf, legte nur fragend den Kopf etwas schief.

»Was meinen Sie damit?«

Mir war schon klar, dass ich ziemlich hoch pokerte. Rein statistisch betrachtet war es wahrscheinlicher, dass der Kerl nicht auf Männer stand, als dass er es tat. Und dann gab es ja auch noch diverse andere Variablen. Aber mir war eine Abfuhr stets lieber, als hinterher das Gefühl zu haben, eine Chance verpasst zu haben.

»Ich meine, dass wir mal zusammen einen Kaffee im Vereinsheim trinken könnten, wenn Sie zukünftig öfter hier sind.«

Seine Mimik zeigte deutlich, dass spätestens jetzt der Groschen bei ihm fiel.

»Nein.« Die Antwort kam schnell, aber leider nicht schnell genug, um sie als *unüberlegten Reflex* verbuchen zu können. Er klang ziemlich überzeugt.

Shit. Vielleicht sollte ich die Behauptung, eine Abfuhr sei mir lieber, noch mal überdenken. Das hier war eine eindeutige Abfuhr.

»Würden Sie jetzt bitte Platz machen?«

Es klang nicht wirklich wie eine Frage, sondern viel eher wie die Untermauerung seiner vorherigen knappen Antwort. Nope, dieser Mann hatte so gar kein Interesse an einem Treffen mit mir.

Wortlos wich ich einen Schritt zurück, blieb aber neben seinem Auto stehen. Der Kerl machte Anstalten, auszusteigen, schob einen Fuß aus dem Wagen.

»Ah, halt!« Schnell trat ich vor, sodass sein Kopf gegen meine Brust knallte. Zeitgleich zuckten wir zurück. Er fluchte nicht, aber ich hätte schwören können, dass er mich durch die getönten Gläser seiner Sonnenbrille hindurch anfunkelte.

»Äh, sorry ... mein Handy.« Ich deutete vage auf einen unbestimmten Punkt am Boden. Mein Blick klebte noch immer am Gesicht dieses Mannes.

Er verzog die Lippen zu einer nahezu jovialen Geste. »Bitte ...«

Beorderte der Kerl mich gerade wirklich auf die Knie? Er hätte sich auch echt vom Fahrersitz herunterbeugen und mein Handy aufheben können. Immerhin hatte er mich beinahe mit seiner Autotür umgehauen.

Mit einem lautlosen Schnaufen in der Kehle bückte ich mich und hob mein Smartphone auf. Verkniff mir dabei jedweden Spruch von wegen, ob es ihm gefiel, mich vor sich knien zu haben. Ich konnte den Kerl nicht einschätzen und auf eine Faust im Gesicht konnte ich verzichten.

Möglichst würdevoll erhob ich mich wieder, pustete ein wenig Kiesstaub vom Display fort. Dank Panzerglasfolie und Schutzhülle war wenigstens alles heil geblieben.

Eigentlich hätte ich mit dem Typen gar nicht weiterreden sollen, aber eine letzte Frage lag mir dann doch auf der Zunge. »Sind Sie also öfter hi–?«

»Hi, Papa!«

Nur weil er sich sofort dem Rufen zuwandte, flog auch mein Kopf herum. Hin zu den drei Jungs, die ihre Cross-Maschinen über den Kiesweg in Richtung der Garagen schoben. Einer von ihnen – ein Kerl um die neun oder zehn Jahre – winkte freudestrahlend herüber. Das braune Haar klebte ihm verschwitzt an der Stirn.

»Hi, Ben! Na, schon fertig mit dem Training?«

Faszinierend, wie viel Wärme die Stimme von *Mister Abfuhr* in diesem Moment barg. Ein tiefes, angenehmes Vibrato, das nur leider nicht mir galt. Sondern seinem Sohn.

*Jackpot, Colin. Nicht.* Einen Sohn zu haben, machte ihn natürlich nicht zwangsweise zum Hetero, aber tja, die Statistik ... Und vergeben war er dann wahrscheinlich auch. Unweigerlich rutschte mein Blick wieder tiefer, auf seine Hände dieses Mal. Kein Ehering – was rein gar nichts heißen musste.

»Ja«, stieß der Junge – Ben – hörbar freudig aufgeregt hervor. »Hast du gesehen, wie ich vorhin den Drop off genommen hab?«

Durch meine Brust hingegen fuhr unweigerlich ein Stich. Fast schien es mir, als könnte ich die Enttäuschung vorausfühlen, die er empfinden musste, wenn sein Vater ihm gleich sagte, dass er nicht beim Training zugesehen hatte. Dass er zu spät gekommen war.

Aber hey, immerhin war er jetzt da. Damit hatte er meinem Erzeuger meilenweit etwas voraus.

»Klar hab ich das gesehen.«

Nicht sein Ernst!

Mein Kopf ruckte zurück. Ich starrte den Kerl regelrecht an, während er anscheinend nur Augen für seinen Sohn hatte. Verdammter Heuchler! Log seinem Junior ohne mit der Wimper zu zucken etwas vor.

Okay, keine Ahnung, ob hinter den getönten Gläsern eine Wimper zuckte. Mit Sonnenbrille log es sich einfach besser.

»Alles in Ordnung bei Ihnen?«

»Was?« Perplex blinzelte ich ihn an und registrierte erst durch seine Nachfrage, dass mir so was wie ein Schnaufen entwichen war.

»Sie haben gerade gekeucht«, entgegnete er da auch schon und – holy Shit – warum musste seine Stimme dabei immer noch so warm und ... *fürsorglich* klingen?

»Lass stecken«, fauchte ich ihn an. »Alles bestens.« Abrupt wandte ich mich ab und stapfte über den Kiesweg weiter in Richtung Vereinsgebäude. Ich bildete mir noch ein, in meinem Rücken seinerseits ein überraschtes Luftholen zu vernehmen.

Dann wieder die Stimme seines Sohnes: »Wir bringen die Bikes weg. Bin gleich da.«

»Klar, ich warte hier auf dich.«

Krampfhaft presste ich die Lippen zusammen und klammerte die Finger fester um mein Smartphone. Reagierte ich über? Ja, ganz sicher. Aber, Jesus, der kleine Junge in mir hätte sich einfach so sehr gewünscht, dass mein *Vater* einmal da gewesen wäre. Nur ein einziges Mal.

~~~

Eigentlich sollte ich mit meinen vierundzwanzig Jahren wirklich langsam darüber hinweg sein, dass mein Erzeuger es nie für notwendig erachtet hatte, irgendwie Kontakt aufzunehmen. Geschweige denn sich aus den USA nach Deutschland zu bequemen. Es war auch nicht so, als würde ich täglich darüber nachgrübeln. Nur manchmal gab es Situationen, die mich daran erinnerten, dass mein Vater nie da gewesen war. Zum Beispiel wenn mich ein heißer – und doch ziemlich
~~~

kühler – Kerl abblitzen ließ und vor seinem Sohn so tat, als hätte er dessen Trainingsläufe interessiert verfolgt.

Shit, Mann, dieser Kerl sollte mir Tage später gar nicht mehr durch den Kopf schwirren!

Mit einem Seufzen wischte ich die Gedanken fort, erhob mich neben meiner KTM und griff nach einem Lappen, um mir die Finger abzuwischen. Noch einmal ging ich um mein Bike herum, maß es mit prüfenden Blicken.

In den letzten Tagen hatte ich jede freie Minute damit verbracht, an meiner Süßen herumzuschrauben. Ich hatte die Scheinwerfermaske gewechselt, eine Kennzeichenhalterung mit Rücklicht und Blinker angebracht und verkabelt und die Spiegel angebaut. Ganz schön viel Aufwand dafür, dass ich so selten außerhalb der Rennstrecke fuhr. Theoretisch hätte ich auch jemanden vom Verein fragen können, ob derjenige meine Maschine mit einem Anhänger abholte und zum Vereinsgelände brachte. Aber ich schraubte einfach gern herum.

Jedenfalls war meine Maschine nun einsatzbereit im Straßenverkehr. *Beinahe* ganz legal. Das Einzige, was man mir ankreiden könnte, war die Auspuffanlage, die aufgrund der notwendigen Leistung fürs Rennen zu wenig Dämmung hatte und demnach zu laut war. Durch den TÜV war ich damit dennoch gekommen – man musste eben die richtigen Leute kennen.

In einer Polizeikontrolle – in die ich hoffentlich nicht mehr allzu bald geraten würde – musste ich darauf pokern, einen der geschätzt fünfundneunzig Prozent Polizisten zu erwischen, die sich nicht gut genug mit Motocross-Maschinen auskannten. Außerdem würde ich meine Süße heute lediglich zum Vereinsgelände fahren, das sollte ja wohl zu schaffen sein. So schnell würde ich nicht mehr in Verlegenheit kommen, ein illegales Querfeldein-Rennen zu starten.

Bei dem letzten Gedanken ziepte ein schiefes Grinsen an meinen Mundwinkeln. Einerseits war Quer-durch-ein-Maisfeld-vor-der-Polizei-Abhauen schon eine ziemlich coole Adrenalin-Aktion, andererseits aber eben auch alles andere als cool. Nicht zum ersten Mal in den letzten Tagen befiel mich ein schlechtes Gewissen dem Feldbesitzer gegenüber. Ich hatte bei meinem wilden Ritt sicher nicht nur einen Maiskolben abgerissen. Ob ich irgendwie herausfinden konnte, wem das Feld gehörte, um demjenigen einen kleinen Entschuldigungsbrief und zwanzig Euro in einem Briefumschlag vor die Haustür zu legen? Anonym natürlich. Unternommen hatte ich bislang in diese Richtung allerdings nichts. Vielleicht weil ich feige war oder das schlechte Gewissen doch nicht groß genug. Oder auch einfach, weil mir allein schon zwanzig Euro in der Kasse echt fehlen würden.

Die KTM 350 SX-F – auch wenn es eine gebrauchte Maschine war – war mein Traum, für den ich jahrelang eisern gespart hatte. Immerhin lebte ich seit dem Tod meiner Mutter nicht in einem winzigen Häuschen in einem Schrebergarten, weil ich ach so naturverbunden war. Ich liebte meinen kleinen Gemüsegarten, aber primär war das Grundstück einfach die kostengünstigste Variante – auch wenn hier zu wohnen nicht ganz legal war. Das Grundstück samt Häuschen hatte ich von meinem Opa geerbt. Der Pachtvertrag von anno dazumal war von der Gemeinde nie infrage gestellt worden und verbot die Nutzung als Wohnfläche nicht per se. Weswegen ich beschlossen hatte, dass ich es riskieren konnte, hier zu leben. Stets in der Hoffnung, dass niemand vom zuständigen Amt auf mich aufmerksam wurde. Meinen Wohnsitz hatte ich jedenfalls problemlos ändern können.

In der Mietwohnung meiner Mutter hatte ich nicht bleiben wollen und außerdem hätte ich die mit meinem damaligen Azubigehalt kaum halten können. Meine Mutter hatte ja selbst oft kaum gewusst, wie sie uns beide über die Runden bringen sollte.

Jesus, hatte ich nicht weniger grübeln wollen? Mein innerliches Gejammer war ja kaum auszuhalten. Entschlossen legte ich den Lappen beiseite und griff stattdessen nach einem der Poliertücher. Beim ersten Training sollte meine Süße definitiv so gut wie nur möglich aussehen!

Rund eine Stunde später schob ich mein Bike den schmalen Weg zwischen den Schrebergärten entlang. Unter der Woche waren kaum Gartenbesitzer da. Oft nur das eine ältere Ehepaar am anderen Ende der Anlage. Dennoch hatte ich nicht vor, irgendjemandem mit Motorenlärm auf den Keks zu gehen. Hier in den Schrebergärten gab es gefühlt nur zwei Arten von Nachbarn: die Tiefenentspannten, die einen ständig zum Grillen einladen wollten, und die Nörgler, die sich an jeder nicht akkurat gestutzten Hecke störten. Vor allem mit diesen musste ich mich gut stellen, wenn ich vermeiden wollte, dass mich doch mal jemand bei der Gemeinde anschwärzte.

»Na dann, Süße, wollen wir mal ...« Jepp, ich redete mit meinem Motorrad. Das Grinsen verbarg ich hinter dem Gesichtsschutz meines Helms, zog mir die Schutzbrille über die Augen und kontrollierte noch mal den Sitz meines Rucksacks. Ein leichtes Kribbeln breitete sich in meinem ganzen Körper aus, als ich mich auf die Maschine schwang.

Das konnte echt nicht wahr sein!

Dieses Mal standen die Bullen nicht in der Haltebucht an der Landstraße, sondern kurz vor dem nächsten Ortseingang.

Beinahe hätte ich beim Anblick des Streifenwagens aufgelacht. Aber eben nur beinahe. In meinem Magen machte sich ein unwohles Rumoren breit und ich betete spontan, dass es nicht ausgerechnet die Polizisten waren, vor denen ich vor wenigen Tagen abgehauen war. Total unnötig eigentlich, ich war mir sicher, dass sie die nicht für den Straßenverkehr zugelassene Auspuffanlage nicht bemerken würden. Ebenso wie sie in meiner KTM nicht eben jenes Bike erkennen würden. Mit neuer Scheinwerfermaske und Co sah ein Motorrad gleich anders aus.

So oder so, dieses Mal würde ich anhalten, sollten sie mich rausziehen. Ich drosselte meine Maschine extra frühzeitig vor dem Ortsschild auf gerade mal noch sechzig Stundenkilometer herunter. So war der Auspuff nicht mehr allzu laut und vielleicht hinterließ angemessene Geschwindigkeit einen guten Eindruck und sie ließen mich einfach vorbeifahren.

Natürlich nicht. Schon winkte mich einer der beiden Polizisten raus. Na großartig!

Während ich weiter abbremste und auf den Seitenstreifen fuhr, atmete ich zweimal tief durch. Der Polizist, der mir Handzeichen gegeben hatte, kam bereits auf mich zu. Ziemlich entschlossenen Schrittes.

*Entspann dich, Colin, die können dir nichts.* Hoffte ich zumindest.

Warum mussten Männer in Uniform auch immer so … *Respekt einflößend* wirken? Irgendwie autoritär und im selben Zuge sexy. Ja, der Kerl war wirklich heiß in seiner Uniform, wie er da so auf mich zukam und mich mit strenger Miene und durchdringendem Blick musterte. Reflexartig zog ich die Schutzbrille über meinen Helm hoch, um ihn direkt ansehen zu können und …

Oh. Fuck!

Von wegen sexy Dad in Bad-Boy-Optik. Also, sexy durchaus. Sein intensiver Blick durchbohrte mich regelrecht. Wie hätte ich ahnen sollen, dass sich solche Augen hinter der Sonnenbrille verbargen und dass der heiße Dad Polizist war? Einer, der dank des Hobbys seines Sohnes vermutlich Ahnung von Cross-Maschinen hatte. Und er hatte mich damit bei den Eiern. Nur nicht annähernd so, wie ich es mir ursprünglich erhofft hatte.

# Kapitel 2 – Alexander

Je näher das Motorrad gekommen war, desto sicherer war ich mir gewesen: Trotz Scheinwerfermaske und diverser anderer Umbauten erkannte ich das Bike und vor allem den Fahrer in seiner auffälligen orange-schwarzen Jacke und mit ebensolchem Helm. Als er seine Schutzbrille hochzog, musste ich feststellen, dass ich ihn *wirklich* kannte. Gewissermaßen zumindest.

Trotz Helm samt Gesichtsschutz war es mir unmöglich, dieses Gesicht *nicht* wiederzuerkennen. Dafür war es mir vor vier Tagen zu sehr ins Auge gestochen. Ebenso wie die zahlreichen Tattoos, die nun allerdings unter der hochgeschlossenen Motorradjacke verborgen lagen.

»Schönen guten Tag«, sprach ich ihn mit möglichst neutraler Stimme an und blieb neben seiner Maschine stehen. »Stellen Sie bitte den Motor ab und dann hätte ich gern mal Führerschein und Fahrzeugschein gesehen.«

Seine grün-braunen Augen weiteten sich und zeigten deutlich, wie überrascht – nein, schockiert – er war, mich zu sehen. Ich hätte schwören können, dass er auch seine Lippen in lautloser Überraschung verzog.

Doch der Blick auf diese blieb mir aufgrund des Gesichtsschutzes verwehrt. Vorerst. »Und ziehen Sie bitte den Helm ab.«

Langsam, als müsste er sich auf jeden Handgriff besinnen, schaltete er den Motor ab und schwang sich vom Bike herunter. Zog seinen Helm ab. Zum Vorschein kamen dunkelblonde, etwas längere Haare, ein fein geschnittenes, dennoch leicht kantiges Gesicht und die etwas zu lange Nase, neben der sich ein Ansatz von Sommersprossen zeigte. Man musste schon genau hinsehen. Verflucht, ich sah *zu* genau hin. Omar trat neben mich und riss mich damit aus meiner Musterung. Wie meist bei einer Verkehrskontrolle übernahm einer von uns das Reden, der andere arbeitete zu.

»Mein Geldbeutel ... Äh, ich müsste kurz ...« Etwas ungelenk deutete der Kerl auf seinen Rucksack, strich sich mit der freien Hand durch die Haare, lockerte so die leicht verschwitzten Strähnen. Bei dem kurzen Aufeinandertreffen auf dem Vereinsgelände war er mir definitiv schlagfertiger vorgekommen, beinahe herausfordernd.

Energisch drängte ich die Erinnerungen zurück, rief mir stattdessen ins Bewusstsein, dass er verdammt noch mal querfeldein vor uns abgehauen war. Zumindest ging ich stark davon aus, dass er an dem Tag die KTM gefahren hatte. Nicht zu vergessen der Sprung über den Straßengraben. In einem anderen Kontext hätte ich ihm zu diesem fast schon gratulieren wollen.

»Holen Sie ihn raus.« Ich nickte knapp in Richtung seines Rucksacks, den er sich zögerlich vom Rücken streifte. Seinen Helm hängte er an den Lenker.

Kurz wühlte er im Rucksack herum, ehe er sein Portemonnaie und daraus schließlich die Ausweisdokumente hervorzog. Ich warf lediglich einen flüchtigen Blick auf den Namen auf dem Führerschein, reichte dann alles an Omar weiter. »Überprüfst du das?«

»Klar.«

Ich musste ihm nicht sagen, dass er auch das Kennzeichen abfragen sollte. Omar war Polizeihauptmeister und wir beide schon seit mittlerweile zwei Jahren ein eingespieltes Streifenteam.

Während er rüber zu unserem Streifenwagen ging, um die Dokumente im POLAS abzufragen, richtete ich wieder meine volle Aufmerksamkeit auf meine *Motocross-Bekanntschaft*. Innerlich schnaubte ich. So sollte ich ihn nicht mal gedanklich nennen.

»Colin Schreiber also. Ist das Ihre Maschine?«

Er nickte sofort. »Ja.« Sein Zögern wirkte, als wollte er noch etwas hinzusetzen. »So schnell sieht man sich wieder. Verraten Sie mir dann jetzt auch Ihren Namen?«

Damit hatte ich nicht gerechnet. Mit einer flüchtigen Geste deutete ich auf das Namensschild an meiner Uniform. »Polizeioberkommissar Haas.«

Um seinen Mund spielte ein unsicheres Lächeln, offensichtlich beeindruckte ihn die Situation. Sollte sie auch, wenn man bedachte, was er sich geleistet hatte. Das Funkeln in seinen Augen wirkte jedoch schon wieder herausfordernd. »Ich meinte eigentlich Ihren Vornamen. Meinen kennen Sie ja nun und wir sind quasi … Gleichgesinnte? Na ja, wir teilen die Begeisterung für Motocross?«

Dass er es wie eine Frage formulierte, änderte rein nichts daran, dass wir *darüber* gar nicht erst sprechen sollten. Nicht in einer Verkehrskontrolle. Daher sperrte ich das: *»Ich stehe eher auf Harleys«*, in meiner Kehle ein und entgegnete knapp: »Mein Vorname tut nichts zur Sache. Mein Kollege und ich führen hier eine allgemeine Verkehrskontrolle durch. Ich sehe mir Ihre Maschine mal genauer an.«

»Klar. Kein Thema.«

Ob das wirklich kein Problem für ihn war, vermochte ich nicht mit Sicherheit zu sagen. Mir kam es allerdings so vor, als läge unter seiner locker-direkten Art eine Spur Unsicherheit. Ohne ihn gänzlich aus den Augen zu lassen – es hatten schon Leute versucht, wegen weniger abzuhauen –, ging ich um das Motorrad herum. Ben fuhr aktuell noch eines der vereinseigenen Bikes, aber wir hatten den Deal, dass er sein erstes eigenes zu seinem Geburtstag nächstes Jahr im März bekommen würde. Wenn er weiterhin mit so viel Feuereifer beim Motocross bei der Sache war, aber darum musste ich mir wohl keine Sorgen machen. Er brannte für diesen Sport. Ich konnte mir durchaus vorstellen, dass sein erstes Bike auch eine KTM werden würde.

»Fahren Sie Rennen mit der Maschine? Haben Sie etwas an ihr machen lassen?« Ich hätte schwören können, dass die Auspuffanlage zu laut war.

»Ja, tue ich. Aber nein, selbst gemacht, nicht machen lassen«, antwortete Colin mit eindeutig stolz geschwellter Brust. Er besann sich jedoch rasch darauf, dass das in einer Polizeikontrolle vielleicht nicht unbedingt *der* Beweis für fachgerechte Arbeit war. »Ist alles im Fahrzeugschein eingetragen.«

»Wirklich alles?«

Es war nur ein minimales Zögern, ein kaum merkliches Blähen der Nasenflügel. »Ja. Alles.«

Ich konnte mich täuschen. Es war möglich, dass inzwischen alles seine Richtigkeit hatte. Aber selbst das änderte nichts an der Aktion vor wenigen Tagen.

Fragend sah ich zu Omar, der gerade wieder zu uns herüberkam. Mit vielsagendem Blick reichte er Colin die Papiere. »Passt so weit alles.«

Colins Schultern sanken eindeutig *zu* erleichtert herab. »Sag ich doch. Kann ich dann weiterfahren?«

»Nein.«

Sein Blick schnellte zu mir. »Warum nicht? Wollen Sie sich meine Maschine noch genauer ansehen? Bitte. Sie werden nichts finden, was nicht so sein darf.«

Ich gab mir nicht die Mühe, mir das spöttische Lächeln zu verkneifen. »Jetzt möglicherweise nicht mehr. Aber erklären Sie mir und meinem Kollegen doch bitte mal, weshalb Sie am vergangenen Donnerstag ohne Nummernschild, ohne Scheinwerfer, Blinker, Spiegel und Rücklicht unterwegs waren.«

»Und weshalb Sie es für eine gute Idee hielten, quer durch ein Maisfeld abzuhauen«, fügte Omar hinzu.

»Darum!«

Ich konnte regelrecht sehen, wie Colin sich auf die Zunge biss, kaum dass das Wort aus seinem Mund gepurzelt war.

»Ich meine, bin ich nicht. Mein Bike ist sauber. Ich meinte nur, wenn ich ohne Nummernschild oder so fahren würde, würde ich auch abhauen. Also ... hypothetisch gesehen.«

»Mhm, schon klar.« Ich ging wieder um die KTM herum, baute mich vor Colin auf. Ich überragte ihn nicht, wir waren annähernd gleich groß, und ich wollte ihm auch keinesfalls ernstlich drohen. Verschränkte Arme und ein strenger Blick reichten allerdings schon aus, um ihn zumindest sinnbildlich in sich zusammensinken zu lassen. Ich war mir sicher, ihm war klar, dass er Scheiße gebaut hatte – und wir es wussten.

»Lassen wir die Spielchen, Herr Schreiber.« Ich pokerte durchaus hoch, wir konnten ihm rein gar nichts beweisen. Aber letztlich ging es mir auch nicht um eine Strafverfolgung, sondern darum, in ihm das Bewusstsein dafür zu befeuern, was er da eigentlich getan hatte. »Mein Kollege und ich haben am vergangenen Donnerstag definitiv dieses Motorrad und einen Fahrer in diesen Klamotten in eine Kontrolle gewinkt und der Fahrer ist daraufhin samt Bike querfeldein geflüchtet. Das Motorrad ist auf Sie zugelassen. Also entweder, Sie sind selbst gefahren, oder Sie sollten uns zumindest einen Namen nennen können, an wen Sie ihre Maschine verliehen hatten. Also?«

Er sagte … nichts.

Sekundenlang.

Lieferte sich ein nahezu trotziges Blickduell mit mir, in dem er schließlich klein beigab.

»Ich bin nicht gefahren. Sie können mir nichts beweisen.« Er nuschelte die Worte eher seinen Motorradstiefeln entgegen, als dass er sie wirklich an mich oder Omar richtete.

»Stimmt«, gab ich unumwunden zu. »Aber glauben Sie mir, ich werde dennoch herausfinden, ob Sie an dem Tag gefahren sind oder nicht. Und selbst wenn nicht, dann haben Sie eine Cross-Maschine verliehen, die so definitiv nicht straßentauglich war, in dem Wissen, dass *jemand* damit fahren würde ...« Was nicht strafbar war, aber das würde ich ihm so nicht unter die Nase reiben. Ich ließ den Satz absichtlich offen und es verfehlte seine Wirkung nicht.

Colin kickte mit der Stiefelspitze einen imaginären Stein fort. »Fuck.« Er flüsterte den Fluch nur, sah ruckartig zu mir. Der Blick, der mich aus diesen grün-braunen Augen traf, war ... irgendwie rebellisch und reumütig in einem. Eine gefährliche Mischung.

Letztlich blieb jedoch der Trotz. »Mit kleinen Notlügen kennen Sie sich ja auch aus.«

»Bitte?« Das Wort entfuhr mir perplexer als gewollt.

Colin schoss sofort dagegen. »Na, so von wegen: ›*Klar hab ich deine Drop offs gesehen.*‹ Haben Sie nicht!«

Ich brauchte einen Moment, um zu begreifen, wovon er redete. Mal ganz abgesehen davon, dass das hier in dieser Kontrolle überhaupt nichts zu suchen hatte, lag er mit seiner Unterstellung, ich hätte Ben angelogen, einfach falsch. Ich *hatte* Ben beim Training zugesehen, war nur noch einmal zurück zum Auto gegangen, um ein dienstliches Telefonat zu führen.

Zugegeben, es wurmte mich selbst, dass ich meine Arbeit allzu oft mit nach Hause nahm und es dadurch Situationen gab, in denen ich Ben nicht voll gerecht werden konnte. Aber zum Teufel, ich würde meinen Sohn niemals anlügen. Ich setzte alles daran, ihm ein guter Vater zu sein. Mehr noch, seit ...

Energisch drängte ich das plötzlich drückende Gefühl von Enge in meinem Brustkorb zurück. Nur mit Mühe widerstand ich dem Drang, *unsere* – Bens und meine –

Situation vor Colin klarzustellen. Es ging ihn schlicht und ergreifend einen Dreck an. »Ihre Annahmen tun hier nichts zur Sache, Herr Schreiber«, entgegnete ich mühsam beherrscht. Definitiv würde ich Omar nachher erst mal aufklären müssen, dass Colin und ich uns gewissermaßen kannten. »Also noch einmal: Sind Sie am Donnerstag diese Maschine gefahren? Ohne Straßenzulassung. Inklusive Fluchtmanöver durch das Maisfeld da vorne.« Zur Bekräftigung meiner Worte deutete ich an Colin vorbei, die Landstraße entlang.

In einem schnaubenden Atemzug stieß er die Luft aus. »Shit. Ja. Ja, ich bin gefahren. Ich weiß, dass das … na, nicht richtig war.«

So konnte man es natürlich auch ausdrücken.

»Es war nur … Ich hab die Maschine ganz neu und bin megastolz auf sie und wollte einfach 'ne kleine Willkommensfahrt machen. War total leichtsinnig und es tut mir leid.«

Unabhängig davon, ob ich ihm das glaubte, änderte es rein gar nichts am Sachverhalt.

»Ihr Fahrverhalten hätte andere Verkehrsteilnehmer ernsthaft gefährden können«, sagte Omar, während ich noch in Colins Miene zu lesen versuchte, *wie leid* es ihm tatsächlich tat.

Seine Augen weiteten sich merklich und dieses Mal sah ich auch den erschrockenen Zug um seinen Mund. »Ich hab geschaut, bevor ich ausgeschert bin.«

Omar schnaufte. »Na, wenigstens das.«

»Ja.« Colin wand sich regelrecht unter unseren Blicken, biss die Zähne aufeinander. »Ich weiß, dass es 'ne echt blöde Nummer war. Aber es ist ja nichts weiter passiert. Also, nur mir selbst.«

»Und dem Besitzer des Maisfeldes.«

Colin sah zurück zu mir, sichtlich beschämt mittlerweile. »Wenn ein Schaden entstanden ist, ersetze ich den.«

»Das liegt nicht in unserem Ermessen. Sachbeschädigung ist ein relatives Antragsdelikt, es wird lediglich verfolgt, wenn der Eigentümer es zur Anzeige bringt – oder öffentliches Interesse besteht. Zudem könnte er allerdings Zivilklage einreichen.«

»Was?«, hauchte Colin hörbar kratzig. »Anzeige? Klage? Aber das ... Ich wollte ja nur ...«

»Was? Der Verkehrskontrolle entgehen? Könnte jetzt ein teurer Spaß werden, unabhängig von diesem Maisfeld. Sie haben mit Ihrer Fahrt gegen das Pflichtversicherungsgesetz und das Kraftfahrzeugsteuergesetz verstoßen. Bei Ersterem handelt es sich um eine Verkehrsstraftat, die mit Geldstrafe geahndet wird, die bis in den Tausenderbereich gehen kann.«

Während ich redete, sackte Colin rücklings gegen seine Maschine, sodass er mit dem Po an der Sitzbank lehnte und ich schon Sorge hatte, er könnte samt Bike umkippen. Um die Nase herum war er sichtlich blass geworden, wodurch die winzigen Sommersprossen im hellen Licht der Julisonne deutlicher zu sehen waren. In seiner Miene stand die Erkenntnis geschrieben, dass er auf gut Deutsch *so richtig Scheiße gebaut* hatte. Da gab es nichts schönzureden. Dennoch berührte mich sein Anblick auf eine gewisse Weise, auch wenn er das nicht sollte.

Aus dem Augenwinkel tauschte ich einen eingehenden Blick mit Omar, fing sein dezentes Nicken auf. Wir dachten wohl beide dasselbe: In Colin hatten wir einen verdammt leichtsinnigen Hitzkopf vor uns. Aber kein Arschloch, das in einer Kontrolle ausfällig wurde und darauf pfiff, was wir ihm zu sagen hatte. Wir könnten es durchaus vor uns selbst vertreten, all das *nicht* anzuzeigen – theoretisch.

~~~

»Dich wurmt immer noch, dass wir nichts gegen den Maisfeld-Rowdy in der Hand hatten.« Die Worte aus Omars Mund klangen viel eher nach einer Feststellung als nach einer Frage.

Daher antwortete ich nicht gleich. Oder aber ich tat es nicht, weil meine Mundwinkel mit einem Schmunzeln beschäftigt waren. Maisfeld-Rowdy – die Bezeichnung sollte nicht diese Wirkung auf meine Mimik haben. Rasch fing ich mich und verzog absichtlich den Mund, während ich meinem Streifenpartner über die Schulter hinweg einen Blick zuwarf. Hinter uns fiel die mit Sicherheitsglas versehene Tür ins Schloss, die den schleusenartigen Eingangsbereich vom hinteren Teil des Polizeireviers abtrennte.

»Wir hätten ihn dennoch nicht so einfach fahren lassen müssen.« Es war offensichtlich, dass Omar mit ›wir‹ primär mich meinte.

»Mhm, wir hätten uns zumindest die Auspuffanlage genauer ansehen können. Aber darum geht's nicht. Kaffee?« Mit einem vagen Nicken deutete ich in Richtung Aufenthaltsraum. Direkt nachdem wir Colin – nein, Herrn Schreiber – aus der Verkehrskontrolle entlassen hatten, waren wir zu einem Einsatz häuslicher
~~~

Gewalt gerufen worden, der uns über eine Stunde hinweg in Atem gehalten hatte. Die kurze Pause hatten wir uns verdient.

»Ja, gern.« Hinter mir betrat Omar den Raum. »Worum dann?«

War klar, dass er den Faden nicht einfach so loslassen würde. Um Zeit zu schinden, griff ich nach zwei sauberen Kaffeetassen. Wollte ich dieses sinnbildliche Fass wirklich aufmachen? Aber mein Streifenpartner hatte vermutlich ohnehin nicht Colins – verdammt, Schreibers! – Kommentar vergessen, der nichts mit der Kontrolle zu tun gehabt hatte.

»Wir ›kennen‹ uns«, mit einer Hand malte ich Anführungszeichen in die Luft, während ich eine der Tassen unter die Kaffeemaschine schob, »aus dem Motocross-Verein.«

Omar zog die Brauen zusammen. »Verstehe. Ist immer unschön, wenn man Leute, mit denen man dienstlich zu tun hatte, im Privaten wiedersieht.«

*Ja, auch das ...*

Ich nickte nur und wandte mich vollends der Kaffeemaschine zu. Hoffend, dass Omar nicht weiter nachhaken würde. Mit seiner Aussage hatte er recht, aber darum ging es nicht. Zumindest nicht primär. Mich wurmte, dass Colin – großartig, dann nannte ich ihn gedanklich nun eben so – mir vorgeworfen hatte, Ben belogen zu haben. Als wäre ich ein mieser Vater.

Zur Hölle, er hatte keine Ahnung, wie sehr ich seit inzwischen drei Jahren versuchte, alles für meinen Sohn zu sein. Vater und –

»Passt schon.« Ich unterbrach rigoros meine eigenen Gedanken und wandte mich wieder Omar zu. Die Kaffeemaschine verstummte und ich streckte ihm die erste gefüllte Tasse entgegen. »Ich hab diesen Colin bislang nur einmal auf dem Vereinsgelände getroffen. Schätze, wir können uns aus dem Weg gehen.«

Wenn er mir nicht noch mal in Gedanken versunken schier in die Autotür lief …

Dieses Mal unterband ich rechtzeitig das Zucken, das sich in meinen Mundwinkeln einschleichen wollte, und schob auch die zweite Kaffeetasse unter die Düsen. Den Regler für die Kaffeestärke drehte ich auf ›Double Shot‹. Zwar blieben nur noch rund eineinhalb Stunden bis zum Ende des Frühdienstes, aber der Mittagsschlaf vor dem Nachtdienst würde heute wieder einmal kurz ausfallen. Die tägliche große Gassirunde mit Sheldon stand aus, das Untergeschoss sollte mal wieder gesaugt werden und erwartungsgemäß würde Ben ein wenig Hilfe bei den Mathehausaufgaben benötigen. Natürlich konnte er sich mit seinen neun Jahren selbst beschäftigen und übernahm auch kleine Aufgaben im Haushalt. Aber letzten Endes war ich sein Vater, der für ihn da sein sollte. Mehr noch, seit Lissy nicht mehr bei uns war. Schlaf wurde überbewertet. Energisch kippte ich den ersten, noch scheiße heißen Schluck schwarzen Kaffees hinunter.

~~~

»Hast du alle Schulsachen für morgen?« Eine Hand bereits auf der Türklinke sah ich Ben entgegen, der gerade schwungvoll durch den Hausflur schlitterte.
~~~

»Klaro!« Wie zum Beweis drückte er mir seinen Schulranzen in die freie Hand. Die Tasche, in der er seine Übernachtungssachen hatte, stand bereits fertig gepackt neben der Haustür.

Während Ben vor dem Schuhregal in die Hocke ging und sich schließlich für die weißen Sneaker mit den grünen Streifen entschied – passend zu seinen kakifarbenen Cargoshorts –, wog ich den Rucksack in der Hand. »Darf ich?«

Ben nestelte am Schnürsenkel, nickte dabei und murmelte eine Zustimmung.

Ein eingehender Blick in den Ranzen zeigte, was ich aufgrund des Gewichts schon geahnt hatte: »Dein Buch für Sachkunde fehlt.«

»Nimmt Emil mit.«

»Sicher?«

»Papa ...«

»Okay, okay. Dann Abmarsch.« Ich schulterte Bens Schulranzen und er griff nach der Tasche mit seinen Klamotten. Ein kleiner Kulturbeutel mit den nötigsten Drogerieartikeln war seit bereits über einem Jahr bei den Kochs deponiert. Ob es mir gefiel oder nicht, so oft, wie Ben bei ihnen übernachtete, ergab es schlicht keinen Sinn, den Kram jedes Mal ein- und wieder auszupacken.

Ich wollte gerade den Mund aufmachen, um nach Sheldon zu rufen, da tappte unser brauner Labrador Retriever bereits in den Flur. Auch er kannte die Routine, wenn ich zum Nachtdienst musste. Wie jedes Mal würde er auf dem Revier erst mal Streicheleinheiten von allen meinen Kollegen bekommen und sich dann für ein Nickerchen in sein Körbchen unter einem der

Schreibtische verziehen. Dort blieb er problemlos, wenn ich für Einsätze rausfahren musste.

Mit einem innerlichen Seufzen öffnete ich die Haustür und Kind und Hund huschten hindurch und rüber zum Auto, das ich mittags vor der Garage hatte stehen lassen. So dankbar ich den Eltern von Bens bestem Freund auch war, es kostete mich jedes einzelne Mal Überwindung, Ben für die Nacht zu ihnen zu bringen. Auf rein rationaler Ebene war mir klar, dass es die beste Lösung war. Ben mit seinen neun Jahren eine ganze Nacht allein zu lassen, war für mich keine Option. Er fand es cool, dass er alle fünf Tage bei den Kochs übernachten durfte. Außerdem ermöglichte es mir mein Schichtrhythmus von Spät-, Früh- und Nachtdienst an den drei darauffolgenden dienstfreien Tagen viel Zeit mit ihm zu verbringen. Dennoch fühlte es sich vor jedem einzelnen Nachtdienst so an, als würde ich meinen Sohn abschieben, weil ich nicht für ihn da sein konnte.

Ich *wusste*, dass das Blödsinn war – aber mein Hirn begriff es eben nur rein theoretisch.

Da die Kochs nur wenige Querstraßen weiter im selben Ort wohnten, sprang Ben bereits drei Minuten später wieder aus dem Auto und nach hinten zum Kofferraum. Während er noch seinen Schulranzen und seine Übernachtungstasche herausholte und Sheldon, der in seiner Hundebox saß, zum Abschied knuddelte, öffnete Linda die Haustür.

Ich stieg ebenfalls aus, blieb aber am Wagen stehen. »Hallo, Linda, ich bringe Ben vorbei.« Das Offensichtliche auszusprechen, machte es nicht angenehmer. Ich konnte nicht anders, als in Gedanken ein ›mal wieder‹ hinzuzufügen.

Im Türrahmen stehend lächelte sie mir zu. »Hallo, Alex. Alles wie gehabt?«

Ich nickte nur. Ben übernachtete so oft bei den Kochs, dass es keinerlei Absprachen mehr bedurfte. Ein Umstand, der mich eigentlich beruhigen und freuen sollte. Tat er aber nun mal nicht.

»Tschüss, Papa!« Ben winkte mir zu und huschte durch das offen stehende Vorgartentörchen. »Hi, Linda.«

»Hi, Ben«, entgegnete sie ebenfalls grinsend. »Emil ist in seinem Zimmer.«

Ich hörte die Entgegnung meines Sohnes nicht mehr. Doch die Art, wie er an Linda vorbeischlüpfte, seine Schuhe im Flur abstreifte und vollbepackt, wie er war, einfach weiter ins Haus hineinging, erweckte den Eindruck, als wäre er dort fast schon zu Hause.

Oliver tauchte hinter seiner Frau im Flur auf, hob die Hand zum Gruß. Etwas an dem Bild, wie die beiden da gemeinsam standen und er ihr eine Hand in einer gleichsam ganz alltäglichen wie zärtlichen Geste auf die Schulter schob, ließ meine Kehle eng werden.

Vehement kämpfte ich den plötzlichen Stich im Brustraum nieder. »Na dann ... der Dienst ruft.« Ich verzichtete darauf, mich zum eintausendsten Mal bei den beiden zu bedanken. So mussten sie mir nicht zum ebenfalls eintausendsten Mal versichern, dass sie gern halfen. Und ich mir nicht eingestehen, dass ich diese Hilfe verdammt noch mal brauchte.

»Klar, angenehmen Dienst.«

»Ach, Alex ...«

Bereits im Einsteigen wandte ich mich Oliver noch einmal zu.

»... ich hole Emil morgen von der Schule ab, weil ich sowieso in der Gegend bei einem Kunden bin. Soll ich Ben bei euch absetzen?«

Entgegen jeder rationalen Logik entgegnete ich sofort: »Ich hol ihn selbst ab. Aber danke.«

Auf die Distanz sah ich etwas über Olivers Gesicht zucken, das ich nicht recht entschlüsseln konnte. Resignation? Enttäuschung? Oder gar Mitleid?

Eilig stieg ich ins Auto und zog die Tür zu. Durchs Beifahrerfenster winkte ich meinem Kumpel und seiner Frau noch einmal zu und fuhr nach einem prüfenden Schulterblick los. Dabei fragte ich mich unweigerlich, wann er und ich eigentlich zuletzt ein Bier zusammen getrunken hatten. Es war definitiv nach Lissys Tod gewesen, aber dennoch verdammt lange her. Und das lag gewiss nicht an ihm.

# Kapitel 3 – Colin

Mit dem Adrenalin vom Tabletop-Sprung im Blut, entschied ich kurzerhand, in der letzten Trainingsrunde für heute, kurz vor der Start-Ziel-Geraden, aufs Ganze zu gehen. Nach mittlerweile vier Trainings mit meiner Süßen war ich mir sicher, das Kurvenverhalten der KTM ausreichend einschätzen zu können. Demnach steuerte ich die letzte Kurve nicht auf der Außenbahn an, sondern lenkte meine Maschine nach innen. Direkt in eine der Spurrinnen, die die vorherigen Fahrer des heutigen Tages dort hinterlassen hatten. Ähnlich wie nach außen überhöhte Kurven ermöglichten es auch Spurrinnen, mit hohem Tempo aus einer Kurve herauszuschießen – vorausgesetzt, man fuhr sie richtig.

Gute Balance war der Schlüssel zum Erfolg. Ebenso Sanftheit an Gas und Bremse, weil in einer Spurrinne nur wenig Raum zum Lenken bestand.

Ich konzentrierte mich darauf, weit nach vorn zu schauen und meine Süße in die optimale Schräglage zu bringen. Das kurveninnere Bein ausgestreckt drückte ich das Knie gegen den Tank und zog die Zehen Richtung Vorderrad. Dadurch drehte sich meine Hüfte automatisch und ich war gezwungen, die äußere Fußraste zu belasten. Dieser Druck und die Spannung in meinem Oberkörper vermittelten das Gefühl, als würde ich den Boden von mir wegdrücken – und brachten meine Süße in die ideale Kurvenlage. Zusätzlich ließ ich die Vorderradbremse schleifen, wodurch die Gabel komprimiert gehalten wurde, was wiederum das Einlenken erleichterte und verhinderte, dass die Maschine aus der Spurrille hinauskletterte.

Ein weiterer spürbarer Adrenalinkick und purer, freudiger Stolz fluteten mich, als ich im Ausgang der Spurrinne meine Süße aus dem Schwung der Kurve heraus beschleunigte. Wie hieß es so schön: Motorräder waren nicht dazu gemacht, schnell zu sein, sondern schnell zu werden! Neben den Sprüngen war die Beschleunigung das, was mich beim Motocrossfahren am meisten kickte.

Den Rausch konnte ich jedoch nur kurz genießen. Während ich die Start-Ziel-Gerade entlangbretterte, registrierte ich die Kids, die bereits auf dem Sandstück neben der Strecke warteten. An diesem Abend stand noch das Junioren-Training an. Dementsprechend lenkte ich meine Süße frühzeitig an den Rand der Bahn und drosselte weit vor dem Ausgang das Tempo. Durch ein Heben der linken Hand signalisierte ich den verbliebenen Fahrern, dass ich die Strecke verlassen würde.

Mit den Füßen neben dem Motorrad paddelnd, als säße ich auf einem Laufrad, rollte ich langsam von der Strecke und schob dabei schon mal das Visier meines Helms hoch. Neben den Kids, die auf ihr bevorstehendes Training warteten, brachte ich meine Süße zum Stehen und stoppte den Motor mit dem Killschalter. Erst als ich mich von der Maschine schwang, realisierte ich wieder, wie drückend schwül es war. Für den frühen Abend waren Gewitter angesagt. Rasch zog ich mir den Helm vom Kopf und warf einen prüfenden Blick in den Himmel. In einiger Entfernung ballten sich bereits tiefgraue Wolken zusammen, aber mit etwas Glück würden die Kids ihre Trainingsstunde noch trocken überstehen.

Insgeheim freute ich mich auf das Unwetter. Nicht, weil ein solches zu erleben in meinem Gartenhäuschen so supergemütlich und erstrebenswert war, sondern weil ich dann in den nächsten Tagen meine Süße bei matschiger Fahrbahn austesten konnte. Danach würden die Maschine und ich gnadenlos eingesaut sein, aber wer sich vor Dreck scheute, sollte ohnehin kein Motocross fahren.

Gerade überzog lediglich eine feine Staubschicht die KTM. Vielleicht würde ich sie trotzdem noch sauber machen. Zeit hatte ich und war außerdem verknallt genug in mein neues Bike, um –

»Hey, das war richtig cool!«

Überrascht hob ich den Blick von meiner Süßen und sah das Mädchen an, dessen Bewunderung ganz offensichtlich meiner Performance auf der Rennstrecke galt. Mit einem eindeutigen Funkeln in den Augen grinste sie mich an. Die braunen, kurz geschnittenen Haare standen in einer Art Igelfrisur in alle Richtungen ab, was ihr einen gewissen Schalk verlieh.

Unweigerlich musste ich ebenfalls grinsen. »Danke. Das Schätzchen hier macht auch richtig Spaß zu fahren.«

»Das glaub ich.« Das Mädchen, das ich auf zehn oder elf schätzte, nickte eifrig. »Wie du die Spurrinne genutzt hast, war echt nice.« Noch während sie das sagte, wandte sie sich halb um. »Oder, Ben?«

Der Name ließ mich aufhorchen. Ich musste allerdings zweimal hinsehen, um in dem Jungen, der schräg hinter ihr stand und bereits seinen Helm trug, den Sohn von *Mister Undurchschaubar* zu erkennen. *Mister Undurchschaubar*, dem ich in den letzten Tagen in Gedanken schon so einige Namen gegeben hatte und letztlich bei diesem gelandet war. Noch heute fragte ich mich, weshalb er mich aus der Polizeikontrolle entlassen hatte, ohne mir irgendein Verfahren anzuhängen. Wenn auch wohlbemerkt *nachdem* er mich verbal in den Senkel gestellt hatte. Die Erinnerungen daran und besonders an seinen durchdringenden Blick bescherten mir noch immer ein feines Kribbeln im Nacken. Gleichzeitig unwohl und ... keine Ahnung was. Ich sollte vielleicht auch einfach mal aus den Motorradklamotten raus. Mein Shirt klebte unter der Jacke regelrecht vor Schweiß an mir.

»Ja, voll!« Ben trat ebenfalls einen Schritt näher heran. »Ich hab das auch schon mal probiert, aber mir hat's das Vorderrad rausgehoben.« Ich meinte, trotz des Helms ein etwas verlegenes Grinsen auf seinem Gesicht zu erkennen. »Seitdem trau ich mich nicht mehr so recht.« Er zuckte mit den Schultern.

»Kann ich verstehen«, meinte ich nickend, wobei ich in Bezug aufs Motocrossfahren eigentlich nie nennenswerte Furcht verspürt hatte. Respekt ja, aber kein Muffensausen. »Das Wichtigste ist, dass ihr den Spurrillen nicht mit Angst begegnet«, sagte ich an die beiden Kids gewandt. »Macht sie euch in Gedanken zum Freund, nicht zum Feind. Letztlich lassen sie sich ganz ähnlich fahren wie Anlieger. Ihr müsst sie nur als gewöhnlichen Bestandteil der Cross-Strecke ansehen.«

Keine Ahnung, ob die beiden damit etwas anfangen konnten, aber es war meine feste Überzeugung. Tatsächlich nickten Ben und das Mädchen.

»Klingt irgendwie logisch«, meinte Letzteres. Kurz sah sie so aus, als wollte sie noch etwas hinzusetzen oder fragen, doch Ben stieß sie mit der Schulter an. »Komm, wir können auf die Strecke.«

~~~

Ich hatte meine Süße – wohl wissend, dass ich sie in den kommenden Tagen gnadenlos einsauen würde – doch noch auf Hochglanz poliert. Nicht ohne mir selbst ein wenig kaltes Wasser aus dem Schlauch über Kopf und Nacken laufen zu lassen.

Mein Shirt klebte nach wie vor an mir, als ich schließlich die vereinseigenen Garagen verließ. Eine Mischung aus Schweiß und Wasser. Beides würde bei der vorherrschenden Luftfeuchtigkeit nicht so schnell trocknen und wenn ich so in den Himmel sah, würde mich sowieso das Gewitter auf dem Nachhauseweg einholen. Die Dämmerung war eigentlich noch weit entfernt, aber alles erschien bereits Grau in Grau. Ein unheilvolles Donnergrollen war zu hören. Keine Motorengeräusche. Das Training der Junioren war längst durch und angesichts des drohenden Unwetters auch kein anderer Fahrer auf der Strecke. Überhaupt war
~~~

auf dem Vereinsgelände inzwischen wenig los. Lediglich das Paar, das vorhin mit mir auf der Strecke gewesen war, verließ gerade Händchen haltend den Clubraum und steuerte auf den Parkplatz zu. Und noch jemand stand dort: Ben.

Nun, seinen Helm an seinem Unterarm baumelnd, erkannte ich ihn auf Anhieb. Was meinen Blick band, war der Umstand, dass er ziemlich ungehalten an seinem Smartphone herumfummelte und dabei vor sich hin fluchte. Erst leise nur, dann schob er das Gerät mit einem inbrünstigen: »Blödes Kackteil«, in seinen Turnbeutel, der ebenfalls an seinem Unterarm hing. Unschlüssig, beinahe verloren sah er sich auf dem Parkplatz um. Sein Blick streifte meinen, jedoch ohne haften zu bleiben. Er wirkte echt ein wenig hilflos.

Kurz entschlossen ging ich auf ihn zu. »Hey, Ben!«

Erst jetzt wandte er sich mir richtig zu. Seine rastlose Miene allerdings blieb. »Hi …«

»Alles klar bei dir?«

Er hob die Schultern. »Mein Papa ist nicht da.«

Sofort nahm mein Herzschlag einen doppelten Takt auf. »Hat er dich versetzt, oder was?«

Ben zog die Stirn in Falten, schüttelte den Kopf.

Zugegeben, ich hätte meine Worte auch taktvoller wählen können. Aber tja … nicht auftauchende Väter und ich waren nun mal ein Thema für sich.

»Nee«, sagte Ben mit deutlichem Nachdruck in der Stimme, »er muss sicher länger arbeiten.«

Ich verkniff mir ein Schnauben. Natürlich konnte ich mir denken, dass er nicht einfach in einem Einsatz zur festgeschriebenen Feierabendzeit alles stehen und liegen lassen konnte. Aber, Mann, er konnte auch nicht seinen Sohn hier stehen lassen!

»Normalerweise meldet er sich immer irgendwie kurz«, redete Ben weiter, noch ehe ich meinem Unmut verbal Luft machen konnte, »aber mein Handy ist leer. Ich hab vergessen, es zu laden. Jetzt weiß ich nicht, was ich machen soll. Also ob Papa bald kommt oder ob ich mit dem Bus fahren soll ...« Seine laut ausgesprochenen Überlegungen endeten in einem erneuten Heben der Schultern. Fragend sah er zu mir auf, als könnte ich ihm sagen, wann sein Herr Vater gedachte, hier aufzukreuzen.

Shit, ich war zynisch, wusste ich selbst.

Mit Mühe zwang ich meine Gedanken in ruhigere Bahnen. Mir lag schon die Frage nach Bens Mutter auf der Zunge, doch ich schluckte sie hinunter. Und mit ihr auch den vagen Stich in meiner Herzgegend, der immer aufflammte, wenn ich an meine eigene Mum dachte. Wer wusste schon, was mit Bens war, wenn er sie nicht von selbst erwähnte – und wenn sein Dad keinen Ehering trug.

Rasch formulierte ich meine Frage um: »Kann dich nicht jemand anders abholen?«

»Na ja, schon. Aber ich kann ja niemanden anrufen.«

Punkt für Ben.

Kurzerhand zog ich mein Handy hervor und hielt es ihm hin. »Hier, du kannst meins benutzen. Weißt du die Nummer deines Papas auswendig?«

»Nee.«

Das war schlecht, aber verständlich. Ich selbst hätte auch keine einzige Handynummer auswendig herunterbeten können. Außer meine eigene.

Kurz überlegte ich, ob die Nummer von Bens Vater vielleicht hier beim Verein hinterlegt war, beziehungsweise ob ich jemanden auftreiben konnte, der sie mir geben konnte. Doch dann kam mir eine andere Idee.

»Auf welchem Revier arbeitet dein Dad denn? Wir können da anrufen.«

Ben legte abermals die Stirn in Falten, gerade so zu sehen unter seinen verwuschelten braunen Haaren. »Woher weißt du, dass mein Papa Polizist ist?«

*Tja, das ...* Augenblicklich hatte ich ihn wieder vor Augen. *Ihn* – in Uniform. Sein durchdringender Blick auf mir. Die bestimmende Strenge in seiner Stimme, die so gar nichts mehr von der Wärme barg, die sie gehabt hatte, als er mit seinem Sohn gesprochen hatte, und die ich gern auch mal ...

»Wir haben uns vor ein paar Tagen *getroffen*, als er gearbeitet hat«, erklärte ich rasch und verdrängte damit vehement meine seltsamen und vollkommen unpassenden Gedanken. Ich sollte ihn richtig kacke finden, dafür, dass er Ben hier allein stehen ließ, und nicht über den angenehm tiefen Klang seiner Stimme fantasieren. Oder darüber, dass er auf Respekt einflößende Art heiß in seiner Uniform aussah.

*Shit, Mann, Colin!*

»Ah«, machte Ben nur. »Also, er arbeitet auf dem Revier in Esslingen.«

»Gut.« Ein gewaltiges Donnergrollen mischte sich in das einzelne Wort aus meinem Mund und ließ Ben und mich nahezu zeitgleich in den Himmel schauen. Keine zwei Sekunden später traf der erste dicke Regentropfen meine Nase.

»Boah, nee«, maulte Ben neben mir.

Seufzend legte ich ihm eine Hand auf die Schulter, drückte kurz zu und nickte dann in Richtung des Vereinsheims. »Na komm, lass uns da reingehen. Ich lad dich auf 'ne Cola ein und dann versuche ich, deinen Dad zu erreichen, okay?«

In Bens Augen leuchtete etwas auf. Er tat einen Schritt, zögerte dann, schien zu überlegen. Doch angesichts der immer mehr werdenden Regentropfen, die auf uns niederfielen, nickte er schließlich. »Okay. Danke«, murmelte er und stiefelte vor mir her über den Parkplatz und auf den Clubraum zu.

Die schiere Vielzahl meiner Polizeikontakte der letzten Tage war besorgniserregend – und geprägt von ersten Malen. Nie zuvor hatte ich auf einem Polizeirevier angerufen. Der Beamte, den ich dort am Telefon hatte, war jedoch nett gewesen und vor allem hatte er direkt verstanden, wovon ich redete. Laut seiner Aussage war *Oberkommissar Haas* bereits unterwegs, um seinen Sohn abzuholen. Über die Bedeutung von ›bereits‹ konnte man in diesem Kontext diskutieren. Ich verkniff mir jedweden Kommentar und bedankte mich für die Auskunft, ehe ich auflegte.

Ben saß an einem der Tische und knibbelte an der Speisekarte aus Papier herum. Vor ihm stand ein Glas Cola, aus dem er offensichtlich bereits einige große Schlucke genommen hatte. Er sah auf, als ich zurück in den Clubraum und zu ihm trat.

»Der Polizist, mit dem ich telefoniert habe, sagt, dein Dad wäre unterwegs und kommt dich gleich abholen.«

Bens Schultern sanken nach unten. »Gut«, stieß er hörbar erleichtert aus. Er hatte auf mich nicht sonderlich ängstlich gewirkt, sondern einfach nur unschlüssig, was er tun sollte. Dennoch schien er nun froh, dass sein Vater *hoffentlich* bald hier sein würde.

Ich setzte mich zu Ben an den Tisch und zog das zweite Glas Cola heran, das ich für mich selbst bestellt hatte. Mit einem Nicken in Richtung der Speisekarte fragte ich: »Willst du auch was essen?« Die Auswahl war begrenzt, aber die Burger hier echt lecker und nicht allzu teuer. Angesichts der abendlichen Uhrzeit sollte Ben meiner Meinung nach langsam mal was in den Magen bekommen.

Doch er schüttelte den Kopf. »Nee, Papa hat für heute Abend vorgekocht. Es gibt Gemüselasagne und danach noch Schokopudding.«

Mir fehlten kurzzeitig die Worte. Faszinierend und erschreckend zugleich, was eine vermeintlich so simple Antwort in mir anzurichten vermochte. Wobei ich nicht mal wusste, was mich gerade mehr aus der Fassung brachte: dass ein Neun- oder Zehnjähriger mit solcher Begeisterung von Gemüselasagne sprach oder dass sein Vater eine solche vorbereitet hatte. Vermutlich Letzteres. Die Vorstellung, wie er am Herd stand und klein geschnittenes Gemüse und Lasagneplatten stapelte, damit sein Sohn nach einem langen Tag etwas Gutes in den Magen bekam, entfachte eine bittersüße Mischung aus Rührung und Wehmut in mir. Shit!

Ich wollte mich gerade dazu zwingen, etwas halbwegs Sinnvolles zu entgegnen, als Ben sich abrupt auf seinem Stuhl umdrehte. Erst dadurch realisierte ich, dass die Tür zum Clubraum aufgestoßen worden war.

Getrieben von einem regendurchsetzten, eklig schwül-
warmen Windstoß stürmte *Oberkommissar Haas* herein.

Zur Hölle mit mir, dass mir als Erstes auffiel, dass er
in dunkelblauer, vom Regen nahezu schwarzer
Blousonjacke und dunklen Jeans ebenso gut aussah wie
in Uniform. Oder wie in dem beigefarbenen eng anlie-
genden Shirt, das er bei unserer ersten Begegnung getragen hatte. Die Sonnenbrille allerdings fehlte und
sein intensiver Blick galt keinesfalls mir, sondern ausschließlich seinem Sohn.

»Ben!«

Besagter sprang von seinem Stuhl auf. »Hi, Papa.«

»Bin ich froh, dass du gewartet hast!« Mit ausladen-
den, energischen Schritten durchmaß *Mister Plötzlich-
gar-nicht-mehr-so-unnahbar* den Raum und legte einen Arm um seinen Sohn, zog ihn leicht an sich. »Tut
mir leid, Großer, wir hatten einen Einsatz. Ich hab versucht, dich anzurufen.«

Sichtbar schuldbewusst grinste Ben zu ihm hoch.
»Mein Akku ist leer. Sorry.«

»Mhm, mal wieder zu lange gezockt, was?«

»Vielleicht ...«

Etwas an der Art, wie *Mister Vaterliebe-macht-attrak-
tiv* mit Ben redete und in sichtlicher Sorge um ihn gewesen war, berührte mich tief drinnen. Aber Shit,
Mann, er hätte Ben erst gar nicht in diese Situation
bringen sollen. Und ich sollte *wirklich* aufhören, ständig neue Namen für ihn zu erfinden.

»Ist jedenfalls gut, dass du hier gewartet hast.«

»Ja. Mit Colin!« Ben deutete in meine Richtung. Erst
jetzt schien Mister ... *Ich-nenne-ihn-einfach-nur-noch-*

*Mister* so richtig von mir Notiz zu nehmen. In seiner Miene flackerte etwas auf, das ich nicht recht zu deuten wusste.

Er löste sich von Ben, kam ein paar Schritte auf mich zu. Ich erhob mich indessen.

»So sieht man sich wieder ...«

Ich blinzelte. Das war alles, was er zu sagen hatte?

Allerdings bekam ich ehrlicherweise gerade auch nichts Sinnvolleres zustande. Ich sagte nur: »Ja. Sieht so aus.«

Ben griff sich das Colaglas vom Tisch und leerte es in großen Schlucken. Mein und ... *Misters* Blick schweiften nahezu zeitgleich zu ihm, hefteten sich dann wieder an den jeweils anderen. Abschätzend. Ohne ein Wort. Shit aber auch, warum musste er dermaßen durchdringende Augen haben?

Neben uns landete Bens Glas etwas zu geräuschvoll auf dem Tisch. »Danke, Colin!« Er strahlte mich an. Sah dann zu seinem Dad. »Ich hol meine Sachen, ja, Papa?«

Stimmt, seine Motorradjacke hing im Nebenraum an der Garderobe. Ebenso wie sein Helm und der Turnbeutel.

»Ja, wir fahren dann gleich.« *Mister* sah seinem Sohn hinterher. So lange, bis dieser aus dem Raum war, ehe er sich abermals mir zuwandte.

Ha, dieses Mal war ich darauf gefasst gewesen und sein Blick brachte mich nicht innerlich ins Schwanken.

»Wie viel bekommen Sie?«

Dafür taten es seine Worte.

»Äh ...«

»Oder haben Sie noch gar nicht bezahlt?«

Da endlich raffte ich es dann auch mal. »Ach so. Doch. Ist okay.«

*Mister* legte die Stirn in Falten, was ihn zwar kritisch, aber leider nicht minder attraktiv aussehen ließ. »Musste es eigentlich unbedingt Cola sein?«

Mir entfuhr ein Schnaufen. »Echt jetzt? Ich kümmere mich um Ben, weil du … *Sie* zu spät kommen und dafür –«

»Ich war im Einsatz«, fiel er mir scharf ins Wort.

»Hab ich mitbekommen«, zischte ich zurück. »Trotzdem, die Cola –«

»Tut mir leid, okay? Vergessen Sie das mit der Cola. Danke, dass Sie ein Auge auf Ben hatten.«

*… und auf dem Revier angerufen haben.* Aber das konnte er zugegebenermaßen nicht wissen.

Er trat noch einen halben Schritt auf mich zu, was mir ganz vage einen feinen Geruch nach … *Mann* in die Nase trieb.

»Hier.« Seine Finger streiften meine und … entzündeten Hitze, als er mir einen Geldschein in die Hand drückte.

»Das –«

»Ist okay so. Danke.«

Er zog seine Hand zurück und ich schloss die Finger wie automatisch um den Geldschein. Ohne auch nur geschaut zu haben, was genau er mir da eigentlich gegeben hatte. Shit, ey, ich wollte kein Geld von ihm für die Cola, ich wollte … keine Ahnung was.

# Kapitel 4 – Alexander

Das Gewitter war mittlerweile weitergezogen, doch der Regen platschte in Strömen gegen die Windschutzscheibe. Besorgt warf ich im Rückspiegel einen Blick auf Ben, der seine Motorradjacke auf den wenigen Metern vom Vereinsheim bis zum Auto natürlich *nicht* angezogen hatte und nun mit durchnässtem T-Shirt auf seinem Sitz hockte.

»Ist dir kalt?«

»Nöö.« Er grinste. »Hab nur Hunger.«

Verständlich um diese Uhrzeit. Gerade war ich ungemein froh, dass ich meinen letzten freien Tag gestern, während Ben in der Schule gewesen war, genutzt hatte, um für die komplette Schichtrunde vorzukochen.

»Ist ja auch schon spät.« Kurz musste ich mich beim Abbiegen auf der Landstraße konzentrieren. Die Sicht war dank des Platzregens wirklich mies. »Noch mal, Ben: Tut mir leid, dass ich zu spät gekommen bin.«

Im Rückspiegel sah ich, wie er mit den Schultern zuckte. »Hätt' ja auch auf meinen Akku aufpassen können.«

Das hätte er tatsächlich. Aber meine Güte, er war mit seinen neun Jahren ein Kind, wenn auch ein recht selbstständiges. Notgedrungen. Und *ich* war sein Vater, der die Aufsichtspflicht hatte.

»Und Colin war ja da«, sagte Ben noch.

*Ja, Colin …*

Im Nachhinein, mit etwas mehr Ruhe betrachtet, war meine Rüge bezüglich der Cola wohl wirklich drüber gewesen. Ob Ben ausnahmsweise mal eine solche trank, hatte vermutlich keinerlei Auswirkungen auf seine Gesundheit. Oder darauf, dass er genau wusste, dass er dieses Zuckerwasser zu Hause – und auch bei den Kochs – nicht bekam. Erst jetzt und mit einem weiteren kurzen Blick in den Rückspiegel und auf meinen Sohn kam mir der Gedanke, dass Ben Colins Leichtfertigkeit vielleicht auch ein kleines Stück weit ausgenutzt hatte. Sicher nicht böswillig, aber mein Sohn konnte schon ein Lausbub sein. Möglich, dass Colin ihn einfach nur gefragt hatte, was er trinken wollte, und Ben seine Chance gewittert hatte. Oder Colin hatte ihm eine Cola angeboten und Ben die Möglichkeit beim sinnbildlichen Schopf ergriffen.

*Himmel … Herr Oberkommissar, schalten Sie mal ihr Hirn ab!*

Hoffentlich ungesehen von Ben verzog ich den Mund über meine eigene Ermahnung an mich selbst. Ich konnte mich nicht daran erinnern, wann ich überhaupt das letzte Mal den Kopf abgeschaltet hatte. Nicht mal während meiner zwei bis drei Trainingsstunden pro Woche, meiner einzigen Zeit für mich selbst, und auch nicht bei den Gassirunden mit Sheldon. Selbst da hakte ich in Gedanken irgendwelche To-do-Listen ab oder zerdachte irgendein Thema. Meist Ben betreffend.

Nicht, weil er mir Sorgen bereitet hätte. Ich war unheimlich froh über unser gutes Verhältnis und darüber, wie selbstständig er mit seinen neun Jahren bereits war. Und vor allem auch darüber, dass er Lissys Tod inzwischen doch ganz gut verpackt hatte. Zumindest ging ich stark davon aus, dass er das hatte, und der Trauerbegleiter, der Ben einige Zeit lang betreut hatte, hatte mich dahin gehend ebenfalls beruhigt.

*Gott, Lissy ...*

Keine Frage, dass mit ihr an meiner Seite so vieles, auch unseren gemeinsamen Sohn betreffend, so viel leichter gewesen war. Dass sie mir verdammt noch mal fehlte. Noch immer.

Mit einem leichten Kopfschütteln schob ich die Gedanken von mir. Schloss das Ziehen im Brustraum ein, ehe es stärker werden konnte, und wandte mich wieder an Ben. »Wie kam es, dass Colin sich um dich gekümmert hat? Bist du in den Clubraum und er war dort?«

»Nee. Ich stand noch draußen, weil ich dachte, du kommst vielleicht gleich. Ich glaube, er wollte gerade nach Hause fahren. Er war vor uns auf dem Track und hat vor unserem Training schon kurz mit Emma und mir geredet. Er fährt eine KTM 350 SX-F, weißt du? Richtig cool!«

Ich konnte nicht anders: Wieder einmal zuckte um meinen Mund dieses Schmunzeln, das da gar nicht sein sollte, wenn ich an Colin und sein Bike dachte.

»Richtig cool, ja?«, wiederholte ich die Worte meines Sohnes und beobachtete im Rückspiegel sein eifriges Nicken.

»Ja, mega! Und wie er die letzte Kurve genommen hat – in einer der Spurrinnen ganz innen, und richtig krass beschleunigt hat er aus der Kurve heraus.«

Mein Schmunzeln wurde schmaler. Dass Motocross ein Adrenalin-Sport war, war klar, und Lissy und ich hatten uns erst nach gründlicher Abwägung ganz bewusst dazu entschieden, Ben dieses Hobby zu erlauben. Es schockte mich demnach keinesfalls, wenn er voller Begeisterung von riskanten Fahrmanövern schwärmte. Nur hatte ich nun mal bereits hautnah miterlebt, *wie* riskant Colin mit seinem Bike unterwegs war.

»Klingt, als wäre dieser Colin ein Draufgänger auf der Strecke, hmm?«, meinte ich nur an Ben gewandt.

Der zuckte wieder mit den Schultern. »Weiß nicht. Er ist echt gut!«

Diese Einschätzung teilten wir durchaus. Colins Sprung über den Straßengraben war eine verdammte Scheißaktion gewesen – nichtsdestotrotz hatte sie bewiesen, dass er seine Maschine unter Kontrolle hatte. Und das, obwohl er sie, nach eigenen Angaben, an diesem Tag zum ersten Mal ausgefahren hatte. Mal abgesehen von der einen oder anderen Probefahrt vermutlich.

»Na, vielleicht sehe ich ihn ja mal fahren, wenn ich mit dir an der Strecke bin.« Ich war mir selbst nicht sicher, ob ich das nur sagte, weil Ben offensichtlich so begeistert von Colin war oder weil ich ihn tatsächlich gern mal auf dem Track beobachtet hätte.

»Ja!«

Zeit, darüber nachzudenken, blieb mir ohnehin nicht. Bei mittlerweile nur noch feinem Nieselregen lenkte ich meinen Seat Ateca in die Auffahrt vor der Garage.

»Na dann, schnell rein. Was hältst du davon, wenn ich dich unter eine heiße Dusche stelle und die Lasagne warm mache, bis du fertig bist?«

Ben zog die Stirn kraus. »Kann ich auch baden?«

Das dauerte natürlich länger – und die Zeit rannte gefühlt. »Dann ist aber nach dem Essen nichts mehr mit Serie gucken.«

Ein Prusten aus aufgeblasenen Wangen folgte. »Okay«, verkündete Ben zu meiner Überraschung und stieß die hintere Autotür auf.

Er spurtete vor mir her zur Haustür, hinter der Sheldon bereits hörbar freudig-aufgeregt bellte. Er kannte das Geräusch meines Autos.

»Ein YouTube-Video?« Von unten herauf feixte Ben mir zu. Lausbub, wirklich wahr!

»Eines.« Ich pfriemelte den Schlüssel in Schloss. »Maximal zehn Minuten«, schob ich mit Nachdruck hinterher und die Haustür auf. Kaum war sie auch nur einen Spalt weit offen, quetschte Sheldon sich hindurch und tollte schwanzwedelnd und quietschend um uns herum.

Ben lachte und rannte mit dem Labrador auf den Fersen ins Haus.

»Ben! Schuhe aus!«

Die beiden legten eine Vollbremsung auf den Fliesen im Flur hin, wobei Sheldon noch einen halben Meter weiter schlitterte.

»Jahaaa!« Ben lachte, bückte sich und hatte gleich darauf Sheldons Zunge im Gesicht. Na, herrlich ...

»Sheldon, Schluss!« Es brauchte einen weiteren Schlabberer, ehe der Labrador von Ben abließ und stattdessen wieder voller Begeisterung um mich herumsprang. »Und, Ben ...« Er war bereits auf der Treppe nach oben. »... zehn Minuten. Ich will das nachher nicht noch mal diskutieren müssen.«

Er zog eine demonstrative Schnute, doch in seinen Augen funkelte es freudig. »Jaaa, Papaaa«, murrte er und hüpfte die Stufen weiter nach oben und Richtung Badezimmer.

~~~

Der sich stetig wiederholende Schichtrhythmus von Spät-, Früh- und Nachtdienst innerhalb von zwei Tagen und den darauffolgenden drei Tagen frei bedingte es, dass mir pro Monat lediglich ein komplett freies Wochenende blieb. An einem arbeitete ich komplett, die anderen beiden waren angerissen. Glücklicherweise würde mein nächstes dienstfreies Wochenende genau auf das erste der Sommerferien fallen und damit auf jenes, an dem ein Rennwochenende in unserem Motocross-Verein stattfinden würde. Obwohl es noch genau eine Woche hin war, hatte Ben bereits jetzt Hummeln im Hintern. Es war offensichtlich, dass er sich unbändig auf das Event freute und ihn gleichzeitig eine Portion Ehrgeiz gepackt hatte.

Eigentlich hatten wir vor ein paar Tagen noch darüber gesprochen, heute an den Baggersee zu fahren. Nachdem ich dank ein paar Stunden Schlaf nach dem Nachtdienst am frühen Mittag halbwegs fit war. Doch statt schon mal seine Badesachen einzupacken, während ich mit Sheldon die verspätete Morgenrunde
~~~

drehte, hatte Ben sich etwas anderes in den Kopf gesetzt.

Also lag ich an diesem Samstagmittag nicht mit meinem Junior am See oder spielte mit ihm Wasserball, sondern stand – mal wieder – am Rand der Motocross-Strecke. Normalerweise durften die minderjährigen Fahrer nicht außerhalb der offiziellen Trainerstunden auf den Track, und auch die offenen Trainings für die erwachsenen Fahrer unterlagen strengen Regularien. Am zweiten Samstag eines jeden Monats fand allerdings eine offene Stunde für die Kinder bis zwölf statt, am dritten eine für die Jugendlichen zwischen dreizehn und achtzehn. Innerhalb dieses Zeitrahmens konnten sich die Knirpse unter Aufsicht ihrer Erziehungsberechtigten und eines Vorstandsmitglieds des Vereins auf der Strecke ausprobieren.

Und ganz offensichtlich war ›ausprobieren‹ das, was Ben an diesem Tag antrieb.

Ich wusste, dass er sich bislang immer davor gescheut hatte, in einer der Kurven zu sehr in den Pulk zu geraten und in eine der Spurrinnen oder aus einer herauszurutschen. Meist hielt er sich lieber weiter an der Außenbahn und machte anderen Fahrern Platz, auch wenn das bedeutete, deutlich an Tempo zu verlieren. Nicht so heute.

Auf der Strecke war nicht sonderlich viel los – was ich bei den annähernd dreißig Grad, die nun, am Mittag, herrschten, auch bestens verstehen konnte. Ben kam die Hitze jedoch insofern entgegen, als er sich ganz in Ruhe an das Kurvenfahren in den Spurrillen herantasten konnte.

Bei einem seiner ersten Versuche ließ er die Vorderbremse nicht genug schleifen, sodass das Bike vorne aus der Rinne rutschte und Ben um ein Haar gestürzt wäre. Das wäre einer dieser Momente gewesen, in denen Lissy neben mir erschrocken die Luft eingesaugt und mich anschließend, nachdem Ben wieder sicher in der Spur war, angegrinst und die Augen verdreht hätte, als wollte sie sagen: ›Warum noch mal erlauben wir unserem Sohn diesen Sport?‹

Auch mein Herz sackte gefühlt ein paar Zentimeter nach unten, als die Cross-Maschine mit dem Vorderrad über den groben Sand rutschte. Aber Ben schaffte es, den drohenden Sturz zu verhindern. Keine drei Sekunden später fuhr er mit ordentlich Gas auf den kleinen Einzelsprung zu, den er souverän meisterte. Auch in der Luft blieb er konstant am Gas, sodass ein Teil des Aufpralls bei der Landung in Vortrieb umgesetzt wurde und die Reifen sofort wieder eine gute Traktion bekamen.

Als hätte ihm der Sprung binnen Sekunden mehr Selbstsicherheit gegeben, steuerte er bei der nächsten Kurve wieder eine der inneren Spurrinnen an. Und dieses Mal schaffte er es, das Bike durch Schleifen der Vorderradbremse im Anlieger zu halten. Der Schwung, den er aus der Kurve mitnahm, stimmte noch nicht. Dennoch erwischte ich mich selbst bei einem stolzen Lächeln.

Ich warf einen kurzen Blick zu dem Trainer hinüber, der zwar keinen Unterricht hielt, aber doch immer ein Auge auf die insgesamt drei Kinder auf der Strecke hatte, ehe ich mich nach Sheldon umsah. Ich hatte unseren Labrador vorhin unter einem der nahestehenden

Bäume angebunden. Dort lag er im Schatten und beobachtete ebenfalls das Treiben auf dem Track. Seine Zunge hing ihm hechelnd aus dem Maul.

Kurz entschlossen ging ich zu ihm hinüber und streichelte ihm einmal über den Kopf. »Zu heiß für dich, hmm?«, murmelte ich ihm zu und erhob mich bereits wieder aus der Hocke. Im Sommer hatte ich stets einen faltbaren Trinknapf im Kofferraum. Den würde ich ihm rasch auffüllen.

Da das Wasser, das aus den Schläuchen bei den Garagen kam und primär dazu diente, die Cross-Maschinen zu säubern, meist sehr kalt war, entschied ich, rüber ins Vereinsheim zu gehen. Über die Schulter hinweg warf ich noch einmal einen Blick auf die Motocross-Bahn, stieß mit der freien Hand die Tür auf und –

»Shit, Achtu–«

Ich fuhr herum. Und wusste in der nächsten Sekunde nicht, ob ich auflachen oder genervt aufstöhnen sollte. Auge in Auge mit Colin, mal wieder, und noch dazu …

»Du stehst drauf, mich mit Türen fast zu erschlagen, was?«, raunzte er mich an und klang dabei ebenfalls schwankend zwischen Belustigung und Ärger. Die Art, wie er mich ansah, barg eindeutig etwas Vorwurfsvolles, in seinen Augen lag jedoch ein neckendes Funkeln. Wärme, die sicherlich nichts mit der Mittagshitze zu tun hatte, kribbelte meinen Nacken hinab und überhaupt … seit wann waren wir beim Du?

»War gewiss nicht meine Absicht«, entgegnete ich glatt. Hatte ich nicht vorgestern noch darüber nachgedacht, ob ich Colin gern mal auf dem Track beobachten würde? Tja, nun trafen wir uns zumindest zum wiederholten Mal auf dem Vereinsgelände.

Er schien ähnliche Gedanken zu haben, denn mit einem Mal zupfte so etwas wie ein Grinsen an seinen Lippen. »Ich hab doch gesagt, es ließe sich ändern, dass wir uns bislang noch nie hier gesehen haben.«

Spätestens jetzt hatte ich wieder unsere allererste Begegnung vor Augen. Ich war mir damals nicht ganz sicher gewesen, ob seine Worte so was wie ein Flirtversuch gewesen waren. Wohl schon, wenn man die Einladung zum Kaffee betrachtete. Die ich direkt abgelehnt hatte.

Was bitte war *das hier* jetzt?

Letztlich war es jedoch vollkommen unerheblich.

»Ben ist draußen auf der Strecke.« In meinen Augen sagte das alles aus, was gesagt werden musste.

Tatsächlich rückte Colin einen Schritt zur Seite, sodass ich an ihm vorbei in den Clubraum gehen könnte.

»Und das schließt aus, dass wir mehr als ein paar Sätze miteinander wechseln?«

»Das nicht. Aber ich hab's eilig. Ich hole nur schnell was zu trinken.«

Colins Schmunzeln wurde eine Spur breiter. Neckender. »Na hoffentlich keine Cola.«

Ich schnaubte. »Nein. Wasser. Für den Hund.« Demonstrativ hielt ich den faltbaren Napf hoch.

»Verstehe.« Colin maß mich einen langen Moment mit seinem Blick und zu meiner eigenen Verwunderung blieb ich einfach stehen und ließ ihn.

Ich konnte den Finger nicht darauf legen, aber irgendetwas an Colins Art brachte mich aus dem Konzept – und dass ich es nicht benennen und damit nicht ändern konnte, wurmte mich noch mehr als der Umstand an sich. Gleichzeitig *wollte* ein kleiner Teil in mir gerade auch gar nichts ändern, sondern einfach nur hier stehen. Ein irritierender Wunsch angesichts dessen, wem ich hier gegenüberstand. Aber aus irgendeinem Grund fiel es mir zunehmend schwer, in Colin den Kerl zu sehen, der vor einer Polizeikontrolle geflüchtet war.

Mit einem Ruck trat ich an ihm vorbei in den Clubraum hinein. »Ich hol dann mal Wasser ...«

»Ja. Klar.«

Aus dem Augenwinkel sah ich noch, wie Colin sich umwandte. Im nächsten Moment schlug die Tür des Vereinsheims zu.

Rasch ließ ich den Wassernapf von dem Ehepaar, das den Clubraum gemeinsam betrieb, auffüllen und kaufte gleich noch eine Flasche Apfelsaftschorle. Zwar hatte ich für Ben und mich etwas zu trinken von zu Hause mitgenommen, aber angesichts der vom Himmel knallenden Sonne waren die Getränke im Auto inzwischen sicherlich eklig aufgeheizt.

Die Flasche unter den Arm geklemmt, den gefüllten Napf in beiden Händen, ging ich zur Tür. Ich war gerade dabei, den Napf in einer Hand auszubalancieren, als diese schwungvoll aufgestoßen wurde. Aus Reflex tat ich einen Schritt zurück. Wasser schwappte über meine Finger und ein kleiner Schwall auch auf mein Shirt. Mein Blick schnellte hoch.

Das konnte jetzt echt nicht wahr sein!

Ich lachte. Konnte nicht anders. Lachte einfach nur und nach einem augenscheinlichen Schreckmoment fiel Colin darin ein und ...

*Gott. Was für ein schönes Lachen kann ein Mann haben?*

Ich verstummte. Colin ebenso. Sein Blick sackte tiefer. Wenn ich richtig lag, hin zu der Stelle, an der der Wasserschwall mein Shirt getränkt hatte.

Als wäre das ein geheimer Code, schweifte auch meine Aufmerksamkeit ab. Hin zu den Tätowierungen an seinen Armen und am Hals. Auf seiner Brust. Dank des Tanktops, das er trug, offenbarte sich mir viel mehr tätowierte Haut als bei unseren vorherigen Begegnungen. Ich wäre gerade gern näher getreten, um all die Linien und Formen genauer zu betrachten.

Ich zwang den Blick wieder höher, hinein in Colins Gesicht, auf dem noch immer der Rest eines Schmunzelns, aber auch so etwas wie ein nachdenklicher Ausdruck lagen.

»War das die Revanche?« Meine Stimme kratzte in meinem Hals. Zu blöd, dass ich die Hände voll hatte und nicht an die Saftschorleflasche rankam.

Noch einmal lachte Colin leise – so schön – und schüttelte dabei den Kopf. »Nein. Nein, keine Revanche, im Gegenteil ...« Er stockte einen kurzen Moment, musterte mich durchdringender. »Alexander ...«

Gut, dann waren wir wohl beim Du. Nur, dass es mich plötzlich nicht mehr störte.

»... ich will mich entschuldigen. Was ich in der Kontrolle gesagt habe ... dass du Ben angelogen hättest ... das war daneben und augenscheinlich ein Missverständnis und selbst wenn nicht, würde mir ein Urteil nicht zustehen. Tut mir ehrlich leid.«

Wow.

Ich war tatsächlich für einen Moment sprachlos.

Wohl weil mein Schweigen andauerte, wurde Colins Lächeln unsicher. Er deutete auf den Wassernapf. »Und sorry dafür. Soll ich neues Wasser holen?«

Kurz sah ich nach unten. Der Napf war noch immer halb voll. »Nein, alles gut. Entschuldigung angenommen.«

»Für beides?«

Ich musste abermals grinsen. »Ja, für beides.«

Hörbar stieß Colin die Luft aus. »Gut. Weißt du …« Wieder ein Zögern, als überlegte er, ob er das, was folgen könnte, wirklich hinzusetzen sollte. Schließlich entschied er sich offenbar dafür. »Ich hab ein etwas *schwieriges* Verhältnis zu Vätern, die nicht für ihre Kinder da sind. Vergangenheitsscheiß. Das soll keine Rechtfertigung sein, nur … eine Erklärung.«

Ich nickte langsam, während ich weiter in Colins Miene zu lesen versuchte. Ich musste ehrlich vor mir selbst eingestehen, dass ich ihm eine Entschuldigung und derartige Worte nicht zugetraut hätte. In der Hinsicht durfte ich mir also schön an die eigene Nase packen.

»Ist okay«, wiederholte ich schließlich, »und an der Stelle entschuldige ich mich ebenfalls bei dir. Statt dich wegen der Cola anzuraunzen, wäre ein Danke angebracht gewesen.« Dieses Mal war ich derjenige, der zögerte. Das einzelne Wort fiel mir schwer. Nicht, weil es Colin war, oder weil ich es nicht ehrlich meinte. Sondern weil so viel mehr Unterschwelliges dranhing. »Daher … danke! Dass du ein Auge auf Ben hattest, und entschuldige bitte, dass ich dich angegangen bin. Zur Erklärung, nicht zur Rechtfertigung: Ich gebe alles für

Ben, und was alleinerziehende Eltern wirklich nicht brauchen können, sind Vorwürfe.«

Bei meinen letzten Worten entgleisten Colin regelrecht die Gesichtszüge. Was sie nicht minder anziehend wirken ließen, nur ...

*Moment – was?*

»Shit, das ... Ich bin so ein Depp manchmal. Ich hatte schon kurz überlegt, weshalb man wohl Bens Mum nie ... Argh, geht mich nichts an. Tut mir –«

»Colin«, ich lachte leise, »ist okay, wirklich. Einigen wir uns darauf, dass unser Kennenlernen auf einem großen Missverständnis beruht und ... nun ja, auf einer Polizeikontrolle. Lass uns versuchen, Letzteres davon zu trennen, okay?« *Mach nur bitte nicht noch mal so eine Scheiße. Vor allem nicht, wenn ich im Dienst bin.*

Er lachte ebenfalls auf und nickte. »Okay. Ja, okay.«

Einige Sekunden lang sahen wir einander an. Wie vorhin schon, nun allerdings gelöster. Ein nahezu friedlicher Moment, den ich jetzt *nicht* dazu nutzen würde, ihn noch einmal eingehender zu mustern.

»Also dann ... Sheldon wartet auf sein Wasser und ich will Ben noch ein bisschen zusehen.« Ich ging an Colin vorbei aus der Tür.

In meinem Rücken jedoch vernahm ich einen Luftzug, als würde er mir folgen.

# Kapitel 5 – Colin

Zum wiederholten Mal trat ich unruhig von einem Fuß auf den anderen. Teilweise dem Geschehen auf der Motocross-Strecke geschuldet und teilweise dem Umstand, dass Alexanders Blick auf mir ruhte. Dieser verdammt intensive, durchdringende Blick, der mich kribbelig machte, selbst wenn er nicht direkt mir galt. Nun allerdings tat er das. Und das nicht zum ersten Mal an diesem Tag. Vorhin, als wir uns im Vereinsheim zum zweiten Mal beinahe gegenseitig mit der Tür erschlagen hätten, hatte es einen ebensolchen Moment gegeben. Sein Blick auf mir, auf dem Ansatz meiner nackten Brust und meinen Schultern. Meiner auf ihm, auf der Stelle, an der das hellgraue Shirt nahezu durchsichtig vom Wasser war.

Etwas zu abrupt wandte ich mich ihm zu und vermied es, wieder genau auf diese Stelle zu starren. Ganz sicher war der Stoff bei der Hitze ohnehin längst trocken.

»Was?«, fragte ich, im nahezu selben Moment, in dem Alexander sagte: »Jetzt spuck's schon aus.«

Ich blinzelte irritiert und wiederholte nur: »Was?« Wenig eloquent.

»Das, was dir auf der Zunge brennt. Du beobachtest Ben schon eine ganze Weile und hibbelst herum, als wolltest du unbedingt etwas loswerden.«

Energisch stieß ich die Luft aus. Punkt für Alexander. War ich so leicht zu durchschauen oder war das so ein Polizistending?

»Nichts. Ich sehe einfach nur, dass er beim Anfahren der Spurrillen das Gas einen Ticken zu weit zudreht. Wenn er das Gas weiter offen lassen würde, würde er sich leichter tun.«

Alexander setzte augenscheinlich dazu an, etwas einzuwerfen, doch ich kam ihm zuvor. »Das sage ich nicht, weil ich finde, dass man immer Vollgas geben muss.«

In seinen Mundwinkeln zuckte es. Eine winzige Geste, die ihm, im Kontrast zu seinem Dreitagebart, verteufelt gut stand.

»Ach nein?«

Foppte er mich gerade? »Nein«, beharrte ich.

Alexander wandte sich wieder der Strecke und damit seinem Sohn zu. »Ich denke, du hast recht«, erklärte er, ohne mich anzusehen. »Eine Cross-Maschine muss mit Umsicht, aber immer nach dem Motto ›Gas auf‹ gefahren werden.«

»Ha! Eben.« Ich zögerte einen Moment, nickte dann in Richtung Track. »Also, darf ich? Ben ein, zwei Tipps geben?«

Noch immer beobachtete Alexander seinen Sohn, nicht mehr mich. Was schön zu sehen war, und gleichzeitig hätte ich seinen Blick gern noch mal auf mir gespürt.

Rund eine halbe Stunde später stand ein vor Stolz schier platzender Ben neben seiner Motocross-Maschine und boxte seine geballte Faust gegen die seines Vaters, der nicht minder stolz zu sein schien. Zugegeben, auch ich war ein bisschen stolz, wie schnell es Ben gelungen war, die Tipps, die ich ihm gegeben hatte, umzusetzen. Vor allem aber berührte mich das Bild der beiden. Vage stieg in mir die Frage auf, ob ich mich vielleicht auch deshalb zu Alexander ... hingezogen fühlte, weil er und Ben ein Vater-Sohn-Verhältnis nach außen strahlten, das mein Erzeuger und ich niemals gehabt hatten.

Mann, ey, hatte ich mir gerade eingestanden, dass mich Alexander ein bisschen mehr interessierte als nur, dass ich ihn optisch heiß fand?

»Kommst du am Samstag auch?«

Ich musste einmal blinzeln, um zu realisieren, dass Ben mich gemeint hatte. »Samstag?«

»Nächste Woche. Da ist Rennwochenende hier. Ich fahr auch mit.«

»Echt? Na dann bist du ja jetzt bestens gerüstet.«

Ben nickte eifrig.

»Ja«, beantwortete ich verspätet seine eigentliche Frage, »ich arbeite Samstag und Sonntag hier. Thekendienst und so.«

Zu meiner Verwunderung zog Ben eine Schnute. »Dann fährst du gar kein Rennen mit?«

»Nein.«

»Aber warum nicht? Du bist doch voll gut!«

O Mann, Kinder und ihre Ehrlichkeit ... Bens Worte brachten mich zum Lächeln und weckten gleichzeitig ein feines Ziepen in meinem Brustkorb.

Keine Ahnung, ob Alexander meine Gefühlsregung bemerkte. Jedenfalls schob er Ben eine Hand auf die Schulter, als wollte er ihn bremsen, mich zuzuquasseln.

Mit einem angedeuteten Nicken versuchte ich Alexander zu signalisieren, dass es okay war. Dass wir seit Neustem gegenseitig aufeinander Rücksicht nahmen, war erstaunlich schön.

»Ich hab mein neues Bike erst wenige Wochen«, erklärte ich an Ben gewandt. »Ich muss es erst besser kennenlernen, bevor ich mal wieder bei einem Rennen starte.« Mal abgesehen davon, dass der Kauf meiner Süßen – und zugegebenermaßen der eine oder andere Tattoo-Termin – meine gesamten Ersparnisse gefressen hatte. Da überlegte ich mir selbst die Renngebühr zweimal.

Ben allerdings schien sich mit meiner Erklärung zufriedenzugeben. »Ach so.«

»Aber vielleicht kann ich mich mal kurz vom Getränke ausschenken und Bratwürstchenverteilen abseilen und dir bei deinem Rennen zusehen.« Aus dem Augenwinkel schielte ich zu Alexander. Nicht dass es bei ihm so ankam, als wollte ich mich schon wieder irgendwie einmischen. Doch er stand ganz ruhig neben mir und Ben und ließ uns quatschen.

»Das wäre so cool«, meinte Ben auch prompt.

»Na dann sehen wir uns nächsten Samstag, okay?« Ich hielt Ben meine erhobene Hand hin und er schlug ein.

Indessen wandte er sich an seinen Dad. »Dann hab ich ja sogar drei Zuschauer, die nur mich anfeuern.«

Alexander fuhr seinem Sohn durch das vom Helm verschwitzte Haar. »Fünf. Linda hat doch versprochen, mit Emil vorbeizukommen.«

Prompt strahlte Ben nur umso mehr. »Stimmt. Megacool! Ich bring das Bike weg.« Noch während er redete, wuchtete er die kleine Cross-Maschine hoch und schob sie in Richtung der vereinseigenen Garagen.

Fragend wandte ich mich zu Alexander. »Drei?« Bildete ich es mir nur ein oder zögerte er einen Moment zu lange?

*Mist, Colin! Schon wieder zu stark vorgeprescht?*

»Seine Mutter«, antwortete Alexander schließlich und deutete in Richtung Himmel.

Ich brauchte einen Moment, ehe ich begriff. »Shit!«, entfuhr es mir dann. »Das ...« *Mann, Colin, du bist so ein ...*

»... wusstest du nicht? Natürlich nicht. Naheliegender ist nun mal, zu denken, seine Mutter und ich seien getrennt.«

»Ja, das ... tut mir leid?«

Dass ich es wie eine Frage formulierte, brachte Alexander zum Lächeln. Auch wenn die Geste schmal und wenig freudig erschien.

»Ich kann mir vorstellen, wie hart das ist.« Ich sagte nicht so etwas wie: ›Aber du machst das toll‹. Ich hatte seine Vaterqualitäten oft genug laut und im Stillen kommentiert. Etwas, für das ich mich im Nachhinein am liebsten ohrfeigen würde, auch wenn ich mich entschuldigt und er mir verziehen hatte.

»Ist es.« Er nickte. In seiner Miene dabei ein harter Ausdruck. »Aber Ben meistert all das toll, wenn man das so sagen kann. Und er hatte Hilfe. Von einem Trauerbegleiter.«

Mir fiel auf, dass Alex explizit von Ben redet. Nicht von sich selbst. Zufall? Weil ihm sein Sohn eben alles bedeutete? Oder ging es dabei um mehr?

Ich wagte jedoch nicht, nach *ihm* zu fragen. Stattdessen entgegnete ich: »Das ist gut, denke ich. Dass *ihr beide* da nicht allein durchmüsst.« Ich schwieg einen Moment und auch Alexander sagte nichts. Schließlich setzte ich hinzu: »Es war übrigens keine Floskel, zu sagen, dass ich mir vorstellen kann, wie hart das ist. Ich meine, ich hab kein Kind, aber ich weiß, wie es ist, jemanden zu verlieren. Die eigene Mum. Auch wenn ich damals schon volljährig war.« Erwachsen. Nur dass es sich so nicht angefühlt hatte.

Alexanders eingehender Blick traf mich von der Seite und zum ersten Mal lag Wärme darin, als er mich ansah.

Er sagte nichts zu meinen Worten. Schenkte mir nur dieses kleine Lächeln in den Mundwinkeln, das gerade wegen seiner Schlichtheit aufrichtig wirkte.

»Ich geh mal nach Ben schauen«, meinte er leise und ich nickte. »Bis Samstag.«

Mit wenigen Handgriffen band er Sheldon los und ging mit ihm rüber zu den Garagen.

»Ja, bis Samstag«, flüsterte ich ihm hinterher. Sicherlich zu leise, als dass er es hätte hören können.

# Kapitel 6 – Colin



*Eine Woche später.*

Ich liebte den Trubel, der an Renntagen auf dem Vereinsgelände herrschte. Allerdings machten es mir die Menge an Leuten nicht so leicht, mich pünktlich zum Start des zweiten Junioren-Rennens für ein paar Minuten vom Getränkestand abzuseilen. Ich quetschte mich gerade zwischen zwei Menschengruppen hindurch und an die stählerne Umrandung des Tracks, auf dem die Kids fuhren, als das Startgatter fiel. Ich brauchte einen Moment, um Ben zu finden, erkannte ihn dann aber an seinem blau-roten Trikot, das mich unweigerlich ein wenig an Spiderman erinnerte.

Im Gegensatz zu den großen Maschinen, wenn diese vom Start weg über die erste Gerade jagten, war das Tempo der Kids natürlich nichts. Aber einige von ihnen gaben schon richtig Gas – Ben vorneweg. Er war gut vom Startgatter weggekommen und preschte mit etwa einer Radlänge Vorsprung auf die Kurve zu. Wenn er jetzt …

Mein Herz pochte aufgeregt in meiner Brust und ich flüsterte ein leises: »Yes, mach's«, in die Anfeuerungsrufe der umstehenden Zuschauer hinein, als Ben tatsächlich die Spur weit innen anvisierte. Wäre ich an

Bens Stelle, würde ich versuchen, so lange wie möglich am Gas zu bleiben.

Zum Glück – in der Hinsicht musste ich seinem Dad recht geben – ging Ben vorsichtiger vor. Dennoch hielt er das Gas relativ lange offen, sodass er mit ordentlich Schwung in die Kurve fuhr. So weit innen, dass keiner der Fahrer unter ihn kommen und ihn abdrängen konnte.

Das Bike driftete ganz leicht nach außen, aber Ben hielt es gut in Balance und ließ die Vorderradbremse schleifen. Genau so, wie ich es ihm bei unserem spontanen Training am vergangenen Wochenende gezeigt hatte. Dementsprechend ging er mit noch ein klein wenig mehr Abstand zu den anderen auf die Gerade.

Die Motoren der kleinen Cross-Maschinen brummten auf und ich ballte die Faust zu einer vagen Siegerpose. Egal, wie das Rennen ausgehen würde, auf den Start konnte Ben wirklich stolz sein. Und nicht nur er.

Während die Kids mit ihren Bikes an mir vorbeibretterten, sah ich mich nach Alexander um. Er war echt kein Mann, den man übersah, und meine Einschätzung trog mich nicht: Er stand ein paar Meter weiter rechts, in der Biegung der letzten Kurve vor der Zielgeraden. Von dort würde er seinen Sohn beim Ende jeder Runde und schlussendlich kurz vor dem Ziel anfeuern können. Er verfolgte schweigend, aber mit konzentrierter Miene das Geschehen auf dem Track.

Ein Teil in mir wollte meinen Füßen den Impuls geben, mich durch die Menge zu ihm zu schieben. Ein anderer hielt mich zurück. Auch wenn Alexander und ich uns ausgesprochen hatten, war ich mir nicht sicher, ob er gesteigerten Wert auf meine Gesellschaft legte.

Ich gestand mir das nicht gern ein, aber ich wollte, dass er es tat.

Seine Abfuhr hatte ich weiß Gott nicht vergessen, und nur, weil wir uns vergangenen Samstag nicht mehr gegenseitig angegiftet hatten, hieß das nicht, dass er mich irgendwie mochte. Schon gar nicht mich als Mann. In *diesem* Sinne. Aber ehrlicherweise war ich nun, nachdem sich die Vorzeichen zumindest ein bisschen geändert hatten, auch nicht bereit, es nicht wenigstens noch einmal auf einen Versuch ankommen zu lassen. Nachher.

Fürs Erste wandte ich mich wieder dem Renngeschehen zu. Die Dauer in der Altersklasse war an diesem Tag auf zehn Minuten plus maximal zwei Runden festgelegt. Als der Rennleiter nach der Hälfte der Zeit die weiße und die karierte Flagge kreuzte, war Ben immer noch an der Spitze. Das Teilnehmerfeld hatte sich mittlerweile weiter auseinandergezogen. Ein bisschen taten mir die Kids, die mit Abstand hinter dem Feld her tuckerten, schon ein wenig leid. Am Ende eines Rennens lediglich unter ›ferner starteten auch‹ aufgelistet zu werden, tat weh. Hatte ich mehr als einmal erlebt. Aber man durfte sich davon nicht entmutigen lassen.

Ben jedenfalls schien der Kampfgeist gepackt zu haben. Am Waschbrett, das von erfahrenen Motocrossern überflogen wurde, meisterte er die einzelnen Whoops sicher. Und auch am Drop off, der steilen Abfahrt, konnte er seine Spitzenposition halten. Lediglich eines der anderen Kinder kam ihm so nahe, dass sie nahezu parallel in die folgende Kurve gingen. Aber wieder nahm Ben sie weit innen, schaffte es, sein Bike in der inzwischen entstandenen Spurrinne zu halten. Er beschleunigte ein Quäntchen früher als sein Konkurrent, was ihm durch den kürzeren Weg wieder einen deutlichen Vorsprung einbrachte.

Der Rennleiter schwenkte die weiße Flagge: letzte Runde.

Mein Herz pochte noch immer einen raschen Rhythmus in meiner Brust und ich realisierte, wie ich die Hände abwechselnd zu triumphierenden Fäusten ballte und beim Anfeuern auf die Umrandung des Tracks klatschte.

Noch einmal sah ich zu Alex. Die Leute zwischen uns brüllten die Kids mittlerweile regelrecht durch die letzte Runde, sodass ich ihn zwischen all den erhobenen Händen nur noch schlecht sehen konnte. Dennoch war es eindeutig: Er feuerte seinen Sohn lautstark an. Mein Herz trommelte nur umso heftiger.

Die letzte Kurve vor der Zielgeraden!

»Komm schon, Ben, halt offen!«, schrie ich in den Geräuschpegel um mich herum hinein. Vollkommen unmöglich, dass er mich hörte – und doch tat er genau das: Er hielt das Gas so lange offen, wie es ging, und kam mit ordentlich Schwung in die Kurve. In die Spurrinne. Ganz kurz sah es so aus, als würde er vor Schreck über seine eigene Courage die Bremse zu weit anziehen. Doch er ließ sie im letzten Moment genügend schleifen, damit das Vorderrad nicht aus der Spur sprang. Das innere Bein wie ein Motocross-Meister ausgestreckt und die Zehenspitze Richtung Vorderrad gezogen, jagte er sein Bike durch die Kurve und auf die Gerade. Die Motoren brüllten auf. Selbst bei diesen kleinen Cross-Maschinen war das Geräusch beeindruckend und eines, das ich liebte.

Ich sah nicht mehr zu Alexander. Mein Blick galt allein Ben. Und doch war ich mir sicher, dass Alexander und ich den kleinen Cross-Star gerade gemeinsam über die Ziellinie brüllten.

»JAAA! Ja, Mann, Holeshot!« Die Faust in Siegerpose nach oben gereckt sprang ich vor der Umrandung des Tracks in die Luft. Unbändige Freude peitschte durch meinen Körper, als hätte ich selbst es gerade geschafft, einen Start-Ziel-Sieg zu landen.

Auch Ben jubelte sichtlich auf seinem Motorrad. Er stieß immer wieder die Faust in die Luft und hörte erst damit auf, als der Rennleiter ihn Richtung Ausgang winkte.

Ich wandte mich halb vom Track ab, zögerte kurz. Theoretisch sollte ich zügig wieder zurück an den Getränkestand. Die ersten Zuschauer pilgerten bereits wieder in Richtung Vereinsheim, um sich zwischen den Rennen neu mit Getränken einzudecken. Zwar war es an diesem Wochenende dank Gewitter und zwei Regentagen in der Wochenmitte nicht ganz so heiß, aber dennoch wurde ordentlich gekauft. Trotzdem ... ich wollte Ben wenigstens schnell gratulieren.

Also schob ich mich eilig zwischen all den Menschen hindurch Richtung Streckenausgang. Dort waren zwar weniger Leute, aber es herrschte dennoch Gewusel, weil Familienangehörige ihre Schützlinge in Empfang nahmen. Ich entdeckte Ben in seinem Spiderman-Renndress. Alexander kniete vor ihm in der Hocke und nestelte am Helmverschluss herum, den Ben vor lauter Aufregung augenscheinlich nicht aufbekam.

Wenige Sekunden später kamen zerzauste Haare und regelrecht leuchtende Wangen zum Vorschein. Ben strahlte seinen Dad an und der umfasste Bens Wangen. Da er mit dem Rücken zu mir kniete, konnte ich sein Gesicht nicht sehen. Aber etwas an der Art, wie er da vor seinem Sohn hockte, hatte etwas unsagbar Liebevolles an sich.

Ich stockte. Blieb stehen. Ben und Alexander hoben gleichermaßen den Kopf in Richtung Himmel, sahen hinauf. Ich konnte nur erahnen, dass Alexander etwas sagte, konnte seine Worte nicht hören. Dennoch hatte der Moment trotz all der Menschen um uns herum etwas so Intimes, dass ich die beiden auf keinen Fall stören wollte.

Ich sah Ben nicken. Dann umarmte Alexander ihn noch einmal. Über dessen Schulter hinweg strahlte Ben in die Runde und sein Blick traf meinen. Prompt wurde sein Grinsen eine Spur breiter – wenn das überhaupt möglich war.

»Colin!« Er löste sich von seinem Dad und winkte mir heftig zu.

Rasch ging ich auf die beiden zu.

»Heeey, na du, Holeshot-Ass!« Ich schlug mit Ben ein.

Neben mir erhob sich Alexander. Eine simple Bewegung und doch war ich mir seiner Präsenz plötzlich sehr bewusst.

Worte stolperten zu hastig aus meinem Mund: »Äh, sorry ... für den Ausdruck.« Auch wenn er stimmen mochte und nun mal so gebräuchlich war, vielleicht nicht ideal vor einem Neunjährigen.

Doch Alexander schenkte mir wieder dieses kleine Mundwinkel-Lächeln. »Alles gut«, sagte er nur und schickte damit auf mir unbekannte Weise ein Gefühl von Beruhigung durch mich hindurch, sodass mir ganz warm wurde. So richtig von innen heraus und unabhängig von den Sommertemperaturen. O Mann ...

»Danke, Colin!«

Ich riss mich los und wandte mich lächelnd wieder an Ben.

»Den Holeshot hab ich nur wegen deinen Tipps geschafft.«

»Lass das nicht euren Trainer hören.« Ich zwinkerte ihm zu und strich ihm einmal fest über den Oberarm. »Und außerdem: Gefahren bist ganz allein du. Hast du richtig klasse gemacht!«

Ben strahlte nur umso mehr und sah zwischen mir und seinem Dad hin und her. Mit den beiden hier zu stehen, diesen Moment zu teilen, war irgendwie groß. Und berührend.

»Na los«, Alexander legte seinem Sohn eine Hand auf die Schulter, »besagter Trainer wartet auf euch.«

Tatsächlich versammelten sich die Kids langsam und auch Ben griff nach seinem Bike und wuchtete es hoch.

»Soll ich den Luftballon schon mal holen?«

Ben nickte sofort. Ich allerdings verstand nur Bahnhof.

»Luftballon?«, fragte ich dementsprechend nach, während Ben seine Motocross-Maschine zu den anderen schob.

»Ach das ...«, Alexander schüttelte leicht den Kopf, sprach aber dennoch weiter, »ist so ein kleines Ritual.

Immer wenn Ben etwas Tolles geschafft hat oder an Tagen, die für uns wichtig sind, lassen wir zusammen einen Luftballon steigen. Damit zeigen wir Lissy, dass Ben ganz fest an sie denkt. Ihm hilft das und ...« Er brach ab. Und ich stand da und brachte keine Entgegnung hervor, weil mir Rührung und Wehmut die Kehle zuschnürten.

»Das ...«, ich räusperte mich, was jedoch nichts daran änderte, dass meine Stimme weiterhin belegt klang, »... ist echt 'ne schöne Idee.«

Alexander hob die Schultern. »Ja ...« In seiner Miene zuckte etwas, obwohl er sich sichtlich Mühe gab, keine Regung zu zeigen. Was den Drang in mir, ihn zu berühren, ihm zu zeigen, dass ich verstand, nur umso stärker werden ließ. Verdammt, ich wollte diesen Mann anfassen. Auf mehr als nur eine Art.

Abrupt zog ich meine Hand zurück. »Ich ... muss wieder. Sorry.«

So kurz der Funken in seiner Miene auch aufgeflammt war, so schnell hatte er seine Mimik wieder unter Kontrolle. »Klar.« Nicht mal in seiner Stimme klang ein Schwanken mit.

Ganz anders in meiner eigenen. »Sehen wir uns nachher noch?«

»Sicher.« Er nickte.

Verdammt, ich sollte mich gar nicht so sehr über diese Versicherung aus seinem Mund freuen.

# Kapitel 7 – Colin

In den nächsten zweieinhalb Stunden hatte ich nicht wirklich Zeit, mir darüber Gedanken zu machen, dass und weshalb ich Alexander dringend wiedersehen wollte. Geschweige denn dafür, nach ihm Ausschau zu halten. Im Akkord schenkte ich Bier und Radler aus und reichte Wasser-, Apfelsaft- und Limoflaschen über den improvisierten Tresen aus Biertischen. Die Hitze staute sich unter dem Zelt, das vor dem Vereinsheim aufgestellt worden war, und mir klebte das Tanktop am Leib. Es war anstrengend, letztlich jedoch nicht viel anderes als mein Job im Einzelhandel. Außerdem brachten die Dienste bei Rennwochenenden wie diesem einen zwar nur kleinen, aber doch nennenswerten Nebenverdienst.

Zwanzig Minuten nach meinem offiziellen Schichtende beschloss ich, dass es jetzt wirklich genug war. Mir klebte die Zunge am Gaumen und mein Magen knurrte. Davon, wie verschwitzt ich war, mal ganz zu schweigen. Ein Hoch auf gute Deos!

»Oh, Colin, kannst du noch ganz kurz …?«

Echt jetzt?

Ich warf Anton, der eigentlich meine Ablöse war, aber damit beschäftigt, ein neues Bierfass herumzuwuchten und an die Zapfanlage anzuschließen, einen halbwegs genervten Blick zu. Zwang gleich darauf einen hoffentlich freundlichen Ausdruck auf mein Gesicht und wandte mich um.

»Was darf's denn – ... Oh. Hi.«

Die Daumen in den Gürtelschlaufen seiner Jeans verhakt stand Alexander vor dem Tresen und sah gleichsam lässig, streng und fucking hot aus. Holy Shit!

»Ich nehm ein Radler«, beantwortete er meine nicht vollendete Frage, »und ... eine Cola?«

Ich blinzelte irritiert.

»Vorausgesetzt du hast, wie ich annehme, Feierabend?«

Hatte ich. Theoretisch.

»Hab ich.« Wie mechanisch griff ich zu einem der Biergläser. »Cola? Sicher?«

»Du kannst dir auch gern was anderes nehmen.«

Moment, das ...

Das noch leere Bierglas in der Hand starrte ich ihn an. »Du lädst mich gerade auf was zu trinken ein?«

»Warum nicht?« Er grinste schief und noch mal: Holy Shit! Warum war dieser Mann so absolut mein Typ? »Als Dankeschön für Bens Spontantraining.« Und warum musste er sofort zumindest unterschwellig klarstellen, dass das hier *kein* Date war? Nur ... ein Dankeschön eben.

»Klar«, beeilte ich mich zu sagen. Date – kein Date – Hauptsache ein paar Minuten Zeit, um mit ihm zu quatschen.

*Wow, Colin, was sind das denn für Töne?*

»Dann also Radler und Cola?«

»Zweimal Radler«, entschied ich und machte mich endlich daran, eben jene einzuschenken.

Retrospektiv betrachtet, hätte ich vielleicht gleich noch ein drittes Radler zapfen sollen, denn bis Alexander und ich an seinem Auto ankamen, hatte ich meines bereits zur Hälfte geleert.

»Was genau machen wir hier?«, fragte ich zwischen zwei Schlucken. Ehrlicherweise hätte ich nichts einzuwenden gehabt, hätte er mir nun gesagt, dass er mit mir irgendwohin fahren und allein sein wollte.

Was er natürlich nicht tun würde.

Er öffnete einfach nur den Kofferraum und deutete hinein. »Bitte sehr, Sitzgelegenheit.«

Mit Blick auf die Hundebox musste ich lachen. Diese war nach oben offen und damit gar keine Box in dem Sinne, sondern erinnerte eher an ein komfortables Hundebett mit hohen Seitenstützen. Dennoch war ich mir nicht so sicher, wie bequem sie für meinen Hintern sein würde.

»Du darfst auch gern die Seite ohne Hundekorb nehmen«, sagte Alexander, als hätte er meine Gedanken erraten.

Kurz entschlossen rutschte ich mit dem Hintern in das Hunde-Reise-was-auch-immer-Ding hinein. Noch stand die Luft im Kofferraum, aber mit offener Klappe würde es sicher bald angenehmer sein.

»Gar nicht übel«, befand ich. »Wo hast du Sheldon eigentlich gelassen?« Nicht dass ich es empfehlenswert gefunden hätte, einen Hund in den Trubel eines Rennwochenendes zu schleifen.

»Zu Hause.« Alexander ließ sich ebenfalls an der Kante des Kofferraums nieder. Die Beine ausgestreckt lehnte er sich seitlich mit der Schulter gegen die Innenverkleidung der Heckklappe. »Ich war heute Morgen schon eine große Runde mit ihm laufen und er darf dann heute Abend noch mal raus. Morgen sind Ben und ich zu Hause, da ist er nicht allein.«

Ich hätte seine ausführliche Antwort einfach als genau das nehmen können. Aber irgendwie beschlich mich das Gefühl, dass er meine Nachfrage schon wieder wie eine Art Angriff aufgefasst hatte. Als wollte ich ihm unterstellen, nicht genug für den Hund da zu sein. Was Blödsinn war, so viel konnte ich sagen.

Ich beschloss, dass es besser war, gar nicht darauf einzusteigen. Vielleicht täuschte ich mich ohnehin.

»Und warum Sheldon? Wer von euch beiden ist der Big-Bang-Theory-Fan?« Ben dürfte für die Comedyserie zu jung sein. Alexander hingegen konnte ich mir nur schwerlich dabei vorstellen, wie er sich bei einer der Folge den Arsch ablachte. Wobei ...

»Lissy.«

Seine Antwort riss mich abrupt aus meinen Gedanken. Ich starrte Alex an – hoffentlich nicht zu entgeistert.

»Sie hat Big Bang Theory geliebt und sie war es auch, die immer einen Hund haben wollte.«

Dass Alexander vor mir von seiner verstorbenen Frau sprach, war überraschend, aber nicht seltsam. Es warf lediglich Fragen auf. Fragen nach dem Jetzt.

Doch ehe ich auch nur eine davon stellen konnte, lenkte er ein: »Gegenfrage: Warum fährst du keine Rennen?«

Das war mal ein abrupter Themenwechsel und gleichzeitig eine halbwegs charmante Art, mir zu verstehen zu geben, dass er eben doch nicht mit mir über *Lissy* sprechen wollte. Was verständlich war, aber irgendwie … beinahe schade.

»Cheater.« Ich zwinkerte ihm zu. »Die Frage hat Ben schon gestellt.«

»Aber du hast sie nicht wirklich beantwortet.«

»Soll das heißen, du denkst, ich hätte das Zeug dazu?«

Alexander verdrehte sichtbar die Augen. Genervt wirkte er nicht. »Könntest du aufhören, Gegenfragen zu stellen?«

»Nein. Gib zu, dass dich mein Sprung über den Straßengraben beeindruckt hat.«

Alex schnaubte und der Laut entfachte ein Prickeln in meinem Nacken. Dieser kleine Schlagabtausch zwischen uns hatte durchaus seinen Reiz.

»Er war beeindruckend leichtsinnig.«

»Stimmt.« Das sah ich mittlerweile wirklich ein. Dennoch hatte ich nicht vor, nun so leicht vor ihm klein beizugeben. »Aber trotzdem technisch sauber und sehenswert.«

Alex schwieg, doch ich war mir sicher, wieder diesen Anflug eines Schmunzelns in seinem Mundwinkel zu sehen.

»Sag es.« Über die gepolsterte Seitenwand des Hundekorbs hinweg stieß ich ihm mit der Faust locker gegen den Oberarm. Nicht dass ihn das angesichts der Muskeln dort beeindrucken könnte. Eher war ich beeindruckt von seinem Körper.

Zu meinem Erstaunen lenkte er ein. »Ja, okay. Der Sprung war … solide.«

»Solide!« Ich spie das Wort regelrecht aus, musste im selben Moment jedoch schon wieder lachen. Ein Laut, in den Alex einstimmte. Leise und warm. Seit wann nannte ich ihn in Gedanken eigentlich nur noch ›Alex‹? Das war nicht wirklich besser als *Mister Wie-auch-immer-ich-dich-nenne.*

Rasch kippte ich kühles Radler nach. Schien, als hätte ich etwas zu viel Hitze abbekommen.

»Also?« Alex trank ebenfalls einen Schluck.

»Ich fahre schon manchmal Rennen«, beantwortete ich endlich seine Frage, »aber es ist ehrlicherweise eine Kostenfrage und irgendwie … na ja, erinnern mich Rennteilnahmen immer daran, an wie vielen Rennen ich *nicht* teilgenommen habe. Vor allem früher.«

Bei meinen letzten Worten zog Alex die Brauen zusammen, was seine ohnehin markante Miene nur noch ein wenig … *männlicher* wirken ließ.

»Inwiefern?«

Einen Augenblick lang starrte ich in mein beinahe leeres Bierglas, seufzte leise. »Ich hab früher immer von einer Profikarriere geträumt. Oder wenigstens davon, richtig viel Zeit in den Sport zu stecken und richtig gut zu werden.«

»Nun, Letzteres hat ja doch irgendwie geklappt.«

Ich hätte eigentlich so etwas wie: ›Ha, du gibst also doch zu, dass ich es draufhabe‹ entgegnen sollen. Stattdessen schwieg ich. Alex' Lob tat mir gut. Viel zu gut. Es wärmte mich von innen, auf eine sehr angenehme Weise.

»Woran ist es gescheitert?«, fragte er schließlich.

»Genau daran: an der Zeit. Und am Geld. Einen Vater hatte ich ja nie, wie du weißt. Auch keine Geschwister.

Ich bin Einzelkind. Also zumindest mütterlicherseits. Meine Mum ist schwer krank geworden, als ich vierzehn war, konnte nicht mehr arbeiten. Ich hab schon früh angefangen, neben der Schule zu jobben, und hab sie schlussendlich die letzten Jahre gepflegt. Bin deswegen frühzeitig von der Schule ab«, okay, und weil Lernen eh nie so mein Ding gewesen war, »und hab's deswegen auch ›nur‹«, ich malte mit einer Hand Anführungszeichen in die Luft, »zur Lehre im Einzelhandel geschafft. Was total okay ist. Ich mag den Job und hey, er ist systemrelevant, wie man so schön sagt. Das Einzige, worum ich halt wirklich trauere, ist die Motocross-Karriere.«

Ich verstummte und auch Alex schwieg. Um uns herum herrschte Trubel. Stimmengewirr und Motorenlärm drang zu uns auf den Parkplatz und dennoch kam es mir vor, als wären Alex und ich allein.

Ich wandte mich ihm zu und er begegnete ebenfalls meinem Blick. Ruhig und forschend.

»Vielleicht hatte ich deswegen auch so 'nen Spaß daran, Ben was mitzugeben. Ich meine, er hat dank dir alle Möglichkeiten mit dem Bike.«

Alex senkte kurz den Blick, aber ich sah wohl sein Lächeln. »Ich glaube nicht, dass Ben eine Profikarriere anstrebt. Aktuell zumindest ist der Traumberuf, den er in jedes Freundebuch schreibt, Feuerwehrmann.«

Ich musste ebenfalls schmunzeln. »Profikarriere muss ja nicht sein. Ich find's einfach schön, dass er die Möglichkeit hat, den Sport voll auszukosten. Ich meine, gibt's was Geileres, als auf dem Bike zu sitzen? Diese unglaubliche Kraft unter dir zu spüren? Den Antrieb des Motors, diese unsagbare Leichtigkeit beim Springen?«

Geriet ich ins Schwärmen? Vielleicht ein bisschen.

Neben mir schüttelte Alex den Kopf. Um seinen Mund spielte ein Grinsen, ein schiefes allerdings.

»Was?« Ich kippte den Rest meines Radlers hinunter, das mittlerweile auch nicht mehr wirklich kühl war. »Du hältst mich für einen Rowdy, der immer nur das Adrenalin auf dem Bike sucht, oder?«

Da war er wieder: dieser Blick, der mich zu durchbohren schien und kribbelnde Hitze in meinem Nacken weckte. »Und?« Das einzelne Wort klang eine Nuance dunkler aus Alex' Mund. »Bist du einer?«

Shit, war mir heiß!

»Wozu fährt man Motorrad, wenn nicht fürs Adrenalin?«

»Alex ist früher zur Entspannung gefahren.«

Ich blinzelte noch irritiert, während Alex abrupt den Kopf drehte. Einen Sekundenbruchteil später wandte ich mich ebenfalls im Sitzen leicht um. Neben uns am Auto stand eine Frau Mitte dreißig, in einem bunt getupften Sommerkleid und mit XXL-Tasche unter dem Arm.

Sie lächelte. »Entschuldigt. Ich wollte mich nicht einmischen. Alex ...«

Mein Blick huschte zu ihm. Ganz eindeutig kannte er die Frau.

»... ich wollte nur Bescheid sagen, dass ich mit Emil fahre. Ben sitzt dort hinten mit einem Mädchen. Emma, glaube ich.«

Wir beiden folgten ihrem Fingerzeig. Tatsächlich hockten Ben und Emma in einer Gruppe Motocross-Kids unter einem der Bäume neben der Rennstrecke.

»Alles klar. Schön, dass ihr hier wart. Ben hat sich riesig gefreut.«

»Gab ja auch was zu feiern«, entgegnete die Frau und spielte damit vermutlich auf Bens Sieg und seinen Holeshot an. »Also dann, du bringst Ben am Dienstagabend wieder?«

Bildete ich es mir nur ein oder verfinsterte sich etwas in Alex' Miene? Ganz kurz nur, dann nickte er und erhob sich, um die Frau mit einem angedeuteten Bussi zu verabschieden. »Genau. Bis dann. Grüß Oliver.«

»Mach ich.« Sie nickte mir zu, ehe sie ihrem Sohn zuwinkte, der anscheinend herumtrödelte. »Emil, komm!«

Gemeinsam mit dem Jungen, der in Bens Alter sein dürfte und offenbar ein guter Freund von ihm war, entfernte sich die Frau. Ich hätte gern gewusst, wer genau sie und der Junge waren, aber eine andere Frage interessierte mich noch viel brennender.

»*Du* fährst Motorrad?«

Noch immer vor dem Kofferraum stehend sah Alex auf mich herab, die Brauen dabei hochgezogen. Schande über mein Haupt, dass mich dieser leicht machohafte Blick wirklich anzog. »Was macht das ungläubig betonte Du am Anfang deiner Frage?«

»Es überrascht mich nun mal, weil du es bislang nie erwähnt hast.« Zugegeben, so sonderlich viele Gelegenheiten, das zu tun, hatte es nicht gegeben.

Alex zuckte mit den Schultern, wandte sich halb ab. »Gibt auch nicht viel zu erzählen.«

Das fand ich durchaus doch.

Er nahm einen großen Schluck Radler. Beinahe wirkte es, als wollte er damit irgendetwas ertränken.

Nur leider war ich gerade zu eingenommen von der neuen Info über ihn und damit beschäftigt, mir ihn in schwarzer Lederkluft auf einem PS-starken Bike vorzustellen.

»Lass mich raten ...«, sagte ich, um meine dezent durchgehende Fantasie im Zaum zu halten. »Eine BMW R 1250 RS.«

Er lachte. Ein einzelner, leicht rau klingender Laut. »Ganz kalt.«

Oder ziemlich heiß, wie man es nahm ...

»Kawa– ... nein, warte«, Alex war kein Kawasaki-Typ, »eine Honda, vielleicht eine Horn–!«

»Nein.«

»Yamaha?«

»Immer noch absolut eisig. Willst du alle Marken und Modelle aufzählen, die dir einfallen?«

Von wegen – diese unterschwellige Art von kalter Schulter machte mich heiß.

»Jetzt sag schon«, raunzte ich, ein wenig frustriert, weil er mir so gar keine Signale sendete und ich hier schier innerlich zerfloss.

»Eine Harley-Davidson Nightster.«

»Nicht dein ... Ich meine, ja, lässig. Damit kann man sicher schöne Entspannungsfahrten machen.« Und zugegeben, ordentlich PS hatte sie auch.

»Könnte man.«

Konjunktiv? Aber ja, diese Bekannte von Alex vorhin hatte gemeint, er sei *früher* gefahren.

»Sag nicht, du lässt das Schätzchen arbeitslos in deiner Garage stehen?«

Alex kippte den letzten Schluck Radler hinunter. »Doch.«

Das sagte er einfach so glatt dahin. Mir blutete sinnbildlich das Herz – und das, obwohl wir nicht von einer heißen Motocross-Maschine, sondern von einer Harley redeten.

»Warum fährst du nicht mehr?«

»Weil ich schlicht die Zeit nicht habe.«

»Nicht mal ab und zu eine Stunde für eine kleine Tour? Am Wochenende oder –?«

»Ich arbeite im Schichtdienst, Colin.« Mittlerweile klang Alex leicht gereizt. »Und ich muss dir wohl nicht erklären, dass ich auch am Wochenende Vater bin.«

Innerlich verdrehte ich die Augen. Warum musste er meine Nachfrage gleich als Angriff auffassen und so … *angespannt* reagieren? »Ist mir klar«, entgegnete ich betont gelassen, wobei mir das wohl nur halb gelang. »Ich hab meine Mutter auch nicht nur unter der Woche gepflegt. Das ist nicht dasselbe, schon klar. Aber du brauchst doch auch mal eine kleine Auszeit, und Ben kann doch vielleicht –«

»Gut, dass du weißt, was *wir* brauchen.«

Wow, da war jetzt jemand pissig. Zu Recht? Keine Ahnung. Jedenfalls befeuerte Alex' geknurrte Antwort eine Art Gegenwehr in mir. Noch dazu die Art, wie er über mir thronte, auch wenn eineinhalb Schritte zwischen uns waren.

Abrupt erhob ich mich. *Jetzt* war es nur noch ein Schritt. Ein kurzer.

»Mann, Alex, so war das gar nicht –«

»Lass es einfach, Colin.«

Sein warmer, leicht nach Biermix duftender Atem streifte mein Gesicht. Whoa, wann genau waren wir uns *so* nahegekommen?

Wir standen nicht Nase an Nase, berührten uns nicht. Und doch war da genug hitzig aufgeladene Nähe, um mein Hirn vollends aufzuweichen.

»Sorry, ich … will nur verstehen …« … *Warum wir immer wieder aneinandergeraten? Warum da etwas in deinem Blick ist, das mich denken lässt, du würdest heimlich nach etwas suchen? Warum ich mir einbilde, du könntest es bei mir finden? Und warum … ich dich genau jetzt küssen will? Shit!*

»Ich kann einfach nicht«, murmelte Alex nur und wieder kribbelte ein Lufthauch über meine Lippen. Ich war *so kurz* davor, mich nach vorn zu neigen und meinen Mund auf seinen zu pressen.

Doch er entzog sich.

»Lass uns die Gläser abgeben. Ich sollte mal nach Ben schauen.«

Warum nur kam es mir so vor, als ginge es gerade weniger um seinen Sohn als um eine Ausrede?

Oder aber ich bildete mir nur ein, dass es so war. Weil ich es mir heimlich wünschte.

# Kapitel 8 – Alexander

»Hattest du einen schönen Tag, Großer?« Sobald Ben seine Motorradkombi und all seinen anderen Kram in den Kofferraum geworfen hatte, drückte ich ihn leicht an mich.

Von unten herauf strahlte er mich regelrecht an. Mit seinem Lausbubengrinsen, das eine unsagbar tiefe Wärme in meinem Bauch schürte. Es gab kein schöneres Gefühl, als meinen Sohn so glücklich zu sehen.

»Ja, megacool!« Seine Worte bekräftigten, was seine Miene mir mit jeder Faser entgegenschrie.

»Sehr schön. Na los, spring rein.« Ich nickte zu meinem Auto, neben dem auch Colin stand. Egal ob wir am Mittag mal wieder aneinandergeraten waren oder nicht, ich hatte ihm angeboten, ihn zu Hause abzusetzen.

»Weißt du, was auch richtig cool ist?«, fragte Ben an Colin gewandt.

»Nee, was?«

»Es sind Sommerferien!«

Während ich selbst um den Ateca herumging, fing ich aus dem Augenwinkel Colins Grinsen ein.

»Ja, Ferien sind immer gut, was?« Sobald wir alle im Auto saßen, wandte er sich über die Schulter wieder

Ben zu. »Und was hast du in den Ferien vor? Außer ganz viel Motocross fahren.«

Ben kicherte. »Übernächste Woche fahr ich zu Oma und Opa. Nach ... äh ...«

»Seevetal«, entgegnete ich an seiner statt und half ihm damit auf die Sprünge. Indessen startete ich den Motor. Den Namen der schmucken Kleinstadt in der Nähe von Hamburg konnte man schon mal vergessen, wenn man nicht, wie ich selbst, von dort stammte.

»Wo ist das?«, fragte Colin auch prompt. »Norddeutschland?«

»Niedersachsen. Landkreis Harburg.«

»Es ist gar nicht so weit von da bis zum Meer«, quasselte Ben weiter und fuhr damit fort, Colin sämtliche Vorzüge von Seevetal aufzuzählen. Allen voran die rund eineinhalb Stunden Fahrt bis zum Timmendorfer Strand.

»Das heißt, du hast auch bald Urlaub?«, fragte Colin schließlich an mich gerichtet.

Mittlerweile hatten wir die L1201 erreicht und ich schaltete den Tempomat ein. Nun, gegen einundzwanzig Uhr, war auf der Straße nicht mehr viel los.

»Ja. Ben fährt allerdings allein – in Begleitung einer Bahnangestellten natürlich.«

»Oh.« Mehr sagte Colin dazu nicht.

Ich widerstand dem Drang, unwillig die Stirn zu verziehen. Ich wollte nicht aus jedem seiner Worte einen unterschwelligen Vorwurf heraushören.

»Ja, voll cool, dass Papa mir das erlaubt hat«, quakte Ben vom Rücksitz und rettete damit unwissentlich das drohende Schweigen zwischen Colin und mir. Tatsächlich hatte ich ursprünglich geplant, gemeinsam mit Ben eine Woche bei meinen Eltern zu verbringen. Ben war es gewesen, der darauf beharrt hatte, dass es viel cooler wäre, wenn er allein zu Oma und Opa fahren dürfte. Grundsätzlich fand ich es gut, dass er in solchen Dingen schon so selbstständig war, und glücklicherweise gab es bei der Bahn dahin gehend Betreuungsangebote.

Ich würde meine Eltern erst an Weihnachten wiedersehen. Da kamen sie uns traditionell besuchen. Das war schon so gewesen, als Lissy noch gelebt hatte. Auch ihre Eltern waren dann einmal im Jahr nach Deutschland gekommen. Seit der Beerdigung hatte ich sie nicht mehr gesehen – und Ben ebenfalls nicht. Was einerseits sehr schade war, aber andererseits ... war Lissys Verhältnis zu ihren Eltern nie besonders gut gewesen und die beiden hatten auch an Ben wenig Interesse gezeigt.

»Mhm, finde ich auch.« Von der Seite traf mich ein eingehender Blick Colins, den ich jedoch nicht erwiderte. Vielleicht, weil ich noch zu präsent in Erinnerung hatte, wie intensiv unser Augenkontakt an diesem Mittag gewesen war – und was es in mir ausgelöst hatte: neben Unwillen und Gereiztheit auch etwas wie ... Verlangen. Zuneigung. Beides konnte ich nicht brauchen und schon gar nicht in Kombination.

»Das wird sicher eine tolle Woche«, meinte Colin.

Vom Rücksitz kam von Ben nur noch ein: »Mhm.« Angesichts der Uhrzeit und des zurückliegenden turbulenten Tages, war es kein Wunder, dass nun die Müdigkeit bei ihm zuschlug.

»Du kannst die nächste schon abfahren.«

Verwundert warf ich einen Seitenblick auf Colin.

»Ich muss zu der Schrebergartenanlage noch vor dem Ortseingang. Da ist es besser, du fährst gleich ab.«

Ich setzte den Blinker, kam aber nicht umhin, nachzufragen: »Heimliches Date auf einem Gartengrundstück?«

Herrje, *das* war eigentlich nicht, was ich hatte aussprechen wollen. Schien ganz so, als wäre ich nach diesem Tag auch etwas durch. Ich sah nach hinten zu Ben, doch der bekam augenscheinlich nichts mehr mit.

Um Colins Mund zuckte ein Schmunzeln. Gleichzeitig erschien mir seine Miene nachdenklich. Abwägend. »Ich ... lebe auf dem Grundstück.«

Das überraschte mich. Allein schon, weil Omar, als er Colins Ausweis überprüft hatte, nichts dazu gesagt hatte. An der Stelle musste ich meinem Streifenpartner dann wohl vertrauen, dass er die Legalität dieses Wohnsitzes nachgeprüft hatte. Ausnahmefälle von den üblichen Regelungen gab es, weswegen ich Colin nichts unterstellen wollte. Zumal er sich andernfalls sicherlich nicht von mir hätte hierher fahren lassen. Irgendwie erschien mir das gerade wie eine Art kleiner Vertrauensbeweis – und auch dieser überraschte mich. Wirkte mit einem Kribbeln in meinem Inneren nach.

Colins Grinsen wurde indessen breiter. »Bezüglich Dates bin ich mir übrigens nicht sicher, ob *Grindr* in dem Gebiet ein Match anzeigen würde.« Ganz kurz stockte er. »Außer, du hast die App auch aufm Handy.«

Beinahe hätte ich mich an meiner eigenen Spucke verschluckt. »Äh ... nein.«

Ich vermied es konsequent, Colin anzusehen. Ein Glück, dass ich mich gerade ohnehin konzentrieren musste, um die nur spärlich beleuchtete Abzweigung zu besagter Schrebergartenanlage nicht zu verpassen.

»Nur *Tinder*, hm?«

Fragte er mich gerade durch die Blume, ob ich wirklich nur auf Frauen oder auch auf Männer stand?

»Weder noch«, entgegnete ich wahrheitsgetreu auf die beiden Dating-Apps bezogen. Dass ich eine davon benutzt hatte, war Monate her. Und ich hatte es auch nicht für die ernsthafte Suche nach einer Beziehung getan. Für schnellen, unverbindlichen Sex schon. Sehr sporadisch nur, aber es war vorgekommen.

»Verstehe«, Colin seufzte, »keine Zeit.«

»Genau.« Ich biss mir auf die Zunge. Es ging ihn rein gar nichts an und ich sollte ihm das überhaupt nicht sagen, weil ... es eben genau so war: Ich hatte keine Zeit für so was. Dennoch fühlte sich, Colin im Unklaren zu lassen, nicht richtig an. »Aber wenn, dann kämen wohl beide Apps infrage.«

Noch während ich die Worte hervorstieß, brachte ich meinen Ateca mit einem Ruck zum Halten. »Wo lang?«, fragte ich angesichts der nur von einer einzelnen Laterne beleuchteten Weggabelung.

Colin schwieg. Stattdessen spürte ich seinen Blick auf mir brennen.

»Links. Aber du ... Ich meine, ich kann hier aussteigen und die letzten paar Meter laufen.«

»Okay.«

Er zögerte. Worauf zum Teufel wartete er?

Anscheinend darauf, dass ich ihn ansah, denn kaum tat ich es, lächelte er und sagte mit gedämpfter Stimme: »Ehrlich, Alex, anfangs dachte ich, du seiest ein arroganter Arsch. Aber du hast echt ein Herz.«

Perplex starrte ich ihn an. Gottverdammt ... seine Worte schickten ein viel zu warmes Gefühl in meine Brust.

»Auch wenn ich es grausam finde, dass du deine Harley so vernachlässigst.«

Obwohl er auf unseren Disput am Mittag anspielte, musste ich lachen. Zum wiederholten Mal in seiner Gegenwart. »Ich dachte, du findest Harleys und ihre Fahrer langweilig.«

Colin zwinkerte mir zu. Eine Geste, die ihm in seiner neckenden Art ebenso wie sein Lachen verdammt gut stand. »Vielleicht ändere ich meine Meinung«, sagte er leichthin und stieß die Beifahrertür auf. »Manchmal lohnt sich das.«

Mit einem kurzen Blick auf die Rückbank fügte er hinzu: »Grüß Ben von mir.«

»Mach ich.« Glücklicherweise klang meine Stimme weniger kratzig, als ich aufgrund des Gefühls in meiner Kehle befürchtet hatte. »Mach's gut.«

»Ja, du auch.« Colin hatte die Beifahrertür beinahe schon geschlossen, als er sie doch noch mal ein Stück weit aufzog. »Übrigens, mein Grundstück ist das mit der roten Schaukel im Garten.«

Die Autotür fiel gedämpft ins Schloss.

Ich blinzelte die Scheibe an, in der sich das schwache Laternenlicht von draußen spiegelte.

Was, zur Hölle, fing ich mit dieser Info jetzt an?

# Kapitel 9 – Alexander


***Zwei Wochen später.***

Sheldon hob nur den Kopf und klopfte in behäbigem Tempo mit dem Schwanz auf dem Boden herum, als ich den Hausflur betrat. Bei den abendlichen Temperaturen um die sechsundzwanzig Grad konnte ich es ihm keinesfalls verübeln, dass er sich nicht mal erhob, um mich zu begrüßen. Tatsächlich war der Gedanke, mich einfach zu ihm auf die kühlen Fliesen zu legen, ziemlich verlockend. Aber ich entschied mich dann doch besser für die Dusche.

Mit einem leichten Fußtritt glitt die Haustür hinter mir ins Schloss. Ich klaubte mein Handy aus der dafür vorgesehenen Tasche am Bund meiner Sporthose hervor. Keine Nachrichten oder Anrufe von meinen Eltern oder Ben – das war grundsätzlich ein gutes Zeichen. Auch wenn ich zugeben musste, dass ich meinen Sohn nach gerade mal zwei Tagen bereits vermisste. Nichtsdestotrotz hoffte ich, dass es ihm nicht so ging. Er sollte einfach seinen Spaß bei Oma und Opa haben.

Auf dem Weg die Stufen nach oben zerrte ich mir das durchgeschwitzte Funktionsshirt über den Kopf. Unter der kurzen Sporthose ließ Schweiß die Haut von Eiern und Oberschenkeln unangenehm aneinanderkleben.

Ich brauchte wirklich eine Dusche! Sommerhitze hin oder her, nachdem ich den Tag über all den Papierkram, der im Alltag gern mal liegen blieb, hinter mich gebracht hatte, hatte ich das Joggen gebraucht. Meine Beine brannten und in meinen Bauchmuskeln ziepte es dank der *Toes to Bars*, die ich spontan an einem sich dafür anbietenden Ast im Wald trainiert hatte.

Meine durchgeschwitzten Klamotten warf ich erst mal in die Badewanne. Morgen früh stand ohnehin großes Wäschewaschen auf dem Programm. Außerdem würde ich Bens Urlaub bei meinen Eltern dafür nutzen, sein Kinderzimmer mal wieder richtig durchzuputzen. Inklusive Fenster. Was freute ich mich darauf – Ironie off.

Ich hatte den Duschhahn bereits aufgedreht und wollte in die Kabine steigen, als mein Handy, das ich auf dem Waschbeckenrand abgelegt hatte, piepste. Ich zögerte einen Moment. Aber wenn das meine Mutter oder mein Vater war und irgendetwas mit Ben war, würde ich mich gleich in den Arsch beißen, nicht direkt nachgesehen zu haben. Dementsprechend drehte ich das Wasser wieder ab und angelte nach meinem Smartphone. Zu meiner Erleichterung – oder doch Enttäuschung? – vermeldete das Infofenster auf dem Display eine Nachricht von Oliver.

*Hi, Alex! Da Ben ja gerade bei deinen Eltern ist und Linda mit den Kurzen bei einer Freundin – Lust auf ein Bier?*

Die Nachricht zwang ein bitteres Lächeln auf meine Lippen. Ich müsste im Chat nur ein wenig nach oben scrollen, um anfangen können zu zählen, wie oft ich in den letzten Monaten – oder sogar Jahren? – Einladungen wie diese ausgeschlagen hatte. Eine Zeit lang, weil ich es schlicht nicht ausgehalten hätte, wie in alten Zeiten zusammenzusitzen und vielleicht sogar über Lissy zu reden. Seit Langem jedoch, weil ... Ja, warum eigentlich? Weil ich nicht mal eine halbe Stunde für ein Bier mit einem guten Freund aufbringen konnte?

Das war sicherlich einerseits tatsächlich so. Andererseits ...

*»Du brauchst doch auch mal eine kleine Auszeit ...«*

Mit einem Mal hallten Colins Worte durch meinen Kopf und schürten ein vages Drücken in meiner Bauchgegend.

Wenn das so einfach wäre ... Aber zugegeben, wie Oliver geschrieben hatte, Ben war für eine Woche bei meinen Eltern. Zeit mit meinem Kumpel zu verbringen, würde also nicht bedeuten, die Zeit nicht mit Ben haben zu können. Und ich brauchte mir nicht einzureden, dass ich heute Abend ernsthaft noch anfangen würde, zu putzen. Ob ich bei Oliver vorbeischaute oder für eine Stunde vor dem Fernseher versumpfte und dort einschlief ...

*Okay! [Bierglas-Icon.] Muss noch duschen, war gerade beim Sport. Halbe Stunde?*

Kaum hatte ich die Nachricht abgeschickt, ging Oliver wieder online. Er tippte.

*[Bierglas-Icon] steht kalt. Bis gleich!*

Ich markierte seine Nachricht noch rasch mit einem Daumen nach oben, ehe ich das Handy beiseitelegte und mich beeilte, unter die Dusche zu kommen. Selbst im Hochsommer wurde es mit trocknendem Schweiß auf der Haut irgendwann doch kühl.

~~~

»Trinkst du noch eins?« Mit seiner leeren Bierflasche deutete Oliver auf meine, während er sich erhob.

Ich nickte und reichte ihm meinerseits die Flasche. »Eins noch. Dann verziehe ich mich.«

Oliver brummte etwas, das nach einer Zustimmung klang. Kaum war er im Haus verschwunden, sprangen rund um die Terrasse die LED-Spots an und hellten die hereinbrechende Dämmerung auf. Möglich, dass Oliver sie von drinnen angeschaltet hatte. Wahrscheinlicher war es allerdings, dass er inzwischen Lichtsensoren eingebaut hatte – der alte Bastler. Ich musste zugeben, dass es einige Zeit her war, dass ich zuletzt hier gesessen hatte. Die Korbsessel jedenfalls waren noch dieselben – und noch so unbequem, wie ich sie in Erinnerung hatte. Aber Linda fand sie ›todschick‹, also blieben sie.

Etwas umständlich verlagerte ich mein Gewicht auf die andere Arschbacke und zog einen Fuß aufs Knie hoch. Sheldon, der zu meinen Füßen döste, hob einmal kurz den Kopf, befand dann aber, dass wir anscheinend noch nicht nach Hause gingen und er weiter sein Abendnickerchen halten konnte.
~~~

»Hund müsste man sein«, murmelte ich ihm zu und neigte mich aus dem Korbsessel hinab, um ihn kraulen zu können.

Leise Schritte nackter Füße auf Holzdielen kündigten Olivers Rückkehr an. Doch statt um meinen Sessel herumzugehen und sich wieder in den mir gegenüber zu setzen, schob er die Bierflasche an meinem Kopf vorbei in mein Sichtfeld.

»Hier.«

»Danke.« Ein wenig perplex ergriff ich sie, spürte im nächsten Moment Olivers Hand schwer auf meiner Schulter.

»Schön, dass du mal wieder hier bist.« Er drückte feste zu. Lange.

Sodass ich nicht wusste, was ich entgegnen sollte. Im Grunde gab es nur eine logische und auch ehrliche Antwort. »Mhm, find ich auch.«

An der Stelle musste ich vor mir selbst zugeben, dass ich Männerabende wie diesen vermisst hatte. Oder vermisst hätte, wenn ich die Gedanken nicht immer sofort beiseitegeschoben hätte.

Glücklicherweise löste Oliver sich von mir, ehe das Ganze hier gefühlsduselig werden konnte.

Dass es das für mich wurde, schaffte ich schon ganz allein. Für einen winzigen Moment meinte ich, Lissys Lachen im Ohr zu haben. Das Bild vor Augen, wie Oliver am Grill stand, Lissy und Linda einander mit Aperol Spritz zuprosteten und ich mit den drei Kiddies über den Rasen tobte. Das letzte Mal, dass wir das alle zusammen getan hatten, war im Frühsommer vor drei Jahren gewesen. Nur zwei Wochen, bevor Lissy völlig unvorbereitet aus dem Leben gerissen worden war.

Und jetzt ... war Lissy tot. Daran konnte ich nichts ändern. Aber ich konnte Oliver, Linda und ihre beiden Sprösslinge durchaus mal wieder zu Ben und mir zum Grillen einladen. Die Kinder würden es lieben und ich ... war stark genug, um auszuhalten, dass es nicht wie früher sein würde. Nichts war wie früher, seit ich mit Ben allein war, aber in einem hatte Colin – und gewissermaßen auch Oliver, obwohl er es so nie ausgesprochen hatte – wohl recht: Eine kleine Auszeit musste mal drin sein, und bei einem gemeinsamen Grillabend bedeutete die Auszeit nicht, Ben hintenanzustellen.

»Prost«, verkündete ich und hob mein Bier. Ich würde Oliver nachher, bevor ich mich verabschiedete, die Einladung aussprechen.

Er prostete mir ebenfalls zu, nahm jedoch nur einen kleinen Schluck. »Sag mal«, begann er, während ich selbst noch trank, »Linda hat erzählt, dass du letztens beim Rennwochenende mit einem – ich zitiere – ›ziemlich adretten volltätowierten Kerl‹ eine – ebenfalls Zitat meiner Frau – ›sehr intensiv anmutende Unterhaltung‹ hattest.«

... die Linda gewissermaßen gecrasht und damit Colin auf die Spur meiner Harley gelockt hatte.

Ich verzog den Mund um die Bierflasche, setzte diese ab. »Mhm.«

Oliver zog die Brauen hoch. »›Mhm‹ bedeutet?«

»Mhm, sie meint wohl Colin.«

Wir schwiegen.

»Colin – und weiter? In Lindas Erzählung klang es so, als wäre da ... nun ja, eine gewisse Spannung zwischen euch zu spüren gewesen.«

Ich schnaubte. Spannung – ja, das war ein spezielles Thema zwischen Colin und mir.

Oliver schaute nur noch interessierter drein.

Ich hätte nun behaupten können, dass seine Frau da etwas hineininterpretierte, nur ... entspräche das nicht so recht der Wahrheit.

»Sagen wir, die ›Spannung‹ war *hitziger* Natur.«

»Hitzig wie in ›negativ aufgeladen‹ oder hitzig wie in ... ›heiß‹?«

Erneut stieß ich die Luft aus. Spontan verfluchte ich meinen Kumpel dafür, dass er – obwohl unsere Freundschaft in den letzten Monaten leicht eingeschlafen war – meine Andeutungen noch immer so gut verstand. Und mich selbst dafür, dass mir bei den Erinnerungen daran, wie Colin und ich uns so dicht voreinander stehend angefunkelt hatten, eben jenes *hitzige* Kribbeln meinen Nacken hinabkroch.

»Beides« raunzte ich mehr dem Flaschenhals als meinem Kumpel entgegen und Oliver grinste und murmelte ein: »Aha« in sein Bier hinein. »Könntest du das präzisieren?«

»Nein. Da gibt es nichts zu präzisieren«, behauptete ich und strafte mich zumindest teilweise Lügen, indem ich dann doch noch erklärte: »Colin trainiert auch im Verein. Er hat Ben ein paar Tipps gegeben und geht echt gut mit ihm um, und gleichzeitig ist er ein Hitzkopf, der gern mal mit seiner Cross-Maschine vor einer Polizeikontrolle abhaut.«

Verdammt, hatte ich all das laut gesagt? Vor allem den letzten Teil ...

»Ach was«, kommentierte Oliver genau den breit grinsend. »Und zufällig ist er dein Typ?«

»Nein!«

»Linda meinte, er sei wirklich attraktiv.«

»Linda ist ja auch mit dir zusammen«, schoss ich nur halb ernst gemeint dagegen.

Oliver lachte. »Eben. Ihr Geschmack ist fantastisch! Ernsthaft, Alex, ich hör schon auf, ist dein Ding. Ich meine ja nur, es wäre doch absolut legitim, wenn du langsam wieder ein wenig die Fühler ausstrecken würdest. Mal ganz unabhängig von diesem Colin. Prost!«

Ich war meinem Kumpel ziemlich dankbar, dass er seine kleine Ansprache mit einem Toast beendete. Wir stießen noch einmal mit unseren Bieren an. In meinem Hirn allerdings ratterten die Gedanken weiter.

Mal wieder die Fühler ausstrecken ... Oliver wusste nicht, dass ich das gewissermaßen schon getan hatte. Aber eben nur gewissermaßen. Es war nicht so, dass ich seit Lissys Tod mit keinem Menschen mehr intim gewesen wäre. Oder präziser: dass ich seitdem mit niemandem gevögelt hätte. Denn *intim* waren die kurzen Stelldicheins nicht gewesen.

Es hatte weit über ein Jahr gedauert, ehe ich diesen Schritt gegangen war, und Gott, das erste Mal mit einem anderen Menschen – in dem Fall einem Mann – als Lissy Sex zu haben, war seltsam und schmerzhaft und befreiend in einem gewesen.

Das alles bedeutete aber nicht das, was ich meinte, aus Olivers Worten herauszuhören. Nicht das, von dem ich vermutete, dass Linda es meinte. Ich hatte seit Lissys Tod Sex gehabt, ja. Wenn auch selten. Aber meine Fühler für etwas, das *mehr* als das sein könnte, waren so was von *nicht* ausgestreckt. Und daran würde weder Colin noch sonst jemand etwas ändern.

Es war bereits elf Uhr durch, als ich schließlich mit Sheldon nach Hause kam. Später als ursprünglich gedacht. Aber spät ins Bett zu gehen, würde nichts an meiner geplanten Aufstehzeit am Morgen ändern. Durch den Schichtdienst war ich an unregelmäßige Schlafrhythmen gewöhnt. Ein Umstand, der früher, als Ben noch ganz klein gewesen war, durchaus Vorteile gehabt hatte. Solange mich nicht massive Sorgen wach hielten, schaltete mein Körper eben dann in den Schlafmodus, wenn ich im Bett lag.

Gerade allerdings fühlte ich mich tatsächlich noch zu wach, um mich direkt ins Schlafzimmer zu verziehen. Ganz im Gegensatz zu Sheldon, der mit locker schwingender Rute die Stufen nach oben tappte. Er hatte sowohl bei mir im Schlafzimmer als auch oben im Flur ein Körbchen, zwischen denen er nachts meist wechselte, da ich bei nur angelehnter Tür schlief. Ben ebenso, aber Sheldon hatte von vornherein gelernt, dass er nachts nicht zu ihm ins Zimmer durfte. Mit einem Kleinkind war es Lissy und mir einfach zu riskant gewesen, obwohl Sheldon eine Seele von Hund war.

Lächelnd sah ich zu, wie der braune Labrador-Hintern die Treppe hinauf verschwand, während ich mir die Sneakers abstreifte. Drei Bier waren genug für einen Abend, also nahm ich mir aus dem Kühlschrank eine bereits angebrochene Apfelschorle und verzog mich mit dieser ins Wohnzimmer. Das Licht ließ ich ausgeschaltet. Die Sommernacht war noch nicht allzu dunkel, sodass ich zumindest sehen konnte, wohin ich lief, und es schaffte, die Flasche unfallfrei auf dem Couchtisch abzustellen. Mit einem Seufzer ließ ich mich aufs Sofa in eine halb liegende, halb sitzende Position fallen und zog ein Bein auf die Sitzfläche hoch.

An der Zimmerdecke verschwamm die Nacht grau in grau. Nicht trist, sondern irgendwie ... beruhigend. Ohne mein Denken bewusst zu lenken, ließ ich den Abend bei Oliver Revue passieren – und landete bei dem Gespräch über Colin. Sofort drifteten meine Gedanken weiter, hin zu unserem Disput am vergangenen Rennwochenende. Ob ich wollte oder nicht, Linda hatte schon recht mit ihrer Beobachtung: Die Stimmung zwischen Colin und mir war aufgeladen gewesen. Geprägt von Gereiztheit, Missverständnissen und das vermischt mit doch so etwas wie Sympathie und ... Anziehung.

Hitzig eben.

O Mann ...

Mit einer Hand strich ich mir über die Stirn und durchs Haar, massierte mir mit Daumen und Mittelfinger die Schläfen.

In Gedanken versuchte ich zu ergründen, ob diese gewisse Spannung schon von Anfang an zwischen uns gewesen war. Einerseits nicht und andererseits ... irgendwie doch?

Etwas hatte Colin an sich, das mich reizte. Auf verschiedene Arten.

Da war dieses Funkeln in seinem Blick, das binnen Sekunden zwischen Freude, Abwehr und Herausforderung wechseln konnte. Das mal neckend und mal beinahe weich war. Das manchmal diese impulsive Wildheit, die ihm innewohnte, unterstrich, und mal im puren Gegensatz dazu stand.

Himmel, er konnte mich mit seiner Art aber auch wirklich auf die Palme bringen. Ich wollte ihn schütteln und im selben Moment ...

Heilige Scheiße, was war das denn?

Zugegeben, die Frage war rhetorisch. Denn das, was sich unter meinen Fingern, von denen ich keine Ahnung hatte, wann genau sie *dorthin* gerutscht waren, aufwölbte, war ganz eindeutig eine beginnende Erektion.

*Meine* beginnende Erektion.

Während ich über Colin nachgrübelte.

*Herzlichen Glückwunsch, Herr Haas!*

Als hätte ich mich an mir selbst verbrannt, zog ich meine Hand ruckartig zurück. Starrte stattdessen im Halbdunkel des Zimmers an mir hinunter und stieß in einem langen Atemzug die Luft aus. Halb erleichtert und halb resigniert. Ich war nicht so hart, dass die Wölbung unter dem Stoff meiner Cargoshorts nennenswert aufgefallen wäre. Das änderte aber selbstverständlich nichts daran, dass ich wusste, dass sie da war.

Ich *spürte*, dass sie da war.

Ganz leicht und doch unmissverständlich pochte mein Schwanz in meiner Hose. Ignorieren, ablenken oder ...?

Mein Blick schweifte zum Fernseher, dann zum Tablet, das auf dem Couchtisch lag, und wieder zurück. Ich könnte eine Netflix-Serie einschalten, von der es so lange her war, dass ich eine Folge gesehen hatte, dass ich vermutlich ebenso gut von vorne anfangen konnte, oder ich könnte ... Letztlich blieb mein Blick wieder am Tablet hängen. Schien ganz so, als hätte mein Unterbewusstsein bereits eine Entscheidung gefällt. Oder aber mein Penis hatte das getan.

Nicht dass ich nicht hätte widerstehen können, doch wenn ich ehrlich war, gab es gerade keinen triftigen Grund, weshalb ich das sollte. Ben war nicht zu Hause und den Hund kümmerte es herzlich wenig, was ich hier unten trieb.

Kurz entschlossen griff ich nach dem Tablet. Während ich mit einer Hand darauf herumtippte, nestelte ich mit der anderen am Verschluss meiner Cargoshorts. Während ich den Internetbrowser im Inkognito-Modus öffnete, zerrte ich mir die Hose samt Unterwäsche bis in die Kniekehlen. Keine drei Sekunden später ertappte ich mich selbst dabei, wie ich – ganz der vorsichtige Vater – doch einmal über meine Schulter linste, um sicherzugehen, dass mein Sohn *wirklich* nicht hereinplatzen konnte.

Mit einem schiefen Grinsen in den Mundwinkeln zog ich das Tablet vollends zu mir und loggte mich auf der Seite des Pornolabels meines Vertrauens ein. Men only Content. Keine Ahnung warum genau, aber wenn ich mir Pornos ansah, hatte ich das seit jeher sehr viel öfter mit Männern als mit Frau-Mann-Konstellationen getan. Ich hatte es nie weiter hinterfragt. Vor Lissy war ich eineinhalb Jahre mit einem Mann zusammen gewesen. In ihren und meinen insgesamt acht Jahren Beziehung hatte ich keine Gedanken an andere Menschen auf sexueller oder amouröser Ebene verschwendet. Was ich in Bezug auf Pornos bevorzugte, war also irgendwie ziemlich nichtssagend.

Während ich auf der Seite nach unten durch die Neuerscheinungen scrollte, schloss ich die freie Hand locker um meinen halbsteifen Schwanz. Ein wenig zielführendes, eher nebensächliches Streicheln. Nichtsdestotrotz verfehlten weder diese Berührungen noch die kurzen Vorschauclips auf der Startseite ihre Funktion. Ich wurde härter in meiner Hand und beschloss, mich doch auf die konkrete Stichwortsuche zu verlassen. Eines konnte ich mit Sicherheit sagen: Auf dem Bildschirm sprachen mich Blowjobs in jeder erdenklichen Position und Konstellation und am besten in Nahaufnahme mehr an als klassische Penetration. Dementsprechend landete ›Blowjob‹ als erstes Wort in der Suchleiste, ergänzt von ›Tattoo‹.

Die Auswahl, die mir ausgespuckt wurde, war beachtlich. Mich weiterhin nur locker wichsend, scrollte ich über die ersten Videos hinweg. Bei Pornos durfte man schließlich oberflächlich sein, und volltätowierte Muskelprotze, die sich an optisch gerade einmal volljährigen Twinks bedienten, waren nicht mein Fall. Trainierte Körper waren schön anzusehen, aber bitte keine Steroid-Pumper, und etwas jünger aussehen als ich selbst durfte einer der Kerle gern, aber das hatte definitiv seine Grenzen, außerdem ... Da! Der war heiß!

Nahezu zeitgleich mit dem Gedanken in meinen Kopf schoss ein Ziehen von meinen Eiern aus in meinen Schwanz. Reflexartig packte ich fester zu.

Mit einem Klick war das Video geöffnet, mit einem weiteren im Vollbildmodus. Ich brauchte einen Moment, um das Tablet mit der in die Hülle integrierten Stütze aufzustellen. Dann jedoch lehnte ich mich entspannt in den Kissen zurück und umfasste zusätzlich

zu meinem mittlerweile vollends erigierten Schwanz
meine Eier. Sanfter Schmerz, als ich leicht an ihnen
zog. Zeitgleich sandten der Anblick der beiden sich tief
und zumindest gespielt leidenschaftlich küssenden
Männer auf dem Bildschirm und das Geräusch ihrer
Küsse kribbelige Hitze durch meinen ganzen Körper.
Es dauerte nicht lange, bis der schlanke, volltätowierte Kerl den etwas muskulöseren Dunkelhaarigen
mit dem schmalen Ring an der Augenbraue vor sich auf
die Knie drückte. Nicht gewaltsam, aber doch bestimmt. Die Kamera fing in Nahaufnahme ein, wie der
Dunkelhaarige mit breiter Zunge und einem neckenden Grinsen im Mundwinkel am Körper des anderen
hinabglitt. Ich sah das Flattern der Bauchmuskeln,
spürte das Prickeln auf meiner eigenen Haut. Mein
Schwanz zuckte in meiner Hand und ein leises Stöhnen entkam mir, als ich mit dem Daumen meine Eichel
streifte, die Vorhaut zurückzog. Der stattliche Schwanz
des Blonden glitt in den Mund des Hunks, der meine in
meine Faust. Erregende Reibung – mit einem rauen
Laut in der Kehle sackte mein Hinterkopf gegen die gepolsterte Lehne. Das ging noch besser ... Im nächsten
Moment richtete ich mich etwas auf, um Speichel auf
meinen Schwanz tropfen zu lassen. *Jetzt* war der Reiz
perfekt.
Während der tätowierte Kerl im Video seine Hand im
Schopf des Dunkelhaarigen vergrub und in zunehmend härterem Takt in dessen Mund stieß, wichste ich
mich drängender. Lusttropfen gesellten sich zu der
Feuchtigkeit in meiner Hand, machten die Bewegungen glitschig und gnadenlos in einem. Abgehackte Geräusche und das Stöhnen des Blonden hallten, obgleich

nur in geringer Lautstärke, in meinen Ohren, befeuerten meine Geilheit gleichermaßen. Und verdammt, der Kerl sah heiß aus, wie er den Kopf in den Nacken fallen und sich bedienen ließ. Er blinzelte und für einen Augenblick bildete ich mir ein, ein Funkeln in seinen Augen zu sehen, das mich traf.

Mit einem halb unterdrückten Keuchen hob ich mein Becken leicht an und stieß in meine Hand, erhöhte den Druck auf meine Eier. Der Dunkelhaarige saugte sich noch einmal an dem Schwanz vor ihm entlang und entließ diesen dann tropfnass aus seinem Mund. Nahm seine Hand zu Hilfe. Wichste den volltätowierten Typen und die Kamera fing diesen in Großaufnahme ein, wie er rücklings am Bettgestell lehnte und stöhnend in die Hand stieß. Das war der Moment, in dem auch ich noch mal mit festem Druck von meiner lustfeuchten Spitze über meine gesamte Länge strich, zupackte und schließlich mit einem rauen Stöhnen kam.

Den Kopf gegen die Lehne sackend und heftig atmend spritzte ich in meiner Hand und über meinen Bauch ab. Nicht auf die Sofapolster. Mein Hirn schaltete sich viel zu schnell wieder ein. Das war eindeutig der Nachteil an simplem Handbetrieb mit Pornos: Der Orgasmus kam zwar zuverlässig und kurzzeitig intensiv, aber nachhaltige Befriedigung brachte er nicht.

In einem langen Atemzug stieß ich die Luft aus, blinzelte noch einmal gegen die Decke, an der die Lichtreflexe vom Bildschirm tanzten. Ehe ich mich weiter aufrichtete, um in der unteren Ablage des Couchtisches nach einer Packung Taschentücher zu tasten. Mein Blick indessen blieb noch einmal am Tabletdisplay hängen. Nach dem Kommen hatte das Geschehen darauf den Großteil seines Reizes schon wieder verloren. Wobei ... ich kniff die Augen zusammen. Starrte den blonden Typen mit den zahlreichen Tattoos am ganzen Körper an. Mir war durchaus klar, dass er mich gerade mehr angemacht hatte als der andere. Was überraschend war, weil tätowierte Kerle bislang nie ein Suchkriterium auf Pornoseiten für mich gewesen waren. Erst seit ...

*Oh, Himmel, bitte nicht!*

Mit einem erkennenden und gleichsam resignierten Laut sackte ich zurück in die Polster, die Tempopackung in der einen und meinen verschmierten Schwanz in der anderen. So viel zum Thema, dass es nichtssagend war, welche Art von Porno ich mir ansah ...

# Kapitel 10 – Colin

Wie war das eigentlich, wenn man um kurz nach elf mit einem Ständer aufwachte – zählte das noch als Morgenlatte? Oder gab es eine Vormittagslatte?

Murrend wälzte ich mich von der rechten Bettseite, neben der das Nachtschränkchen mit dem Wecker stand, auf die linke. Gesicht zum Fenster. Durch die Vorhänge drang natürlich längst helles Sonnenlicht, sodass ich die Augen zusammenkniff. Indessen schob ich meine Hand unter die dünne Decke und rückte meinen Schwanz in der Unterhose zurecht. Vage erinnerte ich mich an einen ziemlich heißen Traum, in dem Motorräder und ein attraktiver Mann, der einem gewissen Polizisten erschreckend ähnlich sah, eine bedeutende Rolle gespielt hatten. O Mann ...

Ehe ich jedoch mit ernsthafter Absicht um meinen Ständer herum zufassen konnte, lenkte mich eine Bewegung am Fenster ab. Durch den Vorhangstoff zeichnete sich die Kontur eines Vogels ab. Wenn ich wetten müsste, würde ich *all in* auf einen ganz bestimmten Vogel setzen.

Lächelnd zog ich meine Hand zurück und strampelte die Decke beiseite. Ich kniete mich aufs Bett und zog äußerst vorsichtig die Vorhänge auseinander.

Von draußen lugte wie erwartet eine Amsel ins Zimmer. Ihr Blick hatte etwas Vorwurfsvolles – bildete ich mir zumindest ein. Fehlte gerade noch, dass sie mit dem Schnabel ans Fenster pochte.

»Hi, Amselina! Na, Zeit fürs Frühstück, was?«, flüsterte ich der Scheibe entgegen, wohl wissend, dass sie mich nicht hören konnte und es ohnehin bescheuert war, mit einem Vogel zu sprechen. Aber Amselina – ja, beknackter Name, na und? – und ich hatten uns im Laufe des vergangenen Jahres angefreundet, als sie in einem der Bäume direkt neben meiner kleinen Terrasse gebrütet hatte. Seit sie begriffen hatte, dass es auf dem Tisch leckere Krümel abzustauben gab – und das hatte sie verdammt schnell gecheckt –, kam sie regelmäßig vorbei.

Als hätte sie meine Worte gehört und verstanden, hob sie vom Fenstersims ab und verschwand um das Gartenhäuschen herum. Hundert pro würde sie auf der Terrasse auf mich warten. Oder eher: auf *ihr* Frühstück.

Grinsend rutschte ich vom Bett und tappte auf nackten Füßen nebenan in das kleine Badezimmer. Schnell auf Toilette, Zähne putzen und ein Schwall Wasser ins Gesicht – keine fünf Minuten später stand ich, noch immer nur in Boxershorts in der ebenfalls kleinen Küche. Während ich Brot aufschnitt und dieses nebst Käse, Frischkäse und Honig auf einem Tablett stapelte, spuckte die Kaffeemaschine meinen heiß geliebten Cappuccino aus. Der Vollautomat war mit Abstand das Luxuriöseste in meiner Küche – vielleicht sogar in dem ganzen winzigen Häuschen. Wenn man natürlich mal von meiner Süßen absah, aber die stand ja auch nicht *im Haus*, sondern inzwischen in einer der Garagen des Vereins.

Das voll beladene Tablett auf einem Arm balancierend – für irgendwas mussten meine früheren Kellnerjobs ja gut sein –, entriegelte ich die Tür und stieß sie auf. Sofort strömte mir von draußen herrlich frische, wenn auch schon ziemlich warme Sommerluft entgegen. Hier draußen in der Schrebergartenanlage roch es einfach immer nach Natur – oder nach Holzkohlegrill. Das jedoch zum Glück nicht vormittags um kurz nach elf unter der Woche.

Wie erwartet hockte Amselina auf dem Holzgeländer, das die kleine Terrasse einfasste. Sie hüpfte vorsichtig näher, als ich Kaffeetasse, Brotteller und die Verpackungen mit dem Brotbelag auf dem Tisch ausbreitete.

»Na, was darf's denn heute sein?« Ja, ich redete schon wieder mit dem Vogel. »Roggenbrot mit ein bisschen Käse? Oder lieber das letzte Stückchen Baguette mit einem Klecks Honig?«

Mir war schon klar, dass nichts von alledem geeignetes Vogelfutter war. Aber ich gab Amselina ja nur wirklich kleine Brocken und so frech, wie sie war, würde sie sich ohnehin irgendetwas stibitzen.

Die Art, wie sie ihr Köpfchen nach links neigte, deutete ich mal als Entscheidung für Ersteres.

Ich nahm eine Scheibe Roggenbrot, bestrich diese großzügig mit Tomatenfrischkäse, wobei ich eine kleine Ecke aussparte. Dann eine Scheibe Tilsiter drauf. Mein Lieblingskäse, nicht nur, weil er würzig schmeckte, sondern weil die Scheiben dieser Marke exakt auf die meisten Brotsorten des Bäckers passten, dessen Laden nur einen kurzen Fußmarsch von der Gartenanlage entfernt war.

Ein Eckchen des Brotes samt Käse schnitt ich ab und legte es ganz an den Rand des Klapptisches. Kaum hatte ich meine Hand zurückgezogen, flatterte Amselina bereits vom Geländer auf den Tisch. Ich biss herzhaft in mein Brot und sie pickte energisch in das ihre.

Vogel hin oder her, es war schon irgendwie schön, in Gesellschaft zu frühstücken.

Nachdem ich meine zweite Scheibe Brot, dieses Mal mit Frischkäse und Honig, aus Gesundheitsgründen dann doch nicht mit Amselina geteilt hatte, flatterte sie hoch in einen der Bäume. Von dort würde sie gewohnheitsmäßig ein paar Minuten Ausschau halten, ehe sie wohin auch immer flog. Oder vorher noch einen Umweg über meinen Johannisbeerstrauch nehmen und sich dort das Dessert ergaunern.

Ich hingegen beschloss nach einem prüfenden Blick auf die Uhr im Inneren des Gartenhäuschens, dass ich noch genug Zeit hatte, um in aller Ruhe einen zweiten Cappuccino zu genießen. Danach würde ich rasch meine Tomaten- und Paprikapflanzen gießen und dann duschen und mich für die Arbeit fertig machen.

Während der zweite Kaffee durchlief, checkte ich mein Handy, aber außer dem monatlichen Newsletter des Motocross-Vereins war nichts Nennenswertes eingegangen. Den kurzen Artikel zum zurückliegenden Rennwochenende überflog ich zwar nur, dafür betrachtete ich mit einem Lächeln eingehend das angepinnte Foto. Es zeigte die Sieger des Tages, unter ihnen Ben. Wobei er den Arm mit dem Pokal gefühlt am weitesten von allen hochgerissen hatte. Sein breites Grinsen war selbst auf einem minimal verpixelten Foto ansteckend.

Ob er mittlerweile bei seinen Großeltern war? Sollte er eigentlich, wenn ich es richtig im Kopf hatte. Das bedeutete, Alex müsste sturmfrei haben. Was mir im Endeffekt gar nichts brachte. Was sollte es auch? Es bedeutete sogar eher, dass ich gar nicht darauf zu hoffen brauchte, ihn in den kommenden Tagen auf dem Vereinsgelände zu sehen. Im Nachhinein war mir sowieso schleierhaft, wie es sein konnte, dass sowohl Ben als auch ich schon so lange auf derselben Motocross-Strecke trainierten und ich Alex zuvor nie über den Weg gelaufen war. Aufgefallen wäre er mir doch sicherlich, so heiß wie er war.

Kopfschüttelnd über meine eigenen Gedanken schnappte ich mir meinen Cappuccino und machte es mir wieder auf dem Campingstuhl und dem dazugehörigen Hocker, auf den ich die Füße legte, bequem. Die Sonne, die schräg unter das Terrassendach drang, kitzelte meine nackten Zehen. Von irgendeinem der Nachbargrundstücke tönte ganz leise Musik heran und darunter lag das Gezwitscher von Vögeln. Nicht Amselina allerdings. Die war, wie mir ein prüfender Blick in den Baum bestätigte, bereits weitergeflogen.

Ich nahm einen Schluck Cappuccino, schloss die Augen und spitzte im nächsten Moment die Ohren. In das Vogelgezwitscher und die gedämpfte Jazz-Musik mischte sich das unverkennbar tiefe Brummen eines leistungsstarken Motors. Hach, schön! Wer auch immer da gerade mit einem zweirädrigen Kraftpaket an der Schrebergartenanlage vorbeifuhr, hatte sich einen perfekten Sommertag dafür ausgesucht: nicht abartig heiß, aber klarer Himmel und strahlender Sonnenschein. Müsste ich nicht nachher arbeiten, würde ich selbst überlegen, meiner Süßen Scheinwerfer, Rücklicht, Spiegel und Blinker wieder anzumontieren, um eine Runde zu drehen. Vielleicht am kommenden Wochenende. Bis dahin musste eben das Training auf der Motocross-Strecke ausreichen.

Ich glich gerade gedanklich meinen Dienstplan für die restliche Woche mit den offenen Trainingszeiten des Vereins ab, als mich eine Stimme aufschrecken ließ.

»Colin?«

Blinzelnd öffnete ich die Augen. Wie automatisch ging mein Blick quer über das Gartengrundstück und rüber zum Törchen. Das war nicht wirklich ...?

»Alex?«

Lässig stützte er sich mit einer Hand auf der hölzernen Einfassung des Gartentors ab. Unter den anderen Arm hatte er seinen Motorradhelm geklemmt. Und überhaupt ... holy Shit, er trug eine Lederkombi und sah – surprise! – verflucht heiß darin aus.

»Offensichtlich«, entgegnete er glatt. »Stör ich?«

Schwungvoll stellte ich die Cappuccinotasse auf dem Tisch ab und zog die Füße vom Hocker, um mich im Sitzen aufzurichten. »Nein! Nein, ich bin nur ... positiv geschockt. Du in Motorradkombi – sag nicht, du bist mit deiner Harley hier.«

Selbst über die Distanz der paar Meter hinweg konnte ich das Grinsen sehen, das in seinen Mundwinkeln ziepte. »Nein, ich hielt es für eine grandiose Idee, mich bei der Hitze in Lederkombi ins Auto zu setzen. Wollte dich nur verwirren.«

Schnaubend erhob ich mich. »Arsch, echt.«

Er lachte leise und jeder einzelne Laut davon entfachte ein Kribbeln in meinem Nacken. In meinem Bauch. Von wegen Sommerhitze – *er* war Feuer pur in seiner Motorradkluft. Am liebsten hätte ich ihn am Kragen der Lederjacke gepackt, in mein Gartenhäuschen gezerrt und ihn dort Stück für Stück aus den Klamotten geschält. Ihn dabei angefasst und abgeleckt und ... *Shit, Colin, reiß dich mal zusammen! Seit wann fährst du denn dermaßen auf diesen Polizisten ab?*

Die paar Schritte, die ich brauchte, bis ich bei Alex am Gartentor ankam, erlaubten es mir wenigstens, meine Stimme im Zaum zu halten, sodass ich lässig fragen konnte: »Wo hast du dein Gefährt gelassen?«

Ich blieb vor dem Tor stehen und wieder schoss kribbelige Hitze sengend durch mich hindurch bei der Art, wie Alex mich musterte. Ähnlich, wie ich ihn zuvor, nur mit dem Unterschied ... oh, Shit, dass ich ja immer noch nur meine Boxershorts trug.

Tja, zu spät, daran etwas zu ändern. Wenn ich mir so ansah, wie er mich betrachtete, nein, wie sich sein Blick regelrecht an mir festbrannte, *wollte* ich daran auch gar nichts ändern. Sollte ich mir jemals unsicher gewesen sein, ob Alex auf Männer stand, *dieser* Blick sagte alles.

Mit einem sichtbaren Ruck riss er sich von mir los.

»Steht draußen«, antwortete er zeitverzögert und mit hörbar rauer Stimme.

Ich konnte mich gedanklich nur wiederholen: holy Shit!

Im selben Moment mischte sich zu meinem Grinsen aufgrund seiner eingehenden Musterung noch die Amüsiertheit darüber, dass trotz seiner eindeutigen Blicke gerade wieder der pflichtbewusste Polizist zum Vorschein kam. Niemals würde er mit seiner Harley durch die Schrebergartenanlage tuckern und dabei durch Motorengeräusche die Nachbarn stören. Ich selbst tat das auch nicht, aber weniger aus Pflichtbewusstsein, sondern primär aus Selbstschutz. Jedenfalls war ich ziemlich froh, dass Alex bezüglich meines Wohnsitzes nicht nachgehakt hatte. Und so was von positiv überrascht, dass er hier war. Mit seiner Harley.

»Darf ich 'nen Blick drauf werfen?« *Wenn ich damit fertig bin, dich anzustarren und du mich ...*

»Sicher.« Er zog die Brauen leicht zusammen. Mittlerweile hatte er seine Augen wieder unter Kontrolle. »Vielleicht solltest du dir aber vorher etwas mehr anziehen.«

Ich hätte mit einem kessen Spruch kontern können, aber zum einen hatte er natürlich schlicht recht und zum anderen wollte ich ihn nicht zu sehr herausfordern. Bekanntlich konnte die Stimmung zwischen uns zu rasch wieder kippen. Und gerade genoss ich es viel zu sehr, dass er so überraschend hier aufgetaucht war, um das zu gefährden.

»Sollte ich wohl.« Ich öffnete das Gartentörchen. »Willst du kurz reinkommen, solange ich mir drinnen was anziehe?«

Alex nickte und ich ließ ihn an mir vorbeigehen. Der Geruch nach Lederkombi und seinem Aftershave zog mir in die Nase. Leicht allerdings nur und zu kurz, um ihn zu genießen.

Er sah sich um, eindeutig interessiert, und blieb schließlich an den beiden Hochbeeten hängen, in denen ich vornehmlich Paprika- und Tomatenstauden anpflanzte.

»Geht nichts über Gemüse aus dem eigenen Garten, hmm?«

»Absolut. Bauen Ben und du auch was an?«

Alex zögerte einen winzigen Moment, wie es mir schien. »Nicht mehr. Wir haben nur noch Erdbeeren im Garten, die von selbst zügellos wuchern.«

Bei seinen letzten Worten musste ich schmunzeln. Gleichzeitig deutete ich sein Stocken und das »nicht mehr«, als ein: ›Früher, als meine Frau noch gelebt hat.‹

Ich kommentierte es nicht, winkte Alex stattdessen hinter mir her auf die Terrasse und meinte dabei, wieder seinen Blick auf mir zu spüren. Auf meinem nackten Rücken? Meinem Arsch? Ich hätte gegen beides nichts.

»Setz dich, wenn du magst.« Die Käsepackung bereits in der einen Hand, deutete ich mit der anderen auf den Stuhl. »Ich bring das schnell rein und zieh mir was an.«

»Oh, du frühstückst noch?«

»Nope, bin fertig. Lass mich raten, du hast heute schon allerlei erledigt.« Über die Schulter hinweg warf ich ihm ein neckendes Grinsen zu, auf das er zu meiner Erleichterung einstieg.

»Willst du eine Liste?«

»Noch mal: nope. Willst du einen Kaffee?«

Er lehnte ebenfalls ab.

Im Hineingehen leerte ich rasch meinen Cappuccino, verstaute das Zeug, das gekühlt werden musste, im Kühlschrank und hastete dann ins Schlafzimmer. Ich hatte vorhin vergessen, hier drinnen zu lüften. Aber gut, nun war es ohnehin fast zu warm. Ich würde das Fenster aufreißen, wenn ich heute spät am Abend von meiner Schicht im Supermarkt heimkam.

Keine Frage, dass ich primär auf Motocross-Maschinen stand oder mich, wenn es ein ›normales‹ Motorrad sein sollte, vielleicht für eine Honda Fireblade hätte begeistern können. Dennoch musste ich zugeben, dass Alex' Harley schon etwas hermachte. Noch schicker wäre sie gewesen, hätte Alex in seiner Lederkluft lässig an ihr gelehnt. Was er aber nicht tat und ich konnte ihn schlecht dazu auffordern. Also begnügte ich mich eben damit, einmal um sein Gefährt herumzugehen und es eingehend zu betrachten.

»Schick«, meinte ich schließlich und blieb schräg neben Alex stehen. »Und, wie fühlt sich's an, sie mal wieder auszufahren?«

»Gut, das muss ich zugeben. Ich hab's jedenfalls nicht verlernt.«

»Was zu beweisen bliebe ...«

Sein fragender Blick traf mich von der Seite, er sagte jedoch nichts zu meiner wohl recht uneindeutigen Anspielung.

Gerade nervte es mich wirklich, dass ich nachher arbeiten musste. Allerdings ... wenn Alex zustimmen würde ...

»Wie wär's ...?« Ich streckte eine Hand aus und streifte seinen Arm. Nicht dass ich grundsätzlich einen Lederfetisch hatte, aber eine hochwertige Motorradkombi fasste sich einfach gut an. Vor allem, wenn ein Mann wie Alex drinnen steckte. »... du und ich und die Bikes – wir könnten eine Tour machen.«

Im ersten Moment war ich mir angesichts des nahezu finsteren Schattens, der über seine Miene huschte, sicher, dass er ablehnen würde. Dann jedoch schlich sich wieder dieses angedeutete Grinsen in seine Mundwinkel.

»Du willst dich mit einem Typen und seiner Harley blicken lassen?«

Betont lässig zuckte ich mit den Schultern. In meinem Innern allerdings war es alles andere als entspannt. Mein Herz pochte aufgeregt.

»Ich sagte doch, ich ändere meine Meinung vielleicht.« Ich strich über seinen Arm. Zentimeter nur. Die Berührung kribbelte in meinen Fingern, obwohl ich genau genommen ja nur das Leder der Motorradjacke anfasste. Alex' Blick sackte tiefer. Hin zu meinen Fingern auf seinem Arm. Nur um gleich wieder in mein Gesicht zu springen, als ich meine Hand zurückzog und auf verbaler Ebene todesmutig vorpreschte.

»Komm schon, Alex ... überzeug mich davon, wie spannend Harley-Fahrer sein können.«

# Kapitel 11 – Colin

Sich spontan bei der Arbeit krankzumelden, um den Mittag mit einem verdammt heißen und nervenaufreibend kühlen Typen zu verbringen, war wirklich nichts, worauf man stolz sein sollte. Bereuen konnte ich meine Kurzschlussaktion allerdings auch nicht. Spätestens dann nicht, als ich mich hinter Alex auf seine Harley schwang. Da das Gefährt modellmäßig relativ viel Platz für den Sozius bot, hätte ich nicht besonders eng an Alex heranrutschen müssen. Ich tat es trotzdem. Von hinten schlang ich die Arme unter den seinen hindurch, ließ sie locker auf seiner Bauchgegend ruhen.

»Alles okay?«, rief er mir über die Schulter und das noch vergleichsweise leise Brummen des Motors hinweg zu.

Dachte er, ich hätte Schiss, weil ich mich so an ihn drückte? Das war amüsant. Und irgendwie herzerwärmend. Und auf eine andere Art als die, die er vermutlich im Sinn hatte, gar nicht so unrealistisch. Ich hätte nämlich durchaus Schiss, dass ich gleich eine Latte bekam.

Shit ey, Alex' Körper so nah an meinem fühlte sich selbst durch unsere Motorradkombis hindurch höllisch gut an.

»Alles bestens!« *Oder viel zu gut!* Um meine Worte zu verdeutlichen, reckte ich den Daumen im Handschuh nach oben.

Alex nickte mir zu und klappte das Visier seines Helms nach unten. Ich tat es ebenso und schlang dann wieder beide Arme um ihn und … rutschte vielleicht noch ein winziges bisschen näher an ihn heran. Mein Schritt nun genau an seinem Arsch. *Reiß dich bloß zusammen, mein Freund da unten!*

Angesichts der Tatsache, dass ich den Platz hinter Alex auf seiner Harley gar nicht aufgeben wollte, störte es mich kein bisschen, dass er es auf dem Weg von der Schrebergartenanlage zum Vereinsgelände gemütlich angehen ließ. Die Fahrt endete dennoch viel zu schnell. Sosehr ich es auch liebte, meine KTM zu fahren, ich wollte gerade echt nicht von der Harley absteigen. Musste ich aber wohl.

Sobald ich neben der Maschine stand, zog ich mir den Helm ab und schüttelte erst mal meine Haare aus. Eine wie angeklebt aussehende Frisur war so ziemlich das Einzige, was ich am Motorradfahren nicht mochte.

»Wie lang brauchst du, um dein Bike fertig zu machen?«, fragte Alex, sobald er den Motor ausgeschaltet und ebenfalls den Helm abgezogen hatte. Sein Blick schweifte dabei zum Clubraum. Vermutlich überlegte er, ob es sich lohnte, etwas zu trinken zu bestellen, bis ich startklar war.

»Kommt drauf an«, ich zwinkerte ihm zu, »bestehst du auf Scheinwerfer, Rücklicht, Spiegel *und* Blinker?«

Wie zu erwarten kommentierte er meine Neckerei mit einem bösen Blick – gespielt allerdings nur, ich sah genau das amüsierte Zucken um seine Lippen. »Wag es nicht, dich bei mir mit einer Maschine blicken zu lassen, die auch nur ansatzweise nicht straßenzulässig ist.«

Im Grunde hatte ich mit dieser Antwort gerechnet. Die Vehemenz brachte mich aber dennoch innerlich ins Wanken. Denn da gab es ja noch diese eine Sache …

»Ähm …« Ich stockte.

Letztlich hinderte mich Alex' Lachen am Weiterreden. »Colin, ich verbringe mehrere Stunden pro Woche hier zwischen Cross-Maschinen. Denkst du echt, mir wäre nicht aufgefallen, dass deine Auspuffanlage *ein bisschen* zu laut ist?«

Shit!

Holy – fucking – Shit!

»Das ist nicht … Also, na ja …« Wie zum Teufel sollte ich ihm erklären, dass ich meine Süße nur deshalb durch den TÜV bekommen hatte, weil ich dort ›einen Kumpel‹ hatte, der absichtlich nicht so genau hingehört hatte.

Ich verhaspelte mich spätestens dann vollends, als Alex noch immer grinsend abwinkte. »Ich will's gar nicht wissen, ehrlich. Bastel vom Scheinwerfer bis zum Blinker alles dran und dann hoffen wir, dass mein Schätzchen hier …« – in einer beinahe liebevollen Geste strich er über den Tank seiner Harley. Konnte ich mich bitte augenblicklich in ein Motorrad verwandeln? – »… ohnehin lauter schnurrt als deins.«

*Streicheln … Schnurren … Was?*

O Mann, ich war so was von geliefert! Was machte dieser Kerl mit mir?

»O-kay.« Glückwunsch, jetzt stammelte ich auch noch herum.

»Also, wie lange brauchst du?«

»Zwanzig Minuten.« Vorausgesetzt ich vergaß vor lauter Alex-Ansabbern nicht, wie man Lichtanlage und Spiegel montierte.

~~~

Glücklicherweise hatte ich *nicht* vergessen, wie man eine Cross-Maschine straßentauglich machte. Oder eben *fast* straßentauglich. Ich kam noch immer nicht darüber hinweg, dass Alex meine Auspuffanlage nicht nur heute dermaßen locker abgetan, sondern sie offenbar auch damals in der Kontrolle vollkommen wissentlich übergangen hatte. Warum?

Zum wiederholten Mal versuchte ich, die Gedanken mit aller Macht zurückzudrängen. Ich sollte mich vielmehr auf die Straße konzentrieren. Auf mein Bike, die Harley vor mir ... und den tollen Mann darauf.

Ja, ich konnte es wohl nicht leugnen: Ich fand Alex *ziemlich* toll.

Ob das nun sinnvoll war oder nicht, die Freude darüber, mit ihm hier bei dieser Motorradtour zu sein, entfachte ein unbändiges Gewusel in meinem Bauch, das ich irgendwie freilassen musste. Kurz entschlossen warf ich einen Blick in den Seitenspiegel. Scannte anschließend noch einmal die vor uns liegende Strecke, die sich in weniger als zweihundert Metern in einer Art Serpentinen den Berg hinunterschlängelte. Ich verlagerte mein Gewicht leicht nach vorne und auf die Fußrasten, brachte mein Gewicht tief ins Motorrad und setzte zum Überholen an. Die Knie mit Druck um die
~~~

Tankverkleidung geschlossen, der Griff am Lenker reaktionsbereit, aber nicht zu fest gab ich auf der Geraden Gas. Unter mir vibrierte der kraftvolle Motor und das energetische Summen schien sich in jede Faser meines Körpers zu übertragen. Durch mich hindurchzujagen. Mit einem Jubelschrei, der vom Helm gedämpft wurde, preschte ich an Alex auf seiner Harley vorbei und auf die erste Rechtskurve zu.

Anders als auf der Cross-Strecke, wo ich das Bike dazu bringen musste, auf Sand oder Erde Traktion zu behalten, ließ ich beide Füße auf den Rasten und ging die Neigung der Maschine voll mit. Mit der rechten Hand drückte ich meine KTM in die Kurve hinein. Mit genug Tempo, dass wir in rund fünfzig Grad Schräglage kamen und sich Flieh- und Schwerkraft gegeneinander aufhoben. Nur vom Grip der Reifen auf dem Asphalt gehalten fühlte es sich für ein paar Sekunden wie schwerelos an. Das war es, was Motorradfahren so unglaublich genial machte.

Wäre es nach mir gegangen, hätte ich noch stundenlang die Serpentinen aus wechselnden Rechts- und Linkskurven hinabjagen können. Gefühlt zumindest. Als die Landstraße am Fuß des Berges wieder nahezu schnurgerade verlief, richtete ich mich ein Stück weit auf und setzte mich zurück. Spürte dabei meinem deutlich erhöhten Puls und der leicht beschleunigten Atmung nach.

So geil der Geschwindigkeits- und Kurvenrausch auch war, bremste ich meine Maschine noch weit vor dem nächsten Ortsschild herunter. Unabhängig davon, dass ich hier, auf der Schwäbischen Alb, früher oft bei meiner Oma zu Besuch gewesen war und allein deshalb gute Erinnerungen mit der Gegend verband, gefiel mir auch einfach dieser Wechsel aus kleinen Ortschaften und bewaldeten Höhen.

Über die Schulter hinweg warf ich einen suchenden Blick zurück und sah Alex' Harley bereits die letzte Kurve nehmen. Ich selbst hatte noch nie ein solches Bike gefahren, konnte mir aber vorstellen, dass die Fliehkraft aufgrund der vergleichsweise flachen Gabelstellung ordentlich auf die Maschine wirkte. Die Kurvenlage war jedenfalls eine ganz andere als bei meiner KTM.

Ich ließ Alex bis auf wenige Meter herankommen, ehe ich wieder ein wenig beschleunigte. Ich hätte gerade gern mit ihm geredet, ihm zugerufen, wie verdammt noch mal gut die Strecke war, die wir uns vorhin am Vereinsheim ganz grob per Google Maps zurechtgelegt hatten. Aber das konnte ich mir über das Brummen der beiden Motoren hinweg sparen. Beim nächsten Mal wäre es gut, ein Kommunikationssystem dabei zu haben. Aber erstens waren die Dinger mit rund zweihundert Euro im Einzelpack nicht gerade günstig und zweitens ... wer sagte denn, dass es eine weitere gemeinsame Tour geben würde? Im Grunde hatte mich Alex mit dieser hier ja schon völlig verblüfft. Umso wichtiger, sie zu genießen.

Inzwischen hatten wir den Ortskern erreicht und hätten an der folgenden Kreuzung eigentlich rechts gemusst. Einen Fuß am Boden, weil wir aufgrund des Verkehrs kurz am Stoppschild warten mussten, besah ich mir die Straßenschilder genauer. Mir kam das hier bekannt vor. Müsste hier in der Gegend nicht ...?

Doch!

Kurzerhand wechselte ich den Blinker von rechts auf links. Noch mal ein prüfender Blick in jede Richtung und ich fuhr wieder los.

In der Kurve erhaschte ich einen Blick auf Alex, der irritiert kurz die Hand vom Lenker löste und eine Frage gestikulierte, aber antworten konnte ich ja schlecht. Ich winkte nur vage und sah noch, dass er mir tatsächlich folgte. Mit einem Grinsen auf den Lippen wandte ich meine volle Aufmerksamkeit wieder auf die Straße vor mir. Ich war mir sicher, wohin ich wollte.

# Kapitel 12 – Alexander

Vorhin an der Kreuzung hatte ich noch gedacht, Colin hätte sich vertan und sei aus Versehen in die entgegengesetzte Richtung als ursprünglich geplant abgebogen, aber offensichtlich hatte er ein Ziel gehabt.

Über einen Schotterweg, der von der Straße abzweigte, sicherlich zwei Kilometer durch ein bewaldetes Gebiet führte und vermutlich nicht für Motorräder gedacht war – auch wenn ich nirgendwo ein Verbotsschild gesehen hatte –, hatte er mich zu einer Art Wanderparkplatz gelotst. Von dort einige Hundert Meter weiter über einen noch weniger ausgebauten Weg, der für unsere Maschinen zwar kein Problem war, den wir aber dennoch langsam zurücklegten. Der Weg endete ziemlich abrupt an einem aufgeschütteten Erdhügel. Vor diesem ließen wir unsere Motorräder stehen. Durch die dicht belaubten Bäume hindurch konnte ich ein vages Glitzern erkennen. Es könnte Wasser sein.

Colin hatte seinen Helm an den Lenker gehängt und stakste bereits über den Erdhügel hinweg.

»Komm mit! Es lohnt sich ...«

Ich zog ebenfalls meinen Helm und den Schlüssel von meiner Harley ab und den Reißverschluss meiner Jacke ein Stück auf. Indessen machte ich mich daran, Colin zu folgen.

Als ich schließlich zwischen den dicht stehenden Bäumen hindurchtrat, fiel mein Blick zunächst auf einen kleinen See, der eingefasst von Wald in der Sonne glitzerte. Schweifte dann weiter zu Colin – und blieb an ihm haften. Er zerrte sich gerade seine Motorradjacke von den Schultern und legte sie halbwegs unachtsam neben sich auf die Reste eines etwa hüfthohen Baumstammes. Es war nun wirklich nicht so, als hätte ich ihn mittlerweile nicht schon oft in Motorradklamotten oder nur in T-Shirt und damit einige seiner Tattoos gesehen. Dennoch zogen seine mit Tinte geschmückten Arme meine Aufmerksamkeit an. Vielleicht gerade weil ich inzwischen noch sehr viel mehr von Colin gesehen hatte. Unweigerlich formte sich das Bild vor meinem inneren Auge, wie er vorhin nur in Boxershorts vor mir gestanden hatte. Tattoos am ganzen Körper. Wirklich am ganzen?

Himmel, ich sollte *darüber* gar nicht nachdenken.

Bedächtig trat ich neben Colin und zwang mich, meinen Blick statt weiter auf ihn auf den See zu richten.

»Schönes Fleckchen.« Zu meiner Erleichterung klang meine Stimme zumindest in meinen eigenen Ohren ganz normal. »Ich nehme an, das war jetzt kein Zufallsfund.«

Von der Seite warf Colin mir ein Lächeln zu, von dem ich selbst aus dem Augenwinkel wieder einmal registrierte, wie schön es war.

»Doch, klar.« Er strich sich mit einer Hand durch die Haare. Dabei zog mir ganz fein sein Geruch in die Nase. Keine Frage, dass wir beide unter der Motorradkombi geschwitzt hatten, aber der Hauch, der mich streifte, roch viel zu gut.

»Ernsthaft, ich war schon ein paar Jahre nicht mehr hier und mir daher nicht ganz sicher, ob man noch bis hierhin kommt oder wie es jetzt aussieht. Aber ich würde sagen ... lohnt sich, oder?«

»Auf jeden Fall.«

Der kleine Waldsee war wirklich eine Oase. Abgelegen und weitgehend von Blicken abgeschirmt. Menschenleer, als käme nur extrem selten jemand hierher. Es war unglaublich still. Nur ein paar Vögel waren zu hören und ein Entenpaar paddelte schnatternd über den See.

»Ich war früher öfter hier. Meine Oma hat in der Gegend gewohnt.« Colin lachte leise auf. »Mei Oma kam von de Alb ra, weisch?«

Das Lachen, das mir ebenfalls entwich, war ein wenig gequält. »Oh, bitte, tu meinen norddeutschen Ohren das nicht an.« Ich hatte Jahre gebraucht, um mich an das Schwäbisch des Stuttgarter Raums zu gewöhnen. Aber Älblerisch war wirklich ... *besonders*.

Colin lachte nur umso mehr, ersparte mir jedweden weiteren Dialekt. Was er sich jedoch nicht nehmen ließ, war, mir ein neckendes Zwinkern zuzuwerfen.

Himmel, wusste er eigentlich, wie viel sirrende Hitze er damit auf meiner Haut entfachte?

Ich musste aus dieser Lederjacke raus!

Eilig zerrte ich mir die dünnen Motorradhandschuhe von den Fingern und pfriemelte den Reißverschluss vollends auf. Mit diesem beschäftigt realisierte ich erst, was Colin tat, als er bereits mit nacktem Oberkörper neben mir stand. Himmel noch mal ...

Ich verharrte mitten in der Bewegung, mir die Jacke von den Armen zu ziehen. Mein Blick wie gebannt auf Colins sehnigen Schultern, seiner flachen, aber nicht hageren Brust und auf den Tattoos, die sich bis hinunter über seine Rippenbogen zogen.

»Was?« Anscheinend hatte er meine eingehende Musterung bemerkt. Das Funkeln in seinen Augen forderte mich regelrecht heraus.

»*Was* trifft es gut«, raunzte ich und zerrte mir eilig die Jacke vollends herunter. »*Was* treibst du da?«

Wobei die Frage statt an ihn auch an mich selbst an mein Hirn hätte gerichtet sein können. Das stellte sich nämlich unweigerlich vor, wie sich Colins Haut anfühlte, wenn ich darüberstrich.

»Ich hol die Dusche nach, zu der ich heute noch nicht gekommen bin.«

Er tat was bitte?

Zugegeben, das Wasser war sicherlich warm genug und der See lud in seiner Abgeschiedenheit durchaus zu einer Schwimmrunde ein, aber ...

*Ja, was aber, Herr Haas? Genieß doch einfach den Anblick.*

Colin legte den Kopf leicht schief. In seiner Miene noch immer dieses Funkeln. »Kommst du mit? Wäre nur fair, immerhin hast du mich schon in Unterwäsche gesehen.«

»Ach, du gehst nicht nackt baden?«

In seinen Augen blitzte es auf. Offenbar hatte er nicht damit gerechnet, dass ich auf sein Spiel einstieg.

Mit eindeutiger Herausforderung im Blick verschränkte er die Arme vor der Brust. »Nur, wenn du mitkommst.«

Ich zwang mich, den Augenkontakt zu halten und mich nicht wieder von seinem Körper ablenken zu lassen. Verdammt, ich sollte mich überhaupt nicht dermaßen von ihm einnehmen lassen. Wobei ... warum eigentlich nicht?

In einem langen Atemzug stieß ich die Luft aus. »Nein. Ich steh nicht so auf Schwimmen ohne die Möglichkeit, sich hinterher anständig abzutrocknen.«

Ich war mir fast sicher, dass Colin protestieren und mich zu überreden versuchen würde.

Doch er tat es nicht. Zumindest nicht verbal.

Ohne den Blick von mir zu lösen, griff er an den Verschluss seiner Bikerhose. Öffnete sie. Schob sie sich über den Hintern. Seine Unterwäsche blieb, wo sie war. Zum Glück ... oder leider?

Ich sah *nicht* nach unten und ignorierte vehement das sachte Ziehen in meinem Unterleib.

Himmel, Colin schaffte es selbst dann sexy auszusehen, wenn er sich auf einem Bein balancierend die Hose samt Socken von den Füßen zerrte. Keine Ahnung, wann genau er aus seinen Stiefeln geschlüpft war.

Als er sich wieder aufrichtete, grinste er breit. Unheilvoll. Ich hielt den Atem an, als er nah an mich herantrat. So nah, dass wir uns gerade nicht berührten, ich mich jedoch nur ein kleines Stück nach vorne hätte neigen müssen, um die folgenden Worte in seinem Mund einzusperren.

»War klar«, raunte er mir zu, »Harley-Fahrer eben.«

Ich schnappte nach Luft. Aufgrund seiner verbalen Provokation und seiner Nähe gleichermaßen.

Zu einer Entgegnung kam ich nicht. Colin drehte sich um und rannte ins Wasser.

Noch immer ein wenig perplex starrte ich ihm nach. Ein Lachen löste sich aus meiner Kehle, als Colins japsender Aufschrei zu mir drang. Mittlerweile stand er hüfttief im See und anscheinend war das Wasser doch nicht so warm wie erwartet.

Unter keuchend hervorgestoßenem: »Shit, oooh, my gosh!«, watete er weiter hinein, spritzte sich dabei selbst nass und warf sich schließlich der Länge nach ins Wasser. Als er Sekunden später wieder auftauchte und sich auf den Rücken drehte, lachte er ebenfalls.

»Ist gar nicht kalt!«

Grinsend schüttelte ich den Kopf. »Mhm, klar!«

Er feixte mir aus dem Wasser zu und drehte sich schließlich wieder auf den Bauch, tat ein paar Kraulzüge.

Mit dem Hintern lehnte ich mich gegen den Baumstumpf, auf dem unsere Jacken lagen. Colins Bikerschuhe, Hose, Shirt und Socken obenauf daneben auf dem Waldboden. Zugegebenermaßen wäre es bei Motocross-Klamotten irgendwie sinnfrei, sie penibel sauber halten zu wollen. Meine eigene Lederkombi sah auch nur deshalb so frisch aus, weil ich sie mir erst kurz vor Lissys Tod gekauft und dann nur wenige Male getragen hatte.

Rasch wandte ich den Blick von den Klamotten wieder auf den See hinaus. Colins Anblick, wie er aufs Ufer zu schwamm, machte es mir leicht, den feinen Stich in meiner Brust zu ignorieren. Zumindest beinahe.

Mittlerweile hatte er Grund unter den Füßen und watete an Land. Die Art, wie er dabei die Haare ausschüttelte, sodass die Wassertröpfchen nur so flogen, und sich mit gespreizten Fingern hindurchstrich, hatte etwas von Baywatch. Voller Klischees und doch … einfach sexy.

Gemächlichen Schritts kam er auf mich zu, sodass ich genügend Zeit hatte, ihn noch einmal zu betrachten. Die Feuchtigkeit auf seiner Haut. Mit der Reflexion des Sonnenlichts ließ sie die Tattoos besonders intensiv strahlen. Und doch waren es gerade vor allem die *nicht* tätowierten Stellen seines Körpers, die mich anzogen. Kleine Tropfen rannen an seinem Brustbein entlang, über seinen flachen Bauch. Abrupt wurde mein Blick durch den Bund seiner Boxershorts gestoppt. Oder hätte gestoppt werden sollen.

Ich konnte – und *wollte* – nicht anders, als meine Aufmerksamkeit wenigstens für einen kurzen Moment auf seinen Schritt zu richten. Der dunkelblaue Stoff mochte durchnässt blickdicht bleiben, klebte jedoch so eng an ihm, dass sich die Konturen seines Schwanzes en détail abzeichneten. Und ich wollte zumindest gedanklich die These wagen, dass er einen wirklich schönen Penis hatte.

»Du hast keine Ahnung, was du verpasst!«

*Wie man's nimmt …* – mal abgesehen davon, dass wir wohl gerade unterschiedliche Dinge meinten.

Colin trat halb um mich herum und bückte sich nach seinem T-Shirt, tupfte sich damit einmal kurz das Gesicht ab.

Ich hatte ja gesagt, schwimmen ohne Handtuch war scheiße. Selbst im Sommer.

Colin schien das *natürlich* weniger eng zu sehen. Er warf das nun feuchte Shirt zurück auf den Klamottenstapel, strich sich noch einmal die nassen Haare zurück und reckte sich. Absichtlich direkt vor meiner Nase? Jedenfalls hatte ich so beste Aussicht auf das Spiel seiner flachen Muskeln an Armen und Oberkörper.

Er seufzte. »Das ist so viel besser als zu arbeiten.«

Energisch riss ich mich von seinem Anblick los. »Hast du heute regulär frei oder auch gerade Urlaub?«

»Weder noch.« Er setzte eine betont leidende Miene auf und legte sich mit einer übertriebenen Geste den Handrücken an die Stirn. »Ich bin krank.«

Ich blinzelte einmal. »Du *spielst* krank?« Wegen unserer Motorradtour oder …? Es hätte mich ja irgendwie schmeicheln können, dass ihm der gemeinsame Ausflug wichtig war. Tat es aber nicht.

»Ich sorge nur für eine ausgewogene Work-Life-Balance. Ich hab genug Überstunden.«

Ich verzog den Mund. »Von denen du einfach mal so entscheidest, dass du sie abbaust, wann es dir passt, hm?«

»Och, Alex …«, er verdrehte die Augen, seufzte erneut, genervt dieses Mal, »müssen wir das jetzt diskutieren? Es sind genügend Koll–«

»Das ist so typisch.«

Dieses Mal war es an ihm, irritiert dreinzuschauen. »Was?«

»Dass du dich wieder mal rausziehst, ohne nachzudenken entscheidest, was du –«

»Vielleicht solltest *du* einfach mal weniger nachdenken!«

Das war doch …

»Gönn dir doch einfach mal Spaß!«

Schnaufend stieß ich den Atem aus. Spaß mit ihm?

Die ungestellte Frage beantwortete er ziemlich eindeutig, indem er sich unvermittelt zu mir neigte. Er stockte. Suchte meinen Blick und ich hielt ihn. Mir selbst nicht sicher, was ich ihm vermitteln wollte. Abstand zu halten oder doch …?

Mein dumpfer Herzschlag pochte synchron zu einem hitzigen Ziehen im Schritt seine ganz eigene Aufforderung.

Colin kam mir noch ein wenig näher. Sein Körper strahlte trotz der kühlenden Wasserreste darauf Hitze ab, die auf mich übergriff. Sein Atem streifte meinen Mund. Ein verdammtes Déjà-vu zu der Situation an meinem Auto auf dem Motocross-Gelände. Nur dass ich mich dieses Mal nicht zurückzog.

»Spaß, ja?«, knurrte ich mehr, als dass ich es sagte.

Ich fühlte Colins Atem stocken. Der folgende Lufthauch war dafür umso präsenter. »Ja.« Er hauchte das einzelne Wort gegen meinen Mund.

Eine Mischung aus einem Hauch verbliebenen Zorns – worauf eigentlich? – und Verlangen grub sich durch mich hindurch. Mit einer Hand packte ich in Colins Nacken zu. Seine nassen Haarspitzen kitzelten meinen Handrücken. Ein sachter Reiz, der das Emotionschaos in meinem Inneren nur noch befeuerte.

Im nächsten Moment wisperte er: »Küss mich, Alex«, auf meine Lippen und dann lagen meine auf seinen.

# Kapitel 13 – Colin

Ein gleichsam überraschtes, wie zustimmendes Keuchen entwich mir, als Alex meiner geflüsterten Bitte nachkam und seinen Mund auf meinen presste. So rau und irgendwie überstürzt, dass man es nicht wirklich einen Kuss nennen konnte – und doch war es verdammt noch mal genau das. Ein Kuss, der von Verlangen und Unüberlegtheit erzählte. Der Sehnsucht schürte und mehr versprach, nur um viel zu schnell zu enden.

So abrupt wie Alex mich gepackt und geküsst hatte, so abrupt gab er mich wieder frei. Nur dass ich genau das überhaupt nicht wollte.

Ich folgte ihm, streifte mit meinen Lippen über seine. Zupfte an seiner Unterlippe und versuchte so, ihn wieder auf meinen Mund zu locken. Sein geräuschvolles Ausatmen brandete heiß gegen meine geöffneten Lippen. Gleichzeitig griff er erneut fester in meinem Nacken zu. Allerdings nicht grob. Mit dem Daumen streichelte er an meinem Haaransatz entlang.

»Sicher?« Er flüsterte nur und dennoch war das begierige Kratzen in seiner Stimme deutlich zu hören.

Wie zu einer nonverbalen Zustimmung schob ich beide Hände unter sein Shirt, keuchte leise. Seine Haut war warm und ich wollte so verflucht dringend mehr davon spüren. Mehr von ihm.

»So was von sicher.«

Ich spürte ihn an meinen Lippen lächeln. So lange, bis er mich wieder küsste. Sanfter dieses Mal. Mit mehr Bedacht. Aber dennoch mit derselben Intensität.

Bestimmt drang er mit der Zunge in meinen Mund ein. Eine Eroberung, die ich herbeisehnte und in der dank der streichelnden Finger in meinem Nacken das Gefühl mitschwang, dass er eine Abwehr meinerseits jederzeit respektiert hätte.

Als ob mir der Sinn nach einer solchen gestanden hätte ...

Um ihm zu zeigen, dass ich noch viel weiter mitgehen würde als das hier, und auch, weil ich mich genau nach diesem ›weiter‹ sehnte, strich ich mit flachen Händen über seine Flanken aufwärts. Streichelte ihn und nahm dabei den Stoff seines Shirts mit. Ich zuckte leicht vor Erregung, als er seine freie Hand ebenfalls auf meine Flanke schob, weiter auf meinen unteren Rücken. Halb zog er mich an sich, halb drängte ich mich an ihn. Das feste Leder seiner Motorradhose an meinem Schwanz, dazwischen nur der dünne, nasse Stoff meiner Boxershorts – Shit, war das gut!

Ich keuchte in Alex' Mund und presste mich enger an ihn, genoss die Reibung an meinem zunehmend härter werdenden Schwanz und krallte die Finger in sein Shirt. Jedoch ohne es weiter nach oben zu zerren. Ich hätte es auch gar nicht gekonnt, weil wir uns noch immer wie Ertrinkende, die in der Nähe des anderen Halt fanden, küssten. So hungrig und dabei auf ungewohnte Weise zärtlich.

Erst der Mangel an Luft ließ uns voneinander ablassen. Wobei ›ablassen‹ dem, was wir da taten, nicht wirklich nahekam. Ich wollte den Moment des minimalen Abstands nutzen, um ihm endlich dieses Shirt über den Kopf zu ziehen, kam jedoch nicht dazu. Alex ließ überraschend meinen Nacken los und schob stattdessen beide Hände auf meinen Arsch. *In* die Boxershorts. Er packte zu, grub die Finger in meine Pobacken und ich sackte keuchend noch ein wenig weiter gegen ihn.

»Shit ... Alex ...«, wisperte ich an seinem Hals, vergrub das Gesicht dort und presste meine Lippen auf die Stelle, an der sein Puls raste. Ich biss leicht zu und er stöhnte leise. Ein herrlich rauer, losgelöster Laut.

»Zu viel?«, flüsterte er im nächsten Moment dicht an meinem Ohr und ließ seine Berührungen sanfter werden. Streichelte trotz geringer Bewegungsfreiheit unsagbar sacht über meine Pobacken und sandte damit ein lustvolles Ziehen durch meinen gesamten Unterleib. Spätestens jetzt war ich so was von hart und drängte meinen Schwanz gegen sein Becken. Seine Mischung aus dominanter Begierde und umsichtiger Zärtlichkeit machte mich wahnsinnig. Wahnsinnig geil.

»Mehr«, war alles, was ich gegen seine Haut wisperte. Die Lippen auf seinen Kehlkopf gepresst vibrierte sein Lachen an meinem Mund.

»Dann hilf mir, diese Scheißlederkombi loszuwerden!«

Nichts lieber als das.

Wir mussten allerdings feststellen, dass die Verschlüsse der Hose mit vier fahrigen Händen auch nicht einfacher zu öffnen waren als mit zweien. Lachend ließ ich schließlich von ihm ab und zerrte mir kurzerhand meine eigene nasse Unterhose vom Leib, ließ ihn allein mit seiner Motorradhose kämpfen. Während er diese ein Stück weit nach unten schob, griff ich an den Bund seiner Unterwäsche. Schlichte schwarze, eng anliegende Briefs, durch die sich sein harter Schwanz abzeichnete. Ganz ohne Frage war Alex genauso scharf auf mich, wie ich auf ihn. Ich entdeckte sogar einen kleinen, feuchten Fleck auf dem Stoff, streifte mit einem Finger darüber und entlockte ihm damit wieder dieses raue Aufstöhnen, das mir ohne Umwege vom Gehörgang in die Eier schoss. Schon faszinierend, welche Nervenverbindungen es im Körper so gab.

Er wischte das Grinsen über meine bescheuerten Gedanken von meinen Lippen, indem er mich erneut küsste. Seine Hände wanderten dabei rastlos über meinen Oberkörper. Fast schien es, als wollte er jedes Fleckchen Haut anfassen – und es fühlte sich verdammt gut an. Mehr noch, als er seinen Mund von meinem fortbewegte und sich mit Küssen und kleinen Bissen einen Weg über meinen Kiefer und meinen Hals bahnte. Gewissermaßen, schoss es mir durch den Kopf, tat Alex gerade genau das, wovon ich am Vormittag fantasiert hatte, es zu tun: Er fasste mich an und leckte mich ab. Im wahrsten Sinne des Wortes. Sollten trotz Hitze noch letzte Wassertröpfchen auf meiner Haut gewesen sein, sammelte Alex sie gerade mit seiner Zunge auf. Die Art, wie er über meine Kehle leckte, mich an den Hüften hielt und mit den Daumen immer wieder so verdammt knapp an der Kante meines getrimmten Schamhaars entlangfuhr, machte mich rasend und hilflos in einem. Ich stand einfach nur da und saugte in mich auf, was er tat.

*Aber nicht mit mir, Mister!*

Hart stieß ich den Atem aus und machte mich ein kleines Stück von ihm los. Fragend traf sein Blick meinen. So verdammt intensiv und begierig und dennoch fast fürsorglich. Ehe er irgendeine Frage stellen konnte, küsste ich ihn. Kurz nur und sanft.

»Ich bin dran«, murmelte ich ihm zu und bewegte mich dabei bereits an seinem Körper abwärts. Mit dem Mund über seine definierte Brust, wobei die Haare dort meine Lippen auf angenehme Art kitzelten. Indessen zog ich ihm endlich die Boxerbriefs weit genug herunter, um seinen Schwanz anfassen zu können. Sosehr es mich in den Fingern kribbelte, ich ließ es mir nicht nehmen, ihn ebenfalls ein wenig hinzuhalten. Lediglich mit den Fingerspitzen tanzte ich an seinem prallen Schaft entlang, der unter der zaghaften Berührung sehnsüchtig zuckte. Begleitet von einem nur halb unterdrückten Keuchen.

Ich sank vor Alex auf die Knie. Scheiß auf die Ästchen, die dabei in meine Haut piksten. Sein halb geflüstertes, halb gestöhntes: »Fuck, ja«, entschädigte allemal dafür.

Zufrieden grinsend umfasste ich mit einer Hand seinen harten Schwanz, spürte der Schwere und Wärme in meiner Handfläche nach, ehe ich seine Spitze mit den Lippen umschloss. Ich erntete ein eindeutiges Stöhnen dafür und saugte seine salzige Vorlust von der samtigen Haut. Keine zwei Sekunden später war eine von Alex' Händen zurück in meinen Haaren, verkrampfte sich dort auf erregende Weise und gab mir ein Tempo vor. Ohne mich zu drängen, lediglich ein Impuls, dem ich gern folgte. Ich ließ ihn in einem steten Takt in meinen Mund gleiten, schob meine Hand dabei weiter zu seinen Eiern. Ich verlor mich darin, auszutesten, ob er lieber massierende Bewegungen oder sachtes Ziehen an seinen Hoden mochte. Wie er auf Zungenreize an seiner Eichel reagierte und letztlich, ob es ihn anmachte, wenn ich mit den Fingern Druck auf seinen Damm –

Holy Shit! *Das* machte ihn ohne Frage an.

Keuchend ruckte Alex mit dem Becken nach vorn und schob mir dabei seinen Schwanz tiefer in den Rachen. Rein aus Reflex zuckte ich zurück. Sofort lockerte er seinen Griff und wollte sich zurückziehen, doch ich ließ ihn nicht. Mit der freien Hand packte ich eine seiner Pobacken, auch wenn ich dabei Gefahr lief, mir zwischen seinem Arsch und dem Baumstamm die Finger aufzuscheuern, und hielt ihn bei mir. In mir. Genoss sein Keuchen und wie sich die Muskeln an seinem Bauch und seinen Oberschenkeln vor Lust anspannten.

»Colin ...« Aus seiner Stimme sprach überdeutlich, dass er zu gern dem lustvollen Drang nachgegeben hätte, aber bereit sein wollte, auf eine Abwehr meinerseits zu reagieren. Was unglaublich schön war und neben der pochenden Geilheit in meinem Unterleib eine Wärme in meinem Bauch schürte.

Mit Druck meiner Finger auf seinen Arsch gab ich ihm zu verstehen, dass ich verdammt noch mal *wollte*, dass er meinen Mund für seine Lust benutzte. Und letztlich war das auch genau das, was er tat: Er packte mich an den Haaren und stieß zu. Erst nur zögerlich, dann fester. Nur um noch einmal innezuhalten.

»Okay?« Das einzelne Wort kam gepresst aus seinem Mund. Seine Erregung so hautnah zu erleben, jagte tausend Schauer mein Rückgrat hinab.

Nicht okay, sondern ... »Geil«, nuschelte ich um seinen Schwanz herum und saugte an seiner Spitze. Forderte ihn mit einem Blick zu ihm nach oben auf, weiterzumachen, und packte mit der freien Hand meinen Schwanz. Gottverdammt, war ich geladen ...

Ich wichste mich selbst im selben Rhythmus, in dem Alex meinen Mund fickte. Sein Stöhnen vermischte sich mit den abgehackten Geräuschen aus meiner Kehle und seine Hand in meinem Haar vergraben war fast noch besser als die meine um meine pochende Härte. Ich spürte bereits, wie sich dieses heiße Ziehen in meinen Eiern sammelte und Richtung Schwanzwurzel kroch. Schmeckte Alex' Lusttropfen an meinem Gaumen. Lange würde das hier –

»Fuck ...« Keuchend zog er sich aus meinem Mund zurück. »Warte, ich ...«

*Ja! Ich auch.*

Ich schob seine Hand fort, mit der er nach seinem Schwanz greifen und es augenscheinlich entweder zu Ende bringen oder im letzten Moment die sinnbildliche Notbremse einlegen wollte. Beides war nicht in meinem Sinn.

Schwer atmend sah ich zu ihm auf.

»Komm in meinem Mund.«

Seine Augen weiteten, seine Nasenflügel blähten sich. Seine gesamte Miene ein gnadenlos erregendes Abbild seiner Lust.

»Bin auf PrEP.« Ich nuschelte lediglich, weil ich es nicht lassen konnte, schon wieder seine feuchte Eichel zu umschmeicheln.

»O Mann, Colin ...« Er lachte, stöhnte und schob seinen Schwanz erneut in meinen Mund.

Zufrieden summend verstärkte ich den Druck meiner Lippen und schickte Alex damit in seinen Höhepunkt. Einen ziemlich heftigen, wenn ich seine gekeuchten Flüche und das Beben seiner Muskeln richtig deutete.

Eine Hand auf seinen Oberschenkel gelegt, einfach weil ich es liebte, das leichte Zittern dort zu spüren, und mit seinem Geschmack im ganzen Mund pumpte ich meinen eigenen Schwanz ein paarmal, bis ich ebenfalls kam. Leiser als Alex, was aber schlicht daran lag, dass ich ihn noch immer im Mund hatte. Parallel zu den Wellen meines eigenen Orgasmus genoss ich, wie er leicht pochte und langsam an Härte verlor.

Erst nach einigen Sekunden gab ich ihn frei und ließ mich mit einem langen Seufzer auf die Fersen zurücksinken. Ich schloss die Augen, saugte frische Luft begierig in meine Lunge und musste unweigerlich lächeln, als ich Alex' warme, starke Hände an meinen Oberarmen spürte. Bestimmt, aber doch sanft zog er mich hoch und an sich. Keine feste Umarmung. Genau die richtige Mischung aus Halt und genug Freiraum, um gemeinsam ganz in Ruhe von dem geilen Trip herunterzukommen.

Seine Lippen streiften über meine Wange, bis zu meinem Ohr. Mit herrlich träger Stimme raunte er hinein: »Gib mir noch eine Minute ...«

Seufzend drehte ich den Kopf, sodass ich meine Nase an seinem Hals reiben konnte. »Und dann?«

»Bekommst du deine Revanche.«

»Äh ...«, ich zog meine Hand von meinem Schwanz zurück und löste mich so weit, dass ich sie Alex quasi vors Gesicht halten konnte. »Hab schon. Oder redest du von einer zweiten Runde?«

In seine Miene legte sich so etwas wie Betretenheit. Er schüttelte den Kopf. »Sorry.« Damit kommentierte er wohl eher den ersten Teil meiner Antwort statt meine Frage.

»Wofür sorry? Ich fand's geil, so wie es war.« Wobei ich dennoch nichts gegen eine Revanche hätte. Oder mehr. Doch ich sagte es nicht. Zumindest *noch* nicht, weil ich gerade schlicht nicht einschätzen konnten, an welchem Punkt Alex und ich nun standen.

Er löste sich von mir und trat einen halben Schritt beiseite, griff nach seiner Hose, die ihm nach wie vor knapp über den Knien hing.

Ein wenig unschlüssig sah ich ihm dabei zu, wie er erst seine Unterwäsche nach oben zog, dabei kurz über seinen mittlerweile wieder schlafferen Penis streifte. Als wollte er prüfen, ob er sich noch sauber machen musste. Tja, ich war gründlich gewesen. Was mich dahin zurückbrachte, dass mein eigenes Sperma langsam, aber sicher immer klebriger an meinen Fingern wurde.

Während Alex noch an seiner Motorradhose nestelte, tappte ich zurück zum Ufer und ging dort in die Hocke, um mich zu säubern. Gerade nach unserem heißen Intermezzo war die Kühle des Wassers angenehm. Okay, vielleicht nicht an meinen Eiern. Zischend sog ich den Atem ein und beeilte mich, fertig zu werden.

Alex hielt mir bereits meine Unterhose und mein T-Shirt hin, als ich zu ihm zurückkam. Seine Miene wirkte gelassen. Aber auch wenig aussagekräftig. Andererseits mussten wir ja kein großes Ding daraus machen. Wir hatten Spaß gehabt – alle beide. Das war doch genau das, was ich gewollt hatte.

»Fahren wir zurück?«, fragte er, während ich in meine Boxershorts schlüpfte. Der Stoff war noch feucht, aber erträglich. Bequemer jedenfalls, als die Motorradhose ohne Unterwäsche anzuziehen. »Oder willst du unterwegs noch irgendwo einen Stopp machen und was trinken?«

Das klang zumindest nicht, als wollte er mich schnell wieder loswerden. »Was trinken klingt gut.« Ich schnappte ihm mein T-Shirt aus der Hand. »Und ich hätte Bock auf ein Eis.«

Da endlich huschte wieder ein kleines Lächeln über Alex' Lippen. »Das darf ich Ben aber nicht verraten.«

»Dass du ohne ihn Eis essen gehst?«

»Mhm.«

Ich lächelte und zwinkerte ihm zu. »Dann haben wir jetzt wohl ein gemeinsames Geheimnis.« Oder auch mehrere. Die nicht straßenverkehrsordnungskonforme Auspuffanlage, den Sex, von dem er seinem Sohn ganz sicher ebenfalls nichts erzählen würde ...

Alex bückte sich und warf mir meine Socken zu. »Sieht so aus ...« Noch einen langen Moment haftete sein Blick auf mir. Gleichsam forschend und für mich unleserlich. »Ich warte bei den Motorrädern.«

Mit diesen Worten ließ er mich mit meinen Klamotten und der Erkenntnis zurück, dass ich gerade dabei war, ihn mehr als nur ein bisschen toll zu finden.

~~~
~~~

Der größte Pluspunkt, dass Alex Vater war, lag eindeutig darin, dass er die besten Eisdielen im Esslinger Raum kannte. Wie ich ihn vorhin zu dem Waldsee hatte nun er mich zu einer schnuckeligen, etwas versteckt an einem Ortsausgang liegenden Eisdiele gelotst. Zuerst hatte ich meckern wollen, weil die Auswahl mit gerade mal acht Sorten doch recht klein war. Ich entschied mich für *Banana Split* und *Chocolate Cookie* und holy Shit, ich hatte nie zuvor dermaßen leckeres Eis gegessen! Alex genehmigte sich ebenfalls eine Kugel – *Strawberry Vanilla* – und erweckte den Anschein, als schmeckte es ihm. Auch wenn er, im Gegensatz zu mir, kein genüssliches Stöhnen verlauten ließ. Aber damit konnte ich leben. Aus seinem Mund hatte ich solche Laute vorhin ja schon gehört.

Mein Grinsen kaschierte ich, indem ich großzügig an meinem Eis leckte. Die samtige Textur auf der Zunge und der Geschmack waren wirklich der Wahnsinn. Ich seufzte noch einmal zufrieden, ehe ich mich an Alex wandte. »Kommst du öfter mit Ben her?«

»Immer mal wieder. Vor drei Wochen haben wir eine Radtour mit seinem besten Freund hierher gemacht.«

Für die beiden Jungs war das durchaus eine beachtliche Strecke. Aber gut, Ben war fit, und wenn sein Kumpel auch irgendeine Art von Sport trieb ... Außerdem hatten Kinder ja mitunter viel mehr Energie als wir Erwachsenen. Zumindest ich war als Kind gefühlt immer in Action gewesen.

»Und was ist Bens Lieblingssorte?«

Alex lächelte und nickte in Richtung meiner Eiswaffel. »Chocolate Cookie.«

»Hmm, kann ich verstehen.« Ich leckte noch einmal an besagter Sorte. Dann noch einmal. Wenn ich ehrlich war, schindete ich gerade vielleicht ein wenig Zeit, rang mich dann aber doch dazu durch, etwas zu sagen. »Wie sieht's aus, wiederholen wir das von heute noch mal?«

Alex zog die Brauen hoch und ich wartete schon auf die Nachfrage, ob ich primär die Motorradtour oder den Sex meinte. Wenn es nach mir ging: beides. Wenn ich wählen müsste ... Tja, Motorradfahren konnte ich auch allein.

Alex hakte jedoch überhaupt nicht nach, sondern entgegnete schließlich schlicht: »Ich hab keine Zeit für so was.«

Ich war mir nicht ganz sicher, ob ich lachen oder die Augen verdrehen sollte. »So was?«

Er maß mich von der Seite mit diesem unergründlichen Blick. »Dates und so.«

Shit! Diesem Blick konnte man aber auch nichts vormachen.

»Wer sagt, dass ich dich daten will? Ich will einfach Spaß haben und ich finde, du hättest dir auch noch mehr davon verdient.« Pokerte ich mit diesen Worten zu hoch?

Doch zu meiner Erleichterung schlich sich kein Zeichen von Missbilligung in Alex' Miene. Er grinste nur schief. »Und den Spaß soll ich mit dir haben, ja?«

»Warum nicht? Ich wette, du hattest vorhin 'ne Menge Spaß.«

Er lachte tatsächlich. Leise und warm. Und in meinem Bauch kribbelte es.

Statt einer Antwort erhielt ich nur einen langen Atemzug von ihm.

»Wie lange ist Ben noch bei deinen Eltern?«

»Bis Sonntag.«

»Tja, dann … Eine Woche, Alex. Gönn dir diese eine Woche. Von mir aus jeden Abend nur zwei Stunden. Zeit für das, worauf du Lust hast oder eben …«, ich stolperte leicht über meine eigenen Worte, »Zeit mit mir.«

Wieder zog er die Brauen zusammen, dieses Mal eindeutig verwundert. »Du bietest mir gerade eine einwöchige Affäre an?«

*Nicht nur eine Woche, wenn du in der Zeit erkennst –*

Ich würgte meine eigenen Gedanken ab, indem ich nickte. Ich wusste, ich pokerte verdammt hoch, indem ich insgeheim hoffte, dass es nicht nur diese eine Woche sein würde. Aber mein Gott, wenn es das am Ende gewesen sein sollte, war es eben so. Dann hatte ich wenigstens ebenfalls eine Woche lang Spaß gehabt.

# Kapitel 14 – Alexander

Achtundfünfzig Sekunden.

Neunundfünfzig.

Sechzig.

Der Vibrationsalarm meiner Sportuhr am Handgelenk kam einer Erlösung gleich. Mit einem zischenden Ausatmen löste ich den *Hollow Hold* und ließ Arme und Beine auf den Mattenboden fallen. Meine Bauchmuskeln brannten. Ich zwang mich, so tief und ruhig wie möglich zu atmen. So verflog der beißende Anstrengungsschmerz am schnellsten. Was blieb, war Zufriedenheit. Das Gefühl, ausgepowert zu sein, und darunter ganz vage ... ein feines Prickeln, das auch nach weiteren Bauchmuskel-Sets nicht verschwinden würde. Musste an der verstärkten Durchblutung dank des Trainings liegen. Mein Plan, im Fitnessstudio den Kopf frei zu bekommen und eben nicht *daran* zu denken, hatte also eher nur semigut funktioniert.

Schnaufend rollte ich mich auf den Bauch, startete den Timer an meiner Uhr erneut und schob mich in die *Extended Puppy Pose*, um meine Schultern und den oberen Rücken nach dem vorangegangenen Langhanteltraining zu dehnen. Schande über mein Haupt, dass bei der Dehnhaltung unweigerlich Bilder vor mein inneres Auge schossen. Von Colin. Nackt. Wie ich ihn in eben jener Position vor mir niederdrückte. Nur die Arme hätte ich ihm dabei auf den Rücken gezogen. Meine Hände auf seiner Haut, wie ich über seinen unteren Rücken hin zu seinem Po ...

Meine Fantasien kamen an genau diesem Punkt ins Stocken, weil ich streng genommen nicht wusste, wie Colins Arsch *nackt* aussah. Ich könnte es allerdings herausfinden, wenn ich mich dazu durchrang, mich bei ihm zu melden. Solange Ben bei meinen Eltern war, sprach im Grunde nichts dagegen. Die Liste mit Dingen, die ich in meinem Urlaub hatte erledigen wollen, war bereits weitgehend abgehakt. Ich konnte mich getrost auf Colins *Angebot* einlassen.

*»Eine Woche, Alex. Zeit mit mir.«*

Seine Worte hallten selbst jetzt, zwei Tage später, noch in meinen Ohren nach. Dazu die Erinnerungen an das begierig dunkle Funkeln in seinen sonst hellen Augen und das Gefühl seiner Lippen um meinen Schwa–

Himmel, ich sollte wirklich aufhören, so explizit darüber nachzudenken.

Mein Penis zuckte in meiner Sporthose. Was dank des weiten Stoffs und meiner engen Unterwäsche darunter niemand sehen konnte. Das änderte aber nichts daran, dass ich keinen Wert darauf legte, mit halbem Ständer im Fitnessstudio zu stehen. Oder dort auf er Matte zu knien.

Viel lieber wollte ich Colin noch einmal auf Kni–

Himmel Herrgott!

Mit einem unterdrückten Frustlaut stand ich auf, schnappte mir mein Handtuch und meine Trinkflasche und steuerte die Umkleiden an. Scheiß aufs ausgiebige Stretching nach dem Krafttraining. Schwungvoll riss ich die Tür auf und durchmaß den Umkleideraum mit großen Schritten. Ich zerrte aus meinem Spind meine Sporttasche und daraus mein Handy.

Seit wir nach der Motorradtour vor zwei Tagen Nummern getauscht hatten, hatten wir keinen Kontakt gehabt. Ich hatte auch nicht erwartet, dass Colin sich melden würde. Er hatte ziemlich klar kommuniziert, wonach ihm der Sinn stand und die Entscheidung, ob das passieren würde, in meine Hände gelegt. Zumindest bis jetzt. Absagen, sollte er es sich anders überlegt haben, konnte er natürlich immer noch, und das würde ich akzeptieren. Auch wenn es mich gerade wirklich juckte, zu ihm zu fahren und ...

Mit fliegenden Fingern begann ich, zu tippen.

*Hey, Colin! Hast du heute Abend was vor?*

Musste ich noch deutlicher werden? Nein, entschied ich und warf das Handy zurück in die Sporttasche. Er würde sich denken können, dass ich ihm nicht schrieb, weil ich einen Absacker mit ihm trinken wollte.

Ich atmete noch einmal tief durch. Mittlerweile war das Brennen der beanspruchten Muskeln in ein wohliges Gefühl von Mattigkeit übergegangen.

Ein Kerl Anfang zwanzig trat, mit einem Handtuch um die Hüften, aus dem angrenzenden Duschbereich. Flüchtig nickten wir einander zu.

Ich zog gerade das Duschhandtuch aus meiner Sporttasche, als mein Handy in dieser vibrierte. Ein Blick auf meine Uhr bezeugte den Eingang einer Nachricht von Colin. Rasch angelte ich nach meinem Smartphone.

*Hi! Jetzt schon. ;-) Willst du vorbeikommen?*

Definitiv, er hatte verstanden, und ich schätzte es außerordentlich, dass wir nicht um den heißen Brei herumreden mussten.

*Bin gerade noch beim Sport. Könnte in einer halben Stunde bei dir sein.*

Ich wartete einen Moment. Tatsächlich ging Colin direkt wieder online.

*Passt! Bin auf dem Heimweg von der Arbeit. Komm einfach rein, solltest du klopfen und ich grad noch unter der Dusche stehen.*

Ich verkniff mir jedweden Hinweis, dass seine Gartenhütte nicht gerade gut ausgestattet war, was Einbruchsicherheit anging. Aber darum ging es nicht und ich hatte nicht vor, schon wieder einen Disput heraufzubeschwören. Auch wenn der letzte, zugegebenermaßen, ziemlich heiß geendet hatte.

Ich schrieb lediglich:

*Alles klar, bis nachher*

und schob das Handy abermals zurück in die Sporttasche. Während ich mir die verschwitzten Klamotten vom Körper zerrte, lauschte ich auf das stetige Rauschen der Duschen aus dem Nebenraum und verbot mir dabei, mir vorzustellen, wie Colin unter einer davon stand. In meinem Schwanz hatte sich ohnehin schon ein leichtes, vorfreudiges Pochen eingestellt. Da musste unter der Fitnessstudiodusche nun wirklich keine volle Erektion daraus werden.

Rund fünfzehn Minuten später hatte sich immer noch ein feines Kribbeln in meiner Lendengegend eingenistet und mein Penis drückte sich halbhart gegen den Stoff meiner Boxerbriefs und Jeans. Ein Umstand, den ich auch nun so gar nicht brauchen konnte. Aus mehreren Gründen.

Mit einem tiefen Durchatmen drängte ich das Kribbeln so weit an den Rand meines Bewusstseins wie möglich. Noch auf dem Parkplatz des Fitnessstudios stehend wählte ich über die Freisprecheinrichtung die Nummer meiner Eltern. Wie jeden Abend, solange Ben dort im Urlaub war, rief ich gegen zwanzig Uhr an, um ihn noch kurz zu sprechen, ehe er ins Bett ging. Zumindest hoffte ich, dass meine Eltern sich an seine normale Zubettgehzeit hielten. Ich hatte nichts dagegen, wenn es in den Schulferien oder am Wochenende mal etwas später wurde, aber je regelmäßiger dies vorkam, desto schwerer würde es für Ben am Ende der Ferien sein, sich wieder umzustellen.

»Hi, Papa!«, krähte er ins Telefon und klang dabei alles andere als müde und schlafbereit.

Das unsagbar warme Gefühl überall in mir überlagerte jedoch sofort jeden potenziellen Tadel.

»Hallo, Großer! Na, alles klar bei dir?«

»Klar ist alles klar! Opa und ich spielen gerade noch eine Runde *Sechs nimmt*.«

Bei der Begeisterung in Bens Stimme musste ich unweigerlich schmunzeln. Ein Kartenspiel wäre so ziemlich das Letzte, wofür ich ihn zu Hause begeistern könnte. Aber bei Oma und Opa waren eben ganz andere Sachen angesagt.

»Sehr schön. Und wer gewinnt?«

»Opa«, grummelte Ben, klang dabei aber nicht wirklich angefressen. Sportlicher Ehrgeiz hin oder her, grundsätzlich konnte mein Sohn auch ein guter Verlierer sein. Etwas, worauf vor allem Lissy immer Wert gelegt hatte.

»Na, ihr habt ja noch ein paar Tage Zeit für eine Revanche.«

»Ja! Ich muss jetzt auch Schluss machen, sonst schummelt Opa nur wieder.«

Ich konnte regelrecht vor mir sehen, wie Ben meinem Vater zufeixte und vernahm prompt dessen Widerspruch gedämpft durch die Verbindung.

»Okay. Macht nicht mehr zu lange und schlaf nachher gut, ja, Großer?«

»Jahaaa ... Papa?«

»Hmm?«

»Hab dich lieb.«

Keine Frage, dass mein Herz gerade vor Vaterliebe spontan überquoll. »Ich dich auch, Ben. Gibst du mir noch kurz Oma?«

»Klar.«

Stimmen im Hintergrund bezeugten, dass Ben das Telefon weiterreichte.

»Moin, Alexander.«

»Hallo.« Mir ging der typisch norddeutsche Gruß nach mehr als sieben Jahren, die ich in der Nähe von Stuttgart lebte, nicht mehr automatisch über die Lippen. »Alles okay bei euch?«, wiederholte ich die Frage von eben. Von meiner Mutter würde ich vermutlich doch eine etwas differenziertere Antwort bekommen als von Ben.

»Ja, alles in Ordnung, mach dir keine Sorgen. Wir waren heute viel zu Hause, weil es regnerisch war. Aber morgen soll es schon wieder besser werden. Dann fahren wir an die Küste hoch. Ben freut sich schon.«

Da war ich mir sicher. Als ich ihn vor ein paar Tagen zum Bahnhof gefahren hatte, hatte er mir eine halbe Stunde lang die Ohren vollgequasselt, was er am Meer alles machen würde. Und auch der Zugbegleiterin, die sich auf der Fahrt um ihn kümmern sollte, hatte er zur Begrüßung erst mal erzählt, dass er nach Norddeutschland ans Meer fuhr.

»Gut, das freut mich. Ich hoffe, er hält euch nicht zu sehr auf Trab?« Immerhin wusste ich nur zu gut, was für ein Energiebündel mein Sohn sein konnte. Was ich sehr an ihm liebte – wie eigentlich alles. Aber meine Eltern waren beide über sechzig, da konnte so ein Neunjähriger schon zur Herausforderung werden.

»Ich sagte doch: Mach dir keine Sorgen. Wir kommen prima klar. Was ist mit dir?«

Ich blinzelte das Lenkrad an. »Was soll mit mir sein?«

»Genießt du deinen Urlaub auch ein bisschen? Ich kenne dich doch. Du solltest nicht nur arbeiten, sondern dir auch einfach mal ein paar Tage frei gönnen.«

Ich verzog den Mund. Mir war schon klar, dass meine Mutter es nur gut meinte, aber meine Güte, warum dachte eigentlich jeder, mir durch die Blume sagen zu müssen, ich sollte mal Spaß haben. Ich hatte Spaß. Allem voran mit Ben, aber auch im Job, beim Sport ... Mir ging es gut, ich brauchte keinen Urlaub. Und außerdem war ich ja quasi schon auf dem Weg zum *Spaß*.

Nur dass ich meiner Mutter *das* nicht sagen würde.

»Alles gut, mach *du* dir keine Sorgen, ja? Ich erledige ein paar Dinge in Haus und Garten, zu denen ich nicht gekommen bin, und ansonsten lasse ich es ruhig angehen.« Das stimmte sogar.

Meine Mutter seufzte. »Na gut, du bist ja alt genug ...«

Eben! Ich brauchte ihre Ratschläge, auch wenn sie gut gemeint waren, nicht. Ich bekam das hin – mit Ben und allem anderen.

Ich murmelte nur eine unbestimmte Bestätigung und sagte dann: »Okay, ich muss, ja? Habt noch einen schönen Abend.«

»Ja, danke, du auch, Alexander.«

»Bis morgen.« Ich legte auf und lehnte für einen kurzen Moment den Hinterkopf gegen die Nackenstütze.

*Kopf ausschalten, Alex.*

*»Von mir aus jeden Abend nur zwei Stunden.«*

Nun ... zumindest mal für *diesen einen* Abend.

Energisch drückte ich auf den Startknopf und fuhr nach einem prüfenden Blick aus der Parklücke.

Wiederum knapp fünfzehn Minuten später ging ich mit raschen Schritten den Weg zwischen den Schrebergärten entlang. Mein Auto hatte ich auf den wenigen Parkplätzen vor der Anlage stehen lassen, auch wenn genug Platz gewesen wäre, um direkt vor Colins Grundstück zu parken.

Über die Baumwipfel hinweg fielen letzte Strahlen der tief am Horizont stehenden Abendsonne. Aus irgendeinem der angrenzenden Gärten drang leise Musik und es roch nach Holzkohle und Würstchen. Eine Amsel flatterte eilig vom Gartentörchen hoch, als ich mich diesem näherte. Ich spähte über den von Hecken umwucherten Zaun, konnte Colin aber nirgendwo draußen entdecken. Am Törchen anzuklopfen, konnte ich mir wohl sparen, und rufen …? Kurz entschlossen drückte ich die Klinke hinunter. Immerhin hatte Colin mir geschrieben, ich solle einfach reinkommen.

Der Gedanke, er könnte tatsächlich noch unter der Dusche stehen oder absichtlich nackt auf mich warten, schickte ein erneutes Kribbeln mein Rückgrat hinab und in meinen Unterleib. Nicht so intensiv, dass ich hart wurde, aber ich konnte wohl nicht leugnen, dass ich scharf war. Auf Colin.

Dennoch – oder vielleicht gerade deshalb, um mein Verlangen nach ihm nicht so deutlich zu machen – schlenderte ich langsamen Schrittes durch den Garten und nahm mir Zeit, mich ein wenig umzusehen. Das hatte ich bei meinem ersten Besuch versäumt. Weil ein gewisser Kerl nur in Boxershorts vor mir gestanden hatte.

Gott, gerade langte aber auch jeder meiner Gedanken bei Colin an. Was jedoch nicht verwunderlich war, wenn man bedachte, dass wir für Sex verabredet waren und ich von diesem in den letzten Monaten und Jahren überschaubar wenig gehabt hatte.

Was genau mich – abgesehen von primitiv körperlicher Gier – an ihm anzog, konnte ich noch immer nicht genau sagen. Wahrscheinlich aber eben jene Ambivalenz, die er ausstrahlte. Er schaffte es immer wieder, mich zu überraschen. Und auch jetzt stellte ich fest, dass die ordentlich gepflegten Hochbeete und die mit liebevollen Details in Szene gesetzten Blumenkästen nicht so recht zu ihm passen wollten – und gleichzeitig sehr wohl.

An einem Nussbaum hing die Schaukel, die Colin bereits erwähnt hatte. Sie hatte ihre besten Jahre eindeutig schon hinter sich, aber durch den knallroten, wenn auch stellenweise abgeplatzten Lack einen gewissen Charme. Eine ganz ähnliche hatte im gemeinschaftlich genutzten Garten des Mehrfamilienhauses gehangen, in dem Lissy und ich gemeinsam mit Klein-Ben gewohnt hatten, ehe wir unser Eigenheim gekauft hatten. Als kleines Kind hatte Ben es geliebt, zu schaukeln. Am liebsten stundenlang, sodass Lissy und ich uns sogar teilweise damit abgewechselt hatten, ihn anzuschubsen, weil er einfach nicht genug bekommen konnte.

Vielleicht sollte ich Ben mal mitnehmen, wenn ich Colin besuchte. Zwar war er –

*Himmel, Alex!* Was waren das denn für Gedanken? Ben hatte kein Interesse mehr an Schaukeln und selbst wenn er noch welches gehabt hätte, gab es welche auf nahezu jedem Spielplatz. Dafür mussten wir nicht zu Colin fahren. Ganz abgesehen davon, dass ›diese Sache‹ zwischen ihm und mir sowieso nur ein Vergnügen für eine Woche sein würde. Sobald Ben wieder zu Hause war, würden Colin und ich uns nicht mehr treffen.

Einfach nur eine kurze Affäre mit Ablaufdatum. Ohne danach erklären zu müssen, weshalb ich keine Zeit mehr hatte. Das war so simpel wie gut.

Mit einem energischen Schritt überwand ich die beiden Stufen hoch auf die mit Holzdielen ausgelegte Terrasse. In genau diesem Moment wurde die Tür aufgezogen.

Colin erwartete mich *nicht* nackt. Dafür in legerer Jogginghose und schlichtem, aber eng anliegendem T-Shirt, barfuß und mit noch feuchten Haaren. Ganz eindeutig kam er gerade erst aus der Dusche und ein wenig erinnerte mich sein Aufzug auch an die gemeinsame Zeit am See. Ich meinte, das Kitzeln seiner nassen Haarspitzen wieder auf meinem Handrücken zu fühlen. Das Shirt umschmeichelte seine schlanke, dezent trainierte Figur und die Jogginghose verlieh diesem Ganzen zwischen uns etwas herrlich Unkompliziertes.

Ich musste einfach lächeln.

»Hi.«

»Hi«, entgegnete er ebenfalls grinsend. »Das ging schnell.«

Ich war mir nicht ganz sicher, ob er die vergangene Zeit von unseren Nachrichten bis jetzt meinte, oder den Umstand, dass ich mich nach nur zwei Tagen gemeldet hatte. Tendenziell würde ich schätzen, dass er das eher als ›recht spät‹ bezeichnen würde.

»Dachte, du magst rasant.«

In Colins Augen trat ein Funkeln. »Definitiv.« Mit einem etwas zu lauten Knall schubste er die Tür hinter mir zu. Den Kopf leicht seitlich geneigt, sodass ihm eine dunkelblonde Strähne übers Auge fiel, musterte er mich. »Du kommst also vom Sport?«

»Ja ...«

»Dann hoffe ich, du bist nicht zu ausgepowert. Ein so kurzes Stelldichein wie am See wird das hier nicht werden.«

Ich sparte es mir, ihm zu sagen, dass ich auch innerhalb dieser Woche nicht viel Zeit haben würde. Zumindest heute Abend hatte ich nichts mehr vor. Und wenn ich ehrlich war, stand mir der Sinn nicht nur nach einem schnellen Blowjob. Auch wenn der unbestreitbar heiß gewesen war – ich wollte mehr von Colin.

»Na, wenn das so ist … Bereit für die Revanche?«

Erneut blitzte es in seiner Miene und sein Grinsen bekam etwas Dreckiges. »Du willst also vor mir knien?«

Ich zog den Atem ein und nahm damit Colins frischen Geruch nach Duschgel und einfach *ihm* auf. Uns trennte nur ein halber Schritt und ich hätte ihn gerade zu gern gepackt und an mich gezogen. Doch ich beherrschte mich.

»Willst du wirklich vorher schon alles wissen, was ich mit dir anstellen werde?«

Ein sichtbarer Schauer kroch am Ausschnitt seines T-Shirts über seine Haut. Gott, wie ich meinen Mund auf genau diese Stelle pressen wollte …

Colin überbrückte den letzten Abstand zwischen uns, legte beide Hände auf meine Brust und machte mir dadurch erst bewusst, wie hart mein Herz in meiner Brust pochte. Und wie hart bereits –

»Überrasch mich«, flüsterte er mir auf die Lippen, ehe er mich küsste.

# Kapitel 15 – Alexander

Dieses Mal war anders. Nicht primär, weil wir uns in Colins Häuschen an einem geschützten Ort befanden, weil der Sex verabredet war oder weil wir mehr Zeit hatten. Es war anders, weil *zwischen uns* etwas anders war. Weil wir uns mehr Zeit *nahmen*.

Wo wir eben noch unter stürmischen Küssen, ungeduldig an Klamotten reißend, in sein Schlafzimmer gestolpert waren, schlug die drängende Gier mit einem Mal in neugierig lustvolle Gelassenheit um. In dem Moment, als ich Colin unter mir auf der Matratze begrub und sich unsere bereits gänzlich nackten Körper der Länge nach berührten, verebbte der Drang, die Erregung schnellstmöglich zu stillen, zu etwas Intensiverem.

Unsere Küsse wurden weicher, das Spiel unserer Zungen sinnlicher. Colins Finger, eben noch in meine Schultern gekrallt, streichelten nun ruhig meinen Rücken, erkundeten mich. Wie er sich von unten an mich schmiegte, sandte eine andere Art von Erregung in meinen Körper. Nicht nur in meine Eier und meinen Schwanz, sondern in jede Nervenfaser. Eine Erregung, die nicht schnellstmöglich befriedigt, sondern ausgekostet werden wollte.

Ich wollte es auskosten, mit Colin Sex zu haben. Ich wollte *ihn* genießen – und mir die Zeit nehmen, seine Lust kennenzulernen.

Mit einem leisen Schmatzen lösten sich unsere Lippen voneinander. Im nächsten Moment drang Colins raues Seufzen an meine Ohren, als ich meinen Mund von seinem fort und hin zu seinem Hals bewegte. Mit der Zungenspitze schlängelte ich kleine Kreise bis zu seinem Kehlkopf und lächelte, als er hart schluckte, presste einen Kuss auf eben jene Stelle. Seine Hände glitten wieder aufwärts und hin zu meinen Schultern. Eine verfing sich in meinen Haaren, als wollte er sichergehen, dass ich noch eine Weile blieb. Mit der anderen streichelte er weiter über meine Haut, entfachte lustvolle Schauer.

Ich war mittlerweile gänzlich hart und konnte spüren, dass es Colin ebenso ging, wenn ich mich leicht über ihm bewegte und so heiße, gespannte Haut an eben solcher rieb. Kurz schoss mir der Gedanke durch den Kopf, ob ich ihn und mich wohl genau so zum Höhepunkt bringen könnte. Ich hatte allerdings gar nicht vor, uns allzu schnell dorthin zu treiben.

Es war irrwitzig, aber ausgerechnet Colin, der sonst so impulsiv war und mich reizte, erdete mich in diesem Moment. Mit seinen Berührungen und kleinen gestöhnten Lauten. Er gab mir viele davon, während ich mich Stück für Stück an seinem Körper hinab bewegte. Dabei Küsse und Bisse gleichsam hinterließ und mit der Zunge den Geschmack seiner vom Duschen und von Erregung gleichermaßen aufgeheizten Haut in mich aufnahm. Colin schmeckte ... wild und weich in einem. Er schmeckte ... zu gut, um ihn nicht intimer kosten zu wollen.

Lediglich für ein paar Sekunden löste ich mich von ihm, um vom Bett zu rutschen und vor diesem niederzuknien. Mit beiden Händen packte ich ihn an den Hüften und zog ihn näher an die Bettkante und damit zu mir. So, dass er mit gespreizten Beinen vor mir lag, eine Kniebeuge auf meiner Schulter.

»Okay so?«

Ich erhielt ein nachdrückliches Nicken.

»Was auch immer du vorhast«, stieß er leicht atemlos hervor, »ist verdammt gut so.«

Seine Offenheit brachte mich erneut zum Lächeln und war etwas, das ich in diesem Moment – oder vielleicht auch immer? – achten und schützen wollte. Ohne ihn aus den Augen zu lassen, drückte ich einen Kuss auf die Innenseite seines Oberschenkels, ehe ich mich weiter auf die Knie erhob und über ihn beugte.

Sein harter Schwanz zuckte meinem Mund entgegen, als ich mit leicht geöffneten Lippen Luft über das Stückchen seiner Spitze hauchte, das aus der Vorhaut hervorschaute. Colin stöhnte erneut auf, doch was mich noch viel mehr erregte, waren die kleinen Reaktionen seines Körpers. Das leichte Pochen seines Schafts unter meinen Lippen, die Gänsehaut auf seinen Oberschenkeln, die Spannung in seiner Bauchdecke. Wie automatisch fand eine meiner Hände genau dorthin. Ich strich beruhigend über seinen Bauch, seinen Hüftknochen, während ich ihn langsam mit meinem Mund umschloss. Ich spürte sein leises Beben, er stieß mir jedoch nicht entgegen, wie ich es wenige Tage zuvor bei ihm getan hatte. Er genoss einfach, was ich ihm gab. Sank mit einem lang gezogenen Seufzen gefühlt noch tiefer in die Matratze. Aus dem Augenwinkel sah ich, wie er die Finger leicht in die Bettdecke grub. Ein klein wenig fester, als ich einen trägen Rhythmus anschlug, mit dem ich an seinem prallen Schwanz auf und ab glitt. So lange, bis ich erste Lusttropfen auf der Zunge schmeckte.

Meinen Rückzug kommentierte Colin mit einem protestierenden Laut. Dieser wandelte sich jedoch erneut zu diesem verrucht leisen Stöhnen, sobald ich tiefer glitt. Sachtes Saugen an seinen Hoden, während ich seine Beine mit beiden Händen weiter auseinander und näher an seinen Körper drückte.

»Mmmh, Alex ...« Er streckte sich mit entgegen – und ich ließ ihn warten. Eine kleine, süße Qual, jedoch nicht nur für ihn.

Mein eigener Schwanz war mittlerweile so verflucht hart. Mir entkam ebenfalls ein raues Stöhnen, als ich mich mit einer Hand selbst umfasste, die Vorlust auf meiner Spitze verrieb und gleich darauf eben jene Feuchtigkeit nutzte, um mit einer Fingerspitze über Colins Damm zu streichen und seinen Eingang zu umspielen.

»Fuck ...« Sein Kopf ruckte von der Matratze hoch. Das sonst neckende Funkeln in seinen Augen inzwischen mehr ein dunkles Leuchten. Zu erkennen auch im zunehmend diffuser werdenden Licht des Zimmers. Die Spätabendsonne hatte ihre letzten Strahlen zurückgezogen.

Noch einmal drückte ich einen Kuss auf Colins Schwanzwurzel, sah zu ihm auf. »Darf ich?« Ich war mir ziemlich sicher, dass er wusste, was ich meinte.

Seine Antwort bestand abermals aus einem heftigen Nicken. Wortlos dieses Mal und ohne jede Neckerei. Er war überraschend anschmiegsam und ebenso überraschend war, dass es nicht im Geringsten ein Gefühl von Triumph oder Ähnlichem in mir weckte, ihn *gezähmt* zu haben. Vielmehr schätze ich es, dass er mir sein Vertrauen entgegenbrachte.

Gerade jetzt, in seinem Bett, ich dabei, jeden Zentimeter von ihm zu erkunden und zu verwöhnen, war nichts von der üblichen misstrauischen Spannung zwischen uns geblieben. Gerade jetzt waren wir einfach nur zwei Männer, die ihre Lust teilten und gemeinsame Zeit genossen.

Und Himmel, *wie sehr* Colin genoss, als ich schließlich seine intimste Stelle mit meinem Mund erkundete. In das Laken verkrallte Finger, flatternde Bauchdecke, losgelöstes Stöhnen, zitternde Oberschenkel ...

Himmel, *wie sehr* ich in diesem Moment mehr davon wollte. Alles.

Es wäre so leicht gewesen, mit ein paar weiteren Strichen an meinem pochend harten Schwanz zu kommen, während ich Colin leckte. Und ich war mir sicher, dass auch er nicht mehr viel gebraucht hätte, um mir zu folgen. Aber wenn wir beide kamen, wollte ich, dass wir es nicht nur zeitgleich taten, sondern uns dabei spüren konnten. Haut an Haut.

Zeit hin oder her – ich wollte Colin *jetzt* spüren.

Ein wenig zu ruckartig ließ ich von ihm ab und stemmte mich hoch, sodass er keuchend die Augen aufriss.

»Will dich näher«, raunte ich ihm zu und kam dabei schon halb über ihn, dirigierte ihn wieder weiter aufs Bett hinauf.

Sein Atem streifte fliegend meine Wange, aber der meine ging ohnehin ebenso schnell und abgehackt.

»Kondome im Nachttisch«, wisperte er mir zu und tastete bereits in besagte Richtung. »Oder willst du ohne? Ich nehm ja …«

… PrEP, wusste ich. Aber das war gerade belanglos.

Ich fing seine Hand mit meiner ein. Pinnte sie neben seinem Kopf auf der Matratze fest. »Später …«

Himmel, wie lange hatte ich denn eigentlich vor, zu bleiben?

Doch auch dieser Gedanke verpuffte. Spätestens als ich ganz über ihm war und mein Schwanz schwer auf seinem Bauch zum Liegen kam, den seinen streifte, ebenso pochend vor Lust.

Ich rang Colin einen kurzen, harten Kuss ab, der in einem Zischen meinerseits endete, weil er seine Zähne in meine Unterlippe grub, wenn auch sacht. Energisch, aber doch so, dass er seine Finger aus meinen hätte winden können, zog ich seine Hand tiefer und zwischen uns.

»Mach's uns gemeinsam.« Ich zischte in sein Keuchen hinein. Keine zwei Sekunden später stöhnten wir in den Mund des jeweils anderen, als er seine Hand um unsere Schwänze legte und sofort mit festem Griff einen bestimmenden Rhythmus anschlug.

Zufrieden brummte ich in unseren Kuss und verstärkte den Druck noch, indem ich meine Finger um seine schloss, jedoch ohne den Takt, den er vorgab, zu beeinflussen. *Genau so*, verdammt, genau so wollte ich kommen. Mit ihm.

# Kapitel 16 – Colin

*Kann dieser Kuss bitte niemals aufhören? Kann Alex einfach auf mir liegen bleiben?*

Wie zur Untermalung meiner Gedanken schob ich meine Finger tiefer in seine Haare. Meine Zunge hingegen umspielte nur leicht die seine, was er ebenso erwiderte. Ein träger, beinahe zärtlicher Kuss, aus dem nichts als Zufriedenheit sprach. Genauso aus dem leisen Brummen, das Alex ausstieß und das an meinen Lippen vibrierte.

Allerdings stemmte er sich dabei ein Stück weit hoch, sodass er schließlich über mir kniete, und löste den Kuss.

»Hast du Taschentücher parat?«

Eine berechtigte Frage, dennoch stieß ich ein kleines Murren aus. »Untere Schublade«, antwortete ich mit einem Nicken in Richtung des Nachtschränkchens.

Alex reckte sich zur Seite und gab mir damit beste Aussicht auf seinen nackten Körper, das leichte Spiel der Muskeln bei den Bewegungen. Nicht dass ich all das nicht eben schon hätte bewundern können. Beinahe bereute ich es, ihn dieses Mal so wenig erkundet zu haben. Gleichzeitig konnte ich es keinesfalls bereuen, weil es einfach zu schön gewesen war, mich von ihm verwöhnen zu lassen. Ich hätte ihn gern in mir gespürt, wollte aber nicht missen, was wir gehabt hatten. Auch das war zu schön. Nach dem stürmischen Blowjob am See berührte es mich irgendwie, dass Alex nun nicht direkt in die Vollen gegangen war. Gewissermaßen machte das unseren Sex zu etwas Wertvollem. Für mich zumindest.

Schweigend sah ich ihm dabei zu, wie er zwei Taschentücher aus der Verpackung pfriemelte und begann, unser beider Sperma von meiner Haut zu wischen. Seine Berührungen dabei so ... umsichtig.

In meiner Brust klopfte mein Herz einen viel zu schnellen Rhythmus.

»Alles okay?«

Shit, hatte er das Trommeln gehört?

»Ja! Ja, alles gut.«

Er schenkte mir dieses kleine Lächeln und ließ sich auf die Fersen zurücksinken, um sich ebenfalls sauber zu machen.

Selbst jetzt klebte mein Blick förmlich an ihm fest und das weniger, weil sein Anblick einfach sexy war, als vielmehr, weil er etwas in mir auslöste, das tiefer ging.

Insgeheim betete ich, dass er jetzt nicht sofort aufstehen und gehen würde. Mir war klar, dass das hier ein Sex-Treffen war, nichts anderes. Zumindest für ihn. Dennoch – oder genau deswegen – würde es überraschend wehtun, würde er gleich nach dem Orgasmus abhauen.

Mein Herz tat einen Stolperer, als er tatsächlich aufstand.

»Müll in der Küche?«

Ein wenig zu hektisch stieß ich den Atem aus, stemmte mich ebenfalls hoch. »Ja. Willst du was trinken? Wir könnten uns noch ein bisschen auf die Terrasse raussetzen.«

Er betrachtete mich wieder mit diesem verdammten, undurchsichtigen Blick und sein Schweigen dauerte so lange, dass ich mir bereits sicher war, er würde ablehnen. Keine Zeit und so, schon klar.

»Ja, warum nicht?«

Er ging aus dem Zimmer und ich starrte auf seinen nackten Arsch, beziehungsweise an die Stelle, an der er eben verschwunden war. Ja, warum nicht? Das fragte er *mich*?

Nach dem kurzen Überraschungsmoment sprang ich regelrecht aus dem Bett. Alex blieb! Zumindest für ein bisschen ...

Mittlerweile war die Sonne vollends untergegangen, aber noch immer war es angenehm warm, sodass Alex und ich beide nur in T-Shirt und Boxern draußen saßen. Dabei musste ich mir gedanklich an die eigene Nase packen, weil ich erwartet hatte, dass Alex sich komplett anziehen würde. Schon allein weil wochenends in der Schrebergartenanlage doch etwas mehr los war. Meine Nachbarn drei Parzellen weiter feierten offenbar eine kleine Grillparty.

Mittlerweile sollte ich eigentlich wissen, dass *Mister Oberkommissar* privat sehr viel lockerer war, als ich ihm anfangs zugetraut hatte. Vielleicht barg das ja wirklich Hoffnung, dass er innerhalb dieser Woche erkannte, dass er nicht länger Single-Dad, sondern lieber Neu-vergeben-Dad sein wollte.

Ich wusste, dass ich mir da ganz schöne Hoffnungen machte, aber ... Shit, das tat ich nun mal.

Eine Sache allerdings kreiste in diesem Kontext zunehmend durch meine Gedanken.

»Sag mal ...« Ich lenkte unser vorheriges Gespräch über Motocross in eine gänzlich andere Richtung. »... bist du eigentlich geoutet?«

Abrupt sah Alex von den Hochbeeten, zu denen er eben noch geblickt hatte, zu mir. Seine Brauen wanderten dabei nach oben. »Das ist direkt.«

»Sorry?« Entschuldigend grinste ich ihn an. Natürlich war das ein sehr persönliches Thema. Zumal Alex mir gegenüber seine sexuelle Orientierung nie definiert hatte. Was er selbstverständlich auch nicht musste. Mist, vielleicht hätte ich die Frage wirklich nicht so raushauen sollen.

»Ja.«

Ich blinzelte.

»Ja auf deine Frage.«

»Oh.« Nun blinzelte ich noch einmal. Vielmehr positiv überrascht als verwirrt.

Indessen wurde Alex' Grinsen breiter, als genösse er es, mich mal kurz quasi sprachlos zu erleben.

»Was dachtest du, hmm?«

»Na ja, dadurch, dass du einige Jahre mit einer ... *deiner* Frau verheiratet warst ... bist ...« Shit, Mann, ich redete mich hier gerade um Kopf und Kragen.

»Bist.«

Ja, natürlich. Sie hatten sich in dem Sinne ja nie getrennt. Unweigerlich schweifte mein Blick zu Alex' Hand, an der *kein* Ehering war. Und auch kein Abdruck eines solchen, der darauf hingedeutet hätte, dass er den Ring für gewöhnlich trug.

Durfte ich es mir herausnehmen, zu fragen?

Während ich noch darüber grübelte, kam Alex bereits auf meine eigentliche Frage zurück.

»Ich war vor Lissy eineinhalb Jahre mit einem Mann zusammen. Meine erste feste Beziehung. Kurz bevor das mit ihm ernst wurde, habe ich meinen Eltern und engen Freunden erzählt, dass ich bisexuell bin.« Er zögerte einen Moment. »Ich verstehe deine Nachfrage und zugegeben, in den letzten Jahren war ich nie angehalten, es jemandem zu erzählen. Lissy wusste es, enge Freunde auch. Nach außen war unsere Beziehung heterosexuell gelesen und es hatte für mich keine Bedeutung ...«

Er ließ eine Pause am Satzende, die mich vermuten ließ, er würde abermals etwas hinzusetzen. Tat er jedoch nicht.

Ich bildete mir ein, unter seiner gefassten Fassade so etwas wie einen Hauch von Schmerz zu sehen. Verwunderlich wäre es nicht.

Als hätte er innerlich einen Schalter umgelegt, formte sich plötzlich ein kleines Grinsen in seinen Mundwinkeln und er sah mich wieder direkt an. »Falls deine Frage also darauf abgezielt haben sollte, ob ich Erfahrungen mit Männern habe ...«

Wieder ließ er den Satz offen und ich lachte leise, schüttelte den Kopf und ertränkte mein Grinsen in meiner Limoflasche. Nein, Sex mit ihm fühlte sich weiß Gott nicht so an, als wäre es Neuland für ihn oder er sich in dieser Hinsicht irgendwie unsicher.

»Wie war es bei dir?«

Natürlich wusste ich, worauf er hinauswollte, aber ich neckte ihn einfach zu gern. »*Es* – was? Sex mit Männern?«

Alex schnaufte, jedoch schwang ein Lachen mit. Er antwortete lediglich mit einem vielsagenden Blick.

»Ja, ich mag Sex mit Männern.« Ich zwinkerte ihm zu. »Immer schon. Ernsthaft, ich wusste ziemlich früh, dass ich mit Frauen nichts anfangen kann. Sexuell und auf amouröser Ebene. Meine Mum hat es ganz gut aufgefasst, als ich ihr mit sechzehn einfach meinen ersten Freund vorgestellt hab, und danach ... na ja, kurz darauf kam die Nachricht, dass der Krebs zurück ist ... Jedenfalls«, mit einem Kopfschütteln wischte ich den kurzen Anflug trüber Gedanken fort, grinste wieder, »*out and proud to be gay.*«

»And loud«, setzte Alex mit einer fast schon spitzbübischen Miene hinzu, wie ich sie noch nie bei ihm gesehen hatte.

Herzklopfen ließ grüßen.

»Ja, das auch manchmal.« Mein Murmeln fühlte sich gerade alles andere als ›loud‹ an. Shit ey, was machte dieser Mann mit mir?

Als müsste ich mir selbst oder ihm beweisen, dass ich meine kesse Art in seiner Gegenwart nicht verloren hatte, stellte ich meine Limoflasche auf dem Hocker zwischen uns ab, auf dem bereits Alex' Radler stand, und erhob mich mit einem Ruck.

»Ich wage jetzt einfach mal die These«, lässig schlenderte ich die zwei Schritte zu ihm, »trotz sechs Jahren Altersunterschied hab ich mehr Erfahrung mit Männern als du.« Direkt vor ihm blieb ich stehen.

Mit hochgezogenen Brauen, was ihm ein leicht machohaftes Aussehen verlieh, aber eindeutigem Schmunzeln sah er zu mir auf. »Was soll das werden – eine Art Schwanzvergleich?«

Mir entwich ein Glucksen. »Hmm gewissermaßen ...«, murmelte ich und neigte mich ein Stück weit über ihn. »Ich würde wirklich gern wissen, wie sich dein Schwanz in mir anfühlt. Nur so als Vergleich, ne?« Bei den letzten Worten stieß ich mich von den Seitenlehnen des Campingstuhls ab und drehte mich um, ging zur Tür. Ich war schon halb drinnen und kam ins Stocken. Kein Laut von Alex, kein erbostes Schnaufen, kein –

Shit, hatte ich mal wieder zu hoch gepokert?

Ich blieb stehen und wollte mich gerade zu ihm umdrehen, als er mich plötzlich von hinten packte. Nicht direkt grob, aber doch sehr energisch zog er mich rücklings gegen sich. Mein Rücken an seiner starken Brust, mein Arsch an seinem Schritt. Mir entwich ein Keuchen und Erregung jagte urplötzlich durch mich hindurch.

»Wie gut, dass du gewissermaßen schon vorbereitet bist«, grollte er mir ins Ohr und entfachte damit unweigerlich die Erinnerungen daran, wie er mich vorhin gerimmt hatte. Erneut entkam mir ein japsender Laut, als er mich vorwärts dirigierte. Hin zu dem kleinen Tisch in meiner Küche.

*Uh, Colin, hättest du mal deine Klappe gehalten ...* Oder eben auch nicht. Mit einem leisen Stöhnen drückte ich mich ihm entgegen, als er mich bäuchlings über die Tischplatte lehnte und mir meine Boxershorts über die Pobacken zog. Gerade so weit, wie es nötig war.

# Kapitel 17 – Alexander

Die Garage aufzuräumen und in diesem Zuge auch gleich einiges auszumisten, hatte für die Woche ohne Ben weit oben auf meiner Prioritätenliste gestanden. Jetzt gerade hatte ich allerdings gute Lust, es einfach sein zu lassen. Schlicht aus dem Grund, dass ich ohnehin nicht nennenswert vorankam. Weil mein Blick immer wieder zu meiner Harley schweifte – und meine Gedanken damit zu Colin. Hin zu dem vergangenen Abend.

Wie ich ihn über die Tischplatte gelehnt gefickt hatte, unser beider Küsse und Berührungen dabei rau und drängend. Wie ich ihn zuvor auf seinem Bett liegend verwöhnt hatte. Wie er meine Nähe förmlich in sich aufgesogen hatte – und ich die seine in mich. Fast so, als wäre das zwischen uns mehr gewesen als einfach nur Sex.

Es war nur logisch, dass ich Colins *körperliche* Nähe genoss. Schlicht weil das etwas war, was ich nun mal nur selten hatte. Mehr war es nicht und ich sollte mir vor Augen halten, dass es zwar schön war, aber nichts, was ich *brauchte.* In wenigen Tagen würden andere Sachen wieder wichtiger sein.

Ben war und blieb immer das Wichtigste.

Energisch griff ich die zusammengefaltete Wolldecke von einem der Regale und warf sie ausgebreitet über meine Harley.

Zugegeben, ein wenig blutete mein Herz schon bei diesem demonstrativen Akt. Möglicherweise sollte ich es in Erwägung ziehen, das Schätzchen doch wieder ab und zu auszuführen. Vielleicht hatte Ben Lust, dass wir mal eine kleine Tour machten und Eis essen fuhren.

Sobald ich die Enden der Decke zurechtgezupft hatte und meine Harley somit vollständig darunter verschwunden war, nahm ich wieder die Kiste mit dem Elektroschrott zur Hand. Den musste ich auf jeden Fall die Tage noch wegfahren. In dem Zuge könnte ich auch gleich –

Das Klingeln meines Handys unterbrach die imaginäre Liste, die ich gerade gedanklich erweitert hatte.

Zu meiner Überraschung leuchtete ›Familie Koch Festnetz ruft an‹ auf dem Display auf. Sollte Oliver fragen, ob ich heute noch mal Zeit für ein Bier hatte, würde ich ihm absagen müssen. In der Garage wartete allerlei Kram und am Abend würde Colin nach seiner Spätschicht vorbeikommen. Oder ich zu ihm fahren, je nachdem.

»Haas?«, meldete ich mich aus Gewohnheit. War Oliver nicht gerade auf Montage, fiel mir ein.

»Alex! Bist du zu Hause?«

Mal ganz abgesehen von der fehlenden Begrüßung klang Linda ziemlich in Aufruhr, was mich sofort aufhorchen ließ.

»Ja. Was ist los?«

»Gott sei Dank! Ich muss mit Emil ins Krankenhaus. Ich fürchte, Blinddarm. Kannst du auf Mia aufpassen?«

Während Linda noch redete, hatte ich den alten Föhn, der sich zwischen Bohrmaschine und Stichsäge versteckt hatte, bereits in den Karton fallen lassen.

»Natürlich«, antwortete ich auf halbem Weg zum Garagentor. »Ich bin in fünf Minuten da.«

»Okay, danke! Du hast einen Schlüssel, ja? Dann fahre ich mit Emil gleich los.«

»Ja.« Ich schlüpfte unter dem bereits herunterfahrenden Tor hindurch. »Du kannst auch einen RTW rufen.« Im Zweifel wäre das sogar die sicherere Alternative.

»Jaja ...«

Linda schien nicht mehr wirklich zuzuhören. Im Hintergrund quasselte Mia etwas.

»Danke, Alex!«, rief Linda noch einmal ins Telefon, ehe sie bereits auflegte.

Ich steckte ebenfalls rasch mein Handy in die Hosentasche und eilte rüber zum Haus, um mir nur schnell den Autoschlüssel vom Schlüsselbrett zu greifen.

Rund eine halbe Stunde später erhielt ich eine WhatsApp von Linda, dass Emil tatsächlich am Blinddarm operiert werden musste. Ich versuchte, sie ein wenig zu beruhigen, auch wenn das vermutlich ziemlich aussichtslos war. Wäre Ben in der Situation, würde ich mir ebenso wahnsinnige Sorgen machen.

Zumindest konnte ich sie in Bezug auf ihre Tochter beruhigen. In dem Fall musste die Garage dann eben warten – ich würde auf Mia aufpassen, bis Linda irgendwann aus dem Krankenhaus kam.

*Notfalls kann sie auch bei mir schlafen. Oder ich haue mich bei euch aufs Sofa.*

Ich hätte es verstanden, würde Linda versuchen, über Nacht bei Emil bleiben zu dürfen.

*Danke Alex, da ist so lieb von dir!*

Ich spürte das wehmütige Ziepen an meinen Mundwinkeln. Es war eher das Mindeste, was ich tun konnte, um mich dafür zu revanchieren, wie oft Ben bei den Kochs übernachtete.

*Aber Oliver hat gerade angerufen, dass er mit seinem Chef abgeklärt hat, dass er nach Hause kommen kann. Er ist bei Hannover. Wird also noch ein paar Stunden dauern. Denkst du, du könntest so lange bei Mia bleiben oder sie mit zu dir nehmen?*

Natürlich würde ich das tun! Ich musste dann nur zwischendurch dafür sorgen, dass Sheldon wenigstens in den Garten kam, um sein Geschäft zu machen.

Während ich Linda noch antwortete, rutschte Mia von ihrem Stuhl am Esszimmertisch und wedelte mit dem Bild, das sie bis eben gemalt hatte. »Schau mal, Alex, bin fertig!«

Ich schickte die WhatsApp noch rasch ab und erhob mich vom Sofa, ging zu Mia hinüber.

»Das sieht toll aus!« Typische Strichmännchen-Kunst einer gerade Sechsjährigen. »Sind das deine beste Freundin und du?«

»Ja. Guck, wir haben beide schon unsere Schulranzen.«

Tatsächlich trugen die beiden Strich-Mädchen eckige Kästen auf den Rücken. Bei den Dimensionen bekam man glatt Rückenschmerzen nur vom Hinsehen. Ganz so krass war es im Realen nicht, aber ich erinnerte mich noch gut daran, wie erschrocken Lissy und ich gewesen waren, als wir damals zum ersten Mal Bens fertig gepackten Schulranzen hochgehoben hatten. Gut, dass er sich inzwischen mit Emil absprach, wer welches Buch mitnahm. Meistens funktionierte das auch.

»Sehr schön. Was ist denn auf deinem drauf?« Die winzigen, eckigen Gebilde waren leider nicht so wirklich definierbar.

»Autos!«, verkündete Mia stolz.

Etwas in der Art hätte ich mir denken können. Mit Prinzessinnen und Einhörnern brauchte man Emils kleiner Schwester nicht zu kommen. Und Pferde fand sie meines Wissens auch doof.

»Willst du ihn sehen?«

Für Ben war es damals ein Riesending gewesen, als er sich seinen ersten Schulranzen hatte aussuchen dürfen. Gefühlt in der ganzen Nachbarschaft hatte er ihn herumgezeigt. Das konnte ich Mia also keinesfalls ausschlagen.

»Klar. Wo hast du deinen Ranzen?«

»Oben. In meinem Zimmer.«

»Holst du ihn runter?«

»Okay!« Mia drückte mir ihr Bild in die Hand und hüpfte beschwingt in Richtung Treppe.

Rasch legte ich das Papier zur Seite. Die geschätzte halbe Minute, die mir blieb, sollte ich nutzen, um Colin zu schreiben – und ihm für heute Abend abzusagen.

~~~
~~~

Oliver waren die Strapazen des Tages – die Sorge um Emil und dass er die Strecke von Hannover in gerade einmal fünf Stunden durchgebolzt hatte – eindeutig anzusehen, als er um kurz vor einundzwanzig Uhr nach Hause kam. Sheldon begrüßte ihn schwanzwedelnd und beschnüffelte erst mal Olivers Hosenbein, als wäre das hier *sein* Haus und er müsse erst mal eine Eingangskontrolle durchführen.

Ich hatte Mia am Nachmittag dafür begeistern können, einen Mini-Spaziergang zu mir nach Hause zu machen, um Sheldon dort abzuholen. Während ich anschließend eine Weile mit Mia im Garten der Kochs gespielt hatte, hatte Sheldon das Grundstück ausgiebig erkundet und offenbar als seins markiert.

»Schläft Mia?«, war das Erste, was Oliver fragte, als er sich im Hausflur die Schuhe von den Füßen trat.

»Ja, seit einer knappen Stunde schon.«

»Sehr gut.«

»Wie geht's Emil?« Oliver hatte mich angerufen, als er kurz vor Stuttgart gewesen war und gefragt, ob es okay für mich war, wenn er noch schnell im Krankenhaus vorbeifuhr.

»So weit gut. Er ist ziemlich k. o. und schläft auch schon wieder. Linda bleibt heute Nacht bei ihm. Sie kommt gleich nur rasch heim, um ein paar Sachen für Emil zu holen.«

»Ich kann auch noch bleiben, falls du selbst noch mal zu Emil fahren willst.«

»Nein, wirklich«, er winkte ab, auch wenn die Geste müde wirkte, »wir haben dich echt schon genug beansprucht mit dem spontanen Einsatz.«

Ich verkniff es mir, dagegen aufzurechnen, *wie oft* ich ihn und Linda für Ben beanspruchte. »Tja, Blinddärme sind ja leider meist recht spontan. Macht euch keinen Kopf, ja? Ich bin froh, dass Emil es gut überstanden hat.«

Oliver ließ sich mit einer Schulter gegen den Durchgang zwischen Flur und Wohnbereich sinken. »Ich auch, ich sag's dir. Trotzdem: danke, Alex!«

Ich nickte nur und klopfte ihm im Vorbeigehen freundschaftlich auf den Oberarm. »Meldet euch, wenn ich noch mal irgendwas tun kann.«

Oliver brummte eine Zustimmung. »Ich seh mal nach Mia.«

»Klar, ich find raus.« Immerhin stand ich schon im Flur und Sheldon ebenso. Er wartete schwanzwedelnd direkt an der Tür darauf, dass es nach Hause ging.

»Ciao, Alex.« Oliver verschwand in Richtung Treppe.

»Tschüss.« Ich schlüpfte rasch in meine Schuhe und verließ dann mit Sheldon das Haus. Der entdeckte meinen Ateca sofort und sprang in den Kofferraum, sobald ich die Klappe geöffnet hatte.

»Denk ja nicht, dass du um die abendliche Gassirunde herumkommst, du fauler Knopf.« Lächelnd kraulte ich den Labrador einmal hinter den Ohren, ehe ich den Kofferraum behutsam zuschlug.

Zu Hause bekam Sheldon sein Futter. Während er es – typisch Labbi – in Rekordgeschwindigkeit hinunterschlang, überlegte ich, ob ich mir ebenfalls gleich etwas zu essen machen sollte. Immerhin war es mittlerweile nach neun. Aber mit vollem Magen noch mal zur Gassirunde rausmüssen, war auch keine verlockende Vorstellung. Also verschob ich mein Abendessen und scheuchte erst einmal einen wenig begeistert dreinschauenden Sheldon hinaus. Wenigstens zwanzig Minuten mussten schon noch sein und sobald wir die Felder erreichten, würde er doch wieder interessiert schnüffeln und Spaß am Spaziergang haben.

Während Sheldon wenig später wie erwartet begeistert am Rand eines Maisfeldes entlangwetzte und hier und da die hündische Zeitung las und seine Notiz dazu darüberpinkelte, zog ich noch einmal mein Handy hervor. Mit Ben hatte ich vorhin schon telefoniert, nachdem ich Mia ins Bett gebracht hatte. Das Telefonat hatte länger gedauert als in den letzten Tagen. Ich hatte vorab bereits mit mir gerungen, ob ich Ben gleich oder erst, wenn er wieder zu Hause war, von Emils Krankenhausaufenthalt erzählen sollte. Durch Lissys Geschichte waren Krankenhausaufenthalte und überhaupt, wenn Menschen, die ihm viel bedeuteten, krank waren, ein heikles Thema. Aber ich hatte entschieden, es ihm gleich zu sagen, da mir Linda zu dem Zeitpunkt bereits per WhatsApp Entwarnung gegeben hatte.

Ich hoffte, dass Ben heute Nacht gut schlafen konnte. Da weder meine Mutter noch mein Vater sich noch mal gemeldet hatten, ging ich davon aus, dass so weit alles okay war.

Es gab da allerdings noch eine andere Person, bei der ich mich melden wollte. Immerhin hatte ich Colin am Nachmittag lediglich eine WhatsApp hinterlassen, in der ich ihm absagte. Mit Begründung, aber dennoch nagte ein Hauch schlechten Gewissens an mir.

Ich setzte gerade dazu an, ihm zu schreiben, entschied mich dann doch für einen kurzen Anruf.

Das Freizeichen ertönte nur zweimal, ehe er bereits abnahm.

»Alex, hey!«

Seine Stimme zu hören, ließ mich unweigerlich lächeln.

»Hi! Stör ich?«

»Nein, Quatsch, ich bin zu Hause und chille im Garten. Bist du noch im Kindersitter-Einsatz?«

»Nein, Oliver ist vorhin heimgekommen. Ich drehe gerade noch eine Runde mit Sheldon und haue mich dann aufs Sofa.«

Eine kurze Stille entstand, ehe Colin etwas zögerlich fragte: »Also machst du nichts weiter heute Abend?«

Mir war schon klar, dass er damit implizit fragte, ob wir uns doch noch sehen würden. Allzu spät war es ja noch nicht und ich spielte wirklich kurz mit dem Gedanken, zu ihm zu fahren. Oder ihn zu bitten herzukommen.

Letztlich siegte jedoch die Vernunft. »Nichts weiter, bin aber auch platt und sollte morgen wieder früh raus.«

Von Colin drang ein undefinierbarer Laut durch den Lautsprecher. »Hast du nicht Urlaub?«

»Mhm und eine nur langsam kürzer werdende To-do-Liste. Nichtsdestotrotz ... hast du morgen Abend was vor?«

In der erneuten winzig kurzen Stille pochte mein Herz einen hoffnungsvollen Schlag.

»Zu mir oder zu dir?«, entgegnete Colin nur und brachte mich damit zum Grinsen.

# Kapitel 18 – Colin

Die Türen des Busses schlossen sich und er fuhr mit einem leichten Ruckeln an. Genau in dem Moment, in dem ich mich auf einen der freien Sitze fallen ließ, vibrierte mein Handy. Verwundert sah ich aufs Display – Alex?

*Hey! Bist du schon unterwegs?*

Mein Puls schoss unruhig in die Höhe. Wenn er jetzt wieder absagte …
Mit nervösen Fingern schrieb ich:

*Sag nicht, jemand hat sich das Bein gebrochen oder so!*

Zu meiner Erleichterung folgte erst mal ein lachendes Emoji, dann tippte Alex.

*Nein! Ich hab nur bis eben die Garage entrümpelt und noch nicht geduscht.*

Unweigerlich bildete sich ein breites Grinsen auf meinen Lippen. Na, unter *den* Umständen war ich froh, nicht den späteren Bus genommen zu haben.

*Bin unterwegs. Musst wohl leider duschen, wenn ich schon da bin … ;-)*

Oder aber jetzt sofort unter die Dusche springen und alles im Schnellverfahren erledigen. Ich plädierte innerlich jedoch eindeutig für erstere Option.

*Verdammt! ;-) Na gut!*

Ich grinste nur umso dämlicher vor mich hin. Schien ganz so, als hatte *Mister Ich-krieg-echt-Herzklopfen-wenn-ich-an-dich-denke* beste Laune. Was mich wirklich freute, da er am vergangenen Abend eher niedergeschlagen gewirkt hatte.

*Dann bis gleich …*

Ich verkniff es mir, ein ›Ich freu mich auf dich‹ hinzuzufügen. Ganz so plakativ musste ich es ihm ja auch nicht vor die Füße werfen und außerdem – ich seufzte leise – war es womöglich nicht verkehrt, das eigene Herz zu schützen.

Die restlichen paar Minuten der Busfahrt verbrachte ich damit, durch den Onlineshop des Motorradzubehörladens meines Vertrauens zu scrollen. Als der Bus wenig später rumpelnd an der Haltestelle, an der ich rausmusste, zum Stehen kam, pochte mein Herz sofort wieder schneller. Es war also amtlich: Ein gewisser Polizist bescherte mir Herzrhythmusstörungen.

Leise vor mich hin summend legte ich die wenigen Hundert Meter zu Alex' Adresse flotten Schrittes zurück. Ich zwang mich allerdings, langsamer zu gehen, als das besagte Einfamilienhaus in Sichtweite kam. Sollte Alex aus dem Fenster sehen oder so, musste er ja nicht gleich realisieren, wie eilig ich es hatte, zu ihm zu kommen.

Das Haus mit Garten, von dem der Teil, den man von der Straße aus einsehen konnte, durchaus gepflegt wirkte, war von außen so etwas wie das perfekte Familienidyll. Im Garten erspähte ich ein Klettergerüst, das selbst gebaut aussah. Ich konnte mir gut vorstellen, dass Ben hier eine schöne Kindheit hatte. Dass er, Alex und *Lissy* – ich vermutete mal, Elisabeth – eine *happy family* gewesen waren. Ein wenig ziepte der Gedanke in mir. Weniger wegen mir selbst, sondern weil ich eben wusste, wie hart es war, wenn die Mutter starb. Für Ben musste das noch mal eine viel krassere Nummer gewesen sein. Und für Alex ...

Ja, Alex – der stand in der Haustür und wartete augenscheinlich auf mich. In zerschlissener Jeans, schwarzem Muskelshirt und mit leicht unordentlichen Haaren sah er etwas zerwühlt aus. Die feinen Sehnen und Muskelstränge an seinen Armen machten mich wahnsinnig. Am liebsten wäre ich zu ihm gegangen, hätte mich an ihn gedrückt und meine Nase an seinem Hals vergraben, um zu erforschen, ob er ein wenig nach frischem Schweiß roch.

Natürlich würde ich es *nicht* tun. Wie begrüßten wir uns überhaupt? Ich versuchte es mal mit einem: »Hey, na?«, als ich die letzten Schritte überwand.

»Hallo, Colin.« Alex schien hinsichtlich unserer Begrüßung weniger unschlüssig. Er zog mich leicht, sehr sacht an sich und hauchte mir die Ahnung eines Kusses auf die Schläfe. »Geht's dir gut?« Sein Atem streifte meine Wange und trieb mich noch mehr in den Wahnsinn als seine Armmuskeln. Die wollte ich allerdings am liebsten direkt ablecken. Ob es komisch rüberkommen würde, wenn ich zur Begrüßung einfach seinen Arm abschlabberte?

Ein kleines Kichern entwich mir. »Ja. Ja, mir geht's gut«, beeilte ich mich zu sagen und strahlte Alex dabei regelrecht an. *O Mann ey ... Colin, reiß dich zusammen! Du wirst Alex nicht davon überzeugen, diese ›einwöchige Affäre‹ fortzusetzen, wenn du dich benimmst, als bräuchtest du wegen mangelnder Zurechnungsfähigkeit einen Erziehungsberechtigten.*

Energisch straffte ich die Schultern und realisierte dabei, dass Alex' Blick einmal eingehend über meinen gesamten Körper schweifte. So, wie er mich beim letzten Mal angefasst hatte, ging ich einfach mal davon aus, dass ihm gefiel, was er sah. Seine Miene war wieder einmal ruhig, aber genau deshalb schwer zu lesen.

»Bei dir auch alles klar?«

»So weit, ja. Komm rein.« Er trat einen Schritt zur Seite und ließ mich an ihm vorbei ins Haus gehen. Durch den breiten Flur kam Sheldon mit locker schwingender Rute auf mich zugetrabt. Kurzerhand kniete ich mich zu dem Labrador auf den Boden und kraulte mich durch sein sommerlich kurzes braunes Fell. Glücklicherweise gehörte Sheldon nicht zu den Exemplaren Hund, die einem zur Begrüßung durchs Gesicht schlabberten. Möglicherweise hatten Alex und

Elisabeth ihm das auch einfach abgewöhnt, damit er nicht den damals noch kleinen Ben ständig ableckte.

»Wie alt ist er eigentlich?« Wie ein Junghund wirkte er nicht und Alex hatte auch mal erwähnt, dass er auf den Wunsch seiner Frau hin bei ihnen eingezogen war.

»Sheldon?«

»Mhm.«

»Sieben.«

»Und wie lange habt ihr ihn schon?«

»Fast ebenso lange. Er kam mit neun Wochen zu uns. Lissy wollte gern einen Welpen haben – zusätzlich zu einem Kleinkind.« Er sagte das mit einem kleinen Grinsen, das ich sofort erwiderte. Ein wenig erleichtert. Bislang hatte Alex nicht krass emotional auf mich gewirkt, wenn er von seiner verstorbenen Frau sprach. Dennoch war ich mir unsicher gewesen, wie es sein würde, wenn ich ihn hier, in dem Haus, das er und Elisabeth gemeinsam bewohnt hatten, besuchen würde. Ein wenig fragte ich mich ja noch immer, wo wir ... tja, wo wir gleich vögeln würden. Im ehemaligen gemeinsamen Ehebett?

Reflexhaft schüttelte ich den Kopf – *raus aus meinem Hirn, komische Vorstellungen!* Ich erhob mich. Sheldon trottete wieder Richtung Wohnzimmer, in dem vermutlich sein Körbchen stand.

Ich reckte den Kopf ein wenig, wollte aber auch nicht penetrant vormarschieren und das Haus inspizieren. Also streifte ich mir erst mal die Sneaker von den Füßen.

Alex deutete vage in Richtung Treppe. »Ich geh dann schnell duschen. Willst du was trinken? Du kannst dich derweil gern hier unten umsehen.«

Ups, hatte er meinen neugierigen Blick bemerkt? Blödes Aufmerksamer-Polizist-Gen!

Einen Augenblick war ich versucht, zuzustimmen. Viel lieber als mir das Wohnzimmer anzusehen, wollte ich allerdings *ihn* ansehen. Und anfassen.

»Was dagegen, wenn ich mitkomme?«

Alex zog die Brauen hoch. Shit, wie mich dieser leicht abschätzige Blick anmachte!

»Du hast doch sicher schon geduscht.«

Verdammt gründlich sogar, denn man wusste ja nie, was sich beim Sex so alles ergeben würde. »Mhm, aber der Weg von der Bushaltestelle hierhin war extrem anstrengend.«

Leise lachend schüttelte Alex den Kopf. »Mhm, ist klar.« Er ging einen Schritt rückwärts, wandte sich um. »Dann komm ...«

Er war bereits auf der ersten Stufe und ich stand immer noch perplex im Flur rum. War das eine Einladung gewesen? Shit, ja! Mit einem Ruck beeilte ich mich, ihm nach oben zu folgen.

Für die zahlreichen Bilderrahmen, die die Wand oberhalb des Treppengeländers säumten, hatte ich dabei kaum Augen. Die klebten stattdessen regelrecht an Alex' Hintern fest. Der sah scheiße gut aus in den Jeans. Ob er meine Blicke spürte? Bestimmt. In dem Moment war es mir aber auch egal.

Im Obergeschoss angekommen wandte Alex sich erneut halb zu mir um. Er deutete auf die Tür rechts. »Das ist das Bad. Geh ruhig schon rein, ich komm gleich.«

Und er ging wohin? Drei Türen standen zur Auswahl. Vermutlich sein Schlafzimmer, Bens Zimmer und ... noch ein Raum eben.

»Okay.«

Während Alex das Zimmer rechts neben dem Bad ansteuerte, betrat ich selbiges und sah mich flüchtig um. Ein Doppelwaschbecken, eine Badewanne und ... uh, eine ebenerdige, großzügige Dusche mit Regenbrause – nett. Alles in modernem Anthrazit und Weiß gehalten, wenige Farbtupfer durch zwei Grünpflanzen und ein großes, ebenfalls anthrazit gerahmtes Foto von Strandkörben am Meer. Vielleicht die Ostsee. Oder Nordsee? Möglicherweise in der Nähe von Alex' Elternhaus. Ich könnte ihn nachher fragen. Insofern wir nennenswert zum Reden kamen. Überhaupt ... apropos Sex und so: Hatte Alex' mit ›geh schon vor‹ implizieren sollen, ich könnte mich ruhig schon ausziehen? Sinn ergäbe es ja, wenn wir gleich duschen gingen, aber ich wollte auch nicht nackt auf ihn warten, wenn er das gar nicht hatte andeuten wollen. Shit, seit wann war ich eigentlich so verkopft, wenn es um Sex ging? Dieser Mann machte echt etwas mit mir.

Kurz entschlossen griff ich an den Saum meines Shirts und zog es mir über den Kopf. Hose und Socken folgten. Meine Unterwäsche behielt ich noch an. Das war doch ein guter Kompromiss.

Ich meinte, leise Schritte zu hören. Lauschte. Keine zwei Sekunden später klopfte es an die nur angelehnte Badezimmertür.

»Kann ich reinkommen?«

Im ersten Moment erschien mir die Frage überflüssig, weil doch klar war, was folgen würde und es nebenbei sein Haus war. Im nächsten Moment allerdings begriff ich, wie umsichtig und richtig und schön es war, dass er fragte.

Ich schluckte. Mein: »Ja, klar«, klang kratziger, als ich selbst erwartet hatte.

Ich räusperte mich – und in der nächsten Sekunde blieb mir die eigene Spucke regelrecht im Hals stecken. Denn im Gegensatz zu mir war Alex nackt. Splitterfasernackt und fucking schön, mit seinen definierten, dennoch feinen Muskeln, seinem kleinen Lächeln, den wenigen gepflegten Haaren auf der Brust, dem Ansatz eines Sixpacks und ... seinem nicht voll erigierten, aber doch bereits sichtbar angeschwollenen Penis.

Respekt an meinen eigenen Schwanz, der bei dem Anblick in meiner Unterhose zuckte und in Rekordgeschwindigkeit hart wurde.

Erneut schluckte ich und zwang meinen Blick hoch in Alex' Gesicht. Was das alles hier jedoch keinen Deut besser machte, weil da eben immer noch dieses feine Lächeln war, das mein Herz förmlich rasen ließ.

Einen langen Moment hielten wir den intensiven Blickkontakt, unter dem ich zunehmend härter in meiner Unterwäsche wurde, bis Alex sich schließlich von mir ab- und der verglasten Duschkabine zuwandte. »Kommst du?«

*Aber so was von ...* Ich riss mir die Boxer so hastig herunter, dass ich mich beinahe darin verheddderte. Auf einem Bein hüpfte ich ungeschickt herum. Zum Glück sah Alex es nicht, weil er mit dem Rücken zu mir in der Duschkabine stand und augenscheinlich die Wassertemperatur testete. Zumindest hoffte ich, dass er mein Herumgezappel nicht mitbekam. Der Anblick seiner nackten Kehrseite trug nicht gerade zu einem sicheren Stand bei.

Unachtsam warf ich meine Unterhose beiseite. Keine Ahnung, ob sie auf dem Stapel meiner Klamotten auf dem Badewannenrand landete. War mir auch egal. Ich wollte einfach zu diesem grandios heißen Mann unter die Dusche. Mehr noch, als er sich wieder zu mir umdrehte und dabei rückwärts vollends unter den Wasserstrahl trat. Sich feine Rinnsale auf seinem Körper bildeten und so die dezenten Furchen seiner Muskeln nachmodellierten.

Sanft, aufgrund des weitgefächerten Strahls, und angenehm warm traf das Wasser auf meine Haut, die schon jetzt sensibler auf jede Berührung zu reagieren schien. Vor allem auf Alex'. Seine Hände, die von meinen Handgelenken an über meine gesamten Arme bis hin zu meinen Schultern streichelten, entfachten ein unglaubliches Prickeln auf jedem Millimeter, den er berührte. Lust bahnte sich ihren Weg mit einem feinen Ziehen bis tief in meinen Unterleib, ließ meine Erektion vollends anschwellen. Das Seufzen, das mir entwich, wurde von Alex' Lippen erstickt. Mit dem nächsten Atemzug öffnete ich meine bereits und lockte seine Zunge in meinen Mund, umschmeichelte sie mit meiner und entlockte ihm damit ebenfalls ein gedämpftes Stöhnen. Holy Shit, wie ich diesen Mann spüren wollte!

In dem Moment, in dem ich meine Hände auf seine Haut schob, wurden unsere Küsse drängender. Alex packte an meinen Schultern zu, drängte mich auf unheimlich zärtlich bestimmende Weise Richtung Wand. Ich zischte, als die Kühle der Fliesen meinen Rücken und Po traf, stöhnte leise, als Alex mir folgte und die Hitze seines Körpers an meinem jede andere Empfindung nebensächlich machte.

Ich ließ mich einfach fallen, in diesen warmen Kokon aus Wassertropfen, gedämpften Lustlauten und unserer gemeinsam geteilten Lust. In unsere Küsse, unser gegenseitiges Streicheln und in die Art, wie wir uns leicht miteinander bewegten und so unsere harten Schwänze aneinander glitten und unsere Erregung langsam, aber stetig steigerten. Irgendwann nahm Alex Duschgel hinzu und drückte mir ebenfalls einen großen Klecks auf die Finger, sodass unsere Berührungen an jedem Stückchen Haut glitschiger und, ja, auch geiler wurden. Stöhnend ließ ich meinen Hinterkopf gegen die Fliesen sinken, die mir mittlerweile wie alles an mir und um mich heiß vorkamen. Alex nutzte den Moment sofort und bedeckte meinen Hals, meine Schulter mit Küssen, Bissen, zog seine Zunge über meine Kehle und brachte mich damit nur umso mehr zum Zittern. Ganz gewiss nicht vor Kälte. Mir war so scheiße heiß und ich war so scheiße erregt, dass sich zu dem Wasser auf unserer Haut längst meine Vorlust gemischt hatte. Alex glitt immer wieder mit duschgelfeuchten Finger an meiner Leiste entlang, jedoch ohne mich oder uns gemeinsam anzufassen. Er bewegte nur leicht sein Becken gegen meines, rieb sich an mir und schickte mich damit sinnbildlich durch Himmel und Hölle gleichermaßen.

Irgendwann, als ich hätte schwören wollen, dass ich gleich *wortwörtlich* in die Luft ging, ließ er von mir ab. Nicht abrupt. Er beendete seine Berührungen sanft und langsam – und mit einem Lächeln. Er griff erneut neben sich an die Ablage, drückte sich einen weiteren Klecks auf die Finger und begann, seine Haare einzuschäumen. War dann wohl Shampoo statt Duschgel.

Mehr unbewusst als tatsächlich beabsichtigt, schob ich eine Hand zu meinem Schwanz und umfasste mich. Locker nur, aber holy Shit, war ich hart! Es kostete mich echte Beherrschung, mich nicht fester anzupacken und dem sehnlichen Pochen mit wenigen Strichen nachzugeben. Aber bevor ich das tat, wollte ich Alex meinerseits noch etwas reizen.

Ich wartete, bis er sich das Shampoo aus den Haaren gewaschen hatte, genoss so lange einfach seinen gnadenlos heißen, tropfnassen Anblick. Sobald er sich die Haare zurückstrich, packte ich ihn und zog ihn wieder zu mir. So abrupt, dass unsere Hüften aneinanderprallten. Sengend jagte hitzige Lust durch meine Eier – Alex entwich ebenfalls ein Stöhnen. Eines, das sich im nächsten Augenblick zu einem wunderbar dunklen Lachen wandelte.

»So ungeduldig?«, raunte er mit neckendem Unterton.

Ich grummelte »Grr, als ob du die Ruhe in Person wärst«, gegen seinen Hals und saugte mich einmal kurz dort fest. Allerdings ohne ein anhaltendes Mal zu hinterlassen.

Wir teilten zärtliche Küsse, berührten uns gegenseitig, ohne uns dabei aneinander zu reiben, ein klein wenig mehr Abstand zwischen unseren Körpern. Als hätten wir eine stumme Übereinkunft getroffen, dass wir *das hier* noch viel länger genießen wollten. Über Alex' Wasserrechnung und den Umweltaspekt dachte in an der Stelle mal lieber nicht nach.

Lächelnd küsste ich mir einen Weg über sein Kinn bis zu seinem Hals, spürte dem leichten Kratzen seines

Dreitagebarts an meinen Lippen nach. Dabei streichelte ich mit weit gespreizten Fingern über seinen Rücken abwärts, während er mit beiden Daumen meine Brustwarzen reizte und so tausend lustvolle Schauer durch mich jagte. An seinem Po angekommen zögerte ich einen Moment. Meine Hände ruhten auf seinen Backen und ich stellte mir vor, wie die Muskeln dort arbeiteten, wenn er mich nahm. Oder vielleicht könnten wir ...

Zaghaft ließ ich eine Hand weiterwandern und schob zwei Finger in seine Pospalte, harrte mit aufgeregt klopfendem Herzen auf seine Reaktion. Es kam ... keine? Alex blieb entspannt, küsste wieder meinen Hals, bis hoch zu meinem Ohr.

Ein klein wenig weiter tastete ich mich vor. Meine Fingerspitzen berührten sein Loch.

»Atmen, Colin«, flüsterte er mir ins Ohr und machte mir damit erst so richtig bewusst, wie verdreht diese Situation eigentlich war, weil ich die ganze Zeit auf eine mögliche Abwehr lauerte und mich dabei selbst anspannte.

Geräuschvoll stieß ich die Luft aus, saugte sie wieder ein und übte einen bestimmenderen Druck auf den Muskelring aus.

»Magst du?« Meine Lippen streiften seine, als ich noch immer leicht atemlos flüsterte.

Alex stieß ein ziemlich zustimmend und fast schon genießerisch klingendes Brummen aus, drückte mir einen einzelnen Kuss auf die Lippen. Dann sah er mich direkt an. »Ja. Ist nur eine Weile her.«

Bescheuert glücklich darüber, dass er *diese Sache* mit mir teilen wollte, küsste ich ihn stürmisch und wisperte nahe an seinem Mund: »Was hältst du von einem Bett?«

# Kapitel 19 – Alexander

Schwer atmend drängte ich meine Hand zwischen mich und die Matratze und packte meinen Schwanz, stöhnte dabei. Durchaus frustriert. Ich war hart. Erregt. *Zu* erregt. Jede Bewegung meiner Hand, jeder so verdammt begierig gefühlvolle Stoß Colins in mich rieb mich auf. Ohne Erlösung zu ermöglichen. Weil etwas in mir nicht bereit *dafür* war – was auch immer *das* genau sein mochte. Ich hielt fest. Blieb eisern standhaft. Selbst als ich mich noch eine Spur härter anpackte, hatte das nur zur Folge, dass ich weiter von einem möglichen Orgasmus wegdriftete. Ich war schlicht viel zu überreizt. Mehr emotional als körperlich.

Fluchend zog ich meine Hand zurück, sackte unter Colin ins Kissen. Er glitt noch einmal tief in mich, verharrte dort. Sein Keuchen streifte meinen Nacken, einen Augenblick später waren es seine Lippen, zu fahrig sanften Küssen auf meine schweißfeuchte Haut gepresst.

»Ich bin kurz davor«, wisperte er spürbar atemlos, lehnte seine Stirn gegen mein Schulterblatt. Wir waren uns so nah, dass ich sein Beben spüren konnte. Verdammt, ich hatte nicht erwartet, dass mich *das hier* emotional dermaßen anpacken würde.

»Was ist mit dir?« Ein weiterer, viel zu sanfter Kuss. Es war überdeutlich zu spüren, wie Colin sich zusammenriss. Und ich war kurz davor, ihm zu sagen, er solle es einfach für sich zu Ende bringen und in oder auf mir abspritzen.

Frustriert brummte ich nur: »Kann nicht«, ins Kissen.

Eine kurze Stille entstand, nur gefüllt von unseren beiden raschen Atemzügen. »Du kannst ruhig –«

»Sch …« Colin ließ sich auf mich sinken und sperrte damit, mehr noch als mit seinem Laut, die Worte in meiner Kehle ein. Behutsam zog er sich aus mir zurück und dennoch spürte ich jeden Zentimeter seines Körpers an meinem Rücken. Er schob beide Arme zwischen mich und die Matratze und um meinen Brustkorb.

Ich hörte ihn so etwas wie: »Nicht schlimm«, murmeln, war jedoch viel zu gefangen von der plötzlichen unfassbaren Nähe, um ihm wirklich zuzuhören.

Sein Gewicht, auch wenn er nicht besonders schwer war, drückte mich in die Kissen. Dazu seine Arme um mich und sein heißer, noch rascher Atem, der meinen Nacken streifte. Sein pochend harter Schwanz in meiner Pofalte.

So umfangen von Wärme, Colin auf mir und die Weichheit der Matratze unter mir ließen mich unerwartet geborgen fühlen. Gehalten. So, als dürfte ich aufgeben. Als wäre ich … schwach.

Mein Herz raste in einem erschrockenen Takt.

Energisch, vielleicht zu energisch, wand ich mich aus Colins Umarmung. Schob ihn ein Stück weit von mir, um mich hochstemmen zu können.

Spürbar perplex ließ er es zu. Zeitverzögert erst streifte seine Hand meinen Arm. »Alex –«

»Ich kann nicht«, wiederholte ich schroff meine Worte von zuvor. Nur, dass sie jetzt gerade eine völlig andere Bedeutung hatten. Eine, die Colin nicht verstand, das war mir klar. Aber ich war zu keiner Erklärung fähig.

»Komm gleich wieder«, presste ich lediglich hervor, während ich quer übers Bett rutschte und dann aufstand. Raus aus dem Zimmer und rüber ins Bad. Ich schob die Tür hinter mir zu, lehnte mich rücklings dagegen. Mein unstet umherschweifender Blick blieb am Badewannenrand hängen. An Colins Klamotten, die er darüber gehängt hatte. Nur seine Unterhose lag auf dem Boden, im Eifer des Gefechts achtlos fallen gelassen.

Ich meinte, seinen Mund noch auf meinem Nacken spüren zu können. Seine Lippen, seine Küsse. Fahrig rieb ich über die Stelle und stieß mich von der Tür ab. Gottverdammt, mir war klar gewesen, dass zwischen Colin und mir ein besonderer Vibe herrschte, aber nicht, dass er mich derart emotional anfassen würde.

Auf den Rand eines der beiden Waschbecken gestützt, starrte ich in den Spiegel. Mir selbst ins Gesicht.

*Colin sorgt dafür, dass du Geborgenheit bei ihm suchst. Er findet deine schwachen Stellen, so wie es bislang nur ...*

Mit einem rauen Laut ließ ich den Kopf gen Brust sinken, kniff die Augen zusammen. »Fuck, Lissy«, flüsterte ich dem Waschbecken entgegen, »warum ist das alles manchmal so verdammt schwer ohne dich?« Warum schaffte Colin nach so kurzer Zeit das, was bislang nur sie geschafft hatte: Mich so zu halten, dass ich nichts lieber wollte, als es einfach zuzulassen.

Mit Lissy war es irgendwann leicht gewesen. Aber ohne sie … nach all der Zeit ohne sie …

»Ich kann nicht«, flüsterte ich nahezu lautlos. Ich konnte es mir nicht leisten, schwach zu sein. Ich musste stark sein. Für Ben. Für uns beide.

Gerade jetzt hasste ich es so sehr, dass Lissy tot war. Weil es ohne sie so verdammt viel Kraft kostete. Und ich nicht wusste, ob ich die Kraft hatte, vor Colin weiterhin stark zu bleiben.

Ich konnte Colin nicht ewig warten lassen. Allein in meinem Bett.

Energisch zog ich die Hände vom Waschbeckenrand und drehte den Wasserhahn auf. Zwei Ladungen kühles Wasser im Gesicht sorgten allerdings nur unzureichend dafür, mich wieder zu fangen. Aber es half ja nichts, ich schuldete Colin eine Erklärung. Oder wenigstens eine Entschuldigung für meinen Abgang.

Abrupt wandte ich mich um und ging zur Tür. Nicht direkt rüber ins Schlafzimmer, sondern erst einmal quer über den Flur. Der Raum neben Bens Zimmer war früher Lissys und mein gemeinsames Schlafzimmer gewesen, der Raum, in dem ich seit inzwischen gut zwei Jahren schlief, das ehemalige Ankleidezimmer. Ich hatte die beiden Räume knapp ein Jahr nach Lissys Tod getauscht. Eine verdammt gute Entscheidung damals.

Rasch zog ich eine frische Boxerbriefs aus einem der Fächer und kehrte, sobald ich diese angezogen hatte, zu Colin zurück.

Er saß auf meinem Bett. Die Beine angezogen und logischerweise nackt. Ich stockte im Türrahmen, sein Blick rutschte an meinem Körper hinab.

»Soll ich dir deine aus dem Bad holen?«

Aus großen Augen sah er mich an. »Keine Ahnung. Was ...? Wird das ein Rausschmiss?«

»Scheiße, nein!« Eilig überbrückte ich die wenigen Schritte bis zum Bett und ließ mich auf der Kante nieder. »Der Abgang eben tut mir leid. Ich war ...« ... *vollkommen neben der Spur. Berührt von dir. Weil du ...*

Er beendete den Satz an meiner statt. Fragend allerdings. »... irgendwie unentspannt?«

Ich nickte. »Gewissermaßen.«

Um Colins Mund zuckte ein kleines Lächeln. »Hey«, flüchtig streifte seine Hand meinen Arm, »Sex muss nicht immer in einem Orgasmus enden und ich finde, es ist überhaupt keine große Sache, wenn es mal nicht klappt.«

Dachte er, *das* wäre der Punkt? Dass ich so reagierte, weil es an meiner Männlichkeit kratzte, dass ich eben nicht hatte abspritzen können?

Ich hätte beinahe gelacht, wäre es nicht so bitter gewesen.

Ich fühlte mich gerade wie ein Versager. Aber nicht *deswegen.*

Es wäre der leichte Weg, so zu tun, als wäre das alles. Aber eben auch der feige und unehrliche. Kein Weg, den Colin verdient hatte.

»Das ist es nicht ...« Fieberhaft überlegte ich, was ich bereit war, ihm anzuvertrauen. »Es war gerade einfach ... unerwartet intensiv.«

Colin zog nachdenklich die Stirn in Falten, selbst unter seinen noch feuchten und verwuschelten Haaren sichtbar. Dann jedoch schlich sich so etwas wie Erkennen in seine Miene. Seine Stimme barg einen unheimlich behutsamen Tonfall, als er leise sagte: »Es ist wegen Elisabeth ... Lissy?«

Ihr Name klang weich aus seinem Mund. Nach dieser Weichheit, die es mir bei ihr erlaubt hatte, hineinzusinken. Weichheit, nach der etwas in mir schrie.

Ich würde nicht nachgeben.

Ich würde das alles ohne Lissy schaffen.

Ich *musste*.

»Nicht, wie du denkst«, entgegnet ich mit lahmer Zunge.

Colin legte den Kopf leicht schief, behielt sein kleines Lächeln. »Was denke ich denn?«

»Vermutlich, dass ich vorhin an sie gedacht habe und deswegen nicht ...«

»Und? Hast du an sie gedacht?« Er fragte das mit einer schieren Ruhe in der Stimme. Ganz so, als wäre es vollkommen okay für ihn, hier mit mir zu sitzen, nachdem wir miteinander geschlafen hatten, und mit mir über meine verstorbene Frau zu reden.

»Nein. Nicht, während wir Sex hatten.«

Colin seufzte leise. »Ich gebe zu, dass mich das erleichtert. Aber weißt du, ich würd's verstehen. Wenn du noch Zeit brauchst, wenn du noch trauerst oder vielleicht immer irgendwie an ihr hän–«

»Darum geht es nicht!« Ich unterbrach ihn schroffer als eigentlich gewollt. »Ihr Tod ist drei Jahre her.«

»Aber Trauer hat doch kein Ablaufdatum. Das weiß ich nun mal aus eigener Erfahrung und ohne etwas gegeneinander aufwiegen zu wollen, nehme ich an, es ist noch mal eine ganz andere Nummer, den Partner oder die Partnerin zu verlieren. Bens Mutter. Das ist ...« Colin stockte. Vielleicht, weil er sah, wie vehement ich die Kiefer aufeinanderpresste. Bei Bens Namen aus seinem Mund.

Mein großer Kleiner brauchte mich doppelt, seit Lissy tot war.

*Sei stark, Alex! Für ihn.*

»... beschissen«, flüsterte ich rau und Colin nickte.

»Ja, ich denke auch, es ist beschissen. Und ich erwarte nicht, dass sich das ändert, nur weil ich ... weil wir ... Ich will einfach nur sagen ... Es ist okay, Alex. Was auch immer gerade in dir vorgeht, es ist okay.«

Mittlerweile schmerzten meine Kiefer. Mein Nacken. Meine Schultern. Ein Schmerz, der gleichzeitig von innen und außen kam, und den ich so unsagbar mühsam im Zaum hielt.

Colin täuschte sich. Es ging gerade nicht um Lissy als Person. Nicht darum, dass sie mir fehlte – auch wenn sie das natürlich tat. Es ging darum, dass ich so beschissen eisern darum kämpfte, ihr Fehlen auszugleichen. Wohl wissend, dass ich sie niemals für Ben würde ersetzen können. Wohl wissend, dass ich an einem gewissen Punkt scheitern würde, egal wie sehr ich kämpfte.

Ich – musste – stark – bleiben.

Aber wie, verdammt, wie, wenn Colin mich *so* ansah? So ganz ohne Mitleid, so voller Verständnis.

Wie verflucht wundervoll war dieser Mann gerade in diesem Moment ...

»Magst du herkommen?«

Abrupt ruckte mein Kopf zu ihm, obwohl ich ihn ja schon die ganze Zeit angesehen hatte.

Er regte sich neben mir, rutschte noch ein Stück weiter aufs Bett hinauf.

Mir war klar, was er mir gerade anbot – und wie gefährlich es war, seiner Einladung zu folgen.

Aber ich konnte nicht anders.

Etwas an ihm und an der Art, wie er mich ansah, machte es mir unmöglich, abzulehnen.

Ich sagte kein Wort und auch er sprach nicht mehr, als wir uns gemeinsam aufs Bett legten. Ich in Unterwäsche und er noch immer vollkommen nackt. Getrockneter Schweiß auf unser beider Haut und dennoch war die seine so wunderbar warm. War seine Umarmung so behutsam und fest in einem.

Verdammt, ja, ich war gerade zu schwach, um mich *nicht* in seine Nähe und Wärme fallen zu lassen.

Nur ein einziges Mal.

# Kapitel 20 – Colin

Das Bett, in dem ich aufwachte, war eindeutig nicht meins. Es fühlte sich anders an. Es gab bedeutend mehr Kissen und sie waren kleiner als meines. Außerdem rochen sie anders. Nach Alex.

Ich lag in Alex' Bett und das am frühen Morgen – holy Shit!

Zumindest nahm ich an, dass es der nächste Tag und noch reichlich früh sein musste. Zwar war es bereits hell im Zimmer, aber es fühlte sich absolut nicht nach meiner Aufstehzeit an. Außer natürlich, ich hatte Frühschicht.

Träge wälzte ich mich auf die andere Seite, weg vom Fenster, an dem am vergangenen Abend anscheinend niemand die Jalousien zugezogen hatte. Ganz offensichtlich war Alex in der Nacht also auch nicht mehr aufgestanden.

Ein ekelhaft glückliches Grinsen legte sich breit auf meine Lippen. Rasch versteckte ich es im Kissen, auch wenn ich mir längst darüber klar war, dass Alex es ohnehin nicht sehen konnte, weil er schlicht nicht mehr neben mir lag. Ein Umstand, der mich hätte beunruhigen können. Tat er aber nicht. Nicht nach dem, wie sich Alex mir am vergangenen Abend geöffnet hatte. Wie er

– nach dem kurzen Breakdown – zugelassen hatte, dass ich ihn in den Armen hielt.

Und noch mal: holy Shit! Wann war ich zuletzt *so* neben einem Mann eingeschlafen? Nach verdammt intensivem Sex – ohne Orgasmus. Wann zum Teufel hatte ich zuletzt freiwillig auf einen solchen verzichtet, schlicht weil anderes viel wichtiger gewesen war?

Ich konnte mich beim besten Willen an keinen solchen One-Night-Stand erinnern. Generell nicht an Sex, der sich *so* anfühlte.

Der Punkt war wohl: Alex war kein One-Night-Stand. Alex war –

»Na, wach?«

Ich schreckte so abrupt aus dem Kissen hoch, dass irgendetwas in meinem Rücken knackste. Traurig, mit gerade mal Mitte zwanzig. Halb erschrocken, halb glücklich und halb verwirrt starrte ich Alex an. Moment … drei Hälften waren unmöglich. War mir aber auch egal, weil ich mal wieder in seinem Anblick versank. Warum sah dieser Mann selbst in locker sitzender knielanger Jogginghose und schlichtem weißem T-Shirt so lecker aus?

*Weil du in ihn verkn–*

»Ja!«, rief ich regelrecht gegen dieses verräterische Stimmchen in meinem Kopf an und zauberte damit auch auf Alex' Miene einen Hauch Verwunderung. »Bin ich.« Mit gespreizten Fingern fuhr ich mir durch die Haare. »Du offensichtlich auch. Wie lang schon? Wie viel Uhr?« Na großartig, ich plapperte.

Alex kommentierte es mit diesem winzigen Lächeln in den Mundwinkeln. »Seit knapp einer Stunde. Jetzt ist es gleich halb acht. Der Hunger hat mich aus dem Bett getrieben. Hat sich gerächt, dass ich gestern Abend nichts mehr gegessen habe.«

Hunger, na ja … für meinen Magen war es noch zu früh, der schlief. Mein Schwanz hingegen kribbelte und schlaff war auch was anderes. Nach gestern Abend wollte ich Alex aber nicht überfallen, indem ich die Bettdecke zurückschlug und ihm erst mal meine Morgenlatte präsentierte. Außerdem war ich immer noch ziemlich bescheuert happy mit dem Umstand, dass er mich bei sich hatte schlafen lassen.

Ich rang gerade mit mir, ob ich von mir aus anbieten sollte, zu gehen, damit er in Ruhe frühstücken konnte, obwohl das echt nicht das war, was ich wollte. Doch er kam mir ohnehin zuvor, da mein Schweigen anscheinend zu lange dauerte.

»Wenn du dich beeilst, lasse ich dir vielleicht was vom Rührei übrig.«

Hastig setzte ich mich im Bett auf, stockte dann jedoch. »Mit Speck oder ohne?«

»Ich kann welchen machen, wenn du –«

»Nein!« Ich riss die Bettdecke von mir. »Ich mag's tatsächlich lieber ohne.«

»Na dann …« Alex' Blick verließ meinen und rutschte tiefer. Hin zu … Oh, da war ja was gewesen. Ganz eindeutig starrte er gerade auf meinen Schwanz.

»Hör auf, ihn anzuschmachten«, ich konnte es mir einfach nicht verkneifen, ihn aufzuziehen, »sonst muss ich mindestens einen schlechten Wortwitz mit Frühstückseiern bringen.«

»Himmel, bitte …« Alex drehte sich abrupt um und marschierte aus dem Schlafzimmer. »Wie gesagt: Beeil dich.«

Genau das tat ich auch. Keine fünf Minuten später eilte ich nach einem kurzen Abstecher ins Bad in meinen Klamotten von gestern die Treppe hinunter. An deren Fußende begrüßt mich ein schwanzwedelnder Sheldon. Ich kraulte ihn hinter den Ohren und fragte mich unweigerlich, wo er eigentlich die Nacht über gewesen war. Sowohl im Flur oben als auch in Alex' Schlafzimmer stand ein Hundekorb. Gehört hatte ich den Rüden in der Nacht allerdings nicht.

Der Duft nach frischem Kaffee und Rührei mit Kräutern leitete mich rüber in die Küche. Dort saß Alex auf einem von zwei Barhockern an einem schmalen an der Wand befestigten Stück Arbeitsplatte, die wohl auch als Tisch für einen schnellen Imbiss diente, und las Zeitung.

Ernsthaft, welcher Mensch las denn heutzutage noch beim Frühstück Zeitung? Wenn dann schaute man sich die News online an. Dieser Mann war in manchen Dingen so furchtbar spießig – und ich fuhr voll drauf ab.

Innerlich über mich selbst den Kopf schüttelnd zog ich mich auf den zweiten Hocker und schaufelte mir einfach mal einen ordentlichen Haufen Rührei auf den Teller. Dabei störte es mich kein bisschen, dass Alex seine Portion offenbar schon gegessen hatte, wie die Krümel auf seinem Teller verrieten. Dass er aus dem gemeinsamen – oder dann eben halb gemeinsamen – Frühstück kein Riesending machte, fühlte sich für mich nicht wie Desinteresse an, sondern vielmehr, als wäre es ganz selbstverständlich zwischen uns.

Während ich mir noch eines der Aufbackbrötchen schnappte und hineinbiss, legte er die Zeitung beiseite.

Einen langen Moment sah er mich nur an, ehe er fragte: »Und, was hast du heute vor?«

*Am liebsten einfach bei dir bleiben ...*

»Muss arbeiten. Letzter Tag Spätschicht. Das Wochenende hab ich dann frei.« Ich schob mir eine Gabel Rührei in den Mund. Kaute. »Und du?«

»Das Obergeschoss putzen, einkaufen, zum Sport – und natürlich mit Sheldon raus.«

»Klingt nach einer vollen To-do-Liste.«

Alex hob die Schultern. Eine Geste, die eigentlich locker sein könnte, von der ich mir aber doch einbildete, ein wenig Spannung in ihr zu sehen. »Sie wird kürzer. Ich denke, ich schaffe alles, was ich mir für den Urlaub vorgenommen habe. Inklusive ›einfach mal Spaß haben‹.« Er zwinkerte mir zu. Offenbar hatte er das, was ihm gestern Abend so zugesetzt hatte, zumindest für den Moment überwunden. Was auch immer genau es gewesen war. Ich hatte ja durchaus das Gefühl, dass hinter seiner Blockade mehr gesteckt hatte als ›nur‹ aufwallende Trauer um seine Frau.

»Apropos Spaß: Sehen wir uns –« Ich stockte mitten in meinem eigenen Satz. Ich hatte: ›... diese Woche noch mal‹, fragen wollen. Brachte es jedoch nicht über die Lippen, weil es implizierte, dass wir uns danach nicht mehr sehen würden. Nicht *so* zumindest. Genau das war unsere Abmachung, aber verdammt, spätestens nach der vergangenen Nacht wollte ich so sehr, dass Alex mir erklärte, dass dieser Deal Bullshit gewesen war und wir weiterhin ...

»Ben kommt am Sonntag wieder. Heute Abend bin ich verplant. Also morgen noch mal?«

Ein letztes Mal – Alex erinnerte sich bestens an unseren Deal. Und der war *kein* Bullshit für ihn.

»Klar«, würgte ich über die Lippen und eine Gabel voll Rührei hinterher. »Hab Zeit«, nuschelte ich mit vollem Mund. Das Ei schmeckte trotz Oregano, der eigentlich mein Lieblingsgewürz war, plötzlich fad.

»Gut.« Alex erhob sich vom Barhocker, räumte sein benutztes Geschirr in die Spüle. Lediglich seine Tasse fand den Weg unter die Düsen der Kaffeemaschine.

Wenn er mir auch noch einen zweiten Kaffee anbot, würde ich –

Tat er nicht. Sein Handy klingelte.

Automatisch glitt mein Blick dorthin und da das Gerät unweit von mir auf dem Tisch lag, konnte ich die Anzeige auf dem Bildschirm lesen: Es waren Alex' Eltern oder aber …

»Das ist Ben«, bestätigte er meine Vermutung.

Ich schob meinen inzwischen leeren Teller von mir. Alex indessen nahm sein Handy.

»Guten Morgen, Großer!«

Ich vernahm Bens aufgeweckte Stimme, jedoch nicht seine genauen Worte.

»Waffeln? Na, du hast ein Glück, was? Ich hatte Rührei.«

Wieder sagte Ben etwas. Alex' Blick wanderte zu mir. Nicht abweisend, aber doch auf eine Art, die mich plötzlich unheimlich fehl am Platz fühlen ließ. Es war offensichtlich, dass er seinem Sohn *nicht* erzählen würde, dass ich hier war. Was logisch und verständlich war … und dennoch erschreckend wehtat.

Während Ben am anderen Ende der Verbindung noch quasselte, leerte ich rasch den letzten Schluck Kaffee und erhob mich.

›Ich geh dann mal‹, gestikulierte ich und Alex nickte. Wenigstens sah er dabei nicht allzu erleichtert aus.

»Ben? Bleib mal kurz dran, ja? Ich bin sofort wieder bei dir.« Alex nahm das Handy vom Ohr, legte es auf dem Tisch ab.

»Ich bring dich noch raus.«

»Danke.« Das Wort troff fad über meine Lippen.

Ich tappte vor ihm her in den Flur. Zog meine Schuhe an.

»Du hattest nichts mehr dabei, oder?«

Ich schüttelte den Kopf. »Nope. Ansonsten ... könnte ich es ja morgen noch holen.«

»Stimmt.«

Gerade hatte ich keine Ahnung, ob ich mich auf *unser letztes Treffen* freuen sollte oder nicht.

»Bis dann.« Alex überbrückte den kleinen Abstand zwischen uns und umarmte mich. Ich erwiderte es und wollte mich dabei am liebsten an ihn drücken. Ihm sagen, dass er mich nicht mehr loslassen sollte und dass es mir wehtat, zu wissen, dass er würde.

»Ja, bis dann.«

Er ließ mich los – und Shit, ja, es tat weh.

Ehe er es mit seinem verfluchten Polizisten-Sinn noch erkennen konnte, wandte ich mich um und ging. So viel zum Thema, ich schützte mein Herz. Einen Scheiß tat ich. Ich hatte mich schlicht so richtig in Alex verknallt.

# Kapitel 21 – Alexander

»Hast du Besuch?«, fragte Ben prompt, als ich das Handy wieder ans Ohr nahm.

»Hatte.«

»Wer denn?«

War klar, dass er das fragen würde. Ich zögerte einen Moment. »Colin war da.«

»Oh! Echt? Cool!«

Ich stockte in der Bewegung, nach seiner benutzten Tasse zu greifen, um diese nebenbei wegzuräumen.

»Cool, ja?«

»Mhm, Colin ist *total* cool.«

Ich musste einfach lächeln. Ganz sicher beruhte Bens Einschätzung primär auf Colins Können auf der Motocross-Maschine. Dabei war er noch so viel mehr als der talentierte, manchmal draufgängerische Motocrosser.

»Ist er.« Erst, als ich es aussprach, realisierte ich, was ich da sagte. Und vor wem.

»War er zum Frühstück da?«

*Nicht nur das … Verflucht!*

»Ja«, antwortete ich und hasste es, meinen Sohn anzulügen. Oder ihm zumindest nicht die ganze Wahrheit zu erzählen.

»Kann er auch mal was mit uns machen, wenn ich wieder da bin?«

In diesem Moment hätte ich mich gern selbst dafür geohrfeigt, Ben Colins Besuch nicht doch komplett verschwiegen zu haben. Dafür, mich überhaupt auf diese Woche mit Colin eingelassen zu haben. Das mit ihm fortzuführen, war keine Option. Ihn danach nicht wiederzusehen oder ihm zumindest aus dem Weg zu gehen, aber offenbar auch nicht. Himmel noch mal, ich hätte das auf dem Schirm haben müssen!

Ben zuliebe blieb Colin und mir gar nichts anderes übrig, als *danach* wieder ganz normal miteinander umzugehen. Nicht so, als hätten wir Sex gehabt. Miteinander gekuschelt. Als hätte ich mich ihm dermaßen geöffnet.

Gerade bereute ich es ... *fast.*

Gott, wem machte ich eigentlich etwas vor?

»Papa?«

Ich presste mir das Handy fester ans Ohr. »Ja, mal sehen. Er wird bestimmt noch mal mit dir trainieren oder so.«

»O ja! Und können wir Emil besuchen fahren?«

Heimlich froh, dass Ben das Thema wechselte, antwortete ich sofort: »Klar. Ich frage nachher mal Linda, wann er aus dem Krankenhaus entlassen wird.«

»Jaaa ...« Ben schien für einen Moment zu grübeln. »Oder wir besuchen ihn da.« Es war ihm deutlich anzuhören, wie viel Unwohlsein ihm diese Vorstellung bereitete. Ihn so zu hören, zerriss mir ein klein wenig das Herz.

»Bis Sonntag ist er sehr wahrscheinlich wieder zu Hause.«

Ben stieß hörbar die Luft aus. »Gut.«

Die Pause, die erneut entstand, war regelrecht gefüllt von nicht ausgesprochenen Gedanken.

»Was ist los, Großer?«, fragte ich daher behutsam, obwohl ich natürlich ahnte, was ihn beschäftigte.

»Hab mich voll erschrocken, als du das mit Emil gesagt hast«, nuschelte er und grub damit einen weiteren feinen Schmerz in mein Papa-Herz.

»Ich weiß. Ich versprech dir, du musst dir keine Sorgen machen. Emil geht es schon viel besser und er wird schnell ganz gesund.«

»Polizisten-Ehrenwort?«

Ich lächelte in das wehmütige Ziepen meines Herzens hinein. »Ja!«

Noch einmal schnaufte Ben. »Okay. Ich muss Schluss machen. Oma hat die Waffeln fertig.«

»Prima. Dann frühstückt schön. Wir hören uns heute Abend, ja?«

»Bis dann, Papa.«

»Bis später, Großer.«

Ich legte auf, behielt das Handy jedoch noch einen Moment in der Hand. Meine Augen darauf gerichtet, bis das Display schließlich schwarz wurde. Dann erst legte ich es mit einem Seufzen beiseite. Und griff endlich nach Colins benutztem Geschirr, um es abzuräumen.

# Kapitel 22 – Alexander

Eine Tropfspur zog sich von Sheldons Wassernapf bis hin zu der Stelle, an der er sich soeben mit einem schweren Seufzen auf die kühlen Fliesen fallen ließ, als wäre er der ärmste Hund auf der ganzen Welt. In Sachen ›beim Trinken Wasser auf dem Boden verteilen‹ machte unser Labrador einem Boxer alle Ehre. Kopfschüttelnd wischte ich die Spuren mit zwei Küchentüchern auf. Ansonsten konnte ich darauf wetten, dass Ben nachher der Erste sein würde, der treffsicher durch die Wasserlachen latschte.

Sheldon warf mir einen Blick zu, als wollte er sagen: ›Warum sind da Pfützen überall? *Ich* hab damit nichts zu tun.‹

»Du Räuber«, murmelte ich ihm zu und er sah pikiert in die andere Richtung.

Die große Wanduhr im Wohnzimmer zeigte an, was mir meine Sportuhr vorhin bereits prophezeit hatte: Ich war spät dran. In fünf Minuten musste ich los, Ben abholen. Am Stuttgarter Bahnhof würde ich ihn keinesfalls allein warten lassen. Zu groß und zu unübersichtlich wegen der andauernden Baustelle.

Eigentlich sollte ich vorher noch Wäsche aufhängen, aber die Gassirunde mit Sheldon hatte länger gedauert als geplant. Aufgrund der Mittagshitze hatte ich nur die kurze Runde am Waldrand drehen wollen, doch dann hatten wir eine der Hundebesitzerinnen aus der Gegend getroffen, mit deren Border Collie Hündin Sheldon sich so gut verstand. Wir waren gemeinsam bis zu dem kleinen Flusslauf gegangen. Dort waren die beiden Hunde wie die Verrückten durchs Wasser getobt. Wenigstens war Sheldon bis zu Hause wieder weitgehend trocken gewesen, sodass ich eben nur seine Pfoten geputzt hatte.

Rasch warf ich die durchfeuchteten Küchentücher in den Müll und joggte die Treppe ins Obergeschoss hinauf. Ich würde die Wäsche wenigstens noch aus der Maschine holen. Mir war es lieber, wenn sie im Wäschekorb lag als in der feuchten Trommel. Aufhängen würde ich sie dann eben nachher, wenn Ben mit Sheldon im Garten spielte. Was die zwei vor lauter Wiedersehensfreude ganz sicher tun würden.

Ich selbst freute mich auch wahnsinnig, meinen Sohn wieder bei mir zu haben. Glücklicherweise begann meine nächste Schichtrunde erst am Mittwoch, sodass wir in den kommenden beiden Tagen jede Menge miteinander unternehmen konnten.

Während ich die Wäsche aus der Maschine holte, überlegte ich, worauf Ben am meisten Lust haben würde. Motocross! Das stand wohl außer Frage. Vielleicht sollte ich ihm wirklich mal vorschlagen, eine Tour mit meiner Harley zu machen. Dank Colin hatte ich wieder Blut geleckt.

Der Gedanke an ihn ließ mich innehalten.

Gestern Nachmittag hatten er und ich noch einmal eine gemeinsame Motorradtour unternommen und danach, bei ihm zu Hause, miteinander geschlafen. Gefickt. Keine Ahnung, was genau das gewesen war.

Bei der Erinnerung daran grub sich zum wiederholten Mal ein seltsam flaues Flattern in meiner Magengegend ein. Irgendwie unangenehm.

Das letzte Wäschestück fand seinen Weg in den Korb. Mit diesem in den Händen erhob ich mich.

Der letzte Sex mit Colin war wie die Male zuvor intensiv gewesen. Rau und zärtlich. Aber irgendwie auch ... auf seltsame Art distanziert. Als wollten wir beide nicht mehr zu viel investieren, weil –

Direkt vor dem Treppenabgang stieß mein Fuß gegen etwas Weiches, gleichsam Festes. *Sheldon!*, schoss es mir noch durch den Kopf. Manchmal lag der direkt vor den Stufen – und ich hatte ihn weder gesehen noch gehört, dass er mir nach oben gefolgt war. All das ging mir durch den Kopf, während ich über ihn stolperte und fiel. Ich sah den vollen Wäschekorb aus meinen Händen gleiten und wie er sich überschlug. Hörte das Poltern, mit dem er auf die Stufen traf. Im nächsten Augenblick war es mein Körper, der hart auf einer Kante aufschlug. Aus Reflex riss ich die Arme vor den Kopf. Unzählige Abwehr- und Zugriffstrainings ließen mich instinktiv die beste schützende Haltung einnehmen. Zu spät, wie ich seltsam ruhig realisierte. Ein scharfer Schmerz schoss durch meinen unteren Rücken, während ich weiter die Treppe hinunterstürzte.

Ich schaffte es, mich nach ein paar Stufen abzufangen. Reichlich verdreht, halb sitzend, halb liegend kam mein Körper zum Stillstand. Nicht so mein Herz. Das raste. Ebenso wie mein Atem flog. Durch meinen Kopf schoss nur ein Gedanke: ›Nicht jetzt, Ben braucht mich!‹

Ich erwartete einen erneuten scharfen Schmerz beim tiefen Einatmen, doch er blieb aus.

»Fuck ...« Leise fluchend bewegte ich Finger, Hände, Füße. Alles noch dran – gut.

Sheldon tappte aufgeregt mit dem Schwanz wedelnd die Stufen zu mir herab. Seine kalte Nase berührte meine Wange. Nervös leckte er mir übers Ohr.

»Bah, Sheldon, Schluss. Mir geht's gut, Junge.«

Vorsichtig stemmte ich mich hoch. In meinem unteren Rücken pochte ein dumpfer Schmerz. Nicht so schlimm allerdings, wie ich befürchtet hatte. Auch Stufen hinunterzusteigen ging. Sheldon folgte mir auf dem Fuß.

»Alles gut.« Beruhigend kraulte ich ihn einmal hinterm Ohr und machte mich dann daran, die Klamotten, die auf der ganzen Treppe verstreut lagen, einzusammeln. Bücken schmerzte, aber es war erträglich.

Sheldon saß mittlerweile mit deutlich bedröppeltem Blick unten im Flur am Fuß der Treppe. *An der Seite*, sodass ich nicht noch mal über ihn fallen konnte.

»Kannst nichts dafür«, murmelte ich ihm im Vorbeigehen zu, wissend, dass er meine Worte als solche nicht verstand. Wohl aber den ruhigen Klang. Scheinbar beruhigt trottete er zu seinem Körbchen und ließ sich hineinfallen.

Ich stellte den Wäschekorb auf einem der Stühle am Esstisch nahe der Terrassentür ab, was einen erneuten kleinen Stich durch meinen unteren Rücken schickte. Murrend verzog ich den Mund. Jedenfalls war kein Wirbel in Mitleidenschaft gezogen. Vermutlich einfach eine Muskelprellung. Mein Blick flog erneut zur Uhr. Ganz egal, was es war, ich hatte dafür jetzt sowieso keine Zeit. Ich musste los zum Bahnhof.

~~~

Gut eine Stunde später sprang Ben in der Hofeinfahrt aus dem Auto, kaum dass ich dieses geparkt hatte. Bereits neben dem Wagen stehend, streckte er den Kopf noch einmal ins Innere.

»Schlüssel, Papa!«, forderte er so breit grinsend, dass ich ebenfalls lachen musste.

»Darf ich vorher noch den Motor ausmachen?«

»Musst du ja, sonst geht der Schlüssel nicht aus der Zündung.«

Verdammt, mein Sohn war einfach zu schlau, was motorisierte Gefährte anging. Noch immer schmunzelnd reichte ich ihm meinen Schlüsselbund und er rannte mit diesem in der Hand regelrecht zur Haustür. Von drinnen vernahm ich bereits Sheldons aufgeregt hohes Bellen. Natürlich hatte er Bens Stimme längst gehört.

Kaum hatte Ben die Haustür auch nur einen Spalt weit aufgeschoben, drückte Sheldon sie mit der Schnauze vollends auf und stürmte hinaus.

»Sheldon! Hi, Sheldon! Komm her!«, rief Ben und stachelte den Hund, der vor lauter Begeisterung drei Runden wie ein Irrer ums Auto herum durch die Einfahrt rannte, nur noch mehr auf.

»Langsam!« Ich wusste, dass meine Mahnung sinnlos war. Ich hatte Ben die Haustür auch nur aufmachen und Sheldon herausstürmen lassen, weil ich mir sicher
~~~

war, dass er gerade ohnehin nur Augen für Ben hatte und nicht aus der Hofeinfahrt laufen würde.

Ben hüpfte in den Flur hinein und prompt schlug Sheldon einen Haken und rannte ihm hinterher. Warf sich im Eingangsbereich auf den Rücken und ließ sich von Ben den Bauch kraulen. Mein Sohn lachte dabei und der Hund gab Töne von sich, die mich seltsam an Walgesang erinnerten. Mittlerweile konnte ich die beiden unbesorgt so miteinander toben lassen. Ben war standfest genug und Sheldon im Zweifel durch ein scharfes ›Schluss!‹ abrufbar.

Kopfschüttelnd und mit einem unsagbar warmen Gefühl im Bauch wandte ich mich von den beiden ab und griff noch Bens Basecap, die er vor lauter Wiedersehensfreude natürlich hatte liegen lassen, vom Armaturenbrett. Ich stieg aus dem Auto und ... zog zischend den Atem ein. Erneut fraß sich ein scharfes Stechen durch meine Nierengegend. Irgendeinen Muskel dahinten hatte der Treppensturz erwischt. Wenn ich Glück hatte, hatten wir noch diesen Tigerbalsam im Haus, den Lissy früher immer aufgetragen hatte, wenn sie abends wieder ewig im Bett gelesen und davon am nächsten Morgen einen verspannten Nacken gehabt hatte.

Der Schmerz verflog nahezu so schnell, wie er gekommen war. Nicht mal, als ich Bens Koffer aus dem Kofferraum hob, kehrte er zurück. Schlimm konnte es also nicht weiter sein.

»Papaaa, was ist das?« Ben erschien in der Haustür, eine Socke mit Mini-Motorrädern in der Hand und einen herrlich kindlich oberlehrerhaften Ausdruck im Gesicht.

Ich ahnte ... »Lass mich raten: Sie lag irgendwo auf der Treppe?«

Ben nickte. »Klaut Sheldon etwa wieder meine Socken?«

»Daran erinnerst du dich noch?« Tatsächlich hatten Lissy und ich, als Sheldon erst ein paar Monate und Ben zwei Jahre alt gewesen war, dessen Socken strengstens vor dem Junghund in Sicherheit bringen müssen. Dennoch hatte der so einige Paare zerfetzt.

»Klar! Er hat mal meine Lieblingssocken gefressen. Die mit den Triceratops drauf.«

O ja, damals hatte Ben ein absolutes Faible für Dinosaurier gehabt.

»Zum Glück nicht ganz gefressen. Nur zerlegt.«

Ben grinste schief. »Ja, das hat mich damals unheimlich getröstet«, entgegnete er in so sarkastisch trockenem Tonfall, dass ich nur umso mehr grinsen musste. Mein Sohn war manchmal echt der Knaller.

»Hast du die Wäsche schon aufgehängt?«, fragte Ben, als ich seinen Koffer im Flur abstellte und die Haustür hinter uns zuschob. Sie dann doch noch einmal öffnete, um den Schlüssel außen abzuziehen.

»Nein. Mach ich gleich. Wollen wir mit Sheldon eine Runde in den Garten? Oder hast du Hunger?«

»Nöö, Oma hat mir eine Lunchbox für den Zug gepackt. Die ist immer noch halb voll.«

*Das* konnte ich mir bestens vorstellen. Ich konnte ja froh sein, dass Ben einen so guten Stoffwechsel hatte und ohnehin ein ziemlich aktives Kind war. Ansonsten würde er vermutlich jedes Mal fünf Kilo schwerer von meinen Eltern zurückkommen.

»Na dann, gehen wir raus?«

Ben nickte und grinste schon wieder. Demonstrativ hielt er mir die Socke unter die Nase. »Erst mal räume ich die weg. Dich kann man ja nicht allein lassen, Papa.«

Der gespielt tadelnde Blick misslang mir komplett. »Du bist in der Woche ganz schön frech geworden ...«

»Das kommt dir nur so vor«, erklärte Ben todernst und marschierte mit der Socke in der Hand quer durchs Wohnzimmer und zur Terrassentür, neben der der Wäschekorb auf dem Stuhl stand.

# Kapitel 23 – Colin

*Nicht mal drei Tage volle hältst du es aus, Colin, herzlichen Glückwunsch!*

Am Samstag hatten Alex und ich uns das letzte Mal gesehen und nun, am Dienstagnachmittag, nahm ich seit einer Stunde immer wieder mein Handy in die Hand und überlegte, ob ich mich bei ihm melden sollte. Im Endeffekt war unsere Abmachung eindeutig gewesen. Unsere Verabschiedung am Samstag jedoch nicht wirklich. In meinen Augen zumindest.

Kein ›War schön mit dir, das war's dann‹, sondern eine lange Umarmung und ein gemurmeltes: »Schätze, wir sehen uns beim Motocross. Pass auf dich auf. Bis dann.«

Klar hieß das so viel wie, dass wir uns zufällig sehen würden. Aber ›zufällig‹ war ja mitunter eine Variable, die man beeinflussen konnte. Oder?

*O Mann, Colin, echt ...*

Zum sicherlich zehnten oder zwölften Mal nahm ich mein Handy zur Hand. Nur, dass ich dieses Mal keine Nachricht zu tippen begann. Ich würde mich ja ohnehin wieder verheddern und sie löschen. Stattdessen rief ich Alex an.

Das Freizeichen ertönte viermal. Fünfmal ... Shit, er würde nicht so ein Arsch sein und nicht mehr abnehmen, wenn er meine Nummer sah!

»Haas?«

Mein Herz tat einen erleichterten Hüpfer und sackte gleichzeitig nach unten. Das nannte ich mal eine distanzierte Begrüßung.

»Hi, äh ... ich bin's, Colin.«

»Ja, hab ich gesehen.«

Ich biss mir in die Wange. Alex klang gestresst.

»Ich wollte nur fragen, wie's euch geht?« *Und ob wir uns sehen können. Sagen, dass ich dich verm–*

»Gut. Warum?«

»Na, einfach so. Ist Ben gut angekommen?«

»Ja, sicher. Er wartet auch auf mich.«

Welch dezenter Wink mit dem Zaunpfahl.

Nicht dass er unhöflich zu mir gewesen wäre, aber dass er mich abzuwimmeln versuchte, tat weh.

»Wir –« Bens Stimme unterbrach ihn.

»Papaaa! ... Helm noch ... Auto?« Zumindest den Kontext verstand ich.

»Ja, liegt im Kofferraum«, rief Alex zurück. »Du hörst es, wir wollen zur Motocross-Strecke. Weil Ferien sind, ist heute wieder ein offenes Training, zu dem Ben gern möchte.«

Ich war ein verknallter Volltrottel, dass ich Alex' Erklärung unbedingt als erneuten Wink deuten wollte. *In meine Richtung* dieses Mal allerdings.

»Ja, hab ich gesehen. Vielleicht komme ich nachher auch noch ...?« Ich ließ den Satz absichtlich mit einer Art Frage ausklingen. Hoffend, dass Alex verstand und darauf einstieg.

Er seufzte vernehmbar. »Colin ...« Seine Stimme gedämpft. Eine Pause, als müsste er erst mal aus Hörweite seines Sohnes gehen, ehe er weiterredete. »Natürlich werden wir uns weiterhin auf dem Vereinsgelände sehen, ich habe nie gesagt, dass wir einander aus dem Weg gehen müssen. Ben hat schon nach dir gefragt, er würde sich tierisch freuen, wenn du mal wieder mit ihm trainierst ...«

Das alles klang nach einem fetten Aber. Ich krampfte die Finger um mein Handy.

Und da kam es: »Aber das ist keine Verabredung zu einem weiteren ... *Date.*«

Von mir aus könnten wir die Dates überspringen. Nur war das sicherlich nicht, was Alex meinte. Shit, Mann!

Die Enttäuschung, von ihm nur noch einmal das bestätigt zu bekommen, was ich sowieso schon gewusst hatte, schürte aus Verletzung und Ärger über mich selbst geborenen Trotz.

»Du ziehst das echt durch, was?«

»Colin ...«

»Eine Woche lang haben wir eine gute Zeit«, *eine verdammt gute, in der du dich mir geöffnet hast – dachte ich*, »und dann ist es vorbei.« Die letzten Worte spuckte ich ihm regelrecht vor die Füße. Sinnbildlich zumindest.

Alex atmete hörbar ein. Zögerte. »Wir hatten einen Deal.«

»Ja. Einen Scheißdeal.«

»Den *du* vorgeschlagen hast.«

*Weil ich gehofft habe, du würdest dich in mich verlieben. So wie ich mich in dich.*

»Ja«, presste ich abermals hervor und schluckte das: ›war ein Fehler‹, im letzten Moment hinunter. Ich würde es bereuen, es auszusprechen, wenn ich es täte. Gerade fühlte es sich zwar so an, aber tief in mir drinnen wusste ich es besser. Ich hatte das mit Alex gewollt. Ich hatte nur nicht einberechnet, dass er mich dermaßen catchen würde während dieser Woche. Oder genauer: während fucking drei Dates, die nicht mal wirklich welche gewesen waren.

»Also«, sagte Alex, als ich nichts weiter hinzufügte, »falls du nachher zur Crossstrecke rüberkommst, Ben würde sich bestimmt freuen.«

*Und du nicht, was?*

»Ich mich selbstverständlich auch. Du weißt, wie ich es meine.«

*Ja, weiß ich, du blöder, heißer, viel zu sanfter Arsch, dem ich nicht mal wirklich böse sein kann, weil ich wusste, dass es so enden würde! Mister Ich-geb-dir-das-Gefühl-dass-da-was-zwischen-uns-ist-und-dann-tue-ich-so-als-sei-da-nichts.*

Wow, das war mit Abstand der längste Name, den ich ihm je gegeben hatte. Aber es stimmte: Da war etwas – und Alex stand sich selbst und damit uns beiden mal wieder im Weg. So musste es sein! Weil ich verdammt noch mal nicht wollte, dass es nicht so war und ich mich nur in etwas verrannte.

~~~

Eine knappe Stunde später stand ich tatsächlich an der innen liegenden Begrenzung der Kinder-Motocross-Strecke und beobachtete Ben dabei, wie er den
~~~

Drop off hinunterbretterte. Von der leichten Unsicherheit, die er manchmal in den Kurven zeigte, war an der steilen Abfahrt nichts zu sehen. Auch den Einzelsprung gegen Ende der Strecke meisterte er in dieser Runde mit Bravour. Wie war das noch gleich: Wenn's am schönsten war, sollte man aufhören? Traf gewissermaßen wohl auch auf seinen Vater und mich zu – oder eben nicht.

Während Ben in die nächste Linkskurve ging, sah ich zu Alex, der außerhalb des Tracks stand. Die Unterarme auf der stählernen Umrandung abgelegt, sah er seinem Sohn aufmerksam zu. Zwischendurch allerdings ... Da! Sein Blick schweifte zu mir – und verhakte sich in meinem, als er realisierte, dass ich ihn gerade ebenfalls musterte. In seiner Miene stand keine Abwehr, aber sie erschien mir so unleserlich wie oftmals schon. Zumindest auf die Distanz mehrerer Meter hinweg.

Innerlich rang ich mit mir. Zu ihm gehen, auch auf die Gefahr hin, dass er gar nicht mit mir sprechen wollte? Aber gerade jetzt, wo Ben noch trainierte, wäre der wohl günstigste ungestörte Zeitpunkt.

Ich glaubte einfach nicht – und ja, *wollte* auch nicht glauben –, dass Alex tatsächlich keinen Wert mehr auf meine Gesellschaft legte. Dazu hatte er mich vorhin, bei unserer Begrüßung, zu lange und zu tief angesehen.

Als Ben das nächste Mal an mir vorbeifuhr, gab ich ihm zu verstehen, dass ich außen am Track auf ihn warten würde. Er nickte mir zu und gab wieder Gas.

Mit wiederholten Blicken nachts rechts und links versicherte ich mich, dass keines der anderen Kids angebrettert kam, ehe ich die Bahn überquerte. Alex sah mir entgegen. Zum Teufel aber auch mit ihm, dass er so ein Pokerface draufhatte.

Besser mit Small Talk einsteigen?

»Na, stolz auf deinen Großen? Die Sprünge macht er richtig gut und in den Kurven wird er auch immer sicherer.«

Unweigerlich erschien ein kleines Lächeln auf Alex' Lippen. »Sehr stolz.« Lediglich ein winziges Zögern. »Danke, Colin. Ihm bedeutet es viel, dass du ihm Tipps gibst.«

Und mir bedeutete es gerade viel, dass Alex sich bei mir bedankte. Dass für einen kurzen Moment die Leichtigkeit zwischen uns zurück war und ich mich nicht fühlte, als versuchte ich, ihn zu irgendetwas zu drängen.

»Ich mach das wirklich gern.«

Alex nickte langsam. Auf seiner Stirn zeigte sich eine nachdenkliche Falte, wie er so zu mir hochsah. Er stützte sich noch immer auf dem Geländer ab.

»Ich hätte es auch verstanden, wenn du keine Lust mehr gehabt hättest, mit Ben zu trainieren. Nachdem wir ... das beendet haben.«

*Das ... ja. Danke für die Steilvorlage, Alex.*

»Das eine hat ja nichts mit dem anderen zu tun, oder?« Mit dem Po lehnte ich mich direkt neben ihm gegen die Stahlkonstruktion.

»Eigentlich nicht, nein. Ich bin ehrlich erleichtert, dass du das auch so siehst.«

»Tue ich. Allerdings ...«, ich zögerte, wappnete mich innerlich, »möchte ich dennoch nicht, dass *das* einfach so zu Ende ist.« Ich konnte regelrecht zusehen, wie sich Alex' Haltung bei meinen Worten versteifte. »Ich weiß, dass ich diese ›einwöchige Affäre‹«, mit den Fingern malte ich Anführungszeichen in die Luft, »initiiert habe. Aber für mich hat sich etwas geändert. Gefühlsmäßig. Dir gegenüber.«

Jetzt war es raus. Ich hatte Alex sinnbildlich mein Herz zu Füßen gelegt. Auch wenn das zugegebenermaßen etwas überdramatisch klang.

Wenn er jetzt darauf herumtrampelte, dann ... keine Ahnung.

»O Mann, Colin ...« Für einen winzigen Moment ließ er das Gesicht in seine Hände sinken, wischte sich über Augen und Wangen, ehe er mich wieder ansah. Etwas in seiner Miene bröckelte. Die Fassade bekam Risse. Aber noch hielt er sie aufrecht. »Es ist ja nicht so, als wärst du mir egal ...«

Das war schon mal etwas. Aber ehrlicherweise hielt ich ihn auch für einen zu umsichtigen Mann, als dass er Ex-Sex-Partner wie Dreck behandelte.

»... und als hätten mir die letzten Tage mit dir nichts bedeutet.«

Mein Herz tat einen winzigen Hüpfer, pochte schneller. *Sag jetzt nicht ›aber‹.*

»Aber du weißt, wie es bei mir aussieht.«

Er sprach diesen einen Satz aus, als wäre damit alles gesagt.

War es für ihn vielleicht auch.

Für mich nicht.

»Ich weiß, dass du einen neunjährigen Sohn hast, der supergern mit mir trainiert und der mich mag ...«

Alex biss sichtbar die Kiefer aufeinander.

»... und ich weiß, dass der Tod deiner Frau noch nicht allzu lange her ist. Ich kann, denke ich, nachempfinden, wie das –«

»Du denkst wirklich, es wäre so einfach, oder?« Mit der flachen Hand schlug Alex auf das Stahlgeländer und stockte mit sichtbar aufeinandergebissenen Zähnen.

Mühsam, aufgrund seiner aufbrausenden Reaktion, rang ich um Fassung. »Nein, ich denke, du könntest uns zumindest eine Chance geben, weil die Voraussetzungen nicht so kompliziert sind, wie du sie hinstellst und ...«

Alex ließ erneut den Kopf gen Brust sinken, schnaufte dabei schwer.

»... und ich ...«, ich pokerte, »... weiß, dass du mich willst!«

Die Worte waren über meine Lippen, ehe ich wirklich über die möglichen Konsequenzen nachgedacht hatte. Denn verdammt, ich spielte durch sie mit hohem Einsatz. Wenn Alex mich nach dieser Steilvorlage abwies, musste ich das akzeptieren. Sosehr ich gerade davon überzeugt war, dass da etwas zwischen uns war, ich konnte ihn nicht zwingen und wollte nicht der Arsch sein, der sein eindeutiges Nein nicht akzeptierte.

*Bitte, sag es nicht!*

Alex entkam bei meinen letzten Worten ein erneutes Schnaufen. »Himmel, Colin ...«, knurrte er und richtete sich abrupt auf, stieß sich von der stählernen Umrandung ab – und fuhr zusammen, sog zischend den Atem ein. »Fuck!« – der Fluch kam ebenfalls zischend aus seinem Mund. Mit einer Hand griff er nach hinten, in Richtung Rücken, ließ sie jedoch wieder sinken.

Alarmiert streckte ich eine Hand nach ihm aus. »Alex ... was ist?« Meine Finger streiften seinen Arm, unterhalb des T-Shirt-Saums. Nackte, warme Haut unter meinen Fingern. Ein kribbelndes Gefühl. Meine Hauptaufmerksamkeit galt allerdings seiner eindeutig schmerzerfüllten Miene.

»Nichts.« Das einzelne Wort kam gepresst über seine Lippen.

»Mhm, klar. Nach ›nichts‹ sah das nicht aus.«

Das Summen einer langsam fahrenden Motocross-Maschine kam näher.

»Hab nur ein wenig Rückenschmerzen.« Alex richtete sich auf, straffte die Schultern.

Zweifelnd sah ich ihn an. Im nächsten Moment tauchte Ben neben uns auf.

Er schob das Helmvisier nach oben. »Hast du wieder Rückenschmerzen, Papa?«

Mein Blick zuckte sofort zurück zu Alex. Der verzog erneut den Mund. Allerdings eher genervt als aufgrund von Schmerzen. Mehr noch, als ich nachhakte. »Wieder?«

»Papa hat schon seit Sonntag –«

»Es ist alles okay.« Mit einem scharfen Seitenblick zu mir trat Alex zu Ben. Legte ihm eine Hand auf die Schulter. »Mir geht's gut, Großer, ja?«

Bens Blick sah genauso zweifelnd aus, wie sich mein eigener anfühlte.

»Wirklich?«

»Ja.« Alex nickte entschieden. »Fertig mit Training?«
»Mhm.«

»Na dann, bring dein Bike weg. Magst du noch Eisessen gehen?«

Hinter dem Helm zeigte sich ein Grinsen aufs Bens Gesicht. Er nickte heftig. »Immer! Kann ich Emil anrufen und fragen, ob er mitkommt?«

»Ich weiß nicht, ob Emil schon wieder Eis essen darf. Aber wir können auf dem Rückweg bei ihm vorbeifahren, okay? Wenn die Kochs nichts anderes vorhaben, kannst du bis zum Abendessen dortbleiben. Oder Emil kann mit zu uns kommen.«

Mittlerweile strahlte Ben regelrecht, das konnte der Helm nicht kaschieren. »Auch mit Übernachten?«

»Wenn er möchte und seine Eltern nichts dagegen haben.«

»So cool! Danke, Papa! Ich bring das Bike weg ...«

Alex sah seinem Sohn nach und ich sah *ihn* an. Wie verdammt wunderbar war er bitte als Vater? Und wie verdammt eingefahren, wenn es um seine Überzeugungen ging!

Natürlich war ich nicht neutral oder objektiv bei der Sache, aber holy Shit, er konnte mir nicht erzählen, dass er das mit uns kein bisschen wollte. Er wehrte sich vehement dagegen, weil ... weshalb genau auch immer. Ich wollte es so gern herausfinden, verstehen. Nicht nur um meinetwillen.

»Alex ...«

»Es geht mir gut, Colin.«

Mit dieser Beteuerung, die so offensichtlich nicht der Wahrheit entsprach, machte er mich in diesem Moment wirklich wütend. Und hilflos, weil ich nicht an ihn rankam und doch wusste, wie es war, wenn er für kurze Zeit die Mauern herunterfuhr. Wenn er mich ihn halten ließ.

»Ich muss dann jetzt auch. Wir sehen uns, ja?«

Nein. Verdammt, nein, er würde mich hier nicht so stehen lassen!

Der Gefühlscocktail in meinem Inneren ließ mich aus der Haut fahren.

»Was für ein Bullshit, Alex! Weißt du, dafür, dass du mir mal durch die Blume vorgeworfen hast, verantwortungslos zu sein, stehst du mir in Bezug auf dich selbst in nichts nach.«

Er verharrte in der Bewegung, sich abzuwenden. Sah erneut zu mir. »Bitte?«

»Na, ich finde es nicht sonderlich verantwortungsvoll, wie du mit dir selbst umgehst. Du gönnst dir keine Auszeiten, nicht mal, wenn du Schmerzen hast, du –«

»Entschuldige bitte, ich kann es mir nicht leisten, nicht zu funktionieren.«

Das mochte bis zu einem gewissen Punkt sogar stimmen. Nur leider war ich gerade nicht in der Lage, das reflektierter zu betrachten.

»Nein«, raunzte ich ihn daher an, »du *willst* es dir nicht leisten.« Sicher zwei oder drei Sekunden lang starrten wir einander an. »Weil du Schiss hast!« Nun war ich derjenige, der sich umwandte. Ich ließ Alex stehen, empfand jedoch keinerlei Triumph dabei. Am liebsten wäre ich umgedreht, hätte mich entschuldigt und ihn an mich gezogen. Wenn er mich nur ließe.

# Kapitel 24 – Alexander

Mit einer Schulter schob ich die nur angelehnte Tür zu einem der PC-Arbeitsräume auf und balancierte die beiden frisch gefüllten Tassen Kaffee hindurch. Omar sah von seinem Arbeitsplatz auf.

»Ein Mann, der mitdenkt«, kommentierte er meinen Kaffee-Bring-Service.

»Ja, manchmal«, entgegnete ich trocken und reichte ihm eine der beiden Tassen. Eine lächerlich winzige Bewegung, die dennoch den Schmerz in meinem linken unteren Rücken verstärkte, der in den letzten Tagen zu meinem ständigen Begleiter geworden war.

Ich wandte mich von Omar ab, verzog den Mund. Was er nicht mehr hatte sehen können und dennoch sagte er: »Es sieht echt nicht gut aus, wie du dich bewegst.«

Mit nur umso bitterer verzogenen Lippen ließ ich mich auf den Schreibtischstuhl sinken, unterdrückte dabei das Ächzen. »Mensch, ich dachte, du magst meinen Hüftschwung.« Ich zwang mich zu einem Grinsen, merkte jedoch selbst, wie es misslang. Von wegen Hüftschwung, ich bewegte mich ungefähr so elastisch wie ein Holzbrett. Weniger weil jede Bewegung per se wehtat, sondern vielmehr, um den stechenden

Schmerz zu vermeiden, der immer mal wieder wie ein Messer durch meine Nierengegend schnitt.

Omar schnaubte. »Ich würde es lieber mögen, wenn du dich mal durchchecken lässt. So, wie du dich bewegst, können wir es eigentlich nicht bringen, rauszufahren.«

Da hatte er leider recht. Ein Streifenteam zu sein, bedeutete auch, sich in einer brenzligen Situation auf den Partner verlassen zu können. Und diese Sicherheit konnte ich Omar gerade schlicht nicht bieten. Was, direkt gesagt, scheiße war.

»Hast ja recht«, gab ich zerknirscht zu. »Ich werd sehen, dass ich morgen nach dem Frühdienst noch einen Arzttermin bekomme.«

»Ich würde ja sagen: Meld dich für den Rest des Tages krank und erledige das gleich heute«, grummelte Omar hinter seinem PC-Bildschirm, »aber ich kenn dich ja mittlerweile gut genug ...«

Das ließ ich einfach mal unkommentiert stehen.

Der Punkt war, dass ich es hasste und nicht mit mir selbst vereinbaren konnte, meine Kollegen im Stich zu lassen. Nach Lissys Tod war ich für mehrere Wochen ausgefallen, vor allem auch, weil ich Ben nicht hatte allein lassen können. Ein Jahr nach ihrem Tod hatte es noch einmal eine solche Phase gegeben, weil Ben Verlustängste entwickelt hatte. All das hatten meine Kollegen klaglos, sogar mit viel Verständnis mitgetragen. Ergo meldete ich mich inzwischen nur noch krank, wenn es wirklich nicht anders ging – und dann auch eher wegen Ben als wegen mir selbst.

Während von Omars Arbeitsplatz wieder das Klackern der Tastatur zu mir tönte, griff ich nach meinem

Handy. Eigentlich, um meinen Hausarzt anzurufen. Vor dem Telefonbuch öffnete sich allerdings die Anrufliste und mein Blick blieb an Colins Nummer hängen.

*»Ich finde es nicht sonderlich verantwortungsvoll, wie du mit dir selbst umgehst. Du gönnst dir keine Auszeiten, nicht mal, wenn du Schmerzen hast ...«*

Als er mir gestern diese Worte an den Kopf geworfen hatte, hatte ich mit simpler Abwehr reagiert. Ein kleiner Teil in mir war auch immer noch der Meinung, dass all das Colin nichts anging und dass er einfach nicht verstand, weswegen ich so handelte. Ein mittlerweile größerer Teil allerdings sagte mir immer wieder, dass er das vielleicht auch gar nicht verstehen *konnte*. Und das nicht, weil er verantwortungslos war – das hatte er mittlerweile längst widerlegt –, sondern weil ich ihm nie wirklich die Chance dazu gegeben hatte.

Zwar hatte ich ihm in der einen Nacht, in der er mich gehalten hatte ... Gottverdammt, ich wurde einfach die Erinnerungen daran nicht los. An seine Wärme und Nähe, seine Küsse, daran, ihn zu spüren!

Jedenfalls hatte ich ihm in dieser Nacht von Lissys Tod erzählt und davon, wie wichtig es mir war, alles für Ben zu tun, was ich nur konnte. Aber vielleicht reichte das nicht als Erklärung.

Kurz entschlossen klickte ich mich erst mal in Colins und meinen WhatsApp-Verlauf, lehnte mich auf dem Schreibtischstuhl zurück. Meine Nierengegend meldete sich mit einem Pochen.

*Ignorieren – morgen dann ...*

Für einen winzigen Moment erschien mir das Display verschwommen. Ich blinzelte einmal und der Eindruck war fort.

*Hi, Colin ...*

Während ich tippte, gab ich mir wirklich Mühe, das stetig schmerzhafter werdende Ziehen beiseitezuschieben.

*Bist du heute Abend zufällig an der Motocross-Strecke? Ich hole Ben vom Training ab und hatte gehofft, wir könnten kurz reden. Ich würde dir gern etwas erklären.*

Mit gefühlt jedem Wort, das ich schrieb, verstärkte sich das anfängliche Ziepen in meinem unteren Rücken zu einem Reißen. Als ginge etwas da drinnen Stück für Stück weiter kaputt.

»Fuck ...« Schwer und gleichzeitig flach atmend, stützte ich mich nach vorne auf die Schreibtischplatte ab. Erneut verschwamm das Display.

»Alex?«

Ich tippte auf ›Senden‹ – oder zumindest glaubte ich, dass ich den entsprechenden Button erwischt hatte. Ich kniff die Augenlider zusammen. Das Handy entglitt meinen Fingern, landete klappernd auf der Tischplatte. Oder auf dem Boden?

»Alex, alles klar?«

Nein, irgendetwas war hier ganz und gar nicht klar. Das konnte ich nicht leugnen.

Statt Omar zu antworten, entwich mir ein Keuchen, als dieser sengend scharfe Schmerz heftiger als je zuvor durch meinen Rücken bis tief hinein in meine Organe jagte.

Meine Finger suchten Halt an der Tischkante. Übelkeit wallte in meinem Magen auf. Mein Blick verschwamm stetig.

*Nicht zusammenklappen, Alex! Du kannst nicht schlappmachen!*

Ich versuchte, mich hochzustemmen, aber das Reißen in meiner Nierengegend machte es unmöglich. Mein Hirn war zunehmend wie in Watte gepackt.

Jemand – Omar? – trat neben mich, berührte mich am Arm, hielt mich. »Hey, Alex! Mach keinen Mist!«

Ich gab mir ja Mühe … kämpfte … und verlor.

»Ben …«, flüsterte ich der Tischplatte entgegen, ächzte unter dem scharfen Schmerz. Irgendjemand musste sich um Ben kümmern, ihn vom Training abholen … »Colin …« Er würde hoffentlich an der Strecke sein. Meine Nachricht lesen …

»Alex … Fuck!« Ich hörte Omar noch durch das Revier nach den Kollegen und einem Rettungswagen rufen. Dann schoss erneut ein gnadenloser Stich durch meine Flanke und mir wurde endgültig schwarz vor Augen.

# Kapitel 25 – Colin

Ich hatte es noch nie zuvor beim Motorradfahren so eilig gehabt, nicht mal bei meiner Maisfeldflucht vor Alex und seinem Kollegen. Shit, Alex … Und gleichzeitig war ich noch nie zuvor so höllisch vorsichtig gefahren, wie ich es jetzt trotz aller Hast und Dringlichkeit tat. Weil ich das Wertvollste, was es nur geben konnte, hinter mir sitzen hatte: Ben.

Alex' Sohn klammerte sich regelrecht an mir fest, während ich mit ihm über die B10 in Richtung Stuttgart jagte, und das sicher nicht, weil er sich vor der Geschwindigkeit fürchtete. Er hatte tierische Angst um seinen Dad. Und nicht nur er.

Mein Herz pochte einen so furchtsamen, aufgeregten Rhythmus, dass ich meinte, ihn über das Brüllen des Motors meiner KTM zu hören. Wenn die Bullen uns jetzt rauszogen, hätten sie allen Grund, mich anzuzeigen. Zwar hatte ich nach meiner Tour mit Alex am vergangenen Samstag Blinker und Co an meinem Bike noch nicht abmontiert, aber ich überschritt gerade definitiv jede Geschwindigkeitsbegrenzung. Es war mir so egal wie nie. Was zählte, war, dass Ben und ich so schnell wie möglich und dabei doch sicher zum Krankenhaus kamen.

*»Er hat Ihren Namen gemurmelt, also hoffe ich, dass
ich nichts falsch mache, indem ich sie anrufe«*, hatte
Alex' Kollege mir am Telefon gesagt. *»Alexander ist
während des Dienstes zusammengebrochen. Er wird
gerade ins Krankenhaus gebracht.«*

Was genau Alex hatte, konnte mir sein Kollege nicht
sagen. Dafür hatte ich ihm den Hinweis geben können,
dass Alex schon seit Tagen an Rückenschmerzen litt.
Aber holy Shit, deswegen klappte man doch nicht zusammen, oder?

Andererseits ... Meine Mum hatte zuletzt sehr unter
den Schmerzen, die die Metastasen an ihrer Wirbel-
säule verursacht hatten, gelitten. Ohne das hoch do-
sierte Morphin hätten ihr die Schmerzen vielleicht
auch das Bewusstsein genommen.

Ich zwang mich, sämtliche Horrorvorstellungen davon, was mit Alex sein könnte, beiseitezuschieben. Ich
musste Ben heil zu seinem Dad bringen!

Rund dreißig Minuten, nachdem Alex' Kollege mich
angerufen hatte, erreichte ich mit Ben das Krankenhaus im Zentrum Stuttgarts. Zu meiner Überraschung
und unserem Glück, ohne von der Polizei angehalten
worden zu sein. Ein: ›Ich muss so schnell es geht ins
Krankenhaus‹, hätten sie wohl nicht als Entschuldigung dafür zählen lassen. Auch nicht, wenn ich ihnen
gesagt hätte, dass es um einen ihrer Kollegen ging.
Doch so oder so, ich hatte es heil mit Ben geschafft.

Er allerdings machte keinerlei Anstalten, von meiner
KTM zu steigen, obwohl er das sicher gekonnt hätte. Er
saß weiter regungslos hinter mir und hielt meine Sei-
ten und meinen Bauch umschlungen.

»Hey, Ben!« Ich tippte mit meinen behandschuhten Fingern auf seine, drehte mich, so weit es ging, zu ihm um. »Wir sind da.«

Er regte sich nicht.

Ich schob das Visier meines Helms nach oben. »Ben!«

Da endlich löste er sich ein Stück, sah mich durch sein Visier hindurch an. Selbst durch das Schutzglas hindurch konnte ich sehen, wie blass er war. Seine Augen weit vor Angst.

»Ich kann da nicht rein.«

Ins Krankenhaus?

Weil seine Mum in einem solchen gestorben war.

Es war nur eine Vermutung, aber wenn ich mir ihn so ansah, die naheliegendste.

Holy Shit, was machte ich denn jetzt mit ihm?

»Hey ...« Sanft, aber mit genug Druck, dass er es durch seine Motorradjacke gut spürte, fasste ich an seinen Arm, auch wenn ich mich dabei etwas verrenken musste. Nebenbei die KTM aufrecht zu halten, war gar nicht so leicht. Zum Teufel aber auch, dass Cross-Maschinen keine Ständer hatten, wenn man sie nicht extra dranbaute. Was ich natürlich nicht getan hatte. »Schaffst du es, abzusteigen? Dann stelle ich schnell meine Maschine ab und wir sehen gemeinsam, was wir machen können, ja?«

Zu meiner schieren Erleichterung nickte Ben tatsächlich und rutschte von meiner KTM hinunter.

Ich brauchte ein bisschen, um die Maschine so an der Wand abzustellen, dass sie nicht sofort Gefahr lief, umzufallen.

*Ich schwör dir, Mister Ich-hab-gerade-eine-Scheiß-Angst-um-dich, ich hau dir eine rein, sobald du wieder*

*fit bist, wenn meine Süße eine Macke abbekommt!
Shit, bitte, Alex, mach keinen Scheiß!*

Ich atmete noch einmal tief durch und zog mir den Helm vom Kopf, ehe ich mich Ben zuwandte. Wie ein Häufchen Elend stand er vor dem Eingang des Krankenhauses, der im Vergleich zu ihm riesig wirkte. Gerade öffnete sich die breite automatische Tür und zwei Männer in Sanitäteroutfit traten hinaus. Ob das die beiden waren, die Alex eingeliefert hatten?

Behutsam löste ich den Verschluss von Bens Helm und zog ihn ihm vom Kopf. Zum Vorschein kam sein ängstlich blasses Gesicht. Tränen schwammen in seinen Augen.

Rasch hängte ich seinen Helm zu meinem an den Lenker, wandte mich sofort wieder ihm zu.

»Hey, Großer«, das Wort glitt mir einfach so über die Lippen und ich stockte kurz. Durfte ich ihn so nennen? Aufgrund unseres Vertrauensverhältnisses, das wir zunehmend aufbauten, fühlte es sich richtig an und dennoch … schmeckte irgendetwas an diesem Wort schal auf meiner Zunge. Energisch wischte ich die Empfindung fort. »Denkst du, du schaffst es, mit mir gemeinsam reinzugehen und zu schauen, wie es deinem Dad geht?« In der Hoffnung, dass sie uns zu ihm ließen – und er überhaupt in der Verfassung dazu war. Nicht zu wissen, was genau mit Alex los war, zerrte an mir. Aber ich musste jetzt die Nerven behalten. Für Ben. Stark sein, wie Alex es nennen würde. Bitterkeit zupfte an meinen Lippen. Gerade bekam ich eine Ahnung von dem, was er manchmal empfinden musste. Nur tausendfach stärker als ich.

Ben rang sichtlich mit sich. »Colin?« Er flüsterte nur.

»Ja?«

Mit Tränen in den Augen sah er zu mir auf und ich ging vor ihm in die Knie, sodass er nun sogar ein Stückchen größer war als ich.

»Versprichst du mir was?«

Ich nickte. »Wenn ich es kann ...« Trotz der schrecklichen Situation rührte es mich in diesem Moment, dass er mir offenbar genug vertraute, um mich um ein Versprechen zu bitten.

Ben schluckte sichtbar. Immer mehr Tränen sammelten sich in seinen Augen. »Versprich mir, dass mein Papa nicht stirbt!« Seine Worte gingen in einem Schluchzen unter.

Reflexartig zog ich ihn an mich und er klammerte sich an mir fest. *Das* war ein Versprechen, das ich nicht geben konnte. Nicht, solange ich nicht wusste, was überhaupt mit Alex war. Extreme Rückenschmerzen – was könnte das schlimmstenfalls sein? Wieder flackerten Bilder vor meinem inneren Auge auf. Alex im Rollstuhl ... Mit aller Gewalt wischte ich sie fort und hielt Ben noch etwas fester, der in meinen Armen schluchzte und bebte.

Was zur Hölle sollte ich ihm sagen?

»Ich versprech dir, dass die Ärzte hier alles tun werden, um deinem Dad zu helfen.« Die Worte troffen bitter über meine Lippen. Ganz sicher hatten sie das bei Bens Mum auch versucht ... »Und ich verspreche dir, dass ich die ganze Zeit für dich da bin, okay? Ich lass dich keine Sekunde allein, bis es deinem Dad wieder besser geht.« *Bitte, bitte, lass ihn wieder auf die Beine kommen – im wahrsten Sinne des Wortes!*

Ich war mir zunächst nicht ganz sicher, ob mein Gesagtes überhaupt bei Ben ankam, weil er so sehr weinte. Aber nach einiger Zeit – vielleicht eineinhalb, zwei Minuten – beruhigte er sich etwas.

Ganz behutsam drückte ich ihn gerade so weit von mir weg, dass ich ihn ansehen konnte. Seine Haare waren vom Helm und unserer festen Umarmung verwuschelt und seine Wangen und Augen rot vom Weinen. Der Rest blass.

»Gehen wir zusammen rein, hmm?«

Ich hatte ehrlicherweise keine Ahnung, was ich tun sollte, wenn Ben sich weigerte. Ich konnte ihn nicht allein hier stehen lassen, aber ich musste Alex sehen, nach ihm fragen …

Ich wollte gerade dazu ansetzen, Ben vorzuschlagen, dass er wenigstens mit ins Foyer kam, da ging ein spürbarer Ruck durch ihn und er zog die Nase hoch. »Okay. Zusammen. Ich bin jetzt stark, so wie mein Papa.«

Lachen oder heulen bei diesen Worten aus Bens Mund, die so sehr nach Alex klangen? Auf eine schmerzlich gute Weise allerdings in diesem Moment.

»Klar, zusammen. Wir schaffen das, ja?« Im Aufstehen bot ich Ben meine Hand an und er nahm sie sofort.

»Ja, schaffen wir!« Energisch wischte er sich mit dem Handrücken die Tränen von einer Wange. Auch wenn sofort neue darüber rollten.

Das Krankenhaus war nicht dasselbe, in dem meine Mum zeitweise zur Behandlung gewesen war. Daher brauchte ich ein bisschen, um mich mit Ben neben mir zurechtzufinden. Doch schließlich wies uns ein Krankenpfleger den Weg zur Notfallambulanz. Wir erreichten diese genau in dem Moment, in dem eine Ärztin aus

einem der Behandlungsräume trat und sich bei einer
der Pflegerinnen erkundigte, ob Angehörige von Alexander Haas anwesend seien.

»Hier! Wir!«, rief ich dazwischen und zog Ben etwas
stürmisch zu ihnen hinüber.

Die Ärztin maß mich mit einem langen Blick. »Sie
sind ein Angehöriger von Herrn Haas?«

Nein. »Ja. Sein Lebenspartner.« Selbst in der Situation
war es etwas erschreckend, wie leicht mir die Lüge von
den Lippen ging. Aber anders würde ich sicherlich
keine Auskunft bekommen und damit auch Ben nicht.
Wir könnten irgendwie Alex' Eltern kontaktieren, aber
bis dahin würde ich durchdrehen. Und verdammt, ›sein
Lebenspartner‹ schmeckte viel zu gut auf meiner
Zunge. »Und das ist sein Sohn.« Vorschriften und
Schweigepflicht hin oder her, sie konnte Ben nicht einfach stehen lassen.

»Ihr gemeinsames Kind?«

Die Lüge konnte ich nun wirklich nicht bringen, vor
allem, weil sie zu leicht überprüfbar war. »Nein, Alex'
Sohn. Seine Mutter ...« Ich brachte es vor Ben nicht über
die Lippen. Nicht in dieser Situation.

»Was ist mit meinem Papa?«, flüsterte er.

Die Ärztin sah kurz zu ihm, seufzte merklich. Sie waren eben auch keine Götter in Weiß, sondern ›nur‹
Menschen.

»Ihr Name?«

»Colin Schreiber. Das ist Ben.«

»Okay, Herr Schreiber, Herr Haas wurde mit starken
Schmerzen im unteren Rücken und Bewusstseinsstörungen bei uns eingeliefert. Dem Rettungspersonal gegenüber hat er angegeben, vor einigen Tagen die

Treppe hinabgestürzt zu sein. Können Sie mir dazu etwas sagen? Wie lange bestanden die starken Schmerzen schon?«

Treppensturz? *Holy Shit, Alex, du verdammter Sturkopf!*

»Ich … Ja, er hatte die letzten Tage schon immer wieder Schmerzen. Wir …«, primär *er,* »dachten, es seien einfach Rückenschmerzen, eine Prellung oder so.«

»Ich glaub, ihm hat der Rücken immer mehr wehgetan.« Bens Worte kamen leise, aber überraschend deutlich aus seinem Mund. »Wird er wieder gesund?«

Die Ärztin nickte vage. »Wir kümmern uns hier gut um deinen Vater, ja?« Sie wandte sich wieder an mich. »Wir machen gleich noch ein CT, aber ich vermute mit großer Wahrscheinlichkeit ein Nierentrauma, vielleicht eine Ruptur. Das ist nach einem schweren Sturz und einem damit einhergehenden stumpfen Bauchtrauma nicht selten. Die Symptomatik passt dazu, auch seine Urinwerte deuten auf eine verletzte Niere hin. Höchstwahrscheinlich ist der Salz- und Wasserhaushalt, der unter anderem den Blutdruck regelt, gestört und er hat deshalb das Bewusstsein verloren.«

»Okay und was heißt das jetzt?« In meinen Ohren klang das alles erst mal wirklich dramatisch. Wie zur Hölle hatte Alex *damit* nicht zum Arzt gehen können? Aber vielleicht nahmen bei einem Nierentrauma die Symptome auch erst mit der Zeit zu?

»Wie gesagt, wir machen noch ein CT. Wenn sich der Verdacht bestätigt, hängt es vom Schweregrad der Verletzung ab, wie wir weiter verfahren. Kleinere Risse bedürfen oftmals keiner Operation. Auf jeden Fall bleibt Herr Haas erst mal einige Tage zur Überwachung hier.

Wir müssen sicherstellen, dass seine andere Niere – insofern er eine hat, aber danach sieht es aus, sonst wäre sein Zustand dramatischer – zuverlässig weiterarbeitet.«

*»... sonst wäre sein Zustand dramatischer ...«* Fest umfasste ich Bens Hand, die nach wie vor in meiner lag. »Das bedeutet, er wird das überstehen?«

»Aktuell ist sein Zustand ernst, aber nicht akut lebensbedrohlich.«

Das war ... gut. Sehr gut. Zumindest betete ich innerlich dafür.

»Mein Papa schafft das?« Aus großen Augen sah Ben zu der Ärztin auf.

Sie nickte ihm zu und schenkte ihm sogar ein Lächeln.

»Sie können dort drüben Platz nehmen und warten. Jemand wird Ihnen Bescheid geben, sobald die Untersuchungen abgeschlossen sind.« Sie wandte sich um.

»Kann ich meinen Papa dann sehen?«, fragte Ben noch, aber die Ärztin eilte bereits weiter.

Ich legte ihm die freie Hand auf die Schulter und dirigierte ihn sanft in Richtung des Wartebereichs. »Ganz bestimmt können wir ihn nachher sehen. Versprochen.« Das letzte Wort fügte ich absichtlich hinzu, da ich mir sicher war.

*Noch mal, Mister Du-machst-mich-noch-völlig-wahnsinnig: Mach ja keinen Scheiß!*

# Kapitel 26 – Colin

Seit sicherlich zwanzig Minuten lag Ben bei Alex in dem schmalen Krankenhausbett. Eng an ihn gekuschelt, sodass ich wirklich Sorge hatte, es könnte zu viel für Alex' verletzte Niere sein. Wie von der Ärztin vermutet, hatte er ein Nierentrauma zweiten Grades, was einen Riss von weniger als einem Zentimeter und damit – zumindest erst mal – keine Operation bedeutete. Vorausgesetzt, er hielt sich an eine strikte mehrwöchige Bettruhe.

Wäre die Situation nicht so bitter, hätte ich über diese Aussage der Ärztin beinahe gelacht. Alex und mehrwöchige Bettruhe – wie sollte man sich das denn vorstellen?

Jetzt gerade hielt er seinen Sohn so fest im Arm, dass ich mir sicher war, er würde ihn nie wieder loslassen. Ich wäre selbst unheimlich gern zu ihm gegangen, hätte mich auf die Bettkante gesetzt, wenigstens einmal kurz seinen Arm berührt. Einfach nur, um ihm für einen winzigen Moment nah zu sein und mich durch seine Wärme unter meinen Fingern zu versichern, dass es ihm gut ging. Den Umständen entsprechend. Aber ich hielt mich im Hintergrund, allein schon, weil ich vor allem Ben die Minuten mit seinem Dad nicht nehmen wollte.

Die beiden so zu sehen, berührte etwas tief in mir. Rüttelte Erleichterung, Wehmut und Zuneigung durcheinander. Und einen Funken Sehnsucht.

Shit, ich starrte Alex an, die ganze Zeit schon.

Mit einem Räuspern wandte ich mich ab. Keine drei Sekunden später vernahm ich leise Alex' Stimme. »Ben?«

Ein Rascheln bezeugte, dass der sich regte. Als ich zaghaft zu den beiden linste, hatte Ben sich halb neben Alex aufgerichtet. Mit der freien Hand, in der die Infusionsnadel steckte, strich Alex Ben durch das verwuschelte Haar.

»Erinnerst du dich noch an den Automaten mit dem leckeren Kakao?«

Ben nickte.

»Magst du mal schauen, ob der noch im Foyer steht?«

»Mhm.« Ben gähnte einmal und rutschte dann vom Bett hinunter. Es war offensichtlich, dass nun, da die Angst um seinen Dad wenigstens ein bisschen abgeflaut war, die Müdigkeit gnadenlos zuschlug.

Ich wollte schon anbieten, Ben zu begleiten. Immerhin hatte ich mich vorhin auch erst mal in dem Krankenhaus zurechtfinden müssen. Aber er wirkte nicht, als bräuchte er einen Navigator. Was mir bitter in Erinnerung rief, dass er diese Klinik wahrscheinlich viel zu gut kannte.

»Willst du auch einen?«, fragte Ben und riss mich damit aus meinen Gedanken.

»Kakao als Abendessen? Klingt verlockend. Ja, gern.«

»Mein Geldbeutel –«

Rasch unterbrach ich Alex. »Ich mach schon.« Ich hatte bereits Kleingeld aus meiner Motorradhose gepfriemelt.

Aus dem Augenwinkel schielte ich zu ihm. Aber offensichtlich war er zu schlapp, um zu widersprechen, oder es machte ihm tatsächlich nichts aus, dass ich bezahlte.

»Apropos«, murmelte er mit halb geschlossenen Augen, »Ben, hast du vor dem Training was Warmes gegessen?«

»Ja, die Nudeln von gestern.«

»Brauchst du noch was?«

»Nöö. Keinen Hunger. Ist eh schon voll spät.«

Trotz seiner erschöpften Miene war Alex anzusehen, dass ihm die Antwort nicht gefiel. Gerade jetzt ließ er mich – wahrscheinlich unbeabsichtigt und den Schmerzen geschuldet – offen in seinem Gesicht lesen.

»Weißt du was, Ben«, sagte ich kurz entschlossen, »morgen Früh mache ich dir das leckerste amerikanische Frühstück, das du je gegessen hast.«

Ich spürte Alex' fragenden Blick auf mir. Meine Aufmerksamkeit gehörte jedoch gerade Ben.

Der legte nachdenklich den Kopf schief. »Was ist amerikanisches Frühstück?«

»Rühreier mit Baconstreifen, Pancakes mit Ahornsirup und gebackene Bohnen.«

Beim Letzten verzog Ben den Mund.

»Okay«, ich grinste, »keine Bohnen, auch wenn die echt lecker sind.«

»Rührei mit Speck und Pancakes sind lecker!«

»Also mache ich dir das.«

»Cool!« Ben wirbelte auf der Ferse herum. »Ich hol Kakao«, verkündete er noch und schlüpfte aus dem Zimmer.

Durch die breite Glasscheibe sah eine Krankenpflegerin hinein. Sie gab mir zu verstehen, dass Ben und ich langsam gehen sollten. Die offizielle Besuchszeit war sicherlich schon lange vorbei.

Ich wandte mich Alex zu. »Dann werd ich –«

»Frühstück für Ben?«, fragte er im selben Moment.

Ich blinzelte. Verwirrt darüber, dass er darüber verwirrt war. »Äh, ja. Er muss doch morgen früh was Anständiges essen, wenn er heute Abend schon nichts mehr will, oder nicht?«

»Ja. Aber das ... Ich rufe Linda an. Die Mutter von Bens bestem Freund.« Sichtlich umständlich und nicht ohne unter Schmerzen das Gesicht zu verziehen, tastete er nach dem Klapptischchen am Bett. »Meine Eltern werden frühestens morgen Nachmittag kommen können. Kannst du Ben nachher zu den Kochs fahren? Und vielleicht auch Sheldon holen?«

Mit drei raschen Schritten war ich neben dem Bett und ergriff an Alex' statt sein Handy. Ausgeschaltet, wohl aufgrund der Überwachungsgeräte. Keine Ahnung, was genau diese aufzeichneten.

Zögerlich reichte ich ihm das Smartphone. »Du willst nicht, dass ich bei ihm bleibe.« Nur leise sprach ich das für mich Offensichtliche aus.

Alex nahm sein Telefon. Seine Finger streiften meine. *Wie in einem schlechten Kitschfilm*, schoss es mir durch den Kopf und dennoch konnte ich mich der zarten Berührung nicht entziehen. »Ist okay«, murmelte ich weiter, »ich dachte nur ... Sorry ...«

»Moment – was?«, hakte Alex zeitverzögert nach. Ganz offensichtlich rang er noch immer mit Schmerzen, obwohl er sicherlich Schmerzmittel bekommen hatte. »*Du* willst heute Nacht bei Ben bleiben?«

Warum sagte er das denn so ... schockiert? Ich hatte gedacht, über den Punkt, an dem er mich für einen verantwortungslosen Rüpel hielt, wären wir längst hinaus.

Ich biss mir in die Wange, wich seinem Blick aus und sah auf unsere Finger. Warum hielten wir denn beide noch das Handy fest? »Na ja, ja, aber wenn du das nicht willst ... Es ist natürlich deine Entsch–«

»Ich dachte nicht, dass *du* es willst.«

Mein Kopf ruckte wieder nach oben.

Müde, aber auf eine unsagbare Art sanft ruhte Alex' Blick auf mir.

»Ich würde jederzeit auf Ben aufpassen.« Die Worte purzelten regelrecht aus meinem Mund. »Ich hab ihm versprochen, dass wir *das hier*«, mit einer vagen Geste umriss ich das Krankenhauszimmer, »gemeinsam schaffen und dass ich ihn nicht allein lasse. Das gilt so lange, bis du eben wieder fit bist.«

Was der Ärztin zufolge Wochen dauern konnte. Sofern Alex' Werte stabil blieben, könnte er in wenigen Tagen nach Hause, würde aber strenge Bettruhe halten müssen. Ich befürchtete jetzt schon, dass das eine furchtbare Diskussion werden würde.

So betrachtet musste ich zugeben, dass es eine ganz schöne Mammutaufgabe werden könnte, mich für Wochen um Ben zu kümmern und gewissermaßen dann auch um Alex. Aber ich würde das schaffen. Für die restliche Woche konnte ich krank machen. Wie viele Urlaubstage hatte ich denn noch übrig?

Eine sanfte Berührung an meinen Fingern brachte meine Gedanken zum Erlahmen. Holy Shit, streichelte Alex mich gerade sacht?

Erneut sah ich ihm ins Gesicht und fand dort sein winziges Lächeln. Einen unsagbar erschöpften, aber auch irgendwie berührten Glanz in seinen sonst so durchdringenden Augen.

»Danke, Colin«, sagte er ganz leise. Seine Stimme kratzig und warm und ... Hilfe, ich war so was von verschossen in diesen Mann!

Ich musste einmal schlucken, ehe ich es schaffte, Worte über meine Lippen zu quetschen. »Nicht dafür.«

Noch einen langen Moment hielten wir unseren Blickkontakt. Schließlich war es Alex, der seine Hand zurückzog und mir damit das Handy aus der Hand nahm.

»Ich werd meine Eltern anrufen. Sie bringen mich um, wenn ich nichts sage. Schätze, ich werde sie dann ohnehin nicht davon abhalten können, herzufahren. Aber für heute Nacht ... wäre ich dir sehr dankbar, wenn du bei Ben bleiben könntest. Und bei Sheldon.«

Ich nickte sofort. »Auf jeden Fall.«

»Was ist mit mir?«

Unisono sahen wir abrupt zu Ben, was Alex ein Zischen abrang. Ben schob sich gerade mit zwei Kakao in Pappbechern durch die Tür, die ihm von der Pflegerin von eben aufgehalten wurde. Mit einem bedeutungsschweren Blick deutete sie auf den Kakao, nickte mir zu.

»Den können Sie noch gemeinsam trinken, aber dann muss ich Sie wirklich anhalten, zu gehen. Ihr Partner braucht Ruhe!«

*»Ihr Partner«* – *holy Shit!* Ich schielte zu Alex, dessen Augen sich geweitet hatten.

»Hier.« Ben drückte mir einen der beiden Becher in die Hand. Er schien auch jetzt nicht weiter über das Wort nachzudenken.

»Ja«, sagte ich eilig, »wir gehen gleich, versprochen.«

Prompt sah Ben zu mir auf. »Müssen wir?«

»Leider ja. Aber wir kommen morgen nach dem Frühstück direkt wieder her, ja?«

»Okay ...« Sichtlich unwohl sah er zu Alex. Die Pflegerin zog sich indessen zurück.

»Ist alles gut, Ben.« Alex' Aussprache klang zunehmend träger. Er brauchte *wirklich* Ruhe. »Du musst dir keine Sorgen um mich machen. Großes Polizisten-Ehrenwort.«

Als wäre das ein Kodex zwischen den beiden – was es vermutlich auch war –, lächelte Ben wieder. »Okay«, murmelte er dieses Mal überzeugter und schlürfte geräuschvoll seinen Kakao.

Ich nippte ebenfalls an meinem. Zugegeben, dafür, dass der aus dem Krankenhausautomaten kam, war der echt lecker.

»Brauchst du noch irgendwas?« Ich wandte mich wieder an Alex. »Morgen Klamotten, nehme ich an?« Es mochte unpassend sein, aber die Vorstellung, an Alex' Kleiderschrank zu gehen und seine Sachen zu richten, bescherte mir ein Kribbeln im Nacken.

Alex schien mittlerweile so erschöpft, dass er es hoffentlich nicht realisierte.

»Das wär gut«, murmelte er nur.

»Okay, dann ... fahren wir mal.«

Alex nickte. Seine herabgesenkten Lider flatterten, er zwang sie wieder auf. »Wie seid ihr eigentlich hergekommen? Hast du ein Auto?«

»Äh ... ja, das ...«

Alex entwich so etwas wie ein Lachen, das jedoch in ein Husten überging und in einem schmerzverzerrten Gesicht endete. »O Gott, sag bitte nicht, mit deiner Maschine ...«

»Doch. Aber es ist noch alles dran. Also Blinker und so.«

Alex schnaufte, verzog erneut den Mund. »Ich frag nicht weiter. Ich will's nicht wissen. Tu mir bitte einen einzigen Gefallen und bring Ben heil nach Hause.«

»Natürlich!« In zwei Zügen kippte ich meinen Kakao vollends hinunter. Ben war mit seinem augenscheinlich auch fertig. Ich nahm ihm den Becher ab und steckte sie ineinander. Irgendwo auf dem Weg nach draußen würde es ja hoffentlich einen Mülleimer geben.

Ben huschte um mich herum und krabbelte noch einmal zu seinem Dad aufs Bett. Alex zog ihn vorsichtig an sich. An Ben vorbei sah er jedoch mich an.

»Schreib mir bitte, wenn ihr gut angekommen seid.«

»Klar. Ich bete nur, dass uns deine Kollegen nicht anhalten.« Ich konnte mir das schiefe Grinsen einfach nicht verkneifen.

Alex verdrehte die Augen. »Ich sorge dafür, dass das nicht passiert.«

»Das geht?«, fragte ich ehrlich überrascht.

»Nein!«

Mein Grinsen wurde noch eine Spur breiter. Gerade war ich einfach nur so scheiße erleichtert, dass Alex sarkastisch sein konnte. Das war sicher ein gutes Zeichen.

»Und Colin«, murmelte er noch, »nimm morgen bitte mein Auto.«

# Kapitel 27 – Alexander

Ich konnte mich nicht entscheiden, ob es nun ein Vor- oder ein Nachteil war, dass mich die Mengen an Schmerz- und entzündungshemmenden Mitteln, die ich im Krankenhaus intravenös erhielt, müde und dämmrig machten. Einerseits döste ich so die meiste Zeit und bekam nicht wirklich mit, wie viel Zeit verstrich. Andererseits empfand ich genau diesen Umstand als unangenehm. Mir darüber Gedanken zu machen, half jedoch nichts. Fakt war, mein Körper brauchte Erholung, daran ließ sich nicht rütteln und dem musste ich mich beugen. Dem und dem Umstand, dass ich in den kommenden Wochen Hilfe brauchen würde. Hilfe, die ich sofort bekam, ohne groß darum bitten zu müssen.

Oliver hatte mir heute Morgen direkt geschrieben und angeboten, dass Ben den Tag über zu ihnen kommen konnte, bis meine Eltern von Seevetal hergefahren waren. Die vergangene Nacht hatten Ben und Colin augenscheinlich bestens gemeistert. Es war ein merkwürdiges Gefühl gewesen, als die beiden heute Morgen gemeinsam hier aufgekreuzt waren. Ungewohnt. Aber auch schön. Allein schon, weil Ben nicht mehr so ängstlich und verunsichert gewirkt hatte. Ihn gestern so zu sehen, hatte mir schier das Herz zerrissen. Gott, ich verfluchte mich wirklich dafür, nicht früher zum Arzt gegangen zu sein und Ben so in diese Situation gebracht zu haben. All die Erinnerungen an Lissys Krankenhausaufenthalt und ihren Tod aufgewühlt zu haben. Seine Angst, mir könnte dasselbe passieren.

Gleichzeitig war ich dem Schicksal – wenn es denn eines gab – und Colin so unendlich dankbar, dass er da gewesen war. Für Ben. Und gewissermaßen auch für mich.

Der Gedanke an ihn trieb mir trotz Müdigkeit und innerer Unruhe ein Lächeln auf die Lippen. Ich hatte Colin so was von unterschätzt – und noch nicht die Möglichkeit gehabt, ihm zu danken und ihm manches zu erklären. Vorhin, als er mit Ben hier gewesen war, hatte Letzterer nahezu meine volle Aufmerksamkeit gefordert.

Mein Blick schweifte träge blinzelnd zu dem schwenkbaren Tischchen, auf dem mein Handy lag. Colin anzurufen, erschien mir zu unpersönlich. Ihn noch einmal herzubitten, nachdem er Ben bei den Kochs abgegeben hatte, konnte ich allerdings auch nicht bringen. Er hatte weiß Gott mehr als genug getan.

Ein Klopfen an der Tür, zaghafter als das der Krankenpfleger und Pflegerinnen, durchbrach meine ohnehin etwas lahmen Gedanken. Niemand trat ein.

»Ja?«

Erst jetzt wurde die Tür aufgeschoben und Colin streckte seinen Kopf herein. »Hey, dachte, du schläfst vielleicht.«

Ich schüttelte den Kopf. »Komm rein. Hast du was vergessen?« Suchend glitt mein Blick durch das nahezu steril wirkende Zimmer. Eigentlich sollte alles, was hier lag blieb, auffallen.

»Dich.«

Abrupt drehte ich den Kopf zurück zu Colin, was mir dank der Schmerzmittel erstaunlicherweise keinen neuerlichen Stich einbrachte.

»Also, nicht dich vergessen.« Er verhaspelte sich. »Könnte ich eh nicht ... dich vergessen ... Also, was ich sagen will: Hast du einen Moment? Ich dachte, wir ... reden vielleicht mal.«

Ich musste über sein Gestammel einfach schmunzeln. So unsicher kannte ich ihn gar nicht.

»Ich versteh aber auch, wenn dir das gerade zu viel ist. Dann geh ich wi–«

»Ich hab zufälligerweise gerade nichts anderes vor.«

Colin stockte kurz, grinste dann leicht. »Wie praktisch.«

»Ja, nicht? Komm her.«

Verdammt, das hatte etwas zu vertraut geklungen. So, als lüde ich ihn ein, sich auf die Bettkante zu setzen. Vielleicht tat ich das insgeheim sogar.

Colin allerdings schob sich, nach einem kurzen Zögern und nachdem er seine Motorradjacke ausgezogen hatte, einen der Stühle neben das Bett. Verkehrt herum. Sodass er, als er sich gesetzt hatte, die Unterarme auf der Rückenlehne verschränken konnte.

Selbst in meinem leicht belämmerten Zustand streifte mein Blick einmal eingehend über seine tätowierten Arme. Ein Kribbeln in meinen Fingern war sicherlich nicht auf die Medikamente zurückzuführen, sondern darauf, dass ich ihn dort berühren wollte. Dort oder anderswo. Überall. O Mann ...

»Ehrlich gesagt«, Colin lenkte meine Aufmerksamkeit wieder hoch in sein Gesicht, »will ich gar nichts Bestimmtes. Ich wollte dich einfach noch mal sehen.«

Nachdem ich mich vorhin fast ausschließlich Ben gewidmet hatte. Es war nicht fair, Colin in irgendeiner Form nur abzufertigen, nach allem, was er getan hatte, und bei allem, was er mir bedeutete.

Scheiße, ja, Colin bedeutete mir etwas. Doch ich konnte mich nicht zweiteilen. Das war der Punkt, an dem ich immer und immer wieder hängen blieb und mich aufrieb.

»Tut mir –«

Colins leichtes Kopfschütteln ließ mich innehalten.

»Nicht dafür. Ich verstehe vollkommen, dass du in Momenten wie diesen zu einhundert Prozent für Ben da bist. Das gestern …«, er stockte kurz, »war ein ganz schöner Schock für ihn.«

Und auch für Colin? Wohl schon, wenn ich mir seine aufgewühlte Miene so ansah.

Ich nickte leicht, so weit es meine halb liegende, halb sitzende Position zuließ. »War es. Seit Lissys Tod verunsichern ihn solche Situationen ungemein.«

»Verständlich«, murmelte Colin. Mit den Fingern strich er nachdenklich über seinen Unterarm, über die dunklen Linien dort. Verstärkte damit das sehnsüchtige Kribbeln in meinen eigenen Fingern.

Er wirkte, als würde er über etwas nachdenken, bis er schließlich mit hörbarer Behutsamkeit in der Stimme fragte: »Wie war das damals mit deiner Frau? Ich meine, wie ist sie gestorben? Nur, wenn du es mir erzählen willst …«

Zu meiner eigenen Überraschung zögerte ich keine Sekunde, es zu tun. »Lissy ist hier im Krankenhaus gestorben. An einer Pneumokokken-Meningitis.«

»Hirnhautentzündung?«

»Ja, durch Bakterien ausgelöst. Wahrscheinlich eine simple verschleppte Erkältung. Es kam schleichend und ging gleichzeitig wahnsinnig schnell. Sie hatte tagelang immer wieder Kopfschmerzen, war müde. Eines Abends hat sie schlagartig hohes Fieber bekommen, das auch mit Medikamenten nicht wegging. Als dann nachts wieder Kopfschmerzen und ein steifer Nacken dazukamen, sind wir in aller Herrgottsfrühe am Morgen ins Krankenhaus gefahren. Wenige Stunden später lag Lissy bereits im Koma. Keine vierundzwanzig Stunden später war sie hirntot.«

Es war weniger die Erzählung an sich, die meine Stimme mit jedem Wort kratziger werden ließ, als vielmehr, Colin dabei anzusehen.

»Und Ben?« Er flüsterte nahezu nur. »War er ... dabei?«

Ich musste mich einmal räuspern, ehe ich es aussprechen konnte. »Er war bei Emil und dessen Eltern. Ich hab ihn mit ins Krankenhaus genommen, als Lissy bereits im Koma lag. Ich wollte, dass er ...«, für einen Augenblick sackte mir die Stimme weg, »sich verabschieden kann. Ich ...« Nun brach meine Stimme wirklich. Nur mit Mühe brachte ich krächzend weitere Worte hervor. »Ich weiß bis heute nicht, ob das die richtige Entscheidung war. Dass er seine Mama so gesehen hat. Sie ... sah aus, als würde sie schlafen, aber ...« Ich konnte nicht weitersprechen. Gott, ich hatte so sehr das Richtige für Ben tun wollen. Hatte irgendwie funktioniert.

»Ich denke«, sagte Colin nach einem langen Moment der Stille leise, »es gibt in solchen Momenten kein Richtig oder Falsch. Jeder nimmt auf seine Art Abschied. Jeder trauert auf seine Art. Du warst für Ben da, das ist sicherlich das Wichtigste. Du *bist* für Ben da. Und nach gestern bewundere ich das umso mehr. Man kann das sicherlich nicht vergleichen und das will ich auch gar nicht. Ich will dir nur sagen: Ich hatte gestern so ein starkes Bedürfnis, auf Ben aufpassen zu wollen. Irgendwie dafür zu sorgen, dass es ihm besser geht. Keine Ahnung, ob ich das geschafft habe. Aber gestern dachte ich für einen Moment, ich verstehe plötzlich so gut, wie es dir manchmal geht. In Bezug auf Ben, meine ich. Ihn so zu sehen, war furchtbar, und ich wollte es nur irgendwie besser für ihn machen.«

Colin verstummte und ich brauchte Sekunden, bis ich eine raue Entgegnung zustande brachte. »Ich bin mir sicher, das hast du.«

Ich konnte rein gar nichts dagegen tun, seine Worte trieben mir Tränen in die Augen.

Er lächelte leicht. »Ehrlich, mich hat das gestern so berührt. Mal abgesehen davon, dass ich auch eine Scheißangst um dich hatte.«

Seine Worte schickten trotz ihrer Bitterkeit eine wohlige Wärme tief in meinem Bauch.

»Ich will einfach alles für Ben tun.« In meiner Stimme lag noch immer ein leichtes Kratzen. »Immer. Alles, damit er glücklich sein kann. Auch wenn seine Mama manchmal fehlt.«

»Und das ist wunderbar.« Mit einem kleinen Seufzen ließ Colin sein Kinn auf die verschränkten Unterarme fallen. Gleichsam intensiv wie sanft sah er mich an.

»Ich frage mich nur: Wo bleibst *du*? Wann sorgst du dafür, dass du glücklich bist? Und das nicht, weil es Ben gut geht, sondern weil es *dir* gut geht.«

Ich öffnete bereits den Mund, doch Colin kam mir zuvor. »Und sag jetzt nicht so was wie: ›Ich bin glücklich, wenn Ben glücklich ist.‹ Das würde ich dir sofort glauben, nur … ist das doch nicht alles, oder? Ich meine, du bist Vater und du bist ein wunderbarer Vater. Aber du bist auch immer noch ein Mann. Ein …«, ganz kurz huschte sein Blick von mir fort, ehe er seinen Satz nur flüsternd beendete. »Ein toller Mann.«

Heilige Scheiße!

Mein von Medikamenten leicht benebeltes Hirn kam gerade nicht ganz mit. Oder vielmehr: Es war überfordert mit dem, was sich in meinem Bauch abspielte. Damit, wie sehr mein Herz pochte. Wie wohlig warm und heiß mir war. Mit all der Gänsehaut.

»Ich will dir nicht reinreden«, platzte es plötzlich aus Colin heraus. »Tut mir lei–«

»Nein!« Ich ruckte im Bett hoch und provozierte damit doch wieder das Stechen in Nierengegend. Zischend sackte ich zurück ins Kissen. Himmel, wie ich diesen Zustand hasste!

»Keine Entschuldigung dafür, ja? Du hast ja irgendwo recht. Ich weiß nur schlicht gerade nicht, wo mir der Kopf steht. Diese Schmerzmittel packen mein Hirn in Watte und wenn ich dran denke, dass ich noch für Wochen quasi ans Bett gefesselt sein werde, könnte ich kotzen.«

»Ich schwör dir, ich bringe dich eigenhändig um, wenn du dich nicht dran hältst!«

Wir mussten beide lachen. Ein winzig kurzer Moment der Leichtigkeit. Trotz allem. Trotz Colins ... Eingeständnis? War es das eben gewesen? Ein Eingeständnis, wie viel ich ihm bedeutete? Wie viel *wir* ihm bedeuteten – Ben und ich.

»Colin?«

»Hmm?«

»Könntest du ... vielleicht manchmal nach Ben sehen? Was mit ihm unternehmen? Wie ich meine Eltern kenne, werden sie dafür sorgen, dass immer jemand da ist und Ben kann tageweise zu Emil und dessen Eltern, aber –«

»Jederzeit!« Mit einem Ruck, sodass die Stuhlbeine über den Boden schabten, erhob er sich. »Jederzeit, Alex. Ich kümmere mich gern um Ben ...«

Es klang so, als wäre am Ende dieses Satzes etwas offen geblieben. Die Art, wie Colin direkt neben dem Bett stand und zu mir herabsah, ließ mich erahnen, was es war: ›Und auch um dich. Wenn du mich lässt?‹

Er sprach es nicht aus und ich war in diesem Moment froh darüber. Schlicht, weil ich ihm gerade keine Antwort hätte geben können. Nicht auf *diese* implizierte Frage. Auf eine andere, eine gänzlich ungestellte, jedoch schon.

»Danke dafür«, sagte ich leise und klopfte mit einer Hand neben mir auf die Bettkante. »Möchtest du?«

Statt einer verbalen Antwort ließ Colin sich sofort neben mir nieder. Seine Hüfte berührte durch die Bettdecke hindurch meine Flanke und ich schob die Hand auf seinen Oberschenkel. Ließ sie dort ruhen.

Sein Blick folgte meiner Bewegung zunächst. Als er mich wieder ansah, lag ein unverkennbares Leuchten in seinen Augen.

»Ich mag dich, Colin«, sprach ich das aus, was mir eigentlich schon seit Tagen auf der Zunge brannte. »Die Zeit mit dir hat mir etwas bedeutet und ich würde gern daran anknüpfen. Ich weiß nur momentan schlicht nicht, wo mir der Kopf steht. Ich muss das alles«, mit einer vagen Geste wies ich mit der freien Hand um mich, »erst mal klären und dann ... Ich kann dir einfach nichts versprechen.«

Bereits während meiner ersten Worte hatte Colin seine Hand über meine geschoben. Nun drückte er leicht meine Finger.

»Ich brauche kein Versprechen auf was auch immer von dir, Alex. Ich wünsche mir einfach nur, dass du mir die Chance gibst, dir näherzukommen. Emotional, meine ich.«

Mit einem leichten Nicken schloss ich meine Finger fester um seine. Spürte der Wärme nach, die von dieser Verbindung ausging.

Colin hatte ja keine Ahnung, wie sehr er mich emotional bereits gepackt hatte. Was er zugegebenermaßen auch nicht wissen konnte. Wann genau hatte ich eigentlich angefangen, eine Mauer zu bauen, hinter die ich mich mit Ben zurückziehen konnte?

Dieser Gedanke flutete so plötzlich mein benebeltes Bewusstsein, dass ich scharf den Atem einsog.

Besorgt sah Colin mich an. »Hast du wieder Schmerzen?«

Ich schüttelte den Kopf. Es war kein Schmerz, es war … ein Vermissen, das stetig unter dem Schutt nach oben drängte. Ein Gefühl, für das ich nicht bereit war.

Ich umschloss Colins Finger noch fester und er erwiderte den Druck.

»Alex?«, flüsterte dieses Mal er fragend.

»Hmm?«

»Ich würd dich wahnsinnig gern küssen. Darf ich?«

Statt ihm eine verbale Antwort zu geben, legte ich die freie Hand sacht in seinen Nacken und zog ihn zu mir. Spürte gleich darauf sein Lächeln an meinen Lippen.

Es war ein Kuss, der unheimlich sanft und beinahe vorsichtig begann. Lediglich weiches Aufeinanderpressen von Lippen. Dann ein sachtes Zupfen und schließlich Colins Zungenspitze, die sich neckend dazwischen schlich und auch mich schmunzeln ließ.

»Was?«, raunte er an meinem Mund, löste sich minimal.

»Nichts«, antwortete ich ebenso leise, küsste ihn erneut und drängte behutsam meine Zunge in seinen Mund. Spürte gleich darauf die seine, die meine umschmeichelte und zu mehr verführte. Wie gern hätte ich ihn eng an mich gezogen.

Letztlich war es Colin, der sich löste. Sein Atem dabei rasch und ein Hauch Hitze auf seinen Wangen.

»Wir sollten damit aufhören«, raunte er mir zu, »sonst sitze ich gleich mit steinharter Latte auf deinem Krankenhausbett.«

Lachend tupfte ich ihm noch einen einzelnen Kuss auf den Mundwinkel, ehe ich mich zurück ins Kissen sinken ließ. Meine verletzte Niere meldete sich mit einem leichten Pochen. Scheiße, war ich erledigt.

»Verlockend«, murmelte ich nur, dabei fielen mir die Augen zu.

Ich zwang sie wieder auf, als Colin mir leicht über Wange, Kiefer und Hals streichelte. Schließlich blieb seine Hand auf meiner Brust ruhen.

»Ich lass dich mal schlafen, hmm?«

Ein Teil in mir wollte ihn aufhalten, der andere, zugegebenermaßen größere, schrie mir allerdings zu, dass ich wirklich Ruhe brauchte. Und sie mir geben *musste*, wenn ich hier schnellstmöglich rauswollte.

»Mhm«, murrte ich daher nur.

Colin seufzte, drückte sacht meine Schulter und erhob sich dann. Sichtlich schweren Herzens.

»Wann kommen deine Eltern?«

»Willst du sichergehen, ihnen nicht zu begegnen?« Trotz dessen, dass ich total gerädert war, musste ich ihn einfach necken. Diese Momente der Lockerheit mit ihm taten mir viel zu gut.

»Jaaa«, er lachte, »für das Eltern-neuer-Freund-Gespräch ist es echt noch zu früh.« Er wurde sogleich wieder ernst. »Ich hab das vorhin aufrichtig gemeint, Alex. Ich will auch nichts überstürzen. Aber ich ... Shit, ja, ich will dich. Und ja, ich weiß, dass Ben da immer mit dranhängen wird. Und das ist verdammt gut so, okay?«

Seine Direktheit und Entschlossenheit bewirkten in diesem Moment nichts anderes, als dass sich die Wärme in meinem Bauch noch vertiefte.

»Okay«, entgegnete ich, so entschlossen es mir gerade möglich war. Mir fielen schon wieder die Augen zu.

»Bis dann«, hörte ich Colins Stimme noch wie durch Watte hindurch und driftete dabei endgültig weg.

# Kapitel 28 – Alexander

***Eineinhalb Wochen später.***

»Bin wieder da!«, hallte Bens Stimme aus dem Eingangsbereich. Keine drei Sekunden später kam er ins Wohnzimmer gelaufen. Emil folgte ihm dicht auf den Fersen und hinter ihnen Sheldon, der die beiden Jungs natürlich erst mal ausgiebig begrüßen musste.

»Hi, ihr beiden!« Vom Sofa aus winkte ich Emil zu, der verschmitzt grinste und Sheldon knuddelte.

»Wie geht's dir, Papa?« – das war immer so ziemlich das Erste, was Ben mich fragte, wenn er nach Hause kam. Wobei ich mittlerweile das Gefühl hatte, dass er weniger aus Sorge fragte, sondern mich vielmehr ein bisschen aufzog. So gut Ben und ich im Alltag auch miteinander klarkamen, mein Sohn war eben doch Lausbub genug, um herausgefunden zu haben, wie er meine strikte Bettruhe ein wenig zu seinen Gunsten nutzen konnte. Meine Eltern waren beispielsweise weitaus nachgiebiger, was das Aufräumen seines Zimmers anbelangte, und ich konnte es aktuell schlicht nicht jedes Mal nachprüfen.

Die strikte Bettruhe, die ich in eine weitgehend strikte Sofaruhe umgewandelt hatte, kratzte jetzt schon erheblich an meinen Nerven. Wie zum Teufel sollte ich das insgesamt zwei Wochen durchstehen, von denen gerade mal eine halbe rum war?

»Abgesehen davon, dass ich hier nur rumliege, geht's mir gut«, antwortete ich wahrheitsgetreu. Ich nahm seit ein paar Tagen nur noch leichte Schmerzmittel. Solange ich mich ans Nichtstun hielt, reichte das aus. Meine Werte waren ebenfalls in Ordnung, sodass die Ärzte grünes Licht gegeben hatten, mich zu entlassen. Eben unter der Voraussetzung, dass ich mich wirklich schonte. In musste *einfach nur* Geduld haben.

Oliver tauchte hinter den beiden Jungs im Wohnzimmer auf. »Ablenkung von der Sofa-Einöde naht.«

Mit einem Seufzen stemmte ich mich ein Stück in den Kissen hoch. »Du bist meine Rettung.« Das meinte ich tatsächlich so. Durch Ben und meine Eltern war zwar Trubel im Haus, aber Letztere waren eben primär damit beschäftigt, meinen Haushalt zu schmeißen und sich um Ben zu kümmern. Allerdings wollte ich auch gar nicht, dass mich jemand betüddelte. Es machte mich schon wahnsinnig, wegen jeder Kleinigkeit jemanden um Hilfe bitten zu müssen.

Die Stunden, in denen meine Eltern mit Ben unterwegs waren, verschlief ich meist weitgehend. In der Hinsicht war es fast schon Glück, dass mein Körper noch viel Ruhe einforderte. So fiel mir wenigstens nicht allzu sehr die Decke auf den Kopf, wenn ich allein war und nichts tun konnte.

»Ich würd dir ja jetzt ein Bier anbieten, aber ich fürchte, das wirst du dir selbst holen müssen.«

Oliver winkte mit einem schiefen Grinsen ab. »Lass mal. Brauchst du irgendwas?«

»Außer einem Zeitsprung, damit ich von diesem Sofa loskomme? Nein.«

Oliver zuckte nur in einer vagen Geste mit den Schultern. Helfen konnte er mir bei diesem Problem schließlich auch nicht.

Er schob das Fußende der Bettdecke, die ich ohnehin nur nachts benutzte, weil es tagsüber schlicht zu warm war, ein Stück beiseite und setzte sich. Über mich und die Sofalehne hinweg warf er einen Blick in den Garten. Von dort waren Bens und Emils ausgelassene Stimmen zu hören. Ebenso wie Sheldons aufforderndes Bellen.

»Wasserschlacht mit dem Gartenschlauch«, sprach Oliver aus, was ich ohnehin bereits angenommen hatte. Da mein Vater ebenfalls im Garten war, machte ich mir keine Sorgen, die beiden Jungs mit dem Hund toben zu lassen.

»Wie sieht's aus, wir fahren am Freitag mit unseren beiden Kids in den Europapark. Sollen wir Ben mitnehmen?« Fragend sah Oliver mich an.

»Ich klär mit meinen Eltern, ob sie was mit Ben vorhaben, aber ich schätze, wenn er davon Wind bekommt, wird die Entscheidung ohnehin gefallen sein.«

»Also ja.«

»Ja, gern.«

»Gut.« Oliver nickte.

Es war wirklich ein Glück, dass er aktuell Urlaub hatte und er und Linda ohnehin viel mit Emil und Mia unternahmen. So mussten meine Eltern nicht 24/7 für Ben da sein, sondern konnten ihren mehr als ungeplanten Trip zu uns auch nutzen, um selbst ein bisschen was zu unternehmen. Morgen Nachmittag würden sie zu Bekannten in der Nähe von Freiburg fahren.

»Und morgen?«

»Vormittags bin ich mit Ben allein, aber das ist kein Thema.« Immerhin war er kein kleines Kind mehr. Er würde sich locker ein paar Stunden allein beschäftigen und ich hatte ihm versprochen, mittags eine Stunde gemeinsam zu zocken. »Nachmittags holt Colin ihn zum Motocross ab.«

Seit ich vor inzwischen etwas über einer Woche ins Krankenhaus eingeliefert worden war, hatten Ben und Colin einige Nachmittage miteinander verbracht. Mal gab Colin Ben Trainingstipps, mal sah wiederum Ben Colin auf dem Track zu und einmal hatten sie anschließend im Clubraum des Vereinsheims noch Burger gegessen.

»Aha.«

Mein Blick ruckte zu Oliver.

»Was bedeutet ›aha‹?« Aufgrund seines Schmunzelns ahnte ich, worauf er anspielte.

»Die beiden scheinen sich gut zu verstehen. Nach dem, wie sie miteinander wirkten, als er Ben bei uns abgeliefert hat.«

Ich nickte und musste unweigerlich lächeln. Das taten sie wirklich. Ben kam jedes Mal ganz Feuer und Flammen nach Hause – und ich kämpfte jedes Mal um Selbstbeherrschung, wenn Colin kurz hereinkam, um Ben abzuliefern.

Da stets Ben oder meine Eltern zumindest in potenzieller Hörweite waren, kamen wir über Small Talk kaum hinaus. Und dennoch gab es da diese Blicke und kleinen Berührungen zwischen uns, die die Sehnsucht schürten, wenigstens ein paar ungestörte Minuten mit Colin zu haben.

»Ja«, antwortete ich zeitverzögert, »Colin geht wunderbar mit Ben um.« Zumindest, soweit ich das beurteilen konnte, da ich ja nie mehr als ein paar Minuten dabei war. Aber bereits die Szenen im Krankenhaus hatten Bände gesprochen. Ben mochte Colin gern, er vertraute ihm, und Colin ...

»Und du?«

Ich verzog den Mund, hätte an der Stelle auf schwer von Begriff schalten können. Aber natürlich wusste ich, was Oliver meinte – und er wusste, dass ich es wusste.

»Ja, ich mag ihn auch.« Das Eingeständnis ging mir erstaunlich leicht von den Lippen. »Sehr.«

Oliver grinste noch eine Spur breiter. »Schön.« Sein Blick wurde fragend. »Seid ihr zusammen?«

»Nein!« Zugegeben, das hatte vielleicht ein wenig zu abwehrend geklungen. »So weit sind wir noch nicht. Zumal es die Umstände gerade nicht einfacher machen, sich weiter kennenzulernen.«

»Na ja, Zeit hast du gerade genug.«

Das stimmte allerdings. »Mhm und entweder volles Haus oder ...« Ja, was oder?

Prompt hob Oliver fragend die Brauen.

Ich suchte nach Worten, um vor ihm und mir selbst zuzugeben, dass objektiv vermutlich wenig dagegenspräche, Colin um einen Besuch zu bitten, wenn ich allein war.

Oliver lachte. »Verstehe, Kennenlernen in der Horizontalen dürfte aktuell eher nicht angesagt sein.«

Mir entwich ein Schnauben. »Danke, so weit waren wir schon.«

Meinem Kumpel blieb das Lachen unweigerlich im Hals stecken. »Wie – ihr habt schon ...?« Wohl nur wegen der Kinder und meines Vaters im Garten sprach er es nicht aus.

Ich hätte besser den Mund halten sollen. Wobei ... früher hatten Oliver und ich auch *darüber* gesprochen. Genauso wie Lissy und Linda das sicherlich getan hatten.

Ich senkte die Stimme. »Wir hatten was miteinander, als Ben bei meinen Eltern in Seevetal war.«

»Aaah«, sofort war Olivers Grinsen wieder da, »verstehe. Also wenn ich das mal so formulieren darf: Er versteht sich gut mit Ben, du magst ihn *sehr* und du weißt bereits, dass ihr Spaß im Bett haben könnt – worauf genau wartet ihr?«

Ich verzog den Mund bei Olivers Worten. Ehrlicherweise hätte die Frage eher: ›Worauf wartest du?‹, lauten müssen. Colin hatte im Grunde sehr deutlich gemacht, dass er bereit war. Warum zum Teufel glaubte ich es ihm nicht ganz? Oder erlaubte mir nicht, es zu glauben?

»So einfach ist das nicht«, murrte ich und erntete dafür erst mal einen zweifelnden Blick von Oliver.

Dann jedoch wurde er ernster. Noch einmal sah er prüfend hinaus, erhob sich kurzerhand und ging ums Sofa herum, um die Terrassentür zu schließen. Leise nur drangen jetzt die Geräusche und die Stimmen der Kinder zu uns herein.

»Jetzt mal Klartext«, Oliver ließ sich wieder am anderen Ende des Sofas nieder, »ich ahne schon, woran du hängst. Mir ist, auch wenn ich noch nie in der Situation war, schon klar, dass eine neue Partnerschaft als alleinerziehendes Elternteil nicht so leicht ist. Aber wie ge-

sagt, ich denke, er und Ben verstehen sich gut und offenbar kümmert er sich ja gern um Ben.« Oliver hielt
einen Moment inne. »Sorgst du dich, weil Colin ein
Mann ist?«

Natürlich hatte ich über diesen Punkt schon nachgedacht. Aber er war nicht das zentrale Ding. Demnach
schüttelte ich den Kopf. »Ben weiß nicht, dass ich auch
auf Männer stehe. Er erschien mir bislang zu jung, um
es zu besprechen, und es war auch so gesehen nicht von
Bedeutung. Er weiß aber, dass nicht immer Frau und
Mann ein Paar sein müssen. Es wäre sicher erst mal komisch für ihn, aber das ist nicht der Punkt.« Ich seufzte,
fuhr dann fort, ohne Oliver noch einmal nachhaken zu
lassen. »Die Frage ist, können wir beide das leisten?
Eine Beziehung mit diesen Rahmenbedingungen,
meine ich. Ich kann und will Ben nicht an irgendeiner
Stelle beiseiteschieben – und du weißt selbst am besten,
wie oft ich ihn zu euch bringen muss, weil ich im Dienst
bin. Ich wünschte, ich müsste das schon nicht tun. Wo
soll ich noch einen Partner unterbringen?«

Während meiner ganzen Rede hatte Oliver die
Brauen immer enger zueinander gezogen. Mittlerweile
sah er mich so kritisch an, dass sie nahezu eine buschige Linie bildeten.

»Nun ja«, sagte er schließlich in seiner typisch pragmatischen Art, »von ›wenig Zeit‹ können wir wohl alle
ein Lied singen. Du im Besonderen, weil Lissy ... weil *jemand* einfach fehlt, um Aufgaben zu teilen. Umso wichtiger sind Auszeiten.«

Fing er jetzt auch damit an ... »Ich *habe* gerade eine
Auszeit.«

»Du bist krank.«

»Ich *hatte* eine Auszeit, als Ben bei meinen Eltern –«

»Ich spreche von *regelmäßigen* Auszeiten, Alex. Nicht von solchen, die einen gerade noch vor dem Zusammenbruch retten. Linda geht zweimal pro Woche zum Yoga und wir beide«, demonstrativ deutete er zwischen uns hin und her, »sollten unsere Männerabende wieder einführen. Ich weiß, dass du jetzt sofort fragen wirst, was in der Zeit mit Ben ist, aber sieh es mal so, Linda und ich nehmen uns einmal pro Woche einen Abend nur für uns und das haben Lissy und du auch immer geschafft. Ohne dass du ein schlechtes Gewissen Ben gegenüber hattest, oder nicht? Warum solltest du das mit Colin nicht auch so handhaben können?«

Der Vergleich zu Lissy ziepte ein wenig in meiner Brust. Denn verdammt ja, sie fehlte. Jemand und sie als Mensch. Auch so ein Punkt, der an mir nagte.

»Du musst aber zugeben, dass es ein Unterschied ist, ob ein Ehepaar, von dem immer ein Elternteil bei den Kindern ist, sich eine Auszeit nimmt, oder ob ich mir eine Auszeit nehme, um mit einem neuen Partner Zeit zu verbringen. Zusätzlich dazu, dass ich Ben ohnehin schon alle paar Tage abgeben muss.«

In Olivers Schädel ratterte es sichtlich. »Jaaa ... findest du das nicht etwas kleinteilig? Ich meine, hey, unsere Jungs sind neun. Die sind froh, wenn sie mal ihre Ruhe vor uns haben, und das wird noch zunehmen.«

Gegen den Punkt konnte ich natürlich nichts einwenden. »Ja, stimmt schon. Dennoch ist es nicht dasselbe wie mit Lissy damals.« Nichts würde jemals so sein wie mit ihr. Nur ... musste es das denn? Was ich definitiv nicht wollte, war, sie zu ersetzen versuchen.

»Zu zweit ist vieles einfacher, sicher«, entgegnete Oliver bedächtig, »aber dennoch: Warum anders? Weil Ben nicht Colins Sohn ist? Ja, natürlich ist das etwas anderes. Das wird nur funktionieren, wenn Colin es mitträgt, dass deine und damit eure Zeit begrenzt ist. Aber abseits dessen ... *willst* du denn Zeit für ihn einräumen? Nimm es mir nicht krumm, aber ein wenig wirkt es auf mich, als suchtest du krampfhaft nach Punkten, weshalb es nicht klappen kann. Ohne es wirklich probiert zu haben.«

Ich spürte, wie etwas in mir sofort auf Abwehr schaltete. »Es ›einfach probieren‹ ist auch keine Option. Colin stellt sich das auch so simpel vor, glaube ich. Aber ich kann Ben nicht einen neuen Partner an meiner Seite vorsetzen, den er mag, und dann trennen wir uns und –«

»Wow, Alex! Vor der Trennung kommt erst mal die Beziehung. Ernsthaft, ich verstehe jedes einzelne deiner Bedenken. Aber ich muss dir an der Stelle sagen: Es gibt keine Garantie. Für nichts. Nicht mal ... Scheiße, nicht mal fürs Leben.«

Er sprach nicht weiter. Musste er auch nicht. Oliver hatte recht, so weh es in gewissem Maße tat. Es gab keine Garantie und letztlich hatte ich nur zwei Möglichkeiten: Colin die Chance zu geben, um die er gebeten hatte, und sie ihm *wirklich* zu geben. Ihn an mich heranzulassen. Oder jetzt sofort die Reißleine zu ziehen.

Letzteres kam nicht infrage. Dazu sehnte ich mich verdammt noch mal zu sehr nicht nur nach *jemandem*, sondern nach *ihm*. Ersteres ... ja, verdammt, vor Ersterem hatte ich Schiss. Colin hatte verflucht recht gehabt:

Ich verschanzte mich gemeinsam mit Ben hinter einer Mauer und – schlimmer noch – ich benutzte ihn in gewisser Weise als Vorwand, nicht hinter dieser Mauer hervorkommen zu müssen. Das war nicht das, was Colin gesagt hatte, sondern das, was mir gerade bitter bewusst geworden war.

»Alex?«

Abrupt sah ich zu Oliver und realisierte dadurch erst, dass ich anscheinend sekundenlang vor mich hin gestarrt hatte.

»Himmel ...« Mit Daumen und Zeigefinger drückte ich meine Nasenwurzel. Mein Schädel brummte von all den Gedanken. »Ich will Colin wirklich um mich haben«, sagte ich mit plötzlich rauer Stimme. »Mit ihm allein sein und mit ihm gemeinsam Zeit mit Ben verbringen. Aber eben auch Zeit für Ben allein haben. Ehrlich, Oliver, ich zerreiße mich ohnehin manchmal schier. Ich will einfach nicht, dass Colin oder Ben irgendwie darunter zu leiden haben.«

»Verstehe ich.« Oliver nickte bekräftigend. »Tue ich absolut. Aber was Colin anbelangt: Solltest du nicht *ihm* die Entscheidung überlassen, ob er dazu bereit ist? Auf mich wirkt er nämlich ehrlicherweise sehr bereit.«

Ja, auf mich auch – wenn ich mal damit aufhören würde, mir einzureden, dass er es nicht war.

»Ich bin mir einfach nicht sicher, ob er sich über das Ausmaß bewusst ist. Auch, weil Lissy immer eine Rolle spielen wird. Vor allem für Ben. Aber auch irgendwie für mich.«

Noch während ich das aussprach, ahnte ich, dass sich die Worte deshalb so lahm anfühlten, weil ein kleiner Teil in mir sie längst selbst entkräftet hatte.

Colin war – vor allem in Bezug auf andere – so viel verantwortungsbewusster, als ich anfangs für möglich gehalten hatte. Er war impulsiv und manchmal ein wenig rebellisch. Aber er war auch wahnsinnig hilfsbereit und offen und liebevoll. Und er wusste verdammt noch mal, was es hieß, sich um jemanden zu kümmern. Wenn auch nicht um ein Kind. Er wusste, wie sich Verlust anfühlte.

*Himmel, Alex, wenn nicht Colin, wer dann?*

~~~

Vorsichtig und zumindest gefühlt in Zeitlupe kämpfte ich mich vom Sofa hoch. Aufzustehen vermied ich tatsächlich, so gut es ging, aber gerade musste ich einfach dringend zur Toilette. Auf Anraten der Ärzte achtete ich auf eine hohe Flüssigkeitszufuhr – und hatte gegen ihren Rat darum gebeten, dass sie mir den Katheter, den ich im Krankenhaus bekommen hatte, zogen. Ihrer Aussage nach war das zwar nicht empfehlenswert, aber vertretbar. Unter der Voraussetzung, dass ich regelmäßig Urinproben von meinem Hausarzt checken ließ und beim Aufstehen absolut vorsichtig war.

Das war ich schon allein um Bens willen. Wenn ich eine Sache eingesehen hatte, dann, dass ich am schnellsten wieder voll für ihn da sein konnte, indem ich die Heilung meiner Niere unterstützte. Beim Katheter war ich dennoch stur geblieben. Typisch Mann und wenig vernünftig – schon klar. Ich konnte nur hoffen, dass Colin davon nie erfuhr. Ich konnte mir bildlich
~~~

vorstellen, wie er mir wieder einen Vortrag über ›Verantwortung gegenüber sich selbst‹ halten würde. Und er hatte ja recht.

Bei dem Gedanken an ihn und wie er gegen meine Verbohrtheit aufbegehrt hatte, schlich sich ein Lächeln auf meine Lippen.

Dieses hielt sich sogar noch, als ich Minuten später von der Gästetoilette im unteren Stockwerk zurück ins Wohnzimmer schlurfte. An der Küche vorbei.

Dort drinnen war meine Mutter mit dem Abendessen beschäftigt. Es duftete bereits nach Hackfleischsoße. Ben hatte sich überbackene Tortellini gewünscht. Dem Klappern nach zu urteilen, war mein Vater außerdem gerade dabei, die Einkäufe aufzuräumen. Durch die nur angelehnte Tür zum Flur schnappte ich ein paar Gesprächsfetzen auf.

»... übrigens stornieren. Nur die Flüge natürlich nicht.«

Ich stockte.

»Mhm, dann ist es eben so. Hier zu sein, ist jetzt wichtiger und wir –«

»Ihr wolltet in den Urlaub?«, fragte ich bereits, während ich noch die Küchentür aufstieß.

Unisono fuhren meine Eltern zu mir herum.

»Alex!« Der Tonfall meiner Mutter klang beinahe, als hätte sie mich – ihr *Kind* – beim Lauschen erwischt. In einer anderen Situation hätte ich darüber geschmunzelt.

»Ja. Am Sonntag«, antwortete mein Vater pragmatisch. Erst ein scharfer Blick meiner Mutter ließ ihn verbal zurückrudern. »Unwichtig.« Er winkte ab. »Es war ein Last-Minute-Schnäppchen, sonst hätten wir gar nicht innerhalb der Sommerferien gebucht. Und wir können das Hotel noch storn–«

»Ihr müsst das nicht absagen.«

Prompt legte meine Mutter ihren liebevoll tadelnden Blick auf. »Dein Kampfgeist und Sturkopf in allen Ehren, aber wir sind uns wohl einig, dass du aktuell Hilfe brauchst – und zwar nicht nur für ein Stündchen am Tag.«

Verdammt, ja! Wie ich es noch immer hasste! Aber ich war vielleicht stur, jedoch nicht so uneinsichtig, dass ich das nicht selbst wusste.

»Und ihr braucht euren Urlaub.« Ich stolperte über meine eigenen Worte. Colin hätte sich über diese Aussage aus meinem Mund vermutlich schlappgelacht. Oder die Augen verdreht. Oder beides. »Ich meine, ihr müsst nicht auf euren Urlaub verzichten.«

Meine Mutter stemmte die Arme in die Hüften und selbst mein Vater, von dem ich unbestreitbar dieses *Ein-echter-Haas-schafft-das-allein-Gen* geerbt hatte, sah mich zweifelnd an.

»Und wie stellst du dir das vor?«

Einen Moment lang zögerte ich mit der Antwort auf die Frage meiner Mutter, obwohl sie mir bereits auf der Zunge lag. Es wäre ein verdammtes Wagnis, aber eines, bei dem ich am Ende vermutlich ziemlich genau wissen würde, ob *das* zukünftig funktionieren konnte. Und verdammt, wenn ich schon nach außen nur untätig herumlag, konnte ich wenigstens innen drin etwas tun und beginnen, Mauern einzureißen.

»Ich frage Colin, ob er für die kommende Woche bei Ben und mir bleiben kann.«

# Kapitel 29 – Colin

Mein Herz klopfe einen wilden, gleichsam aufgeregt wie vorfreudigen Takt hinter meinen Rippen, als ich da vor der Haustür stand. Vor Alex' und Bens Haustür. Mit einer Reisetasche in der Hand.

Selbst jetzt und hier konnte ich noch nicht so ganz glauben, dass Alex mich tatsächlich gebeten hatte, für eine Woche bei ihm und Ben zu bleiben.

Von der einwöchigen Affäre zum einwöchigen Zusammenleben – das war schon kurios. Und ein riesiger Schritt für Alex, das war mir klar. Zugegeben, so ganz ungezwungen war er ihn wohl nicht gegangen. Aber Fakt war auch, dass er seine Eltern hätte bitten können, zu bleiben. Oder mich bitten, mehrmals am Tag vorbeizuschauen und auf Abruf bereit zu sein. Was superumständlich wäre, aber eben auch weniger nah, als quasi bei ihnen einzuziehen.

In der Hinsicht war ich mir sicher, dass Alex schon wusste, was er da tat, und sich in vollem Bewusstsein dafür entschieden hatte, mich zu bitten, herzukommen. Mich in sein und Bens Leben zu lassen.

Shit, Mann, ich hoffte wirklich, dass er das tat und dass *das hier* nicht wieder nur ein einwöchiges Arrangement war.

Nicht dass ich hoffte, danach vollends bei ihm einziehen zu können. Dafür liebte ich mein Schrebergartenhäuschen, die Natur dort und einfach meine Freiheit zu sehr, und es würde schlicht viel zu schnell zu gehen. Aber mein kleines, heftig pochendes, verliebtes Herz wünschte sich durchaus ...

Sheldons Bellen riss mich aus meinen Gedanken. Warum dem Hund genau jetzt aufgefallen war, dass jemand vor der Tür stand, wusste ich nicht. Aber so oder so konnte ich dann jetzt auch klingeln.

Noch während die Klingel im Inneren schellte, wurde die Tür bereits aufgerissen.

»Colin ist da!«, brüllte Ben gefühlt durchs ganze Haus. Hinter ihm kam Sheldon angelaufen und quetschte sich an ihm vorbei, um mich heftig schwanzwedelnd zu umrunden und abzuschnüffeln. Ben indessen strahlte mich regelrecht an.

»Hi, Colin! So cool, dass du bei uns einziehst!«

Das war mal eine Begrüßung ... Eine, die mich zugegebenermaßen gerade etwas überforderte. »Hi ...«

»Vorübergehend, Ben.« Alex tauchte im Durchgang vom Wohnzimmer zum Flur auf und rettete mich damit gewissermaßen aus meinem Stammeln.

Ich nahm es ihm keineswegs übel, dass er Ben daran erinnerte, dass ich nur so lange hier sein würde, bis Alex wieder mehr im Haushalt machen konnte. Wir hatten uns vorab bereits darauf verständigt, dass wir es ohnehin langsam angehen lassen wollten und vor Ben zunächst keine Zärtlichkeiten austauschen würden. Mein zeitlich beschränkter Einzug war so was wie ein Beziehungsbeginn – hoffte ich jedenfalls! –, aber eben auch eine Unterstützung für Alex.

An Letzteres musste ich mich in diesem Moment allerdings selbst erinnern. Denn holy Shit, so wie Alex dort im Durchgang zum Wohnzimmer stand, nur in kurzer Jogginghose und Shirt, und mich leicht anlächelte, wäre ich nur zu gern zu ihm gegangen, um ihn zu umarmen, zu küssen.

»Hey, wie geht's dir?«, fragte ich stattdessen. »Ist es okay, wenn du aufstehst?«

Alex nickte und lehnte sich seitlich an den Rahmen des türenlosen Durchgangs. »Für ein paar Minuten ist es okay, sagt mein Arzt. Ändert aber leider noch nicht wirklich was an der Bettruhe.«

»Du kannst deine Sachen erst mal da hinstellen.« Ben deutete auf die kleine Wandnische neben dem Schuhregal.

Ich ließ meine Reisetasche von den Schultern gleiten und hängte den Autoschlüssel, wie in den letzten Tagen bereits, ans Schlüsselbrett. Ich sah es als große Geste, dass Alex mir angeboten hatte, sein Auto zu nehmen, wenn ich Ben für unsere Ausflüge zur Motocross-Strecke oder dergleichen abholte. Das ersparte es mir, an meine KTM jedes Mal Blinker und Co montieren zu müssen, und ich war so zeitlich unabhängiger, als wenn ich den Bus nahm.

Während ich aus meinen Sneakern schlüpfte, spürte ich Alex' und Bens Blicke gleichermaßen auf mir ruhen. Auch wenn Alex und ich vorab vieles besprochen hatten, wusste ich gerade nicht so recht, wie ich mich verhalten sollte. Daher entschied ich mich spontan für das, was mir am sichersten erschien.

»Wie sieht's aus, soll ich mich gleich in die Küche schwingen, Abendessen vorbereiten? Ach, oder muss ich noch einkaufen?«

Alex kam zwei weitere Schritte in den Flur. Tatsächlich wirkten seine Bewegungen nicht mehr so steif und vorsichtig, wie in den letzten Tagen, wenn wir uns kurz gesehen hatten.

»Eingekauft hat meine Mutter am Samstag noch. Ich dachte, heute kommst du erst mal hier an und wir bestellen Pizza.«

»Oh, ja!« Ben war sofort Feuer und Flamme und ich … ebenfalls. Entzündet auf eine unheimlich wärmende Weise. *Erst mal ankommen* klang … schön. So, als wollte Alex mich wirklich hier haben.

Meine Schultern sackten nach unten. »Sehr gern.«

»Gut.« Alex nickte zufrieden. Dann jedoch wandte er sich mit unerwartet strenger Miene seinem Sohn zu. »Wie steht's um dein Zimmer?«

Sofort verwandelte sich Bens vormaliges Strahlen in eine Schnute. »Kann ich das nicht morgen fertig machen?«

Alex schüttelte den Kopf, seine Haltung blieb entspannt, aber unerschütterlich. Das Autoritätsding, das er im Dienst ausstrahlte, hatte er definitiv auch privat drauf. Allerdings auf eine irgendwie weichere, liebevollere Art. »Ben, ich diskutiere das nicht. Du hast gestern schon das Aufräumen auf heute verschoben und wolltest fertig sein, bis Colin kommt.«

In Bens Miene blitzte etwas auf, sodass ich wirklich annahm, er würde rebellieren und ich hier zur Begrüßung gleich mal die erste waschechte Vater-Sohn-Auseinandersetzung miterleben. Doch dann kickte er einmal mit der Ferse auf den Boden, gab einen genervten Laut von sich. »Is' ja gut ...« Er wandte sich ab, stapfte sockfuß die Treppe nach oben. Nicht ohne einmal mit der flachen Hand gegen das Geländer zu hauen.

»Ben!« Alex' Stimme klang nicht drohend, aber doch bestimmend scharf.

»'tschuldigung.«

»Was für eine Pizza möchtest du?«

Oben auf den letzten Stufen hielt Ben inne. Ein kurzes, eindeutig schmollendes Zögern. »Salami und Champignons.«

»Okay. Ich bestelle gleich, das Liefern dauert sicher eine Dreiviertelstunde. Bis das Essen da ist, bist du oben bitte fertig.«

»Jahaaa«, maulte Ben vor sich hin und schlurfte in Richtung seines Zimmers.

Ich sah wieder zu Alex, dessen Blick noch einen langen Moment am Obergeschoss festhing. Als könnte er durch die Decke hindurchsehen, ob Ben seiner Aufforderung, aufzuräumen, wirklich nachkam.

Mir schoss der Gedanke durch den Kopf, was Alex in so einer Situation von mir erwarten würde. Ich hatte echt nicht vor, mich in irgendeiner Form erzieherisch einzumischen. Das stand mir in meinen Augen nicht zu und ich wäre vermutlich auch ziemlich damit überfordert. Zudem bezweifelte ich stark, dass Ben Bock auf jemanden hatte, der hier eine Art ›Zweit-Dad‹ raushängen ließ. Mir war schon klar, dass ich mich im Zweifel auch mal würde durchsetzen müssen, aber ich wollte nicht, dass wir direkt –

»Hey ...«

Ich zuckte regelrecht zusammen, als Alex mich ansprach und mir dabei viel näher war als eben noch. Uns trennten lediglich eineinhalb Schritte.

»Ich sehe da eine kratertiefe Falte auf deiner Stirn. Als wolltest du am liebsten wieder gehen.«

»Was? Nein!« Aus Reflex tat ich einen Schritt auf ihn zu. Wieder einen halben zurück. »Sorry, ich –«

Alex ergriff meine Hand. Eine Berührung, die sich kribbelig heiß meinen ganzen Arm hinaufzog.

»Ich muss dir leider sagen, dass das nur die Vorstufe von ›ein Neunjähriger wird bockig‹ war«, meinte Alex und brachte mich damit unweigerlich zu einem Auflachen.

»Ja, das kann ich mir denken. Sorry, ich war nur gerade mal kurz überfordert.« In einem tiefen Atemzug ließ ich die Schultern dieses Mal ganz bewusst herabsinken und schlang meinerseits die Finger um Alex'. Sein Blick ruhte warm auf mir. Es wäre so leicht, mich einfach in diesen fallen zu lassen. »Ich will so gern, dass wir das miteinander schaffen«, murmelte ich ihm zu und meinte damit sowohl diese eine Woche als auch ... alles.

Das gar nicht mal so kleine, sanfte Lächeln, das auf Alex' Lippen erschien, wärmte mich zusätzlich zu unserem Hautkontakt. Nicht dass es nicht ohnehin sommerlich warm gewesen wäre. Vielleicht wurde mir also auch schlicht ein wenig heiß.

»Das will ich auch«, entgegnete Alex und fasste meine andere Hand ebenfalls, hielt sie, hielt *mich* fest. »Mir ist klar, dass das hier keine einfache Situation ist, aber ... tja, wir gehen gewissermaßen ›all in‹.« Er lachte leise. »Dachte, das passt zu dir.«

Ich grinste ebenfalls, spürte unserer Verbindung nach, die wir gerade unbestreitbar nicht nur körperlich, sondern auch emotional hatten.

»Trotzdem möchte ich nicht, dass du dir Druck machst.« Eindringlich sah er mich an.

Mit einem weiteren Lachen streichelte ich seine Finger. »Das mit dem ›sich unter Druck setzen‹ ist eh dein Part, oder?«

»Das stimmt wohl.« Er seufzte, neigte sich nach vorne und hauchte mir einen kurzen, aber wunderbar festen Kuss seitlich auf den Hals. Nur um sich anschließend von mir zu lösen. Das dunkle Flackern in seinen Augen entging mir dennoch nicht.

Zufrieden grinsend folgte ich ihm Richtung Wohnzimmer.

»Also«, er griff nach dem Telefon auf der Kommode links neben dem Durchgang, »Pizza – was möchtest du?«

~~~

»Haaa! Gewonnen!« Offensichtlich äußerst zufrieden riss Ben den Controller in einer Triumphgeste nach oben.

Es war nicht das erste Mal, dass sich seine Euphorie auf mich übertrug. Neckend zwinkerte ich Alex zu. »Ha, Zweiter!«

Alex verdrehte die Augen, schmunzelte jedoch ebenfalls. »Dritter«, entgegnete er trocken und brachte mich damit zum Lachen.
~~~

Ben allerdings legte geräuschvoll seinen Controller zur Seite. »Wir waren nur zu dritt. Das ist keine so beachtliche Leistung, Papa«, erklärte er bierernst.

Alex blinzelte seinem Sohn zu. »Ist mir aufgefallen, ja.« Lächelnd strich er Ben einmal durchs Haar. »Na komm, es ist fast neun. Mach dich bitte bettfertig.«

Prompt zog Ben eine Schnute. Sie wirkte jedoch sehr viel weniger bockig als bei der Aufräum-Diskussion vorhin. Überhaupt war die Stimmung zwischen Alex und seinem Sohn beim gemeinsamen Pizzaessen schon wieder entspannter gewesen. Sodass ich nicht umhinkam, aufs Neue festzustellen, dass die beiden ein tolles Team waren.

Auch jetzt weckte der Anblick der beiden zusammen – und zugegebenermaßen besonders der von Alex –, dieses wohlig warme Gefühl in meinem Bauch, dem ich in den dicken Sofakissen lungernd einfach nachspürte.

»Bin noch überhaupt nicht müde«, behauptete Ben.

In sichtbarer Seelenruhe legte Alex seinen Controller auf den Couchtisch. Ein Verziehen der Miene, als er sich dafür im Sitzen nach vorn neigte, blieb aus. Augenscheinlich erholte sich seine Niere tatsächlich gut.

»Mhm, das ist mir klar, direkt nach dem Zocken. Du kannst noch zwanzig Minuten lesen, okay? Aber dann Licht aus.«

Ben seufzte, streckte sich und rutschte demonstrativ in Zeitlupe vom Sofa. »Na guuut...« Gespielt angestrengt, als würde er gleich zusammenbrechen, schlurfte er aus dem Wohnzimmer und Richtung Obergeschoss.

Sheldon, der bis dato neben dem Sofa in seinem Körbchen gelegen hatte, erhob sich ebenfalls und trottete Ben hinterher.

»Gehen die beiden immer zusammen ins Bett?« Irgendwie war das ziemlich süß.

»Ja, meistens. Sheldon hat oben sowohl im Flur als auch bei mir im Schlafzimmer ein Körbchen. Hast du vermutlich gesehen, als du bei mir warst.«

»Ja.« Ich nickte. Meine Haut kribbelte bei der Erinnerung an unsere gemeinsame Zeit. Die vertrauten Momente. Gleichzeitig musste ich an die Nacht denken, als Alex im Krankenhaus gewesen war und ich bei Ben übernachtet hatte. Ich hatte ewig überlegt, ob ich es bringen konnte, in Alex' Bett zu schlafen, um näher bei Ben zu sein, oder ob ich das Sofa nehmen sollte. Letztlich hatte mich gerettet, dass Ben eine Matratze unter seinem Bett hatte, die normalerweise genutzt wurde, wenn Emil zu Besuch war.

Dass Alex sich zu mir neigte, unterbrach meine Gedanken. Kurz entschlossen zog ich den Controller, den ich noch in der Hand hatte und nach dem er offenbar hatte greifen wollen, zurück. »Ich mach das, bleib sitzen.« *Oder besser: Leg dich hin.*

Zu meiner Verwunderung ließ Alex sich tatsächlich tiefer in die Kissen sinken. »Danke.«

»Nicht dafür. Wozu bin ich denn aktuell dein persönlicher ›Boy für alles‹?« Ich stockte, kaum dass die Worte über meine Lippen waren. Alex' Blick brannte sich förmlich in mich.

Wow, das hatte unbeabsichtigt zweideutig geklungen. Aber es stimmte. Nur, dass Alex *dafür* sicherlich nicht fit genug war.

»Äh ... da rein?« Ich deutete auf eine der Schubladen des Sideboards, auf dem der große Flachbildfernseher stand.

»Ja.«

Bildete ich es mir nur ein oder klang selbst das einzelne Wort ein wenig rau aus Alex' Mund?

Gewundert hätte es mich nicht. Für mich zumindest war es eine ziemliche Herausforderung, bei Alex zu sein und ihn nicht berühren zu können. Jedoch eine, die ich für Ben und generell für uns gern auf mich nahm. Weder Alex noch ich wollten Ben mit unserer sich anbahnenden Beziehung überrumpeln.

»Brauchst du noch was? Wenn ich eh schon stehe ...«

Der Blick, mit dem Alex meinem begegnete, schrie ziemlich eindeutig eine einzige Sache heraus: *dich!*

Holy Shit ...

Alex schüttelte den Kopf. »Danke. Nein.« Er blinzelte, als wollte er damit – vermutlich unanständige – Gedanken vertreiben.

Ich gab mir ebenfalls Mühe, das vage, verlangende Kribbeln in der Leistengegend zu ignorieren.

»Magst du deine Sachen schon mal nach oben bringen und kommst dann noch mal runter? Oder willst du auch ins Bett?«

Es war noch nicht mal neun. Mehr als die Schlafenszeit beschäftigte mich allerdings der Ort. »Äh, ja. Schlafe ich nicht hier?« Ich deutete zwischen dem Sofa und dem einzelnen Sessel, auf dem bezogenes Bettzeug lag, hin und her.

»Das ist mein Zeug. Ich schlafe, seit ich wieder zu Hause bin, hier unten. So muss ich nur Treppen steigen, wenn ich ins Bad hochmuss. Toilette und Waschbecken gibt's ja auch hier unten.«

Das ergab durchaus Sinn, führte mich jedoch zu einer weiteren Frage. »Also nehme ich die Matratze aus Bens Zimmer?«

»Kannst du machen. Oder du nimmst mein Bett. Frisch bezogen ist es.«

Als ob es mich gestört hätte, in Alex' Geruch zu schlafen. Eher im Gegenteil.

»Ja, also ... wenn ich darf.«

Alex nickte nur. Sein Blick flog prüfend in Richtung Flur. Aus dem Obergeschoss vernahm man leises Wasserrauschen und Klappern aus dem Badezimmer.

Er streckte die Hand nach mir aus. Allein das sorgte schon dafür, dass ich mich sofort in Bewegung setzte. Zu allem Überfluss murmelte er auch noch herrlich dunkel: »Komm her.«

*Glückwunsch, Colin, du bist hoffnungslos verloren ...*

Er zog mich an beiden Händen zu sich, sodass ich schließlich über ihn geneigt stand. Zwischen seinen Beinen. Die Hände auf der Sofalehne links und rechts seines Kopfes abgestützt. Seine Finger inzwischen an meinen Hüften.

»Du hast ja keine Ahnung«, raunte Alex fast nur flüsternd und daher nur umso anzüglicher, »wie gern ich will, dass du in meinem Bett liegst ...«

*Nur leider ohne dich. Holy Shit!*

Seufzend sank ich ihm noch ein Stück weiter entgegen. Trotz kribbelnder Erregung in meinem Inneren darauf bedacht, mein Gewicht nicht auf ihn, sondern lediglich aufs Sofa zu verlagern. Um mich abzustützen, schob ich ein Knie auf die Sitzfläche. Unweigerlich presste ich damit gegen seinen Schritt.

»Oh, Scheiße.« Die restlichen Worte sperrte ich vehement in meiner Kehle ein. Das Spürbare auszusprechen, war wohl auch nicht nötig. Alex war hart. Keine volle Erektion, aber eben doch erregt. Ebenso wie ich.

»Mhm, das trifft es.« Er räusperte sich leicht. Seine Fingerspitzen glitten unter mein Shirt, entfachten ein verdammtes Feuerwerk auf meiner Haut. »Bitte, Colin, nimm dein Knie da weg.«

Ich tat es, stemmte mich wieder ein Stück weiter hoch. Schauderte, als er hauchzart über meinen angespannten Bauch streichelte.

»Dann nimm du aber auch die Hände da weg.«

Alex lachte leise, tat jedoch sofort wie gebeten, und ich seufzte erneut – erleichtert und bedauernd in einem.

Mit einem Ruck richtete ich mich auf.

»Ich bring dann mal lieber meine Sachen hoch.«

Keine Frage, dass das eine reine Flucht war.

Aus Alex' gemurmeltem: »Mhm, mach das«, klang eindeutig Belustigung. Als ob es ihm gerade besser ginge als mir ...

Den Weg durch den Flur und nach oben nutzte ich, um ein paarmal tief durchzuatmen. Das Wissen, dass Ben oben im Bad war, schaffte es glücklicherweise, meine hitzigen Gedanken und damit auch meine Erregung herunterzukühlen.

Allerdings auch nur so lange, bis ich in Alex' Schlafzimmer stand, meine Tasche dort vors Bett stellte und dabei unweigerlich daran denken musste, wie wir damals dort miteinander geschlafen hatten. Wie ich in ihm gewesen war. Wie verflucht lustvoll und schön das gewesen war, auch wenn wir beide in dieser Nacht nicht bis zum Höhepunkt gekommen waren. Wie ich Alex anschließend gehalten hatte, wie er mich zum ersten Mal wirklich hinter seine Fassade hatte blicken lassen.

Ich konnte nicht anders, ich ging halb um das Bett herum, nahm eines der Kissen und vergrub das Gesicht darin. Frisch gewaschen, eindeutig. Dennoch war ein Hauch von Alex daran haften geblieben.

Dämlich grinste ich in den Stoff.

*Colin, ey, du stehst nicht wirklich hier und schmachtest ein Kopfkissen an?*

Doch, tat ich.

Immer noch grinsend legte ich das Kissen zurück aufs Bett.

Draußen auf dem Flur tappten Schritte vorbei. Vermutlich Ben.

Ich kramte rasch meinen Kulturbeutel aus meiner Reisetasche, ließ diesen allerdings auf dem Bett stehen. Als ich schließlich wieder auf den Flur trat, stand die Badezimmertür offen. Die zu Bens Zimmer auch. Aus dem Untergeschoss vernahm ich leise seine und Alex' Stimmen.

Ich wollte den beiden den abendlichen Vater-Sohn-Moment lassen. Also kniete ich mich neben Sheldons Körbchen und kraulte den Hund, was der auch freudig annahm. Im Liegen drehte er sich halb auf den Rücken, reckte die obere Vorderpfote und hielt mich damit dazu an, ihm Brust und Bauch zu schrubbern. Sogar ein genüssliches Grunzen erhielt ich als Zustimmung.

Kurzerhand blieb ich bei Sheldon hocken, bis schließlich das Geräusch nackter Füße auf der Treppe verriet, dass Ben wieder nach oben kam. Er trug einen blauen Pyjama mit Polizeiautos drauf. Da war wohl jemand mächtig stolz auf den Beruf des Dads.

»Na, fertig?«

Ben nickte und ging ebenfalls neben Sheldon in die Hocke, um ihn noch einmal zu streicheln. »Ich les noch ein bisschen.«

Ich war ja mal gespannt, ob er sich diesbezüglich an die Zwanzig-Minuten-Vorgabe seines Vaters halten würde. Und ob es meine Aufgabe sein würde, ihn beizeiten daran zu erinnern. Meine Lust hielt sich ehrlicherweise in Grenzen, aber besser als Alex die Treppe hochzuscheuchen.

»Dann schlaf nachher gut«, sagte ich und stand auf.

Ben erhob sich ebenfalls. »Nacht, Colin.«

Lächelnd sah ich ihm nach, als er in sein Zimmer tappte und die Tür hinter sich anlehnte. Von dieser schweifte mein Blick zu Alex' offen stehender Zimmertür. Unweigerlich flammte die Frage in mir auf, was Ben davon halten würde, dass ich dort in Alex' Bett schlief. Vermutlich hatten Alex' Eltern das in Ermangelung eines Gästezimmers auch getan, aber das war etwas anderes.

Immerhin war es nicht dasselbe Zimmer, in dem Alex einst mit Lissy, in dem ›Mama und Papa‹ gemeinsam geschlafen hatten.

Der Gedanke begleitete mich auf dem Weg nach unten, für den ich dieses Mal allerdings Minuten brauchte. Zum ersten Mal nahm ich mir die Zeit, all die gerahmten Bilder, die die Wand an der Treppe entlang säumten, genauer anzusehen. Viele davon zeigten Ben, vom Baby bis hin zu einem Bild, das offenbar bei seinem letzten Motocross-Rennen und seinem glorreichen Holeshot-Sieg aufgenommen worden war. Stolz stand er neben seinem Bike und reckte die Trophäe in die Luft. Manche Fotos wie dieses zeigten Ben allein, auf einem war er mit Emil zu sehen, auf manchen mit Alex und einige zeigten ihn mit Elisabeth – oder alle drei zusammen. Eine verdammt glückliche, kleine Familie.

Die Fotos und vor allem Alex' Lächeln, aber auch das Strahlen von Ben und Elisabeth, versetzten mir einen Stich. Nicht aus so etwas wie Eifersucht, eher im Gegenteil. Alex wirkte – sie *alle* wirkten – so glücklich auf diesen Bildern.

Was für eine beschissene Bitch das Leben doch manchmal war. Oder eben der Tod.

Der manchmal so quälend langsam und doch unaufhaltsam kam – ich musste an meine eigene Mum denken und schluckte durch eine zu enge Kehle.

Und manchmal kam er völlig unerwartet und dadurch nicht minder grausam.

Ich wusste, wie es sich anfühlte, die eigene Mum sterben zu sehen, und konnte mir doch nur annähernd vorstellen, wie es für den kleinen Ben gewesen sein musste. Was Alex empfunden hatte, als er seinem Sohn erklären musste, dass Mama nicht mehr wiederkommen würde. Dass sie jetzt im Himmel war. Oder was er Ben eben auch genau gesagt hatte.

Irgendetwas mit dem Himmel war es wohl gewesen, wenn ich so an das Luftballon-Ritual der beiden dachte.

Noch einmal besah ich mir das Foto, das in einem größeren Rahmen als die anderen etwa in der Mitte der Wand hing und damit ins Auge stach. Damit und mit Elisabeths Lächeln.

Ich hatte ja in diesem Sinne echt nichts für Frauen übrig und man verliebte sich nicht allein wegen eines ›nice smiles‹ in jemanden. Dennoch konnte ich beim Anblick des Fotos sofort verstehen, warum Alex Lissy geliebt hatte. Aus ihren Augen und ihrem Lächeln sprachen eine unglaubliche Wärme, Offenheit und Lebensfreude. Ben war ihr wie aus dem Gesicht geschnitten. Die braunen Haare allerdings hatte er von Alex. Elisabeths waren nahezu platinblond, jedoch wie Bens leicht lockig. Die kleinen Grübchen in den Mundwinkeln, wenn er grinste, hatte Ben eindeutig ebenfalls von ihr.

Energisch riss ich mich von dem Foto los und stieg die Treppe vollends hinunter.

Der eben noch leicht drückende Klumpen in meinem Bauch löste sich, wenn auch langsam, in Wärme auf, als ich das Wohnzimmer betrat. Alex hatte sich mittlerweile aufs Sofa gelegt und auch sein Bettzeug darauf ausgebreitet. Fragend sah er mir entgegen.

»Dachte schon, du hast dich auf dem Weg nach unten verlaufen.«

Mit einem Kopfschütteln ließ ich mich neben ihm auf der Sofakante nieder, zögerte einen Moment. »Ich hab mir die Fotos im Flur angesehen.«

»Oh.« Über Alex' Miene huschte ein Schatten, wobei ich nicht sicher zu sagen vermochte, ob er von unweigerlich aufflammenden Erinnerungen an Elisabeth herrührte oder von etwas anderem.

Er tastete nach meiner Hand. »Vielleicht sollte ich irgendwann drüber nachdenken, manche davon abzunehmen.«

Überrascht sah ich ihn an, umschloss seine Finger. Moment ... Shit, dachte er etwa ...?

»Meinetwegen?« Das eine Wort platzte nahezu schockiert aus meinem Mund.

Alex hob nur die Schultern, sein Blick weiterhin fragend, fast schon ein wenig unsicher auf mir.

»Oh, nein. Nein, nein, nein, *wegen mir* wird an diesen Fotos ganz sicher nichts geändert.«

Alex' Augen weiteten sich kaum merklich, im nächsten Moment zog er leicht die Brauen zusammen. »Ich dachte, weil ... Na ja, Ben hängt an manchen der Bilder, denke ich, aber ich verstehe auch, wenn es für dich nicht angenehm ist, dass Lissy so ...« Ihm brach nicht die Stimme weg, aber er rang offensichtlich um Worte.

»Noch mal: Nein. Es *berührt* mich, die Fotos zu sehen. Von ihr und von euch zusammen. Und es ist auf eine bittere Art traurig und schön zugleich. Aber da ist nichts, wirklich kein Funken Unwohlsein *dahin gehend* in mir. Sie ist ein Teil eures Lebens und wird das auch immer bleiben. Für Ben *und* für *dich*.« Ich betonte die beiden Worte absichtlich, um keinen Zweifel zu lassen. Zusätzlich drückte ich Alex' Hand. Ein Druck, den er sofort erwiderte. Ein wenig haltsuchend, wie mir schien. Im selben Moment sanken seine Schultern herab und es kam mir vor, als fiele eine lange getragene Last von ihm ab. Zumindest ein Teil davon.

»Ich will sie wirklich nicht zu ersetzen versuchen, Colin«, sagte er leise und nun bebte seine Stimme doch ein wenig. »Ich will dir einen ganz eigenen Platz hier drin schaffen.« Er führte unsere ineinander verschränkten Hände zu seiner Brust. An meinem Handrücken spürte ich seinen starken, raschen Herzschlag.

Glück und Zuneigung und nur ein klein wenig Bitterkeit ob seines Verlusts machten mir die Brust eng und weit in einem. Lächelnd nickte ich. »Ich würde diesen Platz sehr, sehr gern haben wollen. Und ich teile mir dein Herz wirklich gern mit Elisabeth. Und natürlich mit Ben. Und Shel–«

Weiter kam ich nicht. Energischer als ich es Alex aufgrund seines Zustands zugetraut hätte, neigte er sich nach vorne. Packte mich mit der freien Hand im Nacken und presste seinen Mund auf meinen. Zu einem Kuss, der nur ein klein wenig nach Trauer und Bitterkeit schmeckte und ganz viel nach Erleichterung und Verlangen und einer Zuneigung, die noch viel mehr werden könnte.

# Kapitel 30 – Colin

Das Rattern des Vollautomaten, als dieser die Kaffeebohnen mahlte, übertönte das leise Dudeln aus dem Radio. Dennoch pfiff ich das Lied, das dort gerade lief, einfach weiter mit, während ich Geschirr aus der Spülmaschine nahm.

In meinem Schrebergartenhäuschen hatte ich diesen Luxus nicht, dort spülte ich alles von Hand. Dementsprechend machte es mir schieren Spaß, hier die Spülmaschine auszuräumen. Gleichzeitig hatte Hausarbeit den Vorteil, dass sie unsexy genug war, um mich vollends herunterzukühlen.

Wenig überraschend war ich vorhin mit einer verdammt harten Latte aufgewacht. Ich hatte nichts anderes erwartet, wenn ich in Alex' Bett schlief. Zumal ich in der Nacht festgestellt hatte, dass die frisch gewaschene Bettwäsche sehr wohl noch nach ihm roch, wenn man nur die Nase tief und lange genug darin vergrub.

Genau das hatte ich am Morgen im Halbschlaf getan und dabei davon geträumt, wie er mich, Gesicht voran, in die Laken drückte und nahm.

Ehe sich meine Gedanken wieder an diesen Fantasien festklammern konnten, holte ich eine weitere Müslischale und eine Knoblauchpresse aus der Spülmaschine. Das Schüsselchen fand rasch seinen Platz bei den anderen im Hängeschrank über der Arbeitsplatte.

Im ersten Moment war ich mir ein wenig komisch vorgekommen, alle Schränke in Alex' Küche zu öffnen. Aber wenn ich die Spülmaschine, die über Nacht gelaufen war, ausräumen wollte, musste ich nun mal sehen, wo all das Zeug seinen Platz hatte. Manche Sachen wusste ich noch von dem Morgen nach Alex' Krankenhauseinlieferung, als ich Ben das versprochene amerikanische Frühstück zubereitet hatte. Heute würde es klassisch Brötchen geben. Aber vielleicht könnte ich ein wenig Rührei dazu machen ... Vorausgesetzt ich fand heraus, wo diese verfluchte Knoblauchpresse ihren Platz hatte. Im Fach bei den Aufsätzen fürs Handrührgerät? Oder beim Dosenöffner?

Die Kaffeemaschine gluckerte – und ich sah noch immer ratlos zwischen der Knoblauchpresse und der geöffneten Schublade hin und her. Wenigstens so lange, bis ich Alex' warme, dezent amüsierte Stimme vernahm.

»Das ist eine Knoblauchpresse ...«

»Ach was!« Gespielt böse wandte ich mich zu ihm um. Lecker sah er aus, wie er da im Türrahmen lehnte. In langer Jogginghose dieses Mal, aber nur in T-Shirt und barfuß. Die braunen Haare noch ein wenig feucht, da er sich vorhin nach oben und unter die Dusche geschleppt hatte.

»... und sie gehört ins Fach ganz rechts.«

Also dorthin, wo auch der Dosenöffner lag. »Ha! Wusste ich!«

Klappernd landete das besagte Küchenutensil an seinem Platz. Die Kaffeemaschine verkündete derweil mit einem finalen Zischen, dass der *Café Crema groß* fertig war. Rasch nahm ich die bereits offene Milchpackung aus dem Kühlschrank und goss einen Schluck hinein.

»Kein Zucker, richtig?«

»Mhm.«

Ich stellte den Kaffee für Alex neben der Maschine ab, nahm eine zweite Tasse aus dem Hängeschrank.

»Bis gleich!« Bens Stimme hallte durch den Flur zu uns.

»Ja, bis gleich!«, rief Alex zurück, während der Vollautomat wieder zu rattern begann und eine Entgegnung meinerseits damit nichtig machte.

Das obere Fach der Spülmaschine war inzwischen leer, sodass ich das untere aufzog. Bei Tellern, Töpfen und Besteck wusste ich, wohin alles gehörte. Na immerhin konnte *Mister Ich-hab-heute-Morgen-gute-Laune-und-foppe-dich* mir nicht wieder reinquatschen.

Mit einem Schmunzeln in den Mundwinkeln griff ich nach zwei Tellern. Dabei kroch ein ganz feiner, kaum wahrnehmbarer Schauer mein Rückgrat hinab, als ob … Starrte Alex mir gerade auf den Arsch?

Mit den beiden Tellern in der Hand fuhr ich zu ihm herum. Seine Miene war beherrscht. Unleserlich. Und gleichzeitig meinte ich, ein Funkeln in seinen Augen zu erkennen. Mistkerl! Der foppte mich gerade wirklich.

Demonstrativ wandte ich ihm wieder den Rücken zu und schob die beiden Teller auf ihren Stapel neben den

Müslischälchen. Sollte er ruhig schauen, mein Hintern war nun mal sensationell in Jogginghose.

Ich wollte mich gerade wieder der Spülmaschine zu wenden, als ich eine Bewegung hinter mir wahrnahm. Als ich *ihn* hinter mir wahrnahm.

»Bleib ...« Er flüsterte das eine Wort nahezu nur und dennoch – oder genau deshalb? – verharrte ich. Mein Atem stockte.

Alex trat von hinten vollends an mich heran und schlang die Arme unter meinen hindurch um mich.

Betont beherrscht atmete ich aus. Dadurch, dass wir beide nur T-Shirts und Jogginghosen trugen, konnte ich die Konturen seines Körpers an meinem spüren. Seine breite, starke Brust an meinem Rücken, sein Becken an meinem Hintern, die weiche Wölbung seines Schwanzes ... Shit!

»Du in meiner Küche«, raunte Alex mir zu und ließ seine Hände bis zu meinen Hüften gleiten, hielt mich dort fest, »gefällt mir.«

Und mir gefiel seine Nähe viel zu gut und wie sein warmer Atem bei seinen Worten meinen empfindlichen Nacken kitzelte. Wie er mich hielt, auf eine gleichsam sanfte wie respektvoll besitzergreifende Art.

»Ach ja?« Meine Stimme bebte leicht. »Du willst mich also doch primär als deine Küchenhilfe? Putzfee? Gassigänger für Sheldon. Hab ich was vergessen?«

Alex lachte leise – und machte damit das kribbelige Chaos in mir perfekt.

»Ziemlich viel sogar. Ich will dich noch für so viel mehr.« Er küsste meinen Nacken. *Shit, Shit, Shit, reiß dich zusammen, Colin!* Gegen aufkeimende Erregung allein hätte ich vielleicht widerstehen können, aber wie viel Wärme in Alex' Worten mitschwang, gab mir sinnbildlich den Rest.

Chancenlos – mit einem rauen Seufzen sackte mein Hinterkopf gegen seine Schulter. Dadurch bog sich mein Körper leicht von seinem weg, dafür seinen Händen auf meinen Hüften entgegen. Wenn er nur weiter mittig streichen würde ... Hart biss ich die Zähne aufeinander, atmete durch. Half aber nichts, auf meiner Haut kribbelte es und ich wurde schon wieder steif.

»Alex ...« Ich murmelte seinen Namen, ohne wirklich zu wissen, was ich eigentlich sagen wollte. Oder ob ich überhaupt etwas sagen wollte.

»Ja bitte?«

Zur Hölle mit ihm, dass er so ekelhaft gelassen und herausfordernd klang. Zur Hölle mit ihm, dass er sich einen Weg über meinen Hals hinauf zu meinem Ohr küsste – und dabei wirklich die Hände wandern ließ. Gerade *nicht* so weit, dass er durch die Stoffe hindurch meinen Ständer berührte.

Ich kam mir durchaus ein wenig bedürftig vor und hätte einfach auf cool machen können – oder aber es bleiben lassen. »Ich bin gerade so geil«, flüsterte ich und kniff dabei die Augen zusammen. Riss sie gleich darauf wieder auf, als Alex unversehens meinen Schwanz packte.

»Ja«, knurrte er mir regelrecht ins Ohr, »fühlt sich ganz danach an.« Weiter tat er nichts. Er stand einfach nur hinter mir. Hielt mich. Und meinen Schwanz, der mittlerweile sehnsüchtig pochte. Was Alex ganz sicher durch den Stoff meiner Unterwäsche und Jogginghose hindurch spüren konnte und doch gekonnt ignorierte. Der Mistkerl spielte mit mir!

Erregung und ein feiner Hauch Trotz befeuerten den
Drang in mir, mich aus seinen Armen loszumachen.
Mich umzudrehen oder wenigstens eine Hand nach
hinten und zwischen uns zu schieben, um zu sehen, ob
er genauso geladen war. Ich meinte, an einer meiner
Pobacken seine Härte zu spüren. Aber etwas bremste
mich: das Wissen um Alex' Verletzung und …

»Was ist … mit Ben?«

Alex löste den Griff um meinen Schwanz, streifte jedoch mit den Fingerspitzen über den Jogginghosen-
stoff, brachte mich so zum Schaudern.

»Ist beim Bäcker.«

Ach ja, die zufallende Haustür und seine Verabschiedung. O Mann, ich war echt ganz schön benebelt. Zeit,
dem Abhilfe zu verschaffen.

Behutsam wand ich mich aus Alex' Armen und drehte
mich zu ihm um. Statt seiner Wärme nun die Küchen-
zeile im Rücken. Dafür sein brennender Blick auf mir.
Keine Frage, Alex *war* erregt.

»Und jetzt?« Mit einer Hand strich ich über seine
breite Brust, spürte seinen heftig pochenden Herzschlag. »Was machen wir mit dem kleinen bisschen
Zeit?« Mir lag weiterhin noch die Frage auf der Zunge,
was mit seiner Verletzung überhaupt ging. Im Grunde
nichts, wobei er sich großartig bewegen musste. Keine
Erschütterung. Da blieb nicht vie–

»Wir? Nichts.«

Mein Blick, der dem Pfad meiner Finger an seinem
Oberkörper hinab gefolgt war, ruckte hoch in sein Gesicht.

»*Du*«, Alex grinste dreckig, ein dunkles Funkeln in seinen Augen, »hast knapp fünfzehn Minuten Zeit, bis Ben wiederkommt.«

Ich blinzelte, mein Hirn war eindeutig nicht ganz denkfähig. Lahm setzte ich an: »Soll ich dir ...«

Alex' Hand um meine brachte mich ins Stocken. Mit bestimmendem Griff schob er meine eigene Hand tiefer. Hin zu meinem Schwanz. O holy –

»Mach's dir.«

Holy ... SHIT!

»Hier?«

»Du kannst auch rüber aufs Sofa gehen«, entgegnete er schockierend ruhig und zog seine Hand von meiner zurück, »ich wäre dir nur äußerst verbunden, wenn ich keine Treppen steigen müsste.«

Wenn er ... Wenn ich ... Forderte Alex mich gerade auf, es mir vor seinen Augen selbst zu machen?

Das war ... überraschend. Und geil.

Vor allem, wenn er mich so ansah und zwei Schritte von mir zurücktrat. Die Arme vor der Brust verschränkt, sodass die Muskeln dort durch das Shirt leicht hervortraten, ruhte sein begieriger Blick auf mir. Ein Blick, den ich verdammt noch mal auf meiner nackten Haut wollte.

Nichtsdestotrotz sparte ich es mir, mich komplett auszuziehen. Vielleicht hatte ein kleiner Teil in mir immer noch im Hinterkopf, dass Ben früher als erwartet zurückkommen könnte. Gerade jetzt tat das meiner Erregung allerdings keinen Abbruch. Mein Schwanz war so fucking hart, dass er vor meinem Unterleib wippte, als ich mir die Jogginghose samt Unterwäsche hinunterzerrte. Gerade so weit, dass ich an die Körperteile kam, die nach Aufmerksamkeit bettelten.

Kaum legte ich die Finger um meinen Schaft, drang Alex' zustimmendes Grollen an meine Ohren, das mich unweigerlich fester zupacken ließ. Keine Zeit für Spielchen oder Genuss. Ich begann sofort, mich in einem drängenden Takt zu wichsen. Mein Kopf sackte dabei erneut in den Nacken. Die andere Hand haltsuchend um die Kante der Arbeitsplatte geschlossen, keuchte ich meine Erleichterung darüber, mich selbst anzufassen, der Decke entgegen.

»Himmel, Colin … du siehst unfassbar heiß aus.«

Alex' rau gemurmelte Worte zauberten mir ein lüsternes Schmunzeln in die Mundwinkel. Ich zwang mich, ihn wieder anzusehen und dabei doch die Bewegungen meiner Hand zu verlangsamen.

Er forderte mich heraus? Das konnte ich auch.

»Gefällt dir?«

Demonstrativ langsam ließ ich meinen vor Lust leicht feuchten Schwanz durch die Faust gleiten, spielte mit meiner Vorhaut und presste einen weiteren Tropfen aus der Spitze hervor.

»Mhm … Du hast keine Ahnung, wie sehr ich diese Niere gerade verfluche.«

Ein abgehackter Laut, von dem ich selbst nicht recht wusste, ob er Lachen oder Stöhnen war, rang sich aus meinem Mund. »Weil du was gern machen würdest?«

»Dich packen, umdrehen und bäuchlings über die Arbeitsplatte gelehnt ficken …«

Ich keuchte. Packte erneut fester zu. »… so wie beim ersten Mal bei mir zu Hause?«

Ein heißes Ziehen jagte bei der Erinnerung durch mein Innerstes. Ballte sich hinter meiner Schwanzwurzel zusammen und wurde noch verstärkt durch Alex' Nähe, als er wieder einen Schritt auf mich zukam. Mich mit seinem intensiven Blick schier verschlang.

»So, wie noch viele Male.«

Es war die unsagbare Tiefe in seinen Worten, die über etwas Sexuelles weit hinausging, die meine Lust in diesem Moment auf den Punkt des Hochs hob, an dem es kein Zurück mehr gab. Wimmernd kniff ich die Augen zusammen und pumpte mich weiter meinem Höhepunkt entgegen. Klammerte mich mit der anderen Hand an der Arbeitsplatte fest und keuchte in Alex' Mund, als er den letzten kleinen Abstand zwischen uns überbrückte und mich küsste. Mich damit vollends in meinen Orgasmus schickte.

Mehr am Rande als wirklich bewusst realisierte ich, dass er geistesgegenwärtig Papiertücher von der nahestehenden Rolle abriss. Mit dem Mund fing er mein erlöstes Stöhnen auf, mit seiner Hand und den Tüchern die Zeugen meiner Lust. Ich schaffte es, nicht nach vorn und gegen ihn zu sacken, lehnte lediglich meine Stirn an seine Schläfe. Tief atmete ich seinen Geruch ein, der mich anheizte und gleichzeitig zur Ruhe kommen ließ. Ebenso wie seine freie Hand, die er in meinen Nacken schob und schwer und warm dort ruhen ließ.

Einige Sekunden oder vielleicht eine ganze Minute lang standen wir so da. Bis ich mich schließlich gefangen hatte und den Kopf hob. Mein Blick traf den von Alex, in dem seinen noch immer Gier, aber auch warme

Zuneigung. Behutsam wischte er mit den Küchentüchern Spermareste von meinem weicher werdenden Schwanz.

»Besser?«

Lächelnd schob ich eine Hand gewölbt und ohne viel Druck auf den seinen. Er pochte durch die Jogginghose.
»Bei mir ja. Wie viel Zeit haben wir noch?«

Alex' schiefes Grinsen war so verflucht küssenswert. Sanft berührte ich seine Lippen mit meinen, ehe ich ihn zu Wort kommen ließ.

»Angesichts dessen, wie schnell du warst ...«, er zwinkerte mir zu und ich schnaubte gespielt empört. Wo er nun mal recht hatte!

»... knapp zehn Minuten.«

Ich küsste ihn noch einmal. »Reicht, damit du dich wieder hinlegst und dich entspannst«, flüsterte ich gegen seine Lippen. »Ich helf dir auch dabei.« Mit einem eindeutigen Zwinkern meinerseits nahm ich seine Hand.

~~~

Ich sah nicht auf die Uhr, aber müsste ich schätzen, betraten Alex und ich nach etwas weniger als zehn Minuten erneut die Küche. Er hätte ja durchaus auf dem Sofa liegen bleiben können, denn immerhin brauchte *er* keine Küchentücher. Sein Geschmack haftete noch auf meiner Zunge und am Gaumen. Aber Alex befand, dass er sich zumindest die Hände waschen müsste und außerdem mit Ben und mir am Tisch frühstücken wollte. Verdammter Sturkopf!
~~~

»Der Kaffee ist dann jetzt wohl kalt«, sagte ich mit einem Blick auf die Tasse, die ich eigentlich für Alex bereitgestellt hatte. Mit meinem Muntermacher sah es vermutlich nicht allzu viel besser aus.

Das Wasserrauschen in meinem Rücken verstummte.

»Ach was, das geht noch.«

Skeptisch beäugte ich den Kaffee, aber bitte, wenn Alex den Vorkoster machen wollte. Sollte seiner noch ausreichend warm sein, war meiner es auch. Zumindest die Tasse fühlte sich lauwarm an meinen Fingern an, als ich sie ihm reichte.

Alex nahm einen beherzten Schluck und ... drehte sich um und spuckte den Kaffee ins Waschbecken.

Erstaunt und auch ein wenig amüsiert, weil *Mister Ich-lege-Wert-auf-Ordnung-und-all-den-Kram* Kaffee durch die Gegend spuckte, zog ich die Brauen hoch. »So schlimm?«

»Milch sauer«, meinte Alex nur und wischte sich mit dem Handrücken über den Mund.

»Oh, echt?« *Ups!* »Sorry, ich hab's nicht überprüft. Dachte, weil sie im Kühlschrank stand und noch recht voll war ...«

»Nicht deine Schuld.« Er kippte den restlichen Tasseninhalt ins Waschbecken. »Ben lässt sie gern mal draußen stehen, wenn er sich ein Müsli macht. Und ich schaue momentan eben nicht jedes Mal nach.«

Verständlich.

Kurzerhand drückte ich Alex auch die angebrochene Milch in die Hand. Er roch daran, verzog den Mund.

»Eindeutig!«

Mein Herz blutete ein wenig, als sicherlich ein halber Liter seinen Weg in den Abguss fand. »Wir hätten noch Butter draus machen können.«

Im ersten Moment starrte Alex mich perplex an, dann formte sich ein weiches Lächeln um seinen Mund. »Ich vergesse manchmal, dass du nicht nur ein verdammt heißer Rowdy bist, sondern auch ein unheimlich smarter Kerl mit –«

»Papaaa! Colin! Brötchen sind da!«

Alex stellte die leere Milchpackung neben die Spüle. »Nächstes Mal machen wir noch was draus, versprochen. Kann Ben auch gleich was lernen.« Er wandte sich in Richtung Flur. »Hi, Großer! Holst du den Brötchenkorb aus der Küche und tust sie gleich rein?«

Bens Wuschelkopf erschien im Türrahmen. Sichtlich geschockt sah er seinen Dad an. »Lernen? In den Ferien?«

Alex lachte.

»Nur coole Sachen.«

»Aha ...« Mein Versprechen schien ihn nicht zu überzeugen.

Während er und Alex sich um die Brötchen kümmerten, wandte ich mich erneut dem Vollautomaten zu, um einen weiteren Kaffee für Alex herauszulassen. Munter waren wir wohl beide inzwischen, und ich für meinen Teil verdammt glücklich. Vor allem über das, was Alex eben noch gesagt hatte, ehe Ben uns unterbrochen hatte. Und über das, was er noch hatte sagen wollen.

# Kapitel 31 – Alexander

»Du musst doch zugeben, an das hier«, demonstrativ prostete Oliver mir mit seiner Bierflasche zu, »könnte man sich gewöhnen.«

Mittags gemeinsam mit dem besten Kumpel auf der Terrasse zu sitzen und Bier – oder in meinem Fall Apfelschorle – zu trinken? Während andere auf die Kinder aufpassten?

»Kurzzeitig.«

Prompt erntete ich ein Augenverdrehen von Oliver. »Bald ist deine Niere wieder fit. Dann kriegst du auch wieder das gute Zeug.«

»Ich trauere nicht ums Bier, sondern um meinen Rasen, der mal wieder gemäht werden müsste.« Aber das würde ich Colin nicht auch noch aufbrummen. Er tat ohnehin schon so viel mehr, als ich jemals wiedergutmachen könnte. Auch wenn ich rational wusste, dass ich das gar nicht musste.

»War das eine implizierte Bitte?«

»Nein!« Wenn noch jemand eine *meiner* Aufgaben übernahm, würde ich durchdrehen. Seit inzwischen fast zwei Wochen nahezu alles abzugeben – plus die Zeit zuvor im Krankenhaus – hatte meine Frustrationstoleranz nun wirklich genügend ausgereizt.

»Ehrlich, ich bete, dass der Arzt am Montag grünes Licht gibt. Es macht mich wahnsinnig, nur herumzusitzen.« Oder schlimmer noch: zu liegen.

Oliver reckte sich im Korbsessel zur Seite, sodass er mir einen kleinen Knuff gegen den Oberarm geben konnte. »Gut zu wissen, wie viel du von unserem Zusammensitzen hier hältst.«

Ich verzog nur den Mund und nahm einen weiteren Schluck Apfelschorle. Mein Kumpel wusste schon, wie ich es meinte.

Sheldon, der bis eben ganz in unserer Nähe auf dem *zu langen* Rasen in der Sonne gedöst hatte, hob den Kopf und lauschte. Dadurch wurde auch ich auf das Geräusch von Autoreifen auf Kies aufmerksam. Wie es schien, kamen Colin und Ben zurück. Sheldon stand auf und wetzte quer über die Terrasse und durchs Wohnzimmer zur Haustür.

»Beste Klingel ever, hmm?«, meinte Oliver.

»Definitiv.«

Während Sheldon drinnen vor Freude einige Oktaven höher bellte als üblich, neigte Oliver sich zu mir. »Sag mal, ist das jetzt offiziell mit Colin und dir?«

Ja, *das* war nach wie vor so eine Sache. Eine, die mir zunehmend im Magen lag. Vor allem, weil mir klar war, dass die Situation Colin einiges abverlangte. Nicht dass er sich jemals beklagt hätte. Eher im Gegenteil: Er war derjenige, der immer wieder betonte, dass er uns alle Zeit geben würde, die wir – primär ich – brauchten.

Himmel, manchmal vergaß ich wirklich, dass er erst vierundzwanzig war. Maisfeld-Flucht und impulsive Art hin oder her, Colin hatte in den letzten Tagen und

Wochen mehr Verantwortungsbewusstsein und Für-
sorge für Ben bewiesen, als allerlei andere Leute es getan hätten.

»Alex? So kompliz–?«

»Nein. Sorry. Nein, nicht kompliziert.« Jedenfalls
nicht annähernd so, wie ich es mir noch immer manchmal ausmalte. »Es ist ernst. Mittlerweile sehr ernst,
würde ich sagen. Aber Ben weiß noch nichts davon.
Schätze, ich warte auf den richtigen Moment, der niemals kommen wird.«

»Mhm, oder er kommt, aber du realisierst es erst,
wenn er fähnchenschwenkend an dir vorbei ist.«

Ich lachte auf. »Ja, oder das.«

»Du machst das schon.« Oliver prostete mir noch einmal zu und kippte die letzten beiden Schlucke seines
Biers hinunter. »Ich bin mir sicher, Ben wird damit
klarkommen. Ihr habt ihn doch weltoffen erzogen und
er kennt Lindas Onkel und seinen Lebenspartner. Erinnerst du dich?«

Ich nickte. Oliver hatte schon recht und ich machte
mir auch keine Gedanken darüber, dass Ben grundsätzlich negativ auf eine gleichgeschlechtliche Beziehung
reagieren würde. Kinder wurden schließlich nicht
queerfeindlich geboren, sondern von den Ansichten
von Eltern und Gesellschaft geprägt.

»Ich denke, es ist aber was anderes«, erklärte ich nach
einem prüfenden Blick über die Schulter und mit gedämpfter Stimme, »wenn es den eigenen Vater betrifft.
Ein neuer Partner – egal ob Mann oder Frau – wird
nicht einfach für Ben sein.«

Einen Moment lang sah Oliver mich nachdenklich
an. »Vielleicht ist es in der Hinsicht sogar von Vorteil,

dass es Colin ist. Ein Mann, meine ich. Vielleicht ist das leichter für Ben, als wenn du ihm eine ›neue Mama‹«, Oliver malte Anführungszeichen in die Luft, »vorsetzen würdest.«

Daran hatte ich tatsächlich auch schon mal gedacht. Fakt war aber, dass ich gar kein solches Aufheben um Colins oder unser beider Geschlechter machen wollte. Ebenso wenig wie Colin einen Elternteil ersetzen sollte. Was ohnehin nicht möglich wäre.

»Kann sein«, entgegnete ich vage. Ehrlicherweise hatte ich gerade nicht den Nerv, diese Thematik zu vertiefen. In gewisser Weise waren Oliver und Linda schon sehr heteronormativ geprägt, auch wenn sie ihre beiden Kinder liberal und offen erzogen. Und auch ich selbst konnte mich davon nicht freisprechen. Zumindest was ein heteronormatives Männerbild anbelangte, musste ich mir wohl an die eigene Nase packen.

Ganz abgesehen davon, dass dieses Gespräch bodenlos sein würde, kamen gerade Ben und Sheldon durchs Wohnzimmer gehüpft.

»Hi, Großer.«

»Hi, Papa. Hallo, Oliver.«

»Grüß dich, Ben.«

Kaum auf der Terrasse angekommen, reckte Ben suchend den Kopf. »Wo ist Emil?«

»Zu Hause.«

»Hat er Zeit?« Ohne Olivers Antwort abzuwarten, wirbelte Ben zu mir herum. »Kann ich noch rübergehen? Biiitte, Papa!«

Das war so klar gewesen!

Ich warf einen prüfenden Blick auf meine Armbanduhr. Dann zu Oliver. Der zuckte mit den Schultern.

»Von mir aus ... Ich wollte eh gleich los. Hab Linda versprochen, noch was im Garten zu machen. Ich kann Ben mit rübernehmen.«

Bis zum Abendbrot waren es auch noch knapp zwei Stunden. Je nachdem, was Colin geplant hatte.

»Bitte?« Ben klimperte mich mit seinen dichten Wimpern herzallerliebst an. Verdammter kleiner Charmeur. Ich sah jetzt schon vor meinem geistigen Auge die Mädels bei uns Schlange stehen. Oder Jungs. Man wusste ja nie.

»Okay, du kannst noch zu Emil gehen ...«

»Jaaa!«

»... aber nur bis sechs. Schau bitte auf die Uhr. Ich will dir nicht hinterhertelefonieren müssen.«

»Versprochen!«, flötete Ben noch, während er bereits auf den Socken kehrtmachte und wieder ins Haus hineinrannte. »Ich hol nur schnell meine Sachen.«

»Ey, du nimmst nicht dein halbes Zimmer mit!«

»Neee! Nur eins von den Lego-Sets!«

Schief grinsend wandte ich mich wieder Oliver zu, der sich gerade vom Sessel erhob. »Viel Spaß mit den beiden.«

Er schmunzelte ebenfalls. »Oh, das darf Linda übernehmen. Ich muss mich um den Garten kümmern.«

»Mhm, immer fein rausziehen.«

Oliver lachte nur und ich gestand mir an der Stelle willig ein, dass ich meinen Kumpel und die gegenseitigen Frotzeleien schon ein wenig vermisst hatte in den letzten Monaten. Jahren.

»Haben wir etwa gleich sturmfrei?« Colin trat auf die Terrasse hinaus. Unsere Blicke trafen sich. In seinen Augen ein eindeutiges Blitzen.

Dann erst schien er sich darüber bewusst zu werden, dass diese Worte vor Oliver eindeutig zweideutig erscheinen könnten. Was sicher auch seine Intention gewesen war.

»Sorry, ich dachte kurz, er weiß sowieso –«

»Weiß ich.« Oliver grinste Colin breit an. »Ich freu mich für euch beide und halte euch liebend gern für zwei Stündchen den Rücken für Schweinereien frei.«

»Oli«, knurrte ich, spürte dabei jedoch das eigene Lachen mitschwingen, »noch sind Kinder im Haus.«

Er grinste nur weiter und schüttelte Colin die Hand. »Hallo.«

»Hi.« Colin warf einen prüfenden Blick über meinen Kopf hinweg ins Hausinnere, ehe er sich zu mir herunterneigte. Wie selbstverständlich kam ich der stummen Bitte nach und küsste ihn.

»Ich mag deinen besten Kumpel«, murmelte er gerade so laut, dass Oliver es sicher hören konnte.

Der grinste nur umso breiter, ebenso wie Colin.

»Stets zu Diensten für die Sicherstellung eures Liebeslebens. Also dann ... viel Spaß. Ich sorge dafür, dass Ben pünktlich heimkommt. Sorgt ihr also dafür, dass ihr rechtzeitig –«

»Jetzt hau endlich ab!« Diese ekelhaft gute Laune der beiden war ja nicht auszuhalten. Da hatten sich zwei gefunden.

Rund zwanzig Minuten später lagen Colin und ich trotz sturmfrei *nicht* nackt auf dem Sofa oder sonst wo. Er hatte Olivers Platz in dem Korbsessel eingenommen, diesen allerdings meinem gegenüber und näher herangeschoben, sodass er im Sitzen die Füße auf meinen

Oberschenkeln ablegen konnte. Was zugegebenermaßen ziemlich sexy war, weil Colin nach einer kurzen Dusche nun nur ein Tanktop und eine verdammt knappe Bermudashorts trug. Ich behielt meine Finger jedoch bei mir und auch Colin machte überraschenderweise keine Anstalten, etwas Sexuelles zu initiieren. Stattdessen genossen wir einfach das ruhige Beisammensein und unterhielten uns.

»... Ben hat Amselina gefüttert und wir haben fleißig geerntet. Also gibt's heute Abend irgendwas mit viel Gemüse.« Mit diesem Ausblick aufs Abendessen schloss Colin seine Erzählung darüber, was sie beide den Mittag über auf Colins Schrebergartengrundstück getrieben hatten. Ob er aktuell quasi hier bei mir wohnte oder nicht, ab und an musste er dort nach dem Rechten sehen. Das tägliche Gießen seiner Hochbeete übernahm glücklicherweise einer seiner Nachbarn.

Viel mehr als der Zustand seiner Tomaten und Paprika interessierte mich gerade allerdings etwas anderes: »Wer ist Amselina?«

Colin stockte in der Bewegung, seine Saftschorle zum Mund zu führen. »Hab ich dir noch nie von ihr erzählt?«

»Nein.«

»Oh. Meine Amsel – big surprise, bei dem Namen. Nicht *meine* Amsel natürlich, aber sie lebt schon länger auf meinem Grundstück und kommt jeden Tag zum Frühstück vorbei. Hatte schon Angst, dass sie beleidigt ist, weil ich jetzt ein paar Tage nicht da war. Aber vorhin hat sie ganz zufrieden die Müsliflocken gepickt, die ich Ben für sie gegeben habe.«

Colin beendete seine Erzählung mit einem großen Schluck Saftschorle. Ich indessen saß nur da und sah ihn an und wusste nicht, ob ich gerade darüber schmunzeln sollte, dass er sich so um einen wilden Vogel sorgte, oder ob ich es einfach wahnsinnig herzerwärmend fand, dass er das tat. Und dass er Ben so sehr in sein Leben einband.

»Jetzt hältst du mich vermutlich für bescheuert«, meinte er mit einem schiefen Grinsen, als er sein Glas auf den kleinen Gartentisch beiseitestellte.

»Nein«, entgegnete ich wahrheitsgetreu, »jetzt gerade verliebe ich mich noch ein wenig mehr in dich.«

*Oha!*

»Wow.«

Hatte ich das eben genau so gesagt?

Hatte ich. Da konnte ich Colin nur zustimmen: *Wow.*

Tief atmete Colin durch. Mit den nackten Zehen stupste er ganz sacht gegen meine Hand und ich schob diese auf sein Schienbein.

»Heißt das, *das hier*«, er deutete zwischen uns hin und her, »geht definitiv weiter, sobald du wieder fit bist und wir wieder getrennt wohnen?«

Entschlossen verstärkte ich den Druck auf sein Bein, sah ihn fest an. »Von meiner Seite aus: Ja. Und du wirst hier jederzeit willkommen sein. Vielleicht ... Behalt den Hausschlüssel einfach gleich, wenn du möchtest.«

Colin nickte sofort, schluckte jedoch einmal sichtbar, ehe er murmelte: »Das mache ich gern.« Er lächelte, unwahrscheinlich zaghaft für ihn. »Ich lass dir auch einen Schlüssel für mein Häuschen da. Dann kannst du mit Ben hin, auch wenn ich arbeiten bin. Ich glaube, ihm hat's da echt gefallen.«

Das konnte ich mir nur zu gut vorstellen. Colins Garten war das reinste Entdeckerparadies für Kinder. »Vielleicht bringe ich dir Ben einfach mal für eine Nacht zum Zelten in deinem Garten vorbei.«

Die Geste um Colins Mund wurde breiter. »Klar, warum nicht. Am besten gleich mit Emil zusammen. Die beiden scheinen ja nahezu unzertrennlich zu sein.«

»Sind sie.«

»Na dann ... Moment, und was ist mit dir?«

»Ich verzichte aufs Zelten. Mach du das mit den beiden Jungs und ich gönne mir einen Abend Auszeit.«

»O mein Gott!« Colin schaute übertrieben schockiert drein. »Wer sind Sie und was haben Sie mit *Mister Ich-habe-keine-Zeit-für-Auszeiten-und-schaffe-alles-allein-Alex-Haas* gema–? Au! Du Arsch!« Colin rieb sich die Innenseite seines Oberschenkels, in die ich ihn kurzerhand gezwickt hatte.

»Wer so frech ist ...«

Er gab ein Grollen von sich, lachte dabei jedoch. »Uh, ja, bestraf mich!«

»Gott ... womit hab ich dich Knallkopf verdient?«

»Mmh, es ist, wie ich dir schon mal gesagt habe: Du – willst – mich!«

Dem konnte ich nicht widersprechen. Nicht dass ich es in diesem Moment gewollt hätte.

»Komm her«, murmelte ich Colin stattdessen zu und empfing ihn, seine unsagbar weichen, nach mehr schmeckenden Lippen auf meinem Mund, sobald er die Füße von meinen Oberschenkeln zog und sich weit zu mir neigte. Obwohl dabei nun seine Hände auf meinen Oberschenkeln lagen und ein heißes Kribbeln durch mich sandten, blieb unser Kuss sanft, das Spiel unserer Zungenspitzen sinnlich, aber zurückhaltend.

Nach einem schier endlosen Moment zog Colin sich zurück und lehnte sich wieder tiefer in den Sessel. »Apropos Ben und Emil – Oliver und du, wie lange kennt ihr euch eigentlich schon?«

Ich ließ mich ebenfalls entspannt zurücksinken. Im Sitzen spürte ich meine verletzte Niere mittlerweile gar nicht mehr. Hoffnung für den Kontrolltermin am Montag ...

»Schon lange. Lissy und Linda haben zusammen in Stuttgart studiert. Linda und Oliver haben sich kennengelernt, etwa ein halbes Jahr, bevor Lissy und ich ein Paar geworden sind.«

»Ah, ja, das ist dann eine ganze Weile.«

Erst durch Colins Nachfrage wurde mir so richtig bewusst, dass er bislang nie von seinen Freunden erzählt hatte. Ich war einfach fest davon ausgegangen, dass es sie gab. Mit Anfang zwanzig, bis Ben auf die Welt gekommen war, waren Lissy und ich auch ständig mit Freunden unterwegs gewesen.

»Und bei dir?«, fragte ich daher nun. »Gibt's einen besten Kumpel?«

Zu meiner Überraschung flog ein kurzer Schatten über Colins Gesicht. Er schüttelte den Kopf. »Gibt es nicht und ehrlich gesagt ... sind da ohnehin nicht sonderlich viele Freunde. Ich meine, klar hab ich Leute, mit denen ich mal abhänge. Leute vom Motocross oder eine Arbeitskollegin, mit der ich mich gut verstehe. Aber ... Tja, dadurch, dass ich mit Anfang zwanzig fast nichts anderes gemacht habe, als meine Ausbildung durchzuziehen und mich um meine Mum zu kümmern, sind die meisten *Freunde*«, das Wort klang fast ein wenig bitter aus seinem Mund, »früher oder später gegangen. Ich kann's ihnen auch gar nicht verübeln. Ich war echt keine angenehme Gesellschaft in der Zeit. Entweder *down* oder *over the top*, erzwungen gut gelaunt und auf der Suche nach Ablenkung.« Sein schiefes, bitter wirkendes Grinsen streifte mich. »*Damals* hätten wir uns wirklich besser nicht treffen sollen. Meine Maisfeld-Aktion war ein Scheiß dagegen.«

Hart biss ich die Zähne aufeinander. Nicht, weil ich mir die Frage verkneifen musste, was Colin zu der Zeit so alles getrieben hatte. Sondern weil mir seine Worte einen Stich versetzten. Ich war in den letzten Wochen so sehr mit mir selbst beschäftigt gewesen und damit, mich hinter meinen Mauern zu verkriechen, dass ich mir viel zu wenige Gedanken darüber gemacht hatte, was Colin durchgemacht hatte.

»Ich hätte eher nachfragen sollen, das tut mir leid.«

Colin schüttelte leicht den Kopf. »Du hattest genug eigenen Scheiß und wir waren noch nicht so weit.«

»Stimmt. Aber jetzt sind wir es. Was auch immer dir auf dem Herzen liegt, halt es bitte nie zurück, weil du denkst, mich nicht damit belasten zu wollen, okay?«

Langsam, aber sicher kehrten Wärme und Leichtigkeit in seinen Blick zurück. Erneut stupste er mich mit den Zehen an. »Du aber auch nicht. Ich verstehe, wenn du mal mit dir allein sein musst. Aber stapel nicht wieder so viele zentnerschwere Brocken um dich herum, ja?«

Erneut schob ich meine Hände auf seine Schienbeine, beide dieses Mal. Ich sagte nichts, nickte nur und sein

Lächeln bezeugte, dass der Druck meiner Finger auf seiner Haut genug war.

# Kapitel 32 – Alexander

Ein Geräusch, von dem ich zunächst nicht sicher sagen konnte, was es war, holte mich aus dem Schlaf. Träge blinzelte ich gegen die Rückenlehne des Sofas, lauschte. Letztlich war es das hastige Tappen nackter Füße, das mich vollends und ziemlich unsanft aus dem Dämmerzustand holte. Ben!

Ich wälzte mich herum, erkannte im Dunkel des Wohnzimmers vage seine Umrisse. Umso deutlicher drang seine zittrige Stimme an meine Ohren.

»Papa?«

»Ich bin hier«, entgegnete ich sofort und richtete mich in eine sitzende Position auf. »Komm her.« Mein Herz schlug einen alarmierten Rhythmus in meiner Brust, doch ich zwang mich zur Ruhe. Bens Albträume waren im letzten Jahr seltener geworden. Aber gerade war es offensichtlich, dass ihn ein solcher gequält hatte.

Keine drei Sekunden später kroch er zu mir aufs Sofa und drückte sich an mich, sobald ich die Arme für ihn geöffnet hatte und ihn an mich zog. Sein einzelnes Schluchzen zerriss mir regelrecht das Herz.

Er drückte sein Gesicht an den Stoff meines T-Shirts und murmelte: »Geht's dir gut, Papa?«

Spätestens mit dieser Frage war klar, wovon er geträumt hatte, auch wenn ich die Details nicht kannte.

»Ja, mir geht's gut.« Behutsam streichelte ich durch seine verwuschelten Haare, hielt ihn. »Es ist alles okay.«

Er nickte, drückte sich im selben Moment noch enger an mich.

Ich war so auf Ben fixiert, dass ich Colin erst registrierte, als er ans Sofa trat.

»Hey«, sagte er mit hörbarer Vorsicht in der Stimme, »ich hab's Rumoren hören. Was ist los?«

Obwohl mir Bens Angst und Tränen tief bis ins Mark stachen, schlich sich auch ein unheimlich warmes Gefühl in meinen Bauch. Selbst im Dunkel des Zimmers konnte ich die Sorge auf Colins Miene erkennen.

»Ben hat schlecht geträumt.«

»Oh.« Ein wenig unschlüssig, wie mir schien, blieb Colin einen Schritt vom Sofa entfernt stehen. Wusste augenscheinlich nicht so recht, ob er bei uns bleiben oder uns in Ruhe lassen sollte.

Ich hätte ihm gern etwas gesagt, aber Ben forderte gerade meine ganze Aufmerksamkeit.

»Papa?«

»Ja, Großer?«

Er hielt in der Bewegung inne, den Kopf zu heben. Drückte sich dann wieder an mich. »Ich fühl mich grad gar nicht groß«, nuschelte er gegen mein Shirt.

Ich brauchte einen Moment, um zu begreifen, das Ausmaß zu erfassen, doch dann ... brannten sich seine leisen Worte wie Feuer durch mich. Schmerzhaft heiß grub sich ein Gespräch in meine Erinnerungen, das ich damals mit dem Trauerbegleiter geführt hatte. Er hatte mir erklärt, dass charakterisierende Kosenamen wie

›Großer‹ Rollenbilder aufrechterhielten, die gerade im Kontext des Verlustes kontraproduktiv sein konnten. Weil sie Kinder – wenn auch unbewusst – in die Verantwortung nahmen, den Schmerz zu ertragen. Stark zu sein. Mannhaft. Fuck!

Aus einem Reflex heraus schloss ich die Arme fester um Ben, hielt ihn im selben Moment sanfter.

Ich hatte es damals abgetan, aber jetzt …

»Tut mir leid«, murmelte ich in seinen Schopf und meinte damit all die Male, in denen ich ihn so genannt und sicher nicht willentlich, aber vielleicht doch unbewusst die Ansprüche, die ich an mich selbst stellte, auf ihn übertragen hatte. »Es ist auch okay, sich manchmal ganz klein zu fühlen. Überhaupt … es ist doof, wenn ich dich so nenne, hmm?«

Das Gesicht weiter an mir geborgen zuckte er vage mit den Schultern. »Weiß nicht …« Eine kurze Pause entstand, in der ich ihn einfach hielt. »Du, Papa … kann ich bei dir schlafen?«

»Ja, klar«, antwortete ich sofort. Als Ben gerade sieben geworden war, rund ein Jahr nach Lissys Tod, hatten wir eine Phase gehabt, in der er gar nicht mehr allein hatte schlafen wollen. Damals hatte ich mir wirklich Sorgen gemacht, dass wir darüber nicht hinwegkommen würden. Heute war es kein Thema mehr, dass er nach einem seiner zum Glück selten gewordenen Albträume zu mir ins Bett schlüpfte. Hier unten stellte sich ein anderes Problem, das jedoch leicht zu beheben war.

»Dann brauchen wir aber die Matratze aus deinem Zimmer. Oder … ach, es geht, ich komm mit nach –«

»Ich kann die Matratze runterholen.«

*O Colin …*

»Würdest du?«

»Klar.« Er drehte sich um und war schon halb aus dem Wohnzimmer, als Ben sich mit einem Schniefen von mir löste.

»Colin?«

Er hielt sofort inne. »Ja?«

»Kannst du meinen Hai mitbringen? Der ... na ja, eigentlich sitzt er nur noch so neben meinem Bett, ich brauch ihn nicht mehr, aber ...«

Colin kam noch einmal einen Schritt auf uns zu. Die geschlossenen, blickdichten Vorhänge dunkelten das Zimmer ab, doch ich bildete mir ein, das sanfte Lächeln zu sehen, mit dem er Ben ansah. »Klar, ich bring ihn mit. Auch große Jungs dürfen noch ein Kuscheltier brauchen. Ich hab auch eins, weißt du?«

»Echt?« Bens Zittern hatte inzwischen nachgelassen. Er lehnte nur noch müde an mir.

»Ja, echt. Ich zeig's dir, wenn wir Amselina das nächste Mal besuchen, okay?«

»Ja.«

Ich konnte mich in Gedanken nur wiederholen: *O Colin, wie wunderbar bist du?*

Nur wenige Minuten später hatte Colin die Matratze unter Bens Bett hervorgeholt und nach unten ins Wohnzimmer gewuchtet. Der Plüschhai, den Lissy und ich Ben einen Tag nach seinem vierten Geburtstag bei einem Zoobesuch geschenkt hatten, lag bereits darauf.

Ben rutschte vom Sofa hinunter. Im Schneidersitz hockte er sich auf die Matratze. Das Licht, das Colin im Flur angeschaltet hatte, um nicht mit der Matratze die Treppe hinunterzustürzen – wir wussten ja, wie so was enden konnte –, warf genug Helligkeit ins Wohnzimmer, dass ich die Tränenspuren auf Bens Wangen sehen konnte. Getrocknete Spuren mittlerweile. Er schniefte allerdings noch ein bisschen.

Von der unteren Ablage des Couchtisches, den Colin zugunsten der Matratze verschoben hatte, angelte ich ein Päckchen Taschentücher. »Hier.«

Ben zupfte eines heraus und schnäuzte sich zweimal. »Besser?«

»Mhm.«

Ich deutete zu ihm auf die Matratze. »Soll ich mit da runterkommen?«

Er nickte nur und ich warf ihm spielerisch mein Kissen zu. Er fing es, grinste dabei sogar ganz leicht. Ich griff gerade nach meiner Decke, als Colin zurück ins Wohnzimmer kam. Mit Bens Bettzeug und …

»Was bringst du denn da alles?« Sah nach einem Stapel Spannbettlaken aus.

Er blinzelte mehr Ben als mir verschwörerisch zu. Durch das Licht im Flur lag sein Gesicht halb im Schatten. Eine Strähne seines etwas längeren und vom Schlaf zerzausten Haars hing ihm in die Stirn. Ich grub die Finger tiefer in meine Decke, um nicht dem Kribbeln in ihnen zu erliegen und Colin zu berühren.

»Ich weiß eine super Methode gegen Albträume.«

»Ach ja?«, und: »Was denn?«, fragten Ben und ich nahezu zeitgleich.

Colin lächelte nur verschmitzt und begann, nachdem er das Zeug aus den Händen gelegt hatte, den einzelnen Sessel und zwei Stühle vom Esstisch zu verrücken. Mir dämmerte es.

»Wird das ein Zelt?« Ben begutachtete aus verweinten, aber aufmerksamen Augen sein Tun.

»Es wird nicht nur *ein* Zelt«, entgegnete Colin und klang dabei ein bisschen wie ein alter, weiser Geschichtenerzähler, »es wird *das* AAZ.«

In einem großen Schwung breitete Colin eines der Spannbettlaken über dem Gebilde aus Sessel, Stühlen und Sofalehne aus, sodass ich mich ducken musste und kurzerhand zu Ben auf die Matratze rutschte.

»Was ist ein AAZ?«, fragte der und sah sich unter der provisorischen Kuppel um.

Colin raschelte draußen herum. Gleich darauf wurde es dunkler, anscheinend hatte er ein weiteres Leintuch ausgebreitet.

»Das AAZ«, erklärte er und streckte den Kopf zu uns unter die Stoffe, »ist das ultimative Anti-Albtraum-Zelt. Wenn man sich darunter kuschelt und ganz fest die Augen zumacht, kann nichts von draußen reinkommen. Und mit einem Hai an der Seite wird es noch uneinnehmbarer. Wie eine Festung.«

Sekundenlang starrten Ben und ich Colin nur an. Ich vor Rührung und Ben ... kicherte plötzlich.

»Du bist echt voll cool, Colin, aber das ist Blödsinn. Ich bin neun! Ich glaub doch nicht mehr an so was.«

Colin ließ sich davon nicht aus der Ruhe bringen. »Ts, das AAZ funktioniert auch, wenn man nicht dran glaubt. So oder so sitzt ihr jetzt darunter und dürft erst morgen früh wieder rauskommen, wenn ich komme und euch rauslasse. Denn ich bin der Wächter des AAZ.«

»Aber ... kommst du nicht mit rein?«

*Das* brachte Colin aus der Fassung. »Ähm ...ich dachte, ich geh wieder hoch.«

»Das ist doch blöd!«, sagte Ben entschieden. »Wir schlafen alle im AAZ. Ist doch genug Platz.«

Darüber konnte man sicherlich streiten, denn faktisch hatten wir hier unten eine schmale Sofaliegefläche, auf der man sich dank des Zeltüberbaus nicht aufsetzen konnte, und eine neunzig mal neunzig große Matratze. Bens Plan funktionierte also nur mit Kuscheln.

»Mh, na ja, ich kann schon hierbleiben ...« Fragend huschte Colins Blick zu mir.

»Natürlich. Bleib.« Wie gern ich ihn gerade an mich gezogen und geküsst hätte. »Wenn du den Platz direkt unter der Zeltkuppel nimmst.« Mit schiefem Grinsen nickte ich zur Sofasitzfläche.

»Okay, klar, dann ... hol ich schnell mein Zeug von oben und mach das Licht aus.«

Keine zehn Minuten später lagen wir tatsächlich alle drei unter dem Anti-Albtraum-Zelt. Es war stockdunkel, jetzt schon warm und ich könnte schwören, dass die Luft bis zum Morgen eklig stickig unter den Laken sein würde. Aber irgendwie machte genau das die Gemütlichkeit ja auch aus.

Ben hatte sich neben mir auf die Seite gedreht und hielt seinen Hai im Arm. Ich lauschte auf seine immer ruhiger werdenden Atemzüge, bis sie schließlich kaum noch zu hören waren. Er schlief.

Was ich jedoch hörte, war das leise Klackern von Krallen auf dem Laminatboden. Sheldon hatte offensichtlich keine Lust, allein im Obergeschoss zu schlafen. Er kam ins Wohnzimmer getappt. Das Klackern verstummte. Er konnte noch nicht bei seinem Körbchen sein. Wahrscheinlich besah er sich verwirrt das Zeltgebilde.

Schließlich vernahm ich ein Seufzen, als hätte der Hund über die Wunderlichkeit von Menschen resigniert. Noch einmal Klackern. Dann ließ er sich mit einem weiteren Seufzer in sein Körbchen fallen.

Ben war weiterhin ganz still.

Vorsichtig drehte ich mich ein Stück weit und starrte auf das Sofa, auf Colin, der darauf und damit gut zwanzig oder dreißig Zentimeter über mir lag. Ich sah jedoch genau nichts.

Schlief er auch bereits?

Er raschelte leicht unter der Decke.

»Colin?« Ich flüsterte nur ganz leise.

Eine kurze, tiefe Stille.

»Ja?«, wisperte er ebenso gedämpft. Ein Rascheln folgte.

Im Dunkeln tastete ich am Sofa entlang. Meine Finger stießen an seine.

»Du bist unglaublich. Danke.« Sacht strich ich über seine Haut. Schauderte, als er die Geste erwiderte, unsere Finger zart miteinander spielten und sich dann umeinander schlangen. »Ich –«

Die Worte verloren sich auf meiner Zunge. Stoben auseinander. Noch nicht bereit, gesagt zu werden, und doch war ich mir ihrer sicher.

»Ja«, flüsterte Colin und drückte leicht meine Finger, »ich auch.«

~~~
~~~

Immer wieder schweifte mein Blick vom Fernseher, auf dem eines von Bens Spielen flimmerte, aus dem bodentiefen Wohnzimmerfenster in den Garten. Draußen am Himmel türmten sich bereits die Wolken. Für den Mittag waren Sommergewitter angesagt. Hoffentlich würden Blitz und Donner noch auf sich warten lassen, bis Colin vom Einkaufen zurück war. Gleichzeitig wünschte ich mir, er würde gar nicht so rasch zurückkommen. Denn ich wollte vorher mit Ben reden – und schob es schon seit Minuten vor mir her.

»Gewonnen!«

Ich drehte den Kopf zurück zu Ben, der jedoch wenig triumphierend ob seines erneuten Siegs schaute.

»Ey, Papa, du spielst heute echt schlecht.«

Da hatte er allerdings recht.

»Entschuldige.« Ich legte den Controller auf den Tisch. *Himmel, Alex, bring's hinter dich! Colin hat das Versteckspiel nicht verdient und genauso verdient Ben die Wahrheit!*

Im letzten Moment schluckte ich das ›Großer‹, das mir aus reiner Gewohnheit auf den Lippen gelegen hatte, hinunter. Ich hatte es so oft gedankenlos genutzt und selbst Colin hatte mir am Morgen ›gebeichtet‹, dass er Ben so genannt hatte. Vielleicht sollten wir Kosenamen einfach sein lassen. Spätestens sobald Ben in die Pubertät kam, würde er vermutlich ohnehin jedwede Variante davon eher peinlich finden.

»Ben«, sagte ich demnach schlicht, aber nicht minder liebevoll, »ich würde gern mit dir reden.« Wobei das ›gern‹ Definitionssache war.

Er scrollte noch immer mit dem Controller auf dem Bildschirm herum, machte Anstalten, eine weitere Runde zu starten.

»Ben.«

Er stieß die Luft durch aufgeplusterte Wangen auf. »Okay.« Er legte sich den Controller in den Schoß und rutschte im Schneidersitz so auf dem Sofa herum, dass er mich direkt ansehen konnte. »Was gibt's, Papa?«

*Tja, dann mal los, Herr Haas ...*

Welchen der gefühlt einhundert möglichen und unmöglichen Einstiege für dieses Gespräch wählte ich nun?

»Colin wird ja voraussichtlich nur noch dieses Wochenende bei uns wohnen. Er muss nächste Woche wieder arbeiten und ich hoffe, dass ich ab Montag, wenn ich noch mal beim Arzt war, wieder länger aufstehen darf.«

»Ja, ich weiß.« Ben nickte eifrig. »Ich werd dir dann auch helfen. Beim Aufräumen und so.«

»Ach? Ich dachte, du magst aufräumen nicht.«

»Jaaa, aber einer muss es ja machen.«

Wieder einmal brachte mich seine trockene Art zum Lachen. Kurz allerdings nur. »Das ist lieb, Ben. Das meinte ich aber gar nicht. Wie fändest du es, wenn Colin trotzdem öfter mal herkommt? Auch mal wieder hier übernachtet ...«

»Cool.«

»Ja?«

Wieder ein begeistertes Nicken.

»Okay, hör zu, Ben ... Es ist so: Colin ist mein Freund.«

Keine Reaktion. Seine Miene blieb völlig unbeeindruckt, als wären das keine Neuigkeiten.

Mein Fehler, er dachte bei meiner Formulierung sicherlich an so eine Freundschaft, wie er und Emil sie hatten.

»Mein Partner«, sagte ich daher mit Nachdruck. »Wir sind ein Paar.«

Ben blinzelte. Zog die Stirn in Falten. Hinter dieser ratterte es augenscheinlich gewaltig.

»Das heißt du ... bist in Colin verknallt?«

Wäre die Situation für mich nicht so scheißernst, hätte ich wohl erneut lachen müssen. So rang ich mir lediglich ein Lächeln ab. »Ein bisschen mehr als das.«

»Ah.« Noch immer lag Bens Stirn in Falten. »Oh.«

Himmel, ich drehte hier innerlich gleich durch, während ich nach außen ganz ruhig zu bleiben versuchte.

»Aber ...« Er legte sich nachdenklich einen Finger ans Kinn. »Oh ... hmm ... nein.«

Gott ... das war Folter. Eine von ihm vollkommen unbeabsichtigte natürlich. »Was geht dir durch den Kopf, Ben?«

»Na, ich hab überlegt, ob das geht. Also weil du ein Mann bist und Colin ein Mann ist. Aber das ist egal, oder? Das ist so wie bei Emils Onkel.«

Genau genommen war besagter Onkel, den wir von diversen Feiern bei den Kochs kannten, schwul. Ich bisexuell. Aber das tat vor einem Neunjährigen gerade nichts zur Sache. »So ähnlich, ja.«

Ben nickte nachdenklich. In seinem Kopf arbeitete es immer noch.

Ich hatte durchaus erwartet, dass er in diese Richtung fragen würde. Und ich bezweifelte, dass es dabei bleiben würde. Aber vielleicht musste er die Nachricht

auch erst mal verdauen und würde in ein paar Tagen
erst –

»Und Mama?«

*Das* war die Frage, auf die ich eigentlich gewartet
hatte und um die ich mir die meisten Gedanken gemacht hatte. Es war der Punkt, vor dem ich ehrlicherweise Schiss hatte. Eine gleichgeschlechtliche Beziehung konnte ich Ben nahebringen. Aber was, wenn er
einfach nicht damit klarkam, dass es nach Lissys Tod
nun jemand anderen gab?

Ich hatte mir zehn mögliche Antworten parat gelegt
und doch kam nun nur ein lahmes: »Was ist mit
Mama?«, über meine Lippen.

»Na, wenn du mit Colin zusammen bist, dann ... Ändert das was daran, dass du Mama immer noch doll lieb
hast?«

»Nein.« Ich schluckte. Meine Kehle zog sich regelrecht
zu. »Nein, Ben, daran ändert sich nichts. Lissy ist ganz
fest hier drin.« Ich streifte über die Stelle, an der mein
Herz einen dumpfen, schmerzlichen, glücklichen
Rhythmus pochte. »Daran wird sich nichts ändern
und ... sie wird mir immer fehlen. Aber da drin ist auch
Platz für Colin.«

»Also ist es mit ihm nicht dasselbe wie mit Mama?«

»Es ist nicht dasselbe. Es ist nicht besser und nicht
schlechter, es ist nur ... anders.«

»Schön?«

Ich musste einfach lächeln. Für einen winzigen Moment gewann die wohlige Wärme in mir, wenn ich an
Colin dachte, die Oberhand über die Befürchtung, Ben
würde mit diesen Neuigkeiten nicht zurechtkommen.
»Ja. Ja, es ist schön.«

Ben schwieg. Wenige Sekunden nur, die sich jedoch quälend in die Länge zogen. Und dann ... grinste er sein verschmitztes Ben-Grinsen, bei dem er Lissys Grübchen hatte. »Dann finde ich es auch schön.«

Unsagbare Erleichterung flutete durch mich hindurch und doch erlaubte ich mir nicht sofort, ihr nachzugeben. Ich wollte ganz sicher sein. Sicher, dass es Ben, der nun mal mein Ein und Alles war, damit gut ging. »Du findest es also okay, dass Colin und ich ein Paar sind?«

»Ja. Zocken wir jetzt noch weiter?«

Das bedeutete dann wohl so viel wie: Ben machte sich sehr viel weniger einen Kopf als ich selbst.

Lächelnd griff ich zum Controller. »Aber nur noch eine Runde.«

»Boah, Papa ...«

Tatsächlich schafften wir die nächste Spielrunde – bei der Ben wieder mal gewann, aber wenigstens nicht mehr so haushoch – gerade noch zu Ende, bevor Sheldon mit einem einzelnen Bellen aufsprang und in den Flur lief. Über das leise Dudeln hinweg, das den Startbildschirm unterlegte, vernahm ich das Kratzen des Schlüssels im Schloss.

»Da kommt Colin«, sprach ich das Offensichtliche aus und schüttelte innerlich über mich selbst den Kopf, weil mein Herz unweigerlich den Takt beschleunigte.

»Hoffentlich hat er an die Schokobons gedacht!« Ben warf den Controller zwischen die Sofakissen und wollte schon in den Flur sprinten, doch ich hielt ihn zurück.

»Moment mal, aufräumen bitte!« Dank meiner riesigen Erleichterung war ich beinahe geneigt, ihm für den restlichen Tag alles durchgehen zu lassen. Aber sinnvoll war das vermutlich nicht.

»Ooooh …« Maulend kam Ben zurück zum Sofa getappt. Die Geräusche aus dem Flur bezeugten, dass Colin mittlerweile im Haus war. Sheldon veranstaltete mal wieder seinen Freudentanz. Er hatte Colin definitiv bereits als neues Familienmitglied akzeptiert.

Achtsam erhob ich mich. Himmel, wie ich betete, dass ich am Montag grünes Licht bekam, diese elendige *weitgehende* Bettruhe sein zu lassen.

»Danke«, sagte ich noch zu Ben, der den Fernseher ausschaltete und sich daran machte, die beiden Controller in der Schublade des Sideboads zu verstauen.

Colin stand mit zwei Einkaufstüten bepackt im Flur. Eine in der Hand, die andere unter den Arm geklemmt, begrüßte er mit der freien Hand Sheldon, der ihn begeistert immer wieder anstupste.

Direkten Schrittes ging ich auf die beiden zu.

»Hey, na?« Colin lächelte mich flüchtig an, entzog Sheldon seine Hand und wollte gerade den Schlüsselbund ans Schlüsselbrett hängen. Doch so weit kam er nicht.

Zugegebenermaßen ein wenig zu energisch umschloss ich seine Wangen und zog ihn zu mir. Ihm entfuhr ein überraschter Laut, den ich mit meinen Lippen erstickte. Die Geste zu ungestüm. Mein Puls jagte in die Höhe. Purer Erleichterung geschuldet und ein wenig auch Colins Nähe. Auch wenn ich die gewissermaßen gerade erzwungen hatte.

Ich besann mich darauf, den Kuss sanfter werden zu lassen. Streifte mit meinen Lippen über seine. Immer wieder, bis er die Geste erwiderte und mit einem noch immer verwundert klingenden Seufzen gegen mich sank. Erst, als er sich wirklich unter meinen Händen und meinem Mund entspannt hatte, ließ ich von ihm ab.

»Hey«, murmelte ich auf seine Lippen, was ihn merklich schaudern ließ.

»Was ...? Ist Ben nicht zu Hause?«

»Dooooch!«, krähte es da auch schon hinter uns. »Hast du Schokobons gekauft?«

Irritiert blinzelnd sah Colin von mir zu Ben, zurück zu mir und wieder zu Ben. »Hab ich. Sind in der Tüte hier.« Er drehte sich Ben seitlich zu, sodass der die Tasche unter Colins Arm hervorklauben konnte. Ein Wunder eigentlich, dass Colin sie bei meinem Kuss-Überfall eben nicht hatte fallen lassen.

»Magst du die Sachen ausräumen?«, bat Colin Ben geistesgegenwärtig.

»Okay. Kann ich dann ein paar Schokobons, Papa?«

»Ja. Vier.«

Ben hielt prompt dagegen. »Sechs!«. Er wusste wohl, dass wir uns dann bei fünf treffen würden. Kleiner Schlawiner! Aber scheiß drauf heute.

»Okay. Sechs.«

»Echt?«

»Ja. Jetzt ab in die Küche und Sachen aufräumen. Dann Süßigkeiten.«

Ben maß mich mit einem undefinierbaren Blick, wie ich ihn noch nie an ihm gesehen hatte. Dann Colin.

»Du tust meinem Papa gut«, stellte er trocken fest, drehte sich um und marschierte mit der Tüte in der Hand in Richtung Küche.

# Kapitel 33 – Colin

Nervös trommelte ich mit den Fingern aufs Lenkrad von Alex' Seat Ateca. Das leise Geräusch wurde vom Knurren meines Magens überlagert. Ich hatte bei der Arbeit aufgrund eines spontanen Kundenandrangs erst eine Viertelstunde später als geplant Feierabend machen können. Daher hatte ich keine Zeit mehr gehabt, etwas zu essen, ehe ich Alex abholte. Wenn ich mir so ansah, wie lange er schon in der Praxis war, hätte ich in der Zeit locker zu einem Bäcker in der Gegend fahren – oder laufen – können. Jetzt wollte ich mich allerdings auch nicht mehr von der Stelle bewegen. Shit, warum dauerte das so lange? War das ein schlechtes Zeichen oder einfach nur viel los in der Praxis?

Im Stillen ging ich bereits mehrere Möglichkeiten durch, wie ich meine Abteilungsleiterin oder besser noch gleich den Marktleiter anflehte, nach nur einem Arbeitstag noch mal Urlaub zu bekommen. Wenigstens war die letzte Woche der Sommerferien in Baden-Württemberg angebrochen, sodass die meisten Kolleginnen und Kollegen mit Kindern wieder arbeiteten.

Oder aber Alex' Hausarzt sollte mich gleich wegen ›akuter Kümmeritis‹ krankschreiben. Mann ey, diese Warterei machte mich wahnsinnig!

Ich hatte eigentlich absichtlich im Auto gewartet, da ich Arztpraxen einfach aus Prinzip nicht mochte und ich außerdem einen Schattenparkplatz ergattert hatte. Nun allerdings griff ich kurz entschlossen den Schlüssel aus der Mittelkonsole. Ich würde nachfragen gehen, wie lange das noch dau–

Ich hatte gerade die Beine aus der offen stehenden Tür geschwungen, als Alex auf dem Parkplatz hinter der Praxis auftauchte. Raschen – und zwar wirklich raschen – Schrittes kam er auf sein Auto und damit auf mich zu. Mit aufgeregt klopfendem Herzen blieb ich sitzen, sah ihm entgegen.

Er grinste – und mein Herz tat einen hoffnungsvollen Sprung. Oder zumindest fühlte es sich so an. Wäre ja noch schöner, wenn ich jetzt Rhythmusstörungen bekam.

»Und?«, rief ich ihm entgegen, als er noch mehrere Schritte von mir entfernt war.

»Alles bestens!«

*Das* war ja wohl mit Sicherheit übertrieben. »Herr Haas ...«

Er verdrehte die Augen. Vor mir stehend neigte er sich zu mir und drückte mir einen kurzen Kuss auf die Lippen. »Danke fürs Warten. Die Werte sind gut, der Riss auf dem Ultraschall nur noch ganz fein zu sehen.«

Also eben nicht alles bestens. »Bedeutet?«, fragte ich besorgt nach.

»Keine Bettruhe mehr und dass ich wieder normale Hausarbeiten und so was erledigen kann. Kein schweres Heben, keine übermäßige Anstrengung, mindestens vier Wochen kein Sport und demnach«, Alex seufzte, »auch weiterhin krankgeschrieben. Aber es wird. Ich kann mich wieder um Ben kümmern und du kannst wieder arbeiten gehen und ... in dein Häuschen zurück.«

Bildete ich es mir nur ein oder huschte bei seinen letzten Worten ein ganz feiner Schatten über sein Gesicht? Schande über mein Haupt, dass ich deswegen in mich hineingrinste.

»Ein Glück.« Damit meinte ich natürlich viel mehr seinen fortschreitenden Gesundheitszustand als irgendwas anderes. Um das nonverbal klarzustellen, griff ich mit beiden Händen in sein Shirt und reckte mich, so weit es das Autodach zuließ, ihm für einen weiteren Kuss entgegen. Den bekam ich auch. Sanft streiften unsere Lippen übereinander.

»Ich bin echt froh«, murmelte ich nahe an seinem Mund, ehe wir uns voneinander lösten. »Du musst dich trotzdem noch schonen.« Ich konnte mir die Erinnerung einfach nicht verkneifen. Besänftigend zupfte ich sein Shirt wieder glatt. »Dachte, ich erwähne es mal, so, wie du eben auf mich zugerannt bist.«

»Ich bin nicht gerannt.«

»Zügig gelaufen. Du sollst dich trotzdem noch –«

»Ja, Dad.«

Halb lachend, halb stöhnend ließ ich mich gegen die Rückenlehne des Autositzes fallen. »O Gott ... das klingt auf so viele Arten falsch.«

Alex lachte ebenfalls, er grinste noch immer.

»Also, fahren wir?«

»Ja.« Alex ging um das Auto herum und stieg auf der Beifahrerseite ein. Genau genommen hätte er dann ja jetzt auch fahren können. Aber ich musste zugeben, es gefiel mir, dass er wie selbstverständlich auf dem Beifahrersitz Platz nahm.

»Apropos zügig laufen«, während er sich anschnallte, steckte er das Befundblatt in die Seitenablage der Tür, »hast du Lust, dass wir nachher gemeinsam joggen gehen?«

Mir entgleisten regelrecht die Gesichtszüge. Ich hatte mich doch wohl verhört!

»Zu anstrengend? Okay. Wir könnten eine Motorradtour –«

»ALEX!«

Er lachte.

Da saß der Mistkerl einfach neben mir und lachte.

»Arsch!« Ich steckte den Schlüssel in die Zündung.

»Das mit dem Joggen war ein Witz. Mir ist klar, dass ich mich schonen muss.«

Ich seufzte und startete den Motor, fuhr jedoch noch nicht los, sondern wandte mich noch mal Alex zu. »Und mir ist klar, wie schwer dir das fällt. Trotzdem ... tu's! Wenn schon nicht für dich selbst, dann für Ben. Der braucht einen gesunden Dad.«

»Ich weiß. Ich schwöre, ich werde langsam machen.«

»Gut.« Ich legte den Rückwärtsgang ein. »Und noch was: Hör auf zu versuchen, witzig zu sein.«

»Hey!«

Ich ließ mich von seinem gespielten Protest nicht beirren, sondern lenkte den Ateca sicher aus der Parklücke. »Ehrlich, Alex, du hast andere, bessere Qualitäten.«

»Mmmh«, sein Brummen kribbelte warm mein Rückgrat hinab, »erzähl mir mehr davon.«

»Schonen, Alex, schonen!« Ich sah es gerade überhaupt gar nicht ein, ihm zu offenbaren, dass ich mich verdammt noch mal danach verzehrte, endlich wieder ›richtig‹ mit ihm intim zu sein. »Außerdem hab ich einen Wahnsinnshunger. Also, wenn du so einen Unternehmungsdrang hast, holen wir jetzt Ben ab und gehen essen. Wären zur Feier des Tages Burger okay?«

Aus dem Augenwinkel beobachtete ich, wie Alex sich entspannt auf dem Beifahrersitz zurücklehnte.

»Ich denke schon. Und wie ich meinen Sohn kenne, eine extra Portion *Wilde Kartoffeln* dazu.«

Ich nickte zufrieden und bog auf die Hauptstraße ab. Ben hatte eindeutig Geschmack!

Eine knappe Stunde später saßen Alex und ich, gemeinsam mit Ben *und* Emil, dann endlich in Bens Lieblings-Burger-Restaurant, das zufällig auch mein Favorit war. Während wir auf unsere Bestellung warteten, vertrieben die beiden Jungs sich die Zeit mit irgendeinem Sammelkartenspiel und bewiesen dabei unerwartet viel Geduld. Ich hingegen reckte andauernd den Hals in Richtung Eingangsbereich. Doch wann immer eine der Servicekräfte Teller heraus in den kleinen Biergarten brachte, waren es noch nicht unsere Burger. Für einen Montagnachmittag war allerdings auch viel los. Vermutlich, weil die meisten Familien bereits aus dem Sommerurlaub zurück waren, aber eben noch eine Woche Kinderbetreuung zu leisten hatten. Auf dem Spielplatz, der zwischen dem Biergarten des Burgerladens und einem weiteren Restaurant lag, tummelten sich jedenfalls jede Menge Kids. Die meisten deutlich jünger als Ben und Emil. Der Grund, weswegen die beiden beschlossen hatten, dass Kartenspielen cooler war, als *»mit solchen Babys«* – Zitat Emil – abzuhängen.

Mein Magen meldete sich erneut mit verzweifeltem Knurren. »Mann, wie lange brauchen die denn für unsere Burger? Müssen die das Rind erst noch züchten?«

Aus dem Augenwinkel fing ich Alex' amüsierten Blick ein.

»Wirst du quengelig?«

»Pfff, nein!« *Okay, vielleicht ein bisschen.*

Um mich von meinem Hunger abzulenken und weil es auch einfach schön war, Alex neben mir zu spüren – vor allem nun, da wir unsere Zuneigung offen zeigen konnten – schob ich eine Hand auf seinen Oberschenkel. Sofort fand seine Hand darüber.

Mit seinem intensiven Blick, der inzwischen unsagbar warm wirkte, wenn er mich ansah, musterte er mich. »Alles gut?«

»Abgesehen vom Hunger – ja!« Kurzerhand neigte ich mich zu ihm und er kam mir entgegen und gab mir einen kleinen, sanften Kuss.

Seufzend stützte ich einen Ellbogen an der Tischkante auf, legte meine Wange in meine Hand. Unser Augenkontakt riss dabei nicht ab.

»Ich bin echt erleichtert, dass du ab sofort wieder etwas mehr machen kannst«, sprach ich aus, was ich vorhin auf dem Praxisparkplatz bereits gesagt hatte. »Ich greife dir weiterhin sehr gern unter die Arme und irgendwie hätte ich bestimmt auch noch mal Urlaub rausschlagen können. Oder Überstunden abbauen. Aber es ist gut, etwas Zeit zu haben.« Vor allem, weil ich dann doch noch eine Sache ins Auge fassen konnte, von der ich Alex bislang absichtlich nichts erzählt hatte. Weil ich genau gewusst hatte, dass ihn das in ein Dilemma bringen würde.

Er drückte meine Hand, sah mich nur umso intensiver an, sodass zum unzähligsten Mal diese kleinen, warmen Schauer über meinen Nacken liefen und weiter hinab.

»Colin ... ich bin dir unendlich dankbar für die letzten Wochen und ich weiß, diese Bitte klingt ausgerechnet aus meinem Mund seltsam: Nimm dir genug Zeit für dich. Ich möchte nämlich auf keinen Fall, dass dir unsere Beziehung und alles, was du für und mit Ben tust, zu viel wird. Das ist reiner Eigennutz. Weil ich dich nicht mehr gehen lassen will.«

Holy – fucking – Shit! *Damit*, mit diesen Worten, die verflucht noch mal nichts anderes als eine Liebeserklärung waren, erwischte Alex mich so was von unvorbereitet. War es der Hunger, der mich sentimental machte? Jedenfalls schnürte sich meine Kehle zu und ich brachte nur ein krächzendes: »Alex ...« heraus.

Er lächelte leicht, küsste mich noch einmal. Ich wollte die Geste gerade vertiefen, doch Bens Stimme riss uns auseinander.

»Endlich!«

Ja, *endlich* kamen unsere Burger! Wobei mein Hunger gerade aufgrund von Alex' Worten fast schon nebensächlich war.

Die beiden Servicekräfte stellten vier Burgerteller und zwei Schalen vor uns ab. Einmal *Wilde Kartoffeln* und einmal Süßkartoffelpommes. Die liebte ich nämlich.

»Guten Appetit!«, sagten die beiden Mitarbeitenden unisono und anschließend auch wir vier zueinander.

Emil und ich waren die Ersten, die herzhaft in unsere Burger bissen, während Ben sich erst mal eine große Ladung Ketchup auf den Teller kippte und Alex noch einen Schluck hausgemachte Limonade nahm. Frei nach dem Motto: ›Wenn schon Burger, dann auch flüssigen Zucker obendrauf!‹ An einem Tag wie diesem musste das mal drin sein. Ich hatte mir in der vergangenen Woche wirklich Mühe gegeben, gesund zu kochen und allerlei Gemüse aus meinem Garten verwendet.

Sobald ich den größten Hunger mit ein paar Bissen Burger besänftigt hatte, nahm ich den Gesprächsfaden wieder auf. »Alex? Ich wollte dir noch was erzählen.«

»Hmm?«

»Hast du mit Ben was fürs letzte Ferienwochenende geplant?«

Alex schüttelte den Kopf und sein Sohn horchte natürlich sofort auf, als er seinen Namen hörte.

»Also wenn es dir nicht zu viel ist«, denn immerhin waren es bis dahin nur noch fünf Tage und Schonung war nach wie vor das magische Wort, »könntet ihr am Samstag mit mir nach Konstanz fahren. Zur dortigen Motocross-Strecke.«

»Oh, ja, cool!« Ben war natürlich sofort Feuer und Flamme. Shit, ich hätte Alex den Vorschlag vielleicht unter vier Augen unterbreiten sollen. Denn nun würde es sicherlich eine Diskussion mit Ben geben, sollte es Alex wirklich noch zu viel sein. *Klasse, Colin!*

»Dort wird einiges an Trubel sein«, erklärte ich schuldbewusst.

»Rennwochenende?«, fragte Alex treffsicher.

»Mhm. Es ist kurz vor knapp, aber die Anmeldung ist noch bis heute Abend offen. Sag bitte, wenn es dir zu viel ist.« Ich redete mich hier gerade um Kopf und Kragen …

»Ist es nicht. Solange ich keine Cross-Maschinen herumwuchten muss.«

»Nein, natürlich nicht. Nur zuschauen und … mich anfeuern?«

Überraschung zeichnete sich auf Alex' Miene ab und Ben krähte über den Tisch: »Du fährst ein Rennen mit? Saucool!«

»Sch …« Lachend mahnte ich Ben zur Ruhe. Ein Pärchen am Nebentisch sah bereits genervt zu uns.

Ja, meine Güte, sollten sie halt in ein Restaurant gehen, das bei Familien weniger beliebt war, echt wahr!

O Mann, ich war schon ganz schön in diesem Kinder-Ding drin. Das war beängstigend wunderbar.

»Das wäre so cool«, sagte Ben noch einmal, leiser dieses Mal. »Können wir mitfahren? Bitte, Papa!«

Ich formte ein lautloses: »Sorry«, in Alex' Richtung, doch er lächelte nur und steckte sich seelenruhig eine weitere Süßkartoffelpommes in den Mund.

»Machen wir!«

»Jaaa!«

»Sch, Ben«, raunten Alex und ich zeitgleich. Wir waren wirklich so ekelhaft harmonisch zusammen an diesem Mittag.

Breit grinsend nahm Ben einen riesigen Bissen von seinem Burger. Emil schüttelte neben ihm sitzend den Kopf. »Du und dein Motocross, ey …«, nuschelte er an einem Mundvoll Wilder Kartoffeln vorbei.

Das war dann wohl der einzige Punkt, an dem sich die beiden besten Freunde nicht einig waren.

»Besser als Fußball«, erklärte Ben mit vollem Mund.

»Nee!«

»Tausendmal!«

»Jungs ... Essen oder streiten, entscheidet euch.«

Auf Alex' Mahnung hin entschieden sich beide für ihre Burger.

# Kapitel 34 – Alexander

Mit dem Rücken zu mir auf der Seite liegend packte Colin eine meiner Pobacken und zog mich, die Finger hineingekrallt, so dicht an sich, bis ich ganz in ihm war. Wir beide verharrten. Hielten den Atem an. Ich, um meine eigene Erregung in Schach zu halten, und weil ich mit einem Ohr auf mögliche Geräusche aus Richtung von Bens Zimmer lauschte. Colin, weil mein Eindringen, obwohl er es forciert hatte, vielleicht doch zu schnell gewesen war.

»Alles okay?«, murmelte ich ihm ins Ohr, küsste seinen Nacken, griff um ihn herum und tastete nach seinem Schwanz. Er war noch hart. »Entspann dich. Atmen.«

In einem langen Zug stieß er die Luft aus. »Shit ...«, er zischte, als ich mich vorsichtig ein Stück zurückzog, »so gut.«

»Ja?« Ich fragte nicht, um mein Ego zu streicheln, sondern weil ich mir wirklich Sorgen machte, ihm wehzutun. Das, was wir zuvor getan hatten, konnte man kaum als Vorspiel oder ausreichende Vorbereitung bezeichnen. Kurze, ruppige Küsse. Fahriges Deckefortziehen. Ein rasches Eindringen meiner mit Gleitgel benetzten Finger. Dann hatte Colin mich schon vehement an sich gezogen.

»Jaaa ...« Er schnurrte das einzelne Wort regelrecht und wiegte auffordernd seine Hüften auf der Matratze, drückte mir seinen Po entgegen.

Die Art, wie er sich lasziv bewegte, und das Gefühl seiner heißen Enge um mich jagten Lust tief hinein in meinen Unterleib. Gleichzeitig entkam mir ein leises, liebevolles Lachen.

»So gierig heute Morgen?« Ich streichelte absichtlich sanft an seiner Härte entlang, neckte ihn mit meinen Worten und den zarten Berührungen.

»Mhm ... Sehnsucht nach dir ...«

Die hatte ich auch. Nach ihm. Wir hatten zwar in der vergangenen Woche ein paar wenige Stunden Zweisamkeit gehabt, aber dabei nur einmal miteinander geschlafen. Und das ›aus Gründen‹ sehr behutsam.

Jetzt gerade schien Colin die Gedanken an meine inzwischen vier Wochen zurückliegende Verletzung beiseitegeschoben zu haben. Und – so fürchtete ich – auch die Gedanken an Ben. Der schlief zu dieser frühen Uhrzeit sicherlich noch, aber dennoch ...

»Warum bist du eigentlich so früh wach?« Ich hatte ja so eine Vermutung ...

Über die Schulter hinweg warf Colin mir einen so ungläubigen Blick zu, dass ich diesen selbst im morgendlichen Halbdunkel des Zimmers erkannte.

»Echt jetzt, Alex? Du hältst Small Talk, während du in mir steckst?«

Grinsend vergrub ich das Gesicht an seinem Nacken. Sog seinen Geruch in mich ein. Genoss unsere Verbindung. Das Gefühl seiner nackten Haut an meiner. Keine Frage, dass ich ebenfalls erregt war, aber ich kostete gerade auch einfach diese friedvolle und lustvolle Vertrautheit zwischen uns aus.

»Was sollte ich sonst tun, hmm?«

Wieder regte Colin sich vor mir. Er ließ meine Pobacke los, schob stattdessen den nach hinten gedrehten Arm höher und packte unerwartet grob in meinen Haaren zu.

»Fick mich endlich!«

»Sch!« Mehr, um ihn zum Schweigen zu bringen als aus einem anderen Grund, küsste ich ihn. Erlag jedoch allzu bald dem hingebungsvollen Spiel seiner Zunge mit meiner. Seitlich auf einen Ellbogen aufgestützt streichelte ich mit der freien Hand von seinem Schwanz aus seine Leisten entlang, griff an seine Hüfte, um ihn davon abzuhalten, den Rhythmus zu kontrollieren. Mir die Oberhand über unser beider Lust aus der Hand zu reißen. Nicht, weil ich grundsätzlich nicht bereit war, Kontrolle abzugeben, sondern weil ich wirklich vermeiden wollte, dass das hier zu wild wurde. Wir waren nun mal nicht allein im Haus.

Mein erstes, tiefes Eindringen kommentierte Colin mit einem lang gezogenen, sehr zufrieden klingenden Seufzen. Er entspannte sich spürbar, sank vor mir in die Kissen. Ein wenig ließen wir uns beide mit diesem trägen Rhythmus treiben, der die Erregung auf einem Level hielt, das wir beide genießen konnten, aber das keinen von uns kommen lassen würde. Ich hätte Colin gefühlt ewig auf diese Art vögeln können, abwechselnd

Küsse auf seine Schultern und seinen Hals drücken und ihm dabei zusehen, wie er seinen Schwanz streichelte.

Das Problem war nur: Uns blieb zu wenig Zeit, um das hier bis zur Unendlichkeit zu genießen.

Ich stemmte mich ein wenig weiter hoch, veränderte dabei den Winkel, in dem ich mich in ihn schob. Das kurze Stocken seines Atems, sein verhangener Blick, der mich über seine Schulter hinweg traf, verrieten, dass er sehr genau ahnte, was kommen würde.

»Ja ...«, wisperte er atemlos, noch ehe ich wieder tiefer in ihn eindrang. Mit dem ersten Stoß keuchte er auf, beim zweiten entwich ein Stöhnen seinem Mund, bog er seinen Kopf in den Nacken und drängte sich im Hohlkreuz enger an mich.

»Fuck ... Colin ...«, zischte ich ihm zu, selbst wahnsinnig angeheizt von dem irren Gefühl, in ihm zu sein und seine Lust so hautnah zu spüren, »leise.«

Keuchend drehte er den Kopf, packte eines der Kissen und vergrub sein Gesicht darin. Erstickte jeden weiteren Laut – und hoffentlich nicht sich selbst.

Mit jedem weiteren Stoß in ihn sammelte sich drückende Hitze drängender in meinen Eiern, pochte hinter meiner Schwanzwurzel auf Erlösung. Colins fahrige Bewegungen um seinen Schwanz verrieten, dass er ebenfalls nicht mehr weit entfernt war. Nur ein wenig tiefer, härter noch ...

Ich biss die Zähne aufeinander, sperrte vehement jeden Laut in meiner Kehle ein. Mein Atem streifte stoßweise über Colins Nacken, zauberte Gänsehaut dorthin, die ich einfach küssen musste. Gierig ließ ich meine Zunge über seine Haut gleiten. Schmeckte salzige Feuchtigkeit und herbe Lust.

Colin murmelte meinen Namen ins Kissen und riss damit gefährlich an meiner Selbstbeherrschung. Mit einem mühsam unterdrückten Grollen packte ich seinen Oberschenkel, drängte diesen höher und Colin gleichzeitig weiter auf den Bauch. Mit dem nächsten Stoß versenkte ich mich noch tiefer in ihm – ein wunderbarer, süßer, lustvoller Fehler. Colin schrie gedämpft ins Kissen, bockte mir entgegen und sorgte so dafür, dass mir selbst die Kontrolle immer weiter durch die Finger glitt.

»Sei still, verdammt«, knurrte ich ihm zu, pinnte ihn unter mir fest und strafte mich doch selbst gewissermaßen Lügen, indem ich das Tempo nur noch anzog.

Colin drehte den Kopf, blitzte mich über seine Schulter hinweg regelrecht an. »Dann fick mich nicht so scheiße gut.« Der fast trotzige Ausdruck auf seinem von Lust gezeichneten Gesicht und wie er da unter mir lag, eine Hand zwischen sich und der Matratze eingeklemmt, gab mir schier den Rest.

Zwischen schweren Atemzügen stieß ich hervor: »Ich kann's auch einfach lassen, dich zu vögeln.« Ich zwang mich, mich zurückzuziehen, bis nur noch meine empfindlich geschwollene Spitze in ihm war.

Sofort bekam seine Miene etwas sündhaft Flehendes. »Nein ... Shit, Alex ... bitte ... bitte, mach weiter.«

Mit der Nasenspitze strich ich über seinen Nacken, genoss das Kitzeln seiner Haare an meinem Gesicht und wie er zitterte. »Dann sei leise.«

»Ja ...«

Ich wartete, bis er das Gesicht wieder am Kissen vergraben hatte. Dann trieb ich mich in einem Stoß bis zum Anschlag in ihn. Lust jagte sengend in jede einzelne Körperfaser, mehr noch, als Colin leise ins Kissen wimmerte – und seinen Höhepunkt erreichte.

Sein Beben, das Krampfen seiner Muskeln um mich trieben auch mich in meinen Orgasmus. Ich kam tief in ihm, die Stirn an seinen Nacken gelehnt, schwer atmend, aber still.

Sekundenlang verharrte ich in ihm, gab ihm und mir selbst Zeit, die Nachbeben auszukosten. Ich küsste seinen Nacken, seinen Hals, presste die Lippen auf die Stelle, an der sein Puls zunehmend ruhiger puckerte. Behutsam zog ich mich aus ihm zurück, ließ mich halb auf und halb neben ihn sinken.

Erneut wandte Colin den Kopf, sodass wir fast Nasenspitze an Nasenspitze lagen. Sein Atem streifte meine Lippen und ich wäre am liebsten noch ewig so liegen geblieben. Seine Wärme auf meiner Haut und wohlige Befriedigung in jeder Zelle.

»Ich schwör dir«, murmelte Colin mit hörbar träger Zunge, »das nächste Mal, vögle ich *dich* so um den Verstand, dass du nur noch schreien willst.«

Lachend tupfte ich ihm einen Kuss auf die Nase, dann noch einen daneben. Dorthin, wo die winzigen Sommersprossen waren. »Ah, ah, so große Töne am frühen Morgen ...« Himmel, war mir heiß! Das war wohl das Nachglühen. Ächzend wälzte ich mich auf den Rücken und damit ein kleines Stück von Colin fort, sah ihn aber weiter an. »Sorry«, murmelte ich ihm zu, »so ist das, wenn man mit einem Mann mit Kind schläft. Wenig Zeit und –«

»Perfekt«, nuschelte er in meine Worte hinein, »es ist perfekt.«

»Lügner.«

»Pessimist.«

»Hey!« Liebevoll knuffte ich ihn in die Seite, was ihn zum Grinsen brachte. Er sagte jedoch nichts mehr und ich schwieg ebenfalls. Zumindest ein paar Sekunden. Auf dem Flur draußen war es nach wie vor still. Selbst Sheldon schien noch zu schlafen. Oder er schmollte, weil Colin vorhin, als er von der Toilette gekommen war, meine Schlafzimmertür, die normalerweise nur angelehnt war, geschlossen hatte.

»Apropos Zeit – verrätst du mir jetzt, warum du in aller Herrgottsfrühe schon wach warst?«

»Ich wollte einfach *das hier*«, flüchtig streichelte er über meinen inzwischen wieder schlaffen Schwanz, »nicht verpassen.«

»Mhm«, das glaubte ich ihm nur zum Teil, »und weiter?«

Er gab ein leises Jammern von sich, rollte sich ebenfalls auf den Rücken und bedeckte seine Augen mit einem Unterarm. »Nervös.«

Also hatte ich richtiggelegen.

Ich stemmte mich hoch, neigte mich halb über ihn und zog den Arm von seinem Gesicht fort. Von unten herauf traf mich sein offener, vertrauensvoller Blick. Himmel, was machte der Kerl mit mir?

»Du wirst ein grandioses Rennen hinlegen, da bin ich mir sicher.«

Colin lächelte, verdrehte im selben Moment die Augen. »Ich bin mir nicht sicher, ob mich das wirklich ermutigt oder mir noch mehr Druck macht.«

Sanft legte ich meine Lippen auf seine. »Genieß es einfach. Genieß das Rennen, genieß diese unbändige Kraft des Motors unter dir. Alles andere ist egal. Ben und ich werden dir so oder so zujubeln.«

Er gluckste zustimmend und verschmolz unsere Münder endgültig zu einem langen Kuss.

# Kapitel 35 – Colin

Das nahezu angriffslustige Knurren der Cross-Maschinen im Standgas um mich herum befeuerte das aufgeregte Summen in meinem Inneren. Behutsam öffnete ich das Gas noch ein Stückchen weiter, ließ die Kupplung mit nur zwei Fingern kommen. Das Vibrieren unter mir fühlte sich an, als wollte die Motocross-Maschine endlich lospreschen, nur noch gehalten von meinen locker geschlossenen Fingern.

Während die meisten der anderen Rennteilnehmer den Blick geradeaus auf die Strecke oder direkt auf das Startgatter gerichtet hielten, starrte ich auf den kleinen Stift im Gattermechanismus. Nur noch Sekunden bis zum Start. Meine Füße zuckten am Boden. Bereit, sie jeden Augenblick hochzuziehen, sobald meine Süße nach vorne schoss.

Jetzt!

Das Gatter fiel.

Der Moment war perfekt, mein Timing, mit dem ich die Kupplung löste und das Gas öffnete, ideal. Umfangen vom Aufbrüllen der Motoren jagte ich meine Maschine nach vorne und schaffte es, als Erster in die Kurve zu gehen. Ich traf die Kurve mit äußerer Überhöhung auf der schnellsten Linie, für Sekunden schleifte mein ausgestreckter Fuß nur Zentimeter über dem Boden des Kurveninneren. Dicht in meinem Nacken vibrierten die Motoren der anderen Maschinen. Sie waren mir nah. Ein Angriff konnte jederzeit kommen.

Aus dem Augenwinkel sah ich das Schwenken der grünen Flagge des Rennleiters. Freie Bahn für die Whoops.

Den Kopf exakt über dem Lenkrad, den Blick voraus, die Ellbogen hoch genug nach außen, um eine gute Hebelwirkung auf den Lenker zu erzielen, die Knie gegen den Tank gepresst und locker im Rücken visierte ich das Waschbrett an. Ich überflog die kleinen Rampen regelrecht, jagte weiter. Aus dem Augenwinkel realisierte ich einen Fahrer in grün-weißem Renndress. Die Startnummer acht. Noch war er nicht ganz an mich heran, doch ich ahnte instinktiv, dass er heute mein härtester Gegner werden würde.

Für mehrere Runden schaffte ich es, ihn hinter mir zu halten. Als der Rennleiter die weiße und die karierte Flagge kreuzte und damit signalisierte, dass die Hälfte des Rennens vorbei war, änderte sich merklich etwas in seiner Fahrweise. Er griff an. Obwohl es unmöglich war, meinte ich, seinen Atem im Nacken zu spüren.

Binnen weniger Sekunden entschied ich, es beim nächsten Sprung darauf ankommen zu lassen. Entweder mein Versuch, die Flughöhe zu reduzieren und damit mehr Tempo zu generieren, gelang – oder eben nicht.

Ich fuhr die Rampe in einem Winkel an, der minimal von der eigentlichen Richtung abwich, und neigte meine Maschine mit meinem Gewicht auf der unteren

Fußraste leicht zum Abhang. Ich spürte, wie beide Reifen ein Stück weit wegrutschten. Minimal zu weit. Shit! Mit Zug am Lenker brachte ich das Bike wieder in die richtige Position, aber dennoch hatte ich den Scrub verkackt. Ich schaffte es noch, die Federung unten zu halten und so die Flugbahn flacher und schneller werden zu lassen. Aber der Kerl mit der Nummer acht nahm den Sprung sauberer als ich – und landete neben mir mit einigen Zentimetern Vorsprung.

Auf der Geraden blieb ich direkt neben ihm, doch ich war in letzter Zeit schlicht zu wenig im Training gewesen, um am nächsten Hindernis die Nerven zu behalten. An der rhythmischen Sektion platzierte mein Gegner die Landung präziser als ich und ging in Führung. Tief über den Lenker gebeugt jagte ich ihm nach, verdrängte vehement den Ärger um meinen eigenen Fehler. Ich würde diesen Scheißer wieder kriegen – wenn ich einen klaren Kopf behielt.

Noch bevor er in die nächste Kurve ging, wusste ich, dass er die Innenbahn blockieren würde. Ein üblicher Zug in einem Rennen. Sollte er machen – ich würde böse sein! Kurzerhand schwenkte ich hinter ihm auf eine Bahn weiter außen. So verhinderte ich, dass er frühzeitig einlenken konnte. Ich zog nur so weit herum, bis ich wieder direkt vor ihm angreifen konnte. Damit brachte ich uns beide beinahe zum Stehen. Aber wir hatten genug Vorsprung zu unseren Verfolgern, als dass uns diese sofort gefährlich werden könnten. Hatte ich vorgehabt, böse zu sein? Shit, ja! Wie zum Spott warf ich meinem Gegner einen eingehenden Blick zu, während wir auf einer Höhe waren. Dann gab ich Gas. Böse! Aber niemals unfair.

Nebeneinander bretterten wir auf den Tabletop zu. Die Beschleunigungsrillen kurz vor dem Sprung boten unseren Reifen zusätzlichen Grip. Beim Erreichen der Absprungkante streckte ich die Beine durch und stemmte beim Übergang von der Ebene auf die Rampe mein gesamtes Gewicht auf die Rasten. Es fühlte sich an, als würde ich meine Maschine in den Boden rammen. Ein vehementes, aber gefühlvolles Beschleunigen die Rampe hinauf, gerade so viel Gas, dass mein Hinterrad nicht durchdrehte. Dabei entlastete ich die Rasten wieder, sodass die Motorleistung den Schwung nach oben verstärkte. Oben auf der Rampe entspannte sich die Federung, ich beugte die Knie, ließ das Motorrad näher an mich herankommen – und wurde eins mit meinem Bike. Sich in die Unendlichkeit dehnende Sekunden purer Freiheit und Schwerelosigkeit, bis ich hinter dem Tabletop Vorderrad parallel zum Vorderrad mit meinem Gegner landete. Keiner von uns einen Zentimeter weiter vorne als der andere. Shit, der Kerl war wirklich gut! Und er hatte die nächste Kurve zu seinen Gunsten, wenn er nun direkt auf die Innenbahn zuhielt – was er natürlich tat.

Mein frustriertes Knurren verhallte ungehört im Motorenlärm und in meinem Helm. Kurz entschlossen scherte ich hinter meinem Gegner ein. Ich würde hier auf der Geraden nicht an ihm vorbeikommen und auch nicht am Einzelsprung, wenn er diesen nicht gerade vergeigte. Ich lauerte auf die nächste Kurve, würde versuchen, bereits kurz nach dem Sprung zumindest so weit nach innen zu kommen, dass er gezwungen sein würde, mir die Innenbahn zu überlassen. Theoretisch.

Er überließ mir die innere Bahn *nicht* und verhinderte dieses Mal auch ein Umfahren seiner Blockade. Mistkerl!

Trotz Frust grinste ich unter meinem Helm. Das waren Rennen, wie ich sie liebte. Wenn sich zwei Gegner nichts gegenseitig schenkten. Wenn man … Holy – fucking – Shit! Gerade noch rechtzeitig griff ich in die Bremse und packte den Lenker fester, schloss meine Knie wie Schraubstöcke um den Tank und brachte Druck auf beide Rasten, als mein Gegner mitten in der Kurve abbremste. Er riskierte damit, dass mein Vorderrad sein Hinterrad touchierte. Was mich stürzen lassen konnte. *Das* war kein böses Fahrmanöver. Das grenzte hart an unsportliches Verhalten.

Adrenalin jagte, noch mehr als ohnehin schon, spürbar durch meine Blutbahn. Nicht Mistkerl, sondern Scheißkerl!

Runde um Runde jagten wir uns gegenseitig um die Bahn, bis der Rennleiter schließlich die weiße Flagge schwenkte. Letzte Runde. Ich *musste* jetzt an der Nummer acht vorbei! Wer grenzwertig unfair fuhr, verdiente den Sieg nicht.

Die nächste Kurve könnte meine Chance sein. Ein Anlieger, dessen erhöhte Böschung außen es möglich machte, mit hohem Tempo aus der Kurve zu gehen. Je steiler die Fahrbahn, desto mehr Schräglage und Tempo waren möglich. Ich würde volles Risiko gehen – und dieses Mal nicht verkacken.

Ich schloss die Bremse frühzeitig, schaltete höher. Stellte mich auf die Rasten. Etwas mehr Druck auf der äußeren, sodass meine KTM möglichst senkrecht zum Untergrund rollte. Ich musste eine kleine Unebenheit

am Kurvenausgang ausbalancieren, doch ich schaffte
es, schnell zu sein und beschleunigte noch zusätzlich
aus der Kurve hinaus. Brüllend schoss meine Maschine
vorwärts – und jagte auf gleicher Höhe mit meinem
Gegner auf den Drachenrücken zu. Wenn mir dieses
Mal ein Scrub gelang ...

Erneut versuchte ich, mein Bike so seitlich wegzudrü-
cken, dass die Kräfte nach oben minimiert wurden.
Und dieses Mal funktionierte es. Flachere Flugbahn –
mehr Tempo. Ich landete Sekunden vor meinem Gegner. Hörte noch das Aufbrüllen seines Motors, als ich
meine Süße bereits über die Gerade jagte. Neuerliche
Wellen Adrenalin peitschten durch mich hindurch.
*Jetzt nicht übermütig werden, Colin! Nerven behalten!*
*Führung behalten!*

Die letzte Kurve – jetzt galt es! Ich würde die Acht
nicht so kurz vor knapp noch einmal an mir vorbeikommen lassen.

Ich setzte mich so weit nach vorne, wie es ging, um
das Hinterrad zu erleichtern. Mit dem Ziehen der
Kupplung blockierte ich das Hinterrad, ließ es herum-
schwenken. Im selben Moment, in dem ich einkup-
pelte, gab ich heftig Gas. Das eben noch blockierte Rad
drehte durch, schlitterte weiter und fand schließlich
Traktion in der Kurve. Getragen von der unbändigen
Kraft des Motors unter mir und dem begeisterten Ju-
beln der Zuschauer außen an der Strecke raste ich davon – und auf die Ziellinie zu. Vor meinem inneren
Auge das Bild, wie mein Gegner im von meinen Reifen
aufgewirbelten Dreck badete.

Die schwarz-weiß karierte Fahne markierte das Ende
des Rennens. Pure Glücksgefühle schossen durch mein

Innerstes und ich schrie und jubelte sie hinaus. Reckte noch in voller Fahrt die Faust zur Siegerpose.

Holy – Shit – yes!

Ich hatte dieses fucking Rennen gewonnen!

~~~

Hatte ich gedacht, ich würde mich wahnsinnig über meinen Sieg freuen, hatte ich die Rechnung ohne Ben gemacht. Noch während ich mit meinem Bike vom Track rollte, entdeckte ich ihn und wie er neben Alex herumsprang und jubelte. Ich hätte mein Bike gern sofort zu den beiden gelenkt, aber obwohl das hier nicht meine heimische Motocross-Strecke war, warteten erst mal allerlei Hände, die mir auf die Schultern klopften. Auch zwei Kumpels aus meinem Motocross-Verein waren heute wegen eines Rennens hier und meinten, wir müssten nachher dringend zusammen anstoßen. Na, was für ein Glück, dass ich in Alex meinen ganz persönlichen Chauffeur für den Tag hatte. Und dass wir vom Verein einen der Anhänger hatten ausleihen können, um meine Süße zu transportieren.

Irgendwann zwischen all den Glückwünschen schwang ich mich von meiner KTM und schob sie, als ich endlich freie Bahn hatte, auf Alex und Ben zu. Letzterer hibbelte schon sichtlich neben seinem Dad herum und kam die letzten Schritte auf mich zugerannt.

»Naaa, Champion?« Ich streckte die geballte Faust aus und Ben boxte voller Enthusiasmus dagegen. Was er sicherlich tausendmal mehr spürte als ich in meinen Motocross-Handschuhen.

»Selber Champion! Du bist so cool gefahren!«
~~~

»Danke!« Glücklich grinste ich in meinen Helm hinein, bei dem ich bislang nur das Visier nach oben geschoben hatte.

Alex trat zu uns. Das warme Leuchten in seinem intensiven Blick verhieß Stolz und verstärkte das Summen in meinem Körper nur noch.

»Ich kann meinem Sohn da nur recht geben: Du bist großartig gefahren.«

»Mal abgesehen von meinem verpatzten Scrub …« Über den ärgerte ich mich ja immer noch ein bisschen. Allerdings weniger als über das Fahrverhalten meines Gegners. »Hältst du bitte kurz?«

»Klar.«

Achtsam übergab ich Alex meine Süße, damit ich mir endlich den Helm abziehen konnte. Zwar war es seit gut einer Woche nicht mehr so heiß, aber dennoch klebte mein Renndress klatschnass an mir. Ich brauchte dringend eine Dusche und sei es nur eine mit dem Wasserschlauch. Mal ganz abgesehen von dem ganzen Staub.

»Darf ich dir morgen helfen, dein Bike zu waschen?«, fragte Ben prompt.

»Na klar.« Erst als die Zustimmung bereits über meine Lippen war, fiel mir etwas siedend heiß ein. Flüchtig sah ich zu Alex. Scheiße, dieser Mann sah so fucking heiß aus, wie er da mit meiner KTM stand.

Energisch blinzelnd wandte ich mich noch mal an Ben. »Denk aber dran, dass du morgen auch deine Schulsachen packen musst.«

Ben zog eine Schute. Offensichtlich hätte er gern noch ein paar mehr Wochen Sommerferien gehabt. »Jaja. Hilfst du mir dann auch?«

Irgendwie erschien mir dieser Deal nicht so ganz gleichberechtigt zu sein, da kam wieder Bens Schalk durch. Mal abgesehen davon hatte ich keine Ahnung, was Ben an seinem ersten Tag als Viertklässler so brauchen würde.

»Ich glaube, da kann dir dein Dad besser helfen. Was hältst du davon: Sobald wir morgen das Bike gewaschen haben und wieder zu Hause sind, packst du mit Alex zusammen deine Schulsachen und ich koche so lange Spaghetti Bolognese.«

Unweigerlich kehrte das Grinsen auf Bens Gesicht zurück. »Ja!«

»Gut.«

»Papa, kann ich mir jetzt Pommes holen?«

Alex nickte. »Wenn Colin sein Bike wieder nimmt, gebe ich dir Geld.«

Ich übernahm meine KTM absichtlich *nicht*. Es juckte mich in den Fingern, Alex' Portemonnaie demonstrativ aus seiner hinteren Hosentasche zu ziehen – und ihm dabei vielleicht ganz unabsichtlich an den Hintern zu packen. Doch ich unterließ es vor Ben und all den anderen Leuten, die um uns herumstanden. Stattdessen streifte ich mir die Handschuhe ab und zupfte den Reißverschluss der Seitentasche an meiner Motorradjacke auf. Da drinnen hatte ich immer einen kleinen Schein und ein paar Münzen.

Ich drückte Ben einen Zehner in die Hand. »Bringst du mir auch eine Portion mit?«

Alex' Luftholen, als wollte er etwas sagen, ignorierte ich geflissentlich.

»Rot oder weiß?«

»Weiß.«

Ben verzog den Mund. Wie jetzt, dieses Kind mochte keine Mayo zu Pommes? Das war mir bei unserem Burgeressen kürzlich so gar nicht aufgefallen.

»Gehst du allein oder soll jemand mitkommen?«

Sichtlich empört sah Ben Alex an. »Ich bin neun!«, erklärte er voller Inbrunst, drehte sich um und stapfte davon.

»Tja, ja, er wird langsam groß.« Neckend trat ich einen Schritt näher an Alex heran. »Warte nur ab, bald stellt er dir seine erste Freundin vor. Oder seinen ersten Freund.«

Alex schnaufte. »Für Ben gibt's nur Emil.«

»Na ja«, locker schlang ich Alex die Arme um den Nacken, genoss es gerade diebisch, dass er nichts tun konnte, weil er ja meine KTM festhalten musste, »vielleicht werden die beiden eines Tages ein Paar. Friends-to-Lovers-Stories sind der letzte Shit.«

Alex verdrehte die Augen. »Gewinnen tut dir nicht gut.«

»Oh, doch, tut es. Vor allem, wenn als Siegestrophäe ein unsagbar heißer Mann auf mich wartet.« Bei den letzten Worten hatte ich meine Stimme gesenkt. Wobei die Menschen um uns herum so in Gespräche vertieft waren und sich auf dem Track bereits die Starter des nächsten Rennens sammelten, sodass ohnehin niemand von uns Notiz nahm.

In Alex' Mundwinkel schlich sich ein kleines Grinsen. »Ich bin also deine Trophäe, ja?«

»Unbedingt.« Ich schmiegte mich ein klein wenig an ihn. Gerade so, dass wir den Körper des jeweils anderen spüren konnten, es aber nicht anrüchig wirkte. Nicht so jedenfalls wie das, was ich eigentlich gern getan hätte. »Und ich habe vor, heute noch gebührend meinen Sieg mit meiner Trophäe zu feiern.«

In Alex' Augen trat ein Funkeln. Shit, wie gern ich ihn gerade geküsst hätte. Ich vermied es nur deshalb, weil ich wusste, dass dieser Kuss ausarten würde.

Er hingegen neigte sich leicht zu mir. Ganz sacht kitzelte sein Atem meine Lippen. »Na, was für ein Glück, dass Ben vorhin gefragt hat, ob er noch mal bei Emil übernachten darf, ehe am Montag die Schule wieder losgeht.«

Mit einem rauen Laut in der Kehle ließ ich die Stirn gegen Alex' sinken. Mir war so unendlich heiß … Dieser Mann machte mich so unendlich heiß und das kurze, heimliche Intermezzo am Morgen hatte meinen Hunger auf ihn weiß Gott nicht gestillt. Eher im Gegenteil. Shit, heute Nacht würde Alex mich nicht davon abhalten können, vor Lust sein Haus zusammenzuschreien.

Mit einem Ruck löste ich mich von ihm, ehe ich mich doch noch zu Dingen hinreißen ließ, die hier nicht unbedingt hingehörten.

»Wartest du hier auf Ben?« Ich griff an den Lenker meiner KTM. »Ich bring rasch mein Bike weg.«

Alex nickte und trat einen Schritt zurück. Ich wollte mich gerade in Bewegung setzen, als mein Blick auf den Kerl mit der Startnummer acht fiel. Zugegeben, bis zu einem gewissen Grad hatte ich den erbitterten Zweikampf mit ihm wirklich genossen. Aber es gab da eben diese eine Sache, die mir nach wie vor im Magen lag.

»Sein Bremsen-Check war echt daneben«, murrte Alex neben mir. »Das hätte einen bösen Sturz geben können.«

»Hätte es. Ich hör mich mal um, wie er so drauf ist, und knöpf ihn mir nachher vor. Rein verbal natürlich. Dachte, das sollte ich dazu sagen, so im Angesicht der Polizei.«

Alex lachte leise und schlang seinerseits einen Arm um meine Schultern. »Lass dir von dem Kerl nicht den Sieg vermiesen. Letztlich hast du ihn fair geschlagen.«

»Ja. Ohne den verpatzten Scrub hätte ich vielleicht sogar einen Holeshot geschafft.«

Alex schenkte mir sein kleines Lächeln. Die Art, wie er mich ansah, ließ mein Herz einen raschen, glücklichen Rhythmus pochen.

»Hast du doch«, murmelte er mir zu und schob eine Hand in meinen Nacken, »bei mir. Vom Start weg direkt in mein Herz.«

Mir blieb für eine Sekunde die Luft weg. Was er da sagte, war unwahrscheinlich kitschig – und unwahrscheinlich schön.

»Na ja«, entgegnete ich nur krächzend und klammerte mich dabei am Lenker meiner KTM fest, »ein paar verkackte Passagen waren zwischendurch schon auch dabei.«

Alex lachte leise. »Das sind doch die Rennen, die in Erinnerung bleiben.« Seine Worte kitzelten ganz sacht an meinen Lippen, als er mich küsste.

# Epilog – Alexander

***Drei Monate später.***

Die Luft im Hauptraum des Erlebnisbads war schwer von Feuchtigkeit und getränkt von dem üblichen Chlorgeruch. Dagegen war es eine regelrechte Erleichterung, für ein paar Minuten an der Bar zu stehen und auf unsere Getränke zu warten. Linda fröstelte sogar leicht und zog sich rasch ihren Bademantel über. Ich hingegen empfand den kühlen Lufthauch hier oben eher als angenehm.

Von der Bar aus hatte man das größte der Wasserbecken mit den beiden Rutschen gut im Blick. Es war schwer zu sagen, wer mehr Spaß daran hatte, die Rutschen unsicher zu machen und durchs Wasser zu toben: Colin oder die Kinder. Es hätte mich nicht gewundert, hätte der Hallenwart sie aufgefordert, sich ruhiger zu verhalten, aber er tat es nicht. Und da sich auch bislang keiner der anderen Badegäste gestört zu fühlen schien, sah ich auch keine Notwendigkeit, den Kids oder Colin den Spaß zu schmälern. Zumal sie nicht die Einzigen waren, die herumtobten und wir uns nicht in der Saunalandschaft oder in dem Bereich mit den beiden Thermalbecken befanden. Linda sah das augenscheinlich ebenso.

Außerdem musste ich zugeben, dass es mir viel zu gut gefiel, Colin so mit Ben und den anderen Kindern zu sehen. Es bewies nur, was sich in den letzten Monaten ohnehin schon deutlich abgezeichnet hatte: Colin und Ben waren ein wirklich gutes Team geworden. Nicht dass es zwischen den beiden nie Spannungen gäbe. Aber Ben akzeptierte Colin voll an meiner Seite und Colin fand wie instinktiv eine erstaunlich gute Balance dazwischen, wie ein guter, viel älterer Kumpel für Ben zu sein und doch in den notwendigen Momenten konsequent zu sein. Wir hielten uns an das, was wir zu Beginn unserer Beziehung besprochen hatten: Ich war Bens Vater und entschied demnach all die wichtigen Dinge, die ihn anbelangten. Aber Colin war ebenso mein Partner auf Augenhöhe, dessen Meinung und Empfindungen mir in jedem Moment wichtig waren. Er war mir wichtig. Verdammt wichtig. Und ja, ich gab es inzwischen gern zu: Er tat mir gut.

»Wir sollten das wieder öfter machen.«

Seitlich gegen den Bartresen gelehnt wandte ich mich vollends Linda zu.

»Uns einen Drink gönnen, während unsere Partner die Kinder bespaßen?«

Sie lachte. »Ja, das auch. Ich meinte überhaupt das hier. Mit der ganzen Truppe etwas zusammen unternehmen. So wie –« Abrupt brach Linda ab. Es war unschwer zu erraten, was ihr auf der Zunge gelegen hatte und das aufkeimende Schimmern in ihren Augen verriet sie ohnehin. »Entschuldige«, sagte sie rasch, »ich sollte jetzt nicht davon anfangen.«

»Von Lissy?« Inzwischen fiel es mir leicht, ihren Namen auszusprechen. Auch in Verbindung mit Colins oder wenn er bei mir war. »Doch, natürlich. Du hast recht: Wir sollten so was öfter machen. So wie früher. Als Lissy noch da war.«

»Ja. Ja, auf jeden Fall.« Linda nickte heftig, wischte sich mit dem Handrücken einmal kurz über die Augen. »Sie ... Ich musste nur gerade an sie denken.«

Sanft legte ich ihr eine Hand auf den Arm, drückte einmal kurz zu. »Nichts, wofür du dich entschuldigen müsstest. Ihr wart eng befreundet.«

»Ja.« Sie senkte kurz den Blick. »Ja, das waren wir.«

Ich zog meine Hand zurück, ließ Linda den Moment, um sich an Lissy zu erinnern.

Es war, wie ich Ben damals gesagt hatte: Lissy würde immer einen Platz in meinem – in unser aller – Herzen haben. Manchmal gab es Tage, an denen sie fehlte. Ben fehlte sie mitunter schrecklich und auch ich hatte meine Momente, in denen sich etwas in mir zusammenkrampfte, weil ich sie so sehr vermisste. Und das war okay. Es sagte nichts über das aus, was Colin und mich verband.

Unweigerlich schweifte mein Blick über die Balustrade, die den Barbereich umgab, wieder nach unten zum Schwimmbecken und zu ihm. Mia und ihre Freundin hatten offensichtlich ein neues Spiel entdeckt: Abwechselnd kletterten sie aus dem Wasser auf Colins Schultern. Er hüpfte mit ihnen aus dem Wasser hoch und tauchte schließlich unter, sodass die Mädchen jeweils wieder behutsam im Nass landeten. Mia und ihre Freundin kreischten und kicherten dabei begeistert.

Gerade tauchte Colin wieder auf und schüttelte sich die Haare aus dem Gesicht. Himmel, ich musste nachher unbedingt ein paar Minuten mit ihm allein haben, um ihn zu küssen und einfach nur seine Nähe zu spüren. Ihm zu sagen, wie verdammt noch mal wunderbar er war. Nicht dass ich das nicht ohnehin immer wieder tat.

»Er ist ein toller Mensch«, hörte ich Linda neben mir sagen. Als ich mich ihr wieder zuwandte, sah sie ihrerseits zu Colin und den Mädchen hinab.

»Ist er.« Ich ertappte mich selbst dabei, wie ich vor mich hin lächelte.

Kurz meinte ich, Linda wollte noch etwas hinzusetzen, doch ein Mitarbeiter der Bar schob uns ein Tablett voller bruchsicherer Gläser zu. Ein Sekt für Linda, ein Radler für Oliver und Limo für Colin und mich – und ausnahmsweise auch für die vier Kids.

»Lass uns noch kurz anstoßen, ehe wir uns wieder ins Getümmel stürzen.« Linda griff nach ihrem Glas. »Wäre es sehr vermessen, Colin und dich zu bitten, Oliver und mir nachher eine halbe Stunde für die Sauna freizuschaufeln?«

»Auch eine ganze Stunde«, entgegnete ich sofort und stieß mein Glas gegen Lindas.

Ihre Miene leuchtete auf. »Wir revanchieren uns danach auch«, versprach sie mit einem Zwinkern und nahm einen Schluck von ihrem Sekt.

Ich musste ihr wohl nicht sagen, dass ich darauf heimlich gehofft hatte.

<center>~~~</center>

Obwohl Colin und ich uns nach dem letzten Saunagang kalt abgeduscht und anschließend noch einen

Sprung ins Eisbad gewagt hatten, war seine Haut wunderbar warm, als ich eine Hand unter die Kuscheldecke und unter seinen Bademantel schob. Die Abkühlung hatten wir beide vorhin bitter nötig gehabt. Nicht dass wir uns in der Kräutersauna, in der wir zuletzt und nicht allein gewesen waren, nennenswert gegenseitig berührt hätten. Aber Colins pure Anwesenheit, seine vielsagenden Blicke unter träge gesenkten Lidern hindurch und die Art, wie der Schweißfilm auf seiner nackten Haut die Tätowierungen zum Glänzen brachte, hatten ausgereicht, um so einige unanständige Fantasien in mein Hirn zu pflanzen. Und um meinen Körper auf ihn reagieren zu lassen. Ihm war es nicht viel anders ergangen, weswegen wir irgendwann beschlossen hatten, dass es an der Zeit war, ins Eisbad zu springen, ehe einer von uns beiden die langsam immer heißer brodelnde Erregung nicht mehr zu verbergen vermochte. Sosehr wir die eindringlichen gegenseitigen Blicke auch genossen hatten, keiner von uns beiden wollte mit einem Ständer in einer gemischten, öffentlichen Sauna sitzen.

Jetzt allerdings konnte ich es nicht lassen und schob meine Hand unter seinen Bademantel, verdeckt von der Kuscheldecke, die er zusätzlich halb über uns gezogen hatte, und strich über seine Leisten weiter mittig.

Scharf sog er den Atem ein. Ein merkliches Schaudern folgte meiner zarten Berührung.

»Alex«, zischte er mir mahnend ins Ohr und brachte mich zum Schmunzeln. Dachte er ernsthaft, ich würde ihm mitten im Ruheraum an den Schwanz packen, auch wenn außer uns nur ein weiteres Paar darin lag?

Nur ganz zart ließ ich meine Fingerspitzen über seinen Penis streifen. Er war nicht hart, aber auch nicht schlaff.

»Wollte nur sichergehen«, raunte ich ihm zu, zog meine Hand zurück und ihn stattdessen an den Hüften etwas näher zu mir.

Mit einem kleinen, rauen Laut, so leise, dass ganz sicher nur ich ihn hörte, schmiegte er sich an mich.

»Sichergehen womit?«, fragte er ebenso leise. »Dass er mir eben im Eisbad nicht aufgrund eines Kälteschocks abgefallen ist?«

Lachend nahm ich Colin fester in den Arm und vergrub meine Nase halb an seiner Schulter. Genau dort, wo der Stoff des Bademantels etwas verrutscht war und seine nackte Haut entblöße. Sie war nicht nur warm. Colin glühte regelrecht.

»So ähnlich«, wisperte ich nur und küsste eben diese Stelle, was ihm erneut diesen winzigen Laut entlockte, der mir kribbelnd in den Unterleib kroch.

Colin schob ebenfalls eine Hand vorne in meinen Bademantel, kraulte träge durch mein Brusthaar. Manchmal – sicher mit voller Absicht – haarscharf an meinen Nippeln vorbei.

Ich ließ ihn, ebenso wie er mein Streicheln an seinen Leisten und über seinen Bauch annahm. Es war wie ein stilles Abkommen zwischen uns, den jeweils anderen ein wenig zu reizen. Die intime Nähe zu genießen, jedoch ohne weiter zu gehen, als wir es im Ruheraum für okay empfanden. Auch nicht, als das andere Pärchen schließlich aufstand, uns kurz zunickte und dann den Raum verließ.

Für wenige Minuten noch allein mit Colin, ehe wir zurück zu Linda, Oliver und den Kindern gehen würden. Zum Abschluss des Tages würden wir in ein nahe gelegenes schwäbisches Restaurant fahren. Ben und Emil betonten schon seit dem Morgen immer wieder ihre Lust auf Kässpätzle und mich gelüstete es, seit vor wenigen Tagen der erste Schnee gefallen war, nach einem Zwiebelrostbraten.

Gerade lag mir allerdings nicht der Geschmack eines solchen auf der Zunge, sondern Worte. Ein Vorschlag, den ich mir schon seit ein paar Wochen überlegte, ihn Colin zu unterbreiten.

»So kuschelig, wie es hier drin ist, will ich nachher gar nicht raus«, murmelte Colin nahe an meinem Hals und kitzelte mit seinem Atem die empfindliche Haut dort. Vollkommen unbewusst lieferte er mir damit gewissermaßen einen Gesprächseinstieg.

»Mhm, in deinem Häuschen ist es jetzt im Winter ja sicherlich auch nicht besonders warm.«

Colin gab einen undefinierbaren Laut von sich, rieb seine Nase an meinem Hals. »Es wäre warm, wenn ich den Ofen regelmäßig laufen lassen würde. Aber so oft, wie ich bei dir und Ben bin, muss ich natürlich jedes Mal komplett von null anheizen.«

Ich schluckte. Befeuchtete mit der Zungenspitze meine Lippen. Nach dem Dampf der Sauna kam mir die Luft im Ruheraum, die durch ein offenes Feuer in einem großen Kamin aufgeheizt wurde, trocken vor.

»Nicht falsch verstehen«, Colin hob den Kopf, sah mich an, »ich bin gern bei euch. Das war jetzt rein aufs Heizen bezogen.« Halb stützte er sich auf einem aufgestellten Unterarm, halb auf meiner Brust ab. Unsere Gesichter waren so nur Zentimeter voneinander entfernt. Gerade so weit, dass wir einander noch bequem ansehen konnten.

Ich öffnete den Mund, um etwas zu entgegnen, als Colin die Stirn in Falten zog. »Dein Herz rast total.« Mit einem Finger tippte er mir auf die Brust. »Liegt das an mir oder ist was los?«

Ein schiefes Lächeln zupfte an meinen Lippen. »Beides«, antwortete ich wahrheitsgetreu. »Ehrlich gesagt war mein Kommentar zu den Temperaturen in deinem Häuschen nur Gefasel. Ich wollte dich etwas fragen ...«

»Hmm?«

»Ich weiß, du möchtest dein eigenes Heim behalten und wir haben ja in den letzten Monaten gemerkt, dass es uns beiden guttut, wenn sich jeder auch mal zurückziehen kann.« Außerdem eignete sich sein Gartengrundstück bestens für Zeltabenteuer für die Kinder. »Könntest du dir dennoch vorstellen, bei Ben und mir einzuziehen?«

Colins Augen wurden groß, seine Lippen öffneten sich einen Spalt weit und ich musste mich beherrschen, die meinen nicht einfach darauf zu drücken. Ich wollte ihn so verflucht küssen, wie ich es eigentlich immer wollte, ihn aber auch nicht beeinflussen. Es war offensichtlich, dass er mit dieser Frage nicht gerechnet hatte. Nicht bereits nach knapp vier Monaten Beziehung.

Den Hausschlüssel, den ich ihm damals, als er kurzzeitig bei uns gewohnt hatte, gegeben hatte, besaß er immer noch. Aber er nutzte ihn nie ohne Ankündigung und auch die Klamotten, die er bei mir im Schrank hatte, waren eher die eines Gastes. Ich hatte eine Vermutung, woher sein Zögern rühren könnte.

»Colin ... wenn du dir Gedanken machst, weil das Haus damals Lis–«

»Nein«, er schüttelte sofort den Kopf, »das ist es nicht. Ich zweifle überhaupt nicht. Ich bin einfach nur ... glücklich?« Beim letzten Wort trat ein regelrechtes Strahlen in seine Augen. »Ich will sehr gern einziehen.«

»Ja?«

»Ja! Jetzt rast mein Herz übrigens auch.«

Mit einem befreiten Laut in der Kehle reckte ich mich ihm das letzte Stück entgegen und küsste ihn. Er erwiderte es sofort, stahl neckend seine Zungenspitze in meinen Mund und ließ so den Laut zu einem zufriedenen Grollen werden. Gerade war ich dann doch ganz froh, dass wir uns allein im Ruheraum befanden. Für Sekunden ließen wir uns beide in die Berührungen unserer Münder, unserer Körper fallen. Bis Colin sich ein wenig atemlos von mir löste.

»Weiß Ben es schon? Was sagt er dazu?«

Berührt davon, dass Colins Gedanken sofort wieder meinem Sohn galten, streifte ich ihm durchs leicht feuchte Haar. »Ben sagt, er versteht sowieso nicht, warum du nicht schon längst bei uns wohnst. Mit anderen Worten: Er würde sich wohl freuen, wenn du einziehst. Und ...«, das war ebenfalls eine wichtige Sache, von der ich wollte, dass Colin es wusste, »worüber ich auch mit ihm gesprochen habe: Für ihn ist es okay, wenn sich manche Dinge im Haus verändern. Wenn du also andere Möbel oder Accessoires möchtest ...«

Colin blinzelte mir zu, noch immer das glückliche Funkeln im Blick, vermischt mit einem Hauch Schalk.

»Hmm, vielleicht verwandle ich das Haus in ein rosa Plüschparadies.«

Glücklicherweise konnte ich mir sicher sein, dass er *das* nicht ernst meinte. Seine eben noch schalkhafte Miene wurde ernster, blieb jedoch weich. »Danke, Alex, das bedeutet mir viel. Auch wenn ich denke, dass ich nichts werde ändern wollen.« Er machte bereits Anstalten, sich hochstemmen. »Gehen wir die Rasselbande mal suchen?«

Doch ich hielt ihn mit bestimmend sanftem Griff zurück. »Gleich«, murmelte ich und zog ihn noch einmal auf meine Lippen.

ENDE

# Danksagung

Liebe*r Leser*in,

ich freue mich, dass du Alex' und Colins gemeinsame Geschichte verfolgt hast. Wenn du bereits Romane aus meiner Feder kennst oder mir auf Social Media folgst, weißt du vielleicht, dass ich eine Schwäche für Männer in Uniform habe. Alex war mir beim Schreiben sehr nah, aber auch Colin ist mir mit seiner ungestümen und doch liebevollen Art sehr ans Herz gewachsen. Außerdem haben all die Motocross-Szenen meine Vorliebe für gründliche Recherche befriedigt.
Dementsprechend hoffe ich, du hattest mitreißende Lesestunden mit Alex und Colin – und natürlich mit Ben und Sheldon und der gesamten Rasselbande.
Sicherlich wäre der Roman jedoch ohne Unterstützung im Hintergrund nicht halb so gut geworden. In diesem Sinne tausend Dank an ...
... meine Testleser*innen Basti, Lili und Tanya, dafür, dass ihr Alex und Colin so liebevoll zerrupft habt.
... meine Lektorin Katrin, für all deine Nicht-Empfehlungen.
... Michael, für jegliches Polizeiwissen und deine Unterstützung jeden einzelnen Tag.

... André, für einen Blick hinter die Kulissen des Moto-
crosssports.

Alles Liebe
Svea